国家出版基金项目
NATIONAL PUBLICATION FOUNDATION

华北抗日根据地及解放区文艺大系

陈　晋　郑恩兵　主编

《晋察冀日报》文艺文献全编

散文报告文学

第十一卷

关小彬　编

河北出版传媒集团
河北教育出版社

图书在版编目（CIP）数据

《晋察冀日报》文艺文献全编．散文报告文学．第十一卷 / 关小彬编．-- 石家庄 ：河北教育出版社，2023.12

（华北抗日根据地及解放区文艺大系 / 陈晋，郑恩兵主编）

ISBN 978-7-5545-7643-4

Ⅰ．①晋… Ⅱ．①关… Ⅲ．①文艺－作品综合集－世界－现代②散文集－中国－现代③报告文学－作品集－中国－现代 Ⅳ．① I11 ② I266 ③ I25

中国国家版本馆 CIP 数据核字（2023）第 064030 号

书　　名　《晋察冀日报》文艺文献全编·散文报告文学·第十一卷
JINCHAJI RIBAO WENYI WENXIAN QUANBIAN SANWEN BAOGAO WENXUE DI-SHIYI JUAN

编　　者　关小彬

责任编辑　白馨宇
装帧设计　郝　旭
出　　版　河北出版传媒集团
河北教育出版社　http://www.hbep.com
（石家庄市联盟路705号，050061）
印　　制　石家庄众旺彩印有限公司
开　　本　787毫米×1092毫米　1/16
印　　张　23.75
字　　数　312千字
版　　次　2023年12月第1版
印　　次　2023年12月第1次印刷
书　　号　ISBN 978-7-5545-7643-4
定　　价　138.00元

丛书编委会

编纂说明

在中国共产党百年发展历程中，文艺始终是党领导人民开展进步事业的有机组成部分，是党在各个历史时期的中心工作的实时反映和重要推动力量。“华北抗日根据地及解放区文艺大系”，是一部全面展示抗日战争和解放战争时期华北地区党的历史创造、奋斗风采和形象建构的大型革命历史文艺文献丛书，对于深入研究华北地区革命文艺史、红色新闻史，弘扬伟大建党精神、梳理中国共产党人精神谱系，是必不可少的第一手资料，是我们在新时代坚定树立文化自信的重要思想资源。

一、编纂缘起

抗日战争及解放战争时期，华北地处各方政治与文化力量激烈博弈的前沿，这种特殊政治、军事、文化、地理环境中产生的革命文艺，具有鲜明的地域性特征，是五四新文化运动以来的革命文艺发展史上的突出标识。

但一直以来，由于史料文献整理不足，对华北抗日根据地及解放区文艺的研究，始终未能深入，其独特的地域性实践价值和蕴含的文化创新意义被严重遮蔽。这些史料文献主要以党报党刊的形式呈现，梳理汇编这些党报党刊中的革命文艺史料，借之以探索华北革命文艺的发展路径、发展方向、创造机制和创新经验，是深入贯彻习近平总书记关于“把红色资源利用好、把红色传统发扬好、把红色基因传承好”，“用好红色资源、赓续红色血脉”等系列重要讲话精神的有力举措，也是新时代文艺研究者不可推卸的责任。

2017 年 6 月左右，我们去中国社科院文学所拜访时任所长刘跃进先生，协商合作研究事宜，寻求中国社科院文学所的帮助。请教过程中，刘先生建议我们结合地方特色，做好地方红色文艺文献的搜集整理与编纂出版工作。经过一段时间筹备，2017 年底，我们以“河北红色经典系列丛书”为名，正式申报“2018 年度河北省省级宣传文化发展专项资金”项目并成功立项，旨在通过选定刊行河北红色经典作品、梳理汇编河北红色经典研究资料、系统阐述河北红色经典发展历史等基础性工作，打造一个集大成式的河北红色经典文献资料库。

项目最初设计共二十四卷，包括六大板块：《河北红色经典史》一卷、《河北红色文艺作品选》六卷、《河北红色经典作家作品索引》三卷、《河北红色经典研究资料汇编》四卷、《〈晋察冀日报〉副刊文学作品全编》六卷、《晋冀鲁豫抗日根据地文艺作品及〈新华日报〉太行版文艺作品汇编》四卷。但在项目实施过程中，我们充分吸收专家意见，认为网络时代和大数据背景下的科研活动有了很大变化，《河北红色经典作家作品索引》与《河北红色经典研究资料汇编》的编纂工作，在当前学术生态中价值不大，并予以取消。同时，在项目实施过程中我们发现，《晋察冀日报》《人民日报》等党报除刊发大量文艺作品外，还有大量记录边区文艺工作者行迹，反映边区戏剧、音乐、文学、美术、舞蹈、曲艺活动与报刊书籍出版发行等各方面情况的文艺史料，以及体现我党文艺方向、方针变化的政策文件与重要领导讲话，是华北地域党和人民对敌作战的重要宣传武器，更是飘扬在华北地区军民心中一面旗帜。这些史料是华北地域革命文艺发生、发展与壮大的真实记录，对我们正确认识革命文艺的特点与历史地位有重要的决定性作用。

为此，我们精心整理了《〈晋察冀日报〉文艺文献全编》《晋冀鲁豫〈人民日报〉文艺文献全编》《〈晋察冀画报〉文艺文献全编》《晋察冀日报社人物志》（共五十一卷），同时收入全国抗战时期和解放战争时期与河北地域相关且被广大群众所喜爱并广泛传唱的红色文艺作品，结集为《河北红色文艺作品选》（共六卷），至此形成丛书目前的五大板块，而且将名称由“河北红色经典系列丛书”改为“华北抗日根据地及解放区文艺大系”，方便以后在此基础上做进一步拓展。

二、地域范围及文艺特质

华北抗日根据地包括当时山东、河北、山西、察哈尔、绥远、热河全部及豫北、苏北、皖北部分地区，分晋绥、晋察冀、晋冀豫、冀鲁豫、山东五大块。1941 年，冀鲁豫合并到晋冀豫，称晋冀鲁豫。其中晋察冀抗日根据地作为开辟最早、地域最大、人口最众的模范抗日根据地，是华北抗日根据地的坚强堡垒，牵制和抗击了三分之一以上的华北日军和二分之一的伪军。

在河北及其邻省周边地区开辟与创建华北抗日根据地，是红军长征到达陕北之后党中央迅速做出的重大战略决策。这些根据地地处对日武装斗争最前线，不仅打开了抗战的新局面，成为华北敌后抗战的主战场，而且进行了新民主主义社会的实践探索，对解放战争的历史进程产生了巨大影响，成为我党开辟东北解放区的前进基地和逐鹿中原的战略后方。随着抗日根据地的开辟，延安文艺工作团、西北战地服务团、东北促进纵队干部队、八路军总政治部前线记者团等大批文艺工作者，随同党政干部一道陆续抵达华北，东北、平津的青年学生也纷纷冒着生命危险来到边区。他们一手拿枪，一手拿笔，深入农村与抗战前线，切身体会工农兵的生活，深刻了解工农兵的需求，从而根本上克服了艺术至上主义思想倾向。所以，华北抗日根据地及解放区文艺，既响应了伟大的民族抗战对文学艺术提出的时代要求，亦充分兼顾到广大人民群众的接受习惯和欣赏水平，真实地反映了华北人民火热的战斗与生产生活。很多作者本身就是农民、战士或基层工作者，他们把自己的经历和熟悉的人和事，通过小说、戏剧、诗歌、报告文学、歌曲、绘画、舞蹈等文艺样式记录下来，语言通俗平实，富有生活气息。由于产生于特定时代、特定区域而又适应特定需要，故而无论是题材、语言还是风格，在体现革命大众文艺共性的同时，又具有强烈的华北地域特性。

华北抗日根据地及解放区文艺的繁荣发展，是专业文艺工作者与工农兵群众共同创造的结果。人民群众不仅是革命文艺运动的主导主体、推进主体、受益主体，还是一切成败得失的评判主体。华北抗日根据地及解放区文艺，归根结底，是“以人民为中心”的文艺。

三、学术价值

今天的河北在抗日战争、解放战争时期是晋察冀、晋冀鲁豫两大根据地的中心区域，有着悠久的革命历史传统和丰厚的红色文化底蕴。据不完全统计，抗日战争和解放战争期间，仅晋察冀边区专区以上就办有报刊四百余种，编印图书五百余万册。如果将这种统计扩大到环绕河北的整个华北抗日根据地及解放区，时间扩展至从中国共产党成立到中华人民共和国成立，数据更为可观。这些红色图书、报刊的出版发行，团结了一大批来自全国各地的著名革命文艺家和专业文艺工作者，其中有大量文艺相关信息，是研究近现代中国革命文艺的重要史料。但因受当时物质条件及复杂局势影响，它们传播范围有限，保存困难，如今已普遍出现老化或损毁现象，面临着消失、断层的危险。

长期以来，由于对抢救、整理和利用红色文艺文献的意义认识不足，现行的科研评价、出版机制亦难以有效刺激科研工作者积极从事老旧报刊等红色文艺文献的系统整理，大量有待整理的红色文艺文献尚未进入学界的视野。特别是华北抗日根据地及解放区的文艺文献，有很多甚至还是学术盲区。如《冀中导报》《救国报》《边政导报》《冀南日报》《团结报》《前进报》《新察哈尔报》《冀热察导报》等各类党报，以及《冀热辽画报》《冀中画报》《北方文化》《五十年代》《新长城》《新群众》《诗建设》《诗战线》等期刊，虽有部分学者对其办报（刊）历程、思想以及传播等方面予以研究，但均无系统的文艺文献整理本。“华北抗日根据地及解放区文艺大系”整理的《晋察冀日报》、晋冀鲁豫《人民日报》、《晋察冀画报》，是当时华北抗日根据地及解放区党报党刊的典型代表，是党的理论和实践同文艺结合的主要媒介和载体，是华北革命文艺重要的传播平台。这些报刊，既客观记录了华北革命文艺的传播与发展，也完整展现了华北革命文艺的特殊使命与风格特征，具有极其重要的史料价值。在此基础上，我们还会将视角延伸到《晋绥日报》《新华日报·太行版》《新华日报·太岳版》等党报，不断地充实这套大型文献史料丛书，以此来系统建构华北抗日根据地及解放区的“文艺史料学”。

四、丛书特色

这套丛书的编纂，主要以抗日战争及解放战争期间华北境内各根据地、解放区出版、发行、制作之图书、期刊、报纸等红色文献中的文艺资料为内容。编纂特色主要包括：

（一）抢救珍贵历史文献，弘扬伟大建党精神。

华北抗日根据地及解放区的红色文献发行于条件艰苦的战争年代，数量少，印制质量粗糙，历经岁月的洗礼，留存下来的品相完好者已经很少，有些到今天已成孤本。这些文献作为特定历史时期和区域的产物，见证了中国共产党领导华北人民争取民族独立和人民解放的伟大历程，反映了华北近代社会的巨大变化，蕴含着珍贵的史料价值和鉴往知来的现实意义，是中国共产党领导的文艺事业、新闻出版事业与意识形态建设发展的历史见证。它们诠释了党的初心和使命，蕴含着坚定的理想信念与崇高的革命精神，到今天仍然具有强大的感染力与说服力，是陶冶情操、磨炼意志，走好新时代长征路的有效精神资源。抢救性搜集、整理与研究这些珍贵历史文献，有利于增强党政干部政治信仰，弘扬伟大建党精神和践行社会主义核心价值观。

（二）文艺与党史密切融合，拓展革命文艺与党史研究的新视野。

革命文艺作品的创作、发表和传播，和党的历史任务和奋斗实践是分不开的。在艰苦卓绝的革命岁月，奋斗前行的中国共产党始终强调，既要拿“枪杆子”，也要拿“笔杆子”。革命的文艺工作者，一手拿枪，一手拿笔，深入农村与抗战前线，以人民大众易于接受和欣赏的形式，宣传党的政策，推行党的方针，为中国共产党顺利完成不同历史阶段的中心任务和伟大使命发挥了独特而重要的作用。本套丛书收入的文献史料，主要是抗日战争与解放战争时期党报党刊中的文艺作品与文艺史料，它们鲜明生动地体现了党的历史，党领导人民争取民族独立、人民解放的奋斗历程和精神面貌，从而为学界从文艺角度研究党史和从党史角度研究文艺提供了有力支撑。

（三）作品汇编与史料梳理并行，还原革命文艺的历史场域。

“华北抗日根据地及解放区文艺大系”的编纂，全面辑录华北抗日根据地及解放区党报党刊上刊登的诗歌、小说、戏剧、报告文学、散文、歌曲、版画等文艺作品，并系统梳理当时文艺发生、发展、传播以及社会各界文艺活动的各类消息和报导，同时选编了大量的河北红色文艺作品作为补充。这种文艺史料与文艺作品的配合整理，还原了革命文艺的历史场域，有利于构建对革命文艺的科学认识。

五、丛书内容

（一）《〈晋察冀日报〉文艺文献全编》共三十八卷：

诗歌三卷

戏剧一卷

小说二卷

文艺评论三卷

文艺史料九卷

外国文艺二卷

散文报告文学十七卷

歌曲版画一卷

（二）《晋冀鲁豫〈人民日报〉文艺文献全编》共十一卷：

诗歌一卷

戏剧、小说、文艺评论一卷

散文报告文学五卷

文艺史料四卷

（三）《〈晋察冀画报〉文艺文献全编》一卷

（四）《晋察冀日报社人物志》一卷

（五）《河北红色文艺作品选》共六卷：

诗歌一卷

戏剧一卷

散文一卷

小说三卷

六、编纂体例

（一）整套丛书题材丰富、门类众多，在体裁上不做强行统一。

（二）丛书中所录作品均为当年报刊发表的原文。为确保丛书的文献性、学术性、专业性和资料性，丛书编辑加工的总原则为保持文献原貌，内容上不做改动。

（三）文字的使用

1. 丛书中文字的使用以 2013 年教育部、国家语言文字工作委员会公布的《通用规范汉字表》为准。

2. 丛书中的古体字、通假字、俗体字，以及所涉及姓名字号、职官地理等专用字，均予保留。

3. 丛书原文字迹模糊残损，但仍可辨认或可依上下文校正，以字外加方框“□”表示；原文缺字或无法辨识，且无法校补，每字以一个方框“□”表示；如无法统计所缺字数，则以“□”表示。

4. 丛书中数字的使用，保持原貌。

（四）标点符号及其他符号的使用

1. 丛书在不改变原文意义的情况下，将旧式标点改作现行标点符号。

2. 丛书原文中出现代表文字的符号，如“×”“△”“○”“▲”等，保持原貌。

3. 丛书原文中的着重号、专名号等不再保留。

（五）其他

1. 丛书原文中的注释，保持原貌；编者亦出部分注释，供读者参考。

2. 因为原始文献本身产生于战争年代，保存不易，漫漶不清处较多，丛书疏误之处在所难免，希望专家读者批评指正。

七、鸣谢

本套丛书得以顺利面世，要特别感谢中共河北省委宣传部、河北省社会科学院、河北教育出版社的资金支持，以及北京大学陈平原教授、中国社科院文学所刘跃进研究员、南开大学文学院李扬教授、河北师范大学文学院王长华教授等，为丛书编纂提供了多方面的学术支撑；晋察冀日报社老报人及报史研究会诸位老师，中国社科院文学所现代室、中国丁玲研究会、中国现代文学馆各位专家，也在丛书编纂过程中提出了许多建设性意见；院内外的数十位年轻科研工作者，在原文录入和校对方面付出了艰辛劳动，确保了项目的顺利进行。在此一并致谢。

把艺术交给大众（代序）

——祝贺“华北抗日根据地及解放区文艺大系”结集问世

中国社会科学院　刘跃进

由河北省社会科学院文学研究所编纂、河北教育出版社出版的“华北抗日根据地及解放区文艺大系”结集问世，值得庆贺。

文艺是时代前进的号角。1937 年 7 月 7 日，卢沟桥事变爆发，全面抗战由此而起。广大的爱国知识分子和青年学生，表现出同仇敌忾的民族气节，走出书斋，走出校园，用知识，用智慧，用不屈的精神力量唤醒民众，用实际行动担负起抗日救亡的历史重任。在此后的岁月里，延安文艺和华北抗日根据地及解放区文艺，是中国共产党领导下的两大主体，双峰并峙，展示着那个时代的风貌，引领了那个时代的风气。

随着抗日根据地的开辟，延安文艺工作团、西北战地服务团、东北促进纵队干部队、八路军总政治部前线记者团等大批文艺工作者，随同党政干部一道陆续抵达华北，东北、平津的青年学生也纷纷冒着生命危险来到边区。他们一方面积极创作大量街头剧、活报剧、街头诗、墙头小说、木刻版画、歌曲、舞蹈等革命文艺，开展抗日救亡宣传运动；一方面也通过开办文艺干训班，开展各行业、各阶层甚至全民的文艺创作与评选活动，吸引工农兵群众加入文艺队伍，掀起了“晋察冀一周”“冀中一日”等具有深化性质的群众写作运动，以及“创造模范村剧团”“穷人乐”等群众戏剧运动，为晋察冀文艺史添上了浓墨重彩的一笔。

说到这里，我想起2009年参加《北平学生移动剧团团体日记》捐赠仪式的一段往事。从1937年到1938年，在中国抗战史上唯一以大学生组成的“北平学生移动剧团”在长达一年半的时间里，历尽艰难，转辗于国民党第五战区的各个战场，演出话剧，创办报纸，宣传抗日，鼓舞斗志，谱写出响彻云霄的时代赞歌。移动剧团的成员每人一周轮流记述，用日记形式记录了那段不平凡的岁月，《北平学生移动剧团团体日记》就是这部历史的记录。它不是写给个人看的私密记录，也不是为将来面世扬名。作者完全出于一种历史责任，真实客观地记录了那段鲜为人知的历史，体现出强烈的史家意识。日记封面上有这样一段题记，“北平学生移动剧团·愿我永恒·中华民国二十七年二月二十三日始·璧华”。孤立地看这部日记，也许没有什么轰轰烈烈的战斗业绩，也没有什么感人肺腑的情感纠结。客观、平实是它的本色，正是这种本色，为那个历史年代留下一段真实。“北平学生移动剧团”的抗日活动，是文艺工作者投身抗日洪流中的一个历史缩影。

随着抗战的胜利，察哈尔省会张家口解放，晋察冀文协、晋察冀剧协、晋察冀音协、晋察冀美协、晋察冀通讯社、晋察冀边区剧社、晋察冀日报社、晋察冀画报社等文化团体随中共晋察冀中央局和军区领导先后开赴华北根据地，一大批文艺工作者也随之来到华北，开展丰富多彩的文艺活动。他们坚持毛泽东《在延安文艺座谈会上的讲话》中指出的方向，一手拿枪，一手拿笔，深入农村与抗战前线，既为切身体会工农兵的生活，也为深刻了解工农兵的需求，从而在根本上克服了自身相当普遍和严重的艺术至上主义思想倾向，为工农兵而创作，为工农兵所利用，以人民大众易于接受和欣赏的形式，普遍写人民大众的生产战斗故事。譬如左翼作家邵子南，于 1938 年 10 月随西战团到晋察冀，主持战地社日常工作，主编《诗建设》；1943 年整风运动后，他到阜平任小学教员，在反“扫荡”中与群众、民兵一起转移、战斗，还直接在五丈湾跟随李勇的游击组对日寇展开地雷战；1944 年 5 月随团回延安，在鲁艺任教，后调陕甘宁文协搞专业创作，开始大量创作反映晋察冀边区生活的小说。他以亲身体验为基础创作的短篇小说《李勇大摆地雷阵》（后改为《地雷阵》），运用阜平农民群众的语言，以口语化方式讲述了爆炸英雄李勇的抗日故事，明显吸取了民间说唱文学的优点，特别是在白话叙述中还插入不少快板式的韵白，更适合群众的喜好，因而在当时广为流传，家喻户晓，起到了很大的宣传鼓动作用。其他作品，如《荷花淀》《太阳照在桑干河上》《漳河水》《赶车传》《王九诉苦》《孟祥英翻身》《新儿女英雄传》《白求恩大夫》《我的两家房东》《穷人乐》《李殿冰》《戎冠秀》《没有共产党就没有中国》《团结就是力量》《没有土地的人们》《白毛女》等，都是成功的文艺典范，在现代中国文学史上占据比较重要的位置。

在华北抗日根据地及解放区的文艺创作成果中，还有数以万计的文艺作品和极具研究价值的文艺史料刊发在根据地及解放区所办的报刊上。很多作者，本身就是农民、战士或基层工作者。他们把自己的经历和熟悉的人和事，通过小说、戏剧、诗歌、报告文学、歌曲、绘画、舞蹈等文艺样式记录下来，语言通俗，富有生活气息。人民既是历史的创造者，也是历史的见证者；既是历史的“剧中人”，也是历史的“剧作者”。让故事中的人物自己编词、自己表演的创作方式，很好地反映出人民的心声，并让人民群众从生动活泼的艺术作品中得到教育，这确实是一个成功的尝试。

配合党的中心工作，“把艺术交给大众”，通过文艺唤醒大众，这已成为华北文艺工作者的自觉意识。他们积极响应伟大的民族抗战对文学艺术提出的时代要求，充分兼顾到广大人民群众的接受习惯和欣赏水平，创作了大量的作品，真实地反映了燕赵儿女火热的战斗与生产生活，起到了良好的宣传教育与鼓动激励效果。刘萧无编排新闻报道剧《李殿冰》，编剧与演员一起住到李殿冰家里，以便于熟悉主人公的生活，搜集真实生动的群众语言，还模仿他们的动作，理解他们的心理，甚至还让主人公李殿冰等直接参与剧本的修改和编排。描写群众的生活，邀请群众参与创作，这是当时文艺工作者走群众路线的生动体现。该剧演出后获得当地老百姓的极大赞赏，鲁中实验剧团还专门学习该剧的创作方法，创编了三幕五场话剧《过关》。艾思奇《前方文艺运动的新范例》更是誉其开创了前方文艺的新范例。抗敌剧社的《王老三减租小唱》、冀中火线剧社的话剧《我们的母亲》，也都具有这种特色。

这些文艺作品，可能略显仓促，有的甚至急就于战火中，所以在素材提炼、人物形象塑造以及语言的使用、细节的刻画等方面还有很多不足。但是，这不是一般意义上的创作，而是燕赵大地为争取民族独立、人民解放的集体记忆和行动号角，是中国革命事业的重要组成部分。华北抗日根据地及解放区的文艺，有很多这样未经沉淀的纪实作品，不管其艺术性如何，但在发动群众、组织群众、铸就抗击日寇和国民党反动派铜墙铁壁方面，发挥了无可替代的作用。20 世纪五六十年代，河北地区涌现出大量的红色经典，便是华北抗日根据地及解放区文艺的传承和发展。

2017 年 6 月，河北省社科院文学所郑恩兵所长来京与我们协商合作研究事宜。我根据所了解的信息，建议他们结合地方特色，做好地方红色文艺文献的搜集整理与编纂出版工作。“华北抗日根据地及解放区文艺大系”就是那次商讨的成果。全书由五个部分组成：第一部分为《晋察冀日报》文艺文献全编，第二部分为晋冀鲁豫《人民日报》文艺文献全编，第三部分为《晋察冀画报》文艺文献全编，第四部分为晋察冀日报社人物志，第五部分为河北红色文艺作品选。全书收录各种文体的作品六千余种，包括小说、诗歌、文艺评论、戏剧、报告文学、散文、文艺通讯、美术、书法和音乐、文艺史料，还有文艺信息、文艺广告，基本涵盖了华北抗日根据地及解放区的文艺创作情况，具有很高的研究价值。

时值中华人民共和国成立七十五周年之际，我们有机会阅读这部皇皇五十余册的“华北抗日根据地及解放区文艺大系”，更加深切地感受到新中国的建立真是来之不易，她是无数条战线的可歌可泣的人们不懈奋斗的结果。在这样一个特殊的日子里，我们感念当年那些有名无名的作者，感谢参与整理工作的学者，当然，更要感激我们这个伟大的时代。

目录

在白河前线

仓夷

在察哈尔白河一带作战的我们队伍里，战士们喜欢评论各人缴获的枪弹的新旧，喜欢交换着他们的胜利品：皮带、雨衣、水壶、毡毯，但却很少谈论关于战斗。不管打了多么激烈的战斗，自己多么英勇，甚至光荣的“挂了花”，也都被视为很平常的事。

一个月以前——七月底，我们曾在赤城县龙门所，进行了一次歼灭战，歼灭了伪“满洲军”一个营。

在战斗里，我们的机枪射手赵永福，被三个敌兵包围着。掩护他的两个步枪班，追击着敌人，已经前进到很远的地方去了，没有想到从侧翼会窜进这几个敌人。赵永福正瞄着机枪射击，不提防敌人的刺刀尖，已经逼到他的胸前。但是，我们的赵永福没有丝毫的胆怯，他右手握着机枪，左手持着敌人的刺刀把。第二个敌人的刺刀尖又猛地向他的脑后戳来，他急闪没有躲得及，刺刀已经刺进他的肩。他的左胳膊已经没有力量了，可是第三个敌人又上来。就在这样危急的时候，赵永福同志还拼命搏斗。战斗结束时，他没有死，他那负深伤的肩上，还扛着那挺机关枪胜利地回来了。

在战斗里，我们还缴获到一门碗口般粗的迫击炮。大炮的战斗，也是很激烈的。当我们的冲锋突击队冲到敌人的指挥部时，敌人的军官，正在用闪亮的指挥刀，威迫那些士兵作战。我们突击队不等敌人队伍布置开来，就马上冲杀过去，把指挥官打死了，炮也就当下被我们缴获了。但是敌人人多——一个营，我们冲锋的只有一个连，战士们都顾着去追击敌人，没法抬走大炮，大炮还在大路上停放着，连长只留下一个通讯员在那里看守。这战斗刚一过去，第二批被我击败的敌人，沿着汽车路退过这里，看见炮还停放在道旁，就抽刀砍我们看守大炮的通讯员，把炮夺回去了。我们的通讯员受伤躺在地上，敌人端着刺刀，正要结束他的性命，我们第二排的突击队追上来了，一个特等射手急速发出一枪，把敌人击倒了，救了这个通讯员的性命。又有几个战士连续抛出几个手榴弹，才把夺炮的敌人又击溃了。战士们一齐动手，把这门大炮抬到高粱地里。从此这门炮就属于我们的了。

在战斗里，一连一班班长郭发禄和敌人拼刺刀。郭发禄同志是一位忠实勇敢的青年战士，崇礼城作战时，他病在医院里，这次作战，他病刚好，身体还很弱，排长劝他留在后方，在他黄得没有一点血色的面孔上露出焦急的神色，他要求连长还是让他参加战斗。

汽车路上的肉搏战已经开始。北面小山头上的阵地，被敌人重机枪和小炮轰击得冒着滚滚的黑烟。但是敌人怎样也冲不上我们的阵地，我们的突击队追赶着，敌人在狼狈地溃退着。敌人人多，我们人少，他们有的藏在麻地里，有的沿着汽车路奔跑着。八班一个战士，追赶着一个敌兵。他喊道：“交枪吧，交枪不杀！”但是敌人不肯交枪。有一个敌兵已经回过身来，要和他拼刺刀。因为刚下了雨，地皮很滑，把我们这个战士滑倒了，仰面朝天，躺在地上。敌人挺着刺刀直扑过来，我们的另一位战士从背后追上来把敌人刺倒，救了八班这位战士。▨田野里喊着杀声，口号声，敌人的哀叫声。

班长郭发禄同志，顺着这□□□□□□□路上和两边搜索。离他四五步□□□□□□□兵在仓皇地张望，汽车路旁石坎上谷地里，匍匐着腰也钻出两个敌人。他们看见郭发禄只一个人，就一齐围上来，把郭发禄同志困在核心。郭发禄心里想：“不好！”就集中全身的力量，向左边离他最近的那个人一刺，正中肋部，那人仰倒了，他往外一闪，闪到这四人的圈外，顺手一拧枪把，才拔出了刺刀。一个个子高大的敌兵，又挺着刺刀，向他的面门戳来，他把头一低，一栽身，须势向上送出一刀，用力大了，穿透了这敌兵的肋骨，刺刀用力拧都拔不出，敌兵倒在地上滚叫着，旁边剩下两个敌兵都胆怯地回头就跑，郭发禄用劲拔出刺刀。那敌兵还在挣扎，他就再刺一刀，那敌兵才全身抖颤着慢慢地伸直了腿。

战斗还在激烈进行着。郭发禄同志顺着汽车路继续追赶敌人。忽然道旁高粱地里哗哗地响着，七八个被我击溃的敌人又向郭发禄同志冲来了。郭发禄急忙抛出一颗手榴弹才把敌人又炸散了。敌人分成三批，两个向南，三个向北，三个被炸倒在高粱地里。

“你们还不赶快交枪?”郭发禄同志追赶着向北顺汽车路跑的敌人。

敌人不交枪，有一个敌兵站住了，回头挺着刺刀要刺郭发禄，旁边谷地里也钻出三个敌兵，刺刀明晃晃的都对着他。他想：“刺中间那个是好刺，但是容易被两面包围，不行，刺左边那个。”他正这样想着，背后响起了脚步声，他有些着急，恐怕腹背受敌，就很快向左边刺去，刺偏了，敌兵肋部受伤没有倒下，他生气地用力拧转刺刀，一拔，那兵□□晃晃地倒下。郭发禄同志跳到左边，回头一看，背后来的两人，一个是二班的战士，另一个他也认得，是二排的，于是他们三人□就汇合在一起。

战斗已经有一小时了，天色黑了，夜里只能看见近处人体的轮廓，眉目已经辨不清了。田野里的口号声、枪声、哀叫声，已经很稀稀落落。郭发禄用大手掌擦着额上的汗珠，对这两个战士说：“我们追得很远了，还是分路搜索回去吧?”

小雨蒙蒙地下着，郭发禄同志浑身是汗。月亮被乌云遮住，山谷里黑黝黝的，郭发禄同志走着路，直想呕吐。一路上他收拾着被他刺死的敌人的枪械。总共这次战斗，他刺死了六个敌人，刺伤了一个，这一个是敌人的小炮手，用小炮筒要来打郭发禄，被郭发禄一刺刀刺伤了肩部，旁边二排那个战士响了一枪，就把这个小炮手的性命结束了。因为过度的紧张与疲劳，郭发禄眼前的一切发黑，土地都旋转起来，他扑在地上，弄得浑身是泥，他还挣扎着，站立起来，又晕倒下去。战斗结束了，我们的队伍在一个小山庄里集合起来，各班的战士都回来了，只短了郭发禄同志。连长心里很不安，就连夜来到战场上巡视。微弱的月亮，透过云层照射下来，在道旁的田坎上，伏着一个战士，身上背着两支步枪，一个掷弹筒，三袋子弹，八颗小炮弹，手里还紧紧握着一条枪，枪上的刺刀是红的……

这个战士，就是郭发禄同志。连长很小心地把郭发禄同志扶起，问他说："你累了，我帮你背一些吧？"郭发禄摇摇头说："连长，我不累，只是头晕，休息一下就好了。"

在我们的队伍里，类似这样激烈的战斗是常常发生的，每一次胜利的战斗，都会大大地鼓舞着士气。新参加部队的战士们常说："老战士勇敢地打仗，缴获了机枪、子弹，什么都给我们，我们不满足，我们一定要靠自己的力量来武装自己，才是光荣！"

九月十日，重写于张家口

（《晋察冀日报》1945 年 9 月 12 日）

“我要开始做一个中国人”

——从王玉田案看日寇的特务活动

伍朴

一

陕甘宁边区建设展览会保安部分，最吸引群众的是第二室——破获日特王玉田案，向群众解释的，就是王玉田本人，他是个活泼的青年，同志们亲切地叫他“小胖子”。他用流利的北平话，介绍日寇如何把一个中国孩子训练成一个凶恶的特务，而中国共产党，又如何把他挽救出来，走上光明的坦途。

二

九一八事变不久，王玉田的父亲王□□就给大汉奸王荫泰做了秘书，以后王又介绍他给日寇天津特务机关特派员赤羽丹雄服务。他常常“教训”自己的子弟说：“不跟日本人走，不会吃香的。”王玉田自小受的就是这种汉奸教育。

一九三四年秋天，王玉田才十二岁，住在他家里的赤羽，看到他的聪明伶俐就开始注意他，允许把自己的女儿芙美子嫁给他。十六岁时，介绍他去伪新民会办的日文补习学校读书。到了十八岁，又保送他去日寇陆军特务机关教育系在北平办的“陆军通讯讲习所”受训。

这讲习所是日寇训练部队谍报员的机关，分日人、鲜人、华人三班，它的主要教育内容是：在思想方面，“建设大东亚”“中日共存共荣”“大亚细亚主义”“中日共同防共”思想等毒素的灌输；在技术方面，是谍报工作，宣抚工作以及绘图、射击、审问工作，捕□、化装、摄影、通讯等。王玉田毕业时曾宣誓“誓死为天皇效忠”，毕业后，日寇为了培养他特务的残酷性，又派他到宪兵队使用种种毒刑拷虐抗日志士，来作为实习。

一九四一年，王玉田被派赴山西日寇乙集团军参谋部的直属情报机关“太原第一公馆”，又从那里，派在敌驻霍县的增田大队领导特工队工作。他所训练的特工队是被日寇认为最好的特工队之一，这时他的公开名义是“翻译官”。

一九四一年的八月，王玉田在部队中过着和日本兵士一样的毁灭自己的所谓“短而粗”的生活，用酗酒来□□他自己也说不出来的那种苦闷。这时特工队一个倾向我方的黄荣，□□他是不满日寇，乘机向他表示同情，劝他保重身体，并以自己□□□□的爱国热情，向他说了一句：“中国仍是有希望的。”黄荣的热情换来的是杀身之祸，而且不只他一个。王玉田听了黄荣的话，马上在脑子里一转，他就将计就计地假装进步去和黄荣接近，黄荣真把他当成好人。后来，他又通过黄荣，发现了特工队许多倾向我们的人，并参与了他们准备投八路军的计划。这个狡猾的家伙，仍不动声色，直等到他们和我洪赵游击队取得了联系，他才秘密报告宪兵队，将他们一网打尽，逮捕了十一个人，完全被杀害了！

王玉田在霍县破坏我地下工作，残害我安定一同志，更表现了他的残暴。他开始发现安同志的时候，也是假装进步去和安接近，但因为安的警惕性很高，而没有上当。后来因为我霍县公安局的信件被敌所获，发现其中有安的信，王玉田即将安逮捕，用尽刑罚，安没有任何口供，最后叫狗把安定一同志咬死了！王玉田在反省中曾沉痛地说：“我虽怀着极残忍的心理，可是他那种对共产党忠心不移的气节，给我留下了深刻的印象。”

一九四一年十一月，王玉田到了晋西北的岚县东村镇，他的特工队与大村部队的特工队合并而更庞大了，他接到上级指示，着重指出

“八路军正规军之情报争取困难，判断情报之真伪更为困难”，决定此后“采取利用固定密探与争取关系”为主要工作。

王玉田怎样给日寇“争取关系”呢？这里只举几个例子，就可以看出他是如何毒辣了：他想和我岚县五区区长丁履儒拉关系，先派挺进队侦知丁的家在下乐庄，并和他的队员丁好信有叔侄关系，又知道丁有□财产，就派人把丁的家属抓到东村，逼丁妻劝夫投降，丁无回信；又叫丁妻寄给一些纸烟和火柴动以感情，仍无回信；他又叫丁好信写信威吓说：“如果不回信，就要杀人了！”接着又逼丁妻劝说道：“如再强硬，恐生命不保！只要写一情报，就可放回，并保障财产的安全。”又说日寇“决不把此事公开”。此外他又不断叫挺进队写信威吓。丁无可奈何送来一个假情报，王玉田明知是假的但仍送给了丁许多东西（如布匹等），只是不放丁妻，要丁放心，保证不杀害。过了半月后，他又向丁要情报，并以公布到手的情报作威胁说：“如不来信，那要将第一次情报和受□情形公布。”丁迫不得已，又送来一次情报，以后即逐渐增加要求，使丁愈陷愈深，结果变成他的“坐探”。

为了“争取”八路军，王玉田又把特工队派到各据点去做“劝归工作”，进行所谓“清洗八路军家属”。先把八路军家属调查清楚，然后一齐抓到东村，逼他们写信劝子弟回来，但是据王玉田自己说：“这工作并没有收到很多效果。”由于效果不多，他就迁怒这些家属，按照他自己的说法，“对待这些家属是很暴虐的”。

王玉田又根据指示，抓捕我方的群众，强迫施以训练，向他们宣传，日寇就要占领兴县，他们都有做伪政权干部的资格；给他们放映电影，找新民会的先锋剧团演戏，宣传日寇的“王道乐土”；最后给他们的情报任务。又从其中选择一些被他认为可靠的分子，施以特别训练，作为建立情报网的基点，那时兴县到界河口到各□的大道上都建立起他的点线了（这些点线到四二年底即彻底被我摧毁）。

这个时期王玉田参加了日寇部队的“扫荡”屠杀，八月间的临县“扫荡”，因为有个日本兵被八路军俘虏了去，他带着特工队在□头一带搜查，又受到我民兵的袭击，他发了火，见到老百姓就杀，或割去他们的耳朵。又有一次在郭道镇捉住我们一个排长，为了要他说出我们隐藏的物资、武器和工厂所在地，他不说，又被他活活用狗咬死。

由于这些屠杀，第一会馆派涩谷军属给了他奖状。这时他更巧妙地进行伪装，企图和我们拉关系，展开他的情报范围。

一九四二年二月，在“扫荡”兴县时，我×部政治部主任之妻石作英被俘了。王玉田觉得这是最好机会，他与日寇同谋之下，在石的面前伪装同情八路军，并将自己临时写成的“进步作品”拿给她看，表示自己“并非死心事敌”。五六天后，他又设计把她放走。释放的时候，约定互相通信，当时他的目的，是想借此“义举”让石回去给他做实际宣传，以造成我们“王玉田这个人是可以争取的”印象。另外他又估计石回去后，可能出于私人感激给他写信，他即以此为把柄，要挟她供给情报；或者不这样做，由他供给我们一些不关重要的敌情，换取信任，以便于日后活动。

王的诡计，果然有些人受了欺骗，首先发生在他的挺进队里面。王玉田看到挺进队有些人的家属在我解放区，而八路军并没有和他们为难，又看到他们的家属去东村大批买布、盐和火柴，从情报方面来看挺进队那些人的情报有点内容，但又有限制，事属可疑。这时他又重演霍县故技，向他们假装进步、假装苦闷，侦察和我们的关系，果然达到了目的。但他这一次并没有把他们“一网打尽”，而是乘机紧紧把他们抓在手里，利用他们来作反间，并利用他们直接和我政治部的侦察员赵一先通起信来。我岚县公安局局长路明也觉得此人尚可争取，曾写信争取过他。他说他当时□非常小心地在做着每一步工作，一方面使日寇完全相信他，一方面抓紧挺进队积极向我活动。然而却也露出了一点马脚，他怕将来我们要他做工作，不好应付，他曾写信给赵一先表示他并非为了国家、民族，而只是本着“人道主义”做事，后来在通信中，他又要我们和他交换情报，并送给一些物资作报酬。王玉田对这两件事在反省时说：“我这类举动，暴露□面目。”

一九四三年的一月，王玉田在日寇特务机关指使下，又开始了新的冒险活动。日寇的山西各部队情报主任在临汾开会，情报部派人在会议上指示了新的情报方针，其中主要一条，就是“派遣对中国特别熟悉的日籍、鲜籍或中国人，由内勤转为外勤”。换句话说，就是要派遣特务打入我解放区，从我内部进行活动。在会议上初步决定王玉田打入晋西北。以后第一公馆的情报负责人铃木静男又找他亲去太原谈话，待之如“上宾”。告诉他：“四三年所有在职的忠实华人，都有被派的可能。”当时王玉田首先和铃木估计了打入解放区的条件。铃木认为他是有条件的。根据是：（一）已以左的面貌，取得我方初步信任。（二）曾释放过石作英，她可证明王玉田是“倾向我方”。他们又估计打入解放区后，王玉田留在晋西北的可能性大，根据是：（一）我方会因他熟习敌情，留他在前方工作。（二）会日语。可能要他参加争取敌伪军工作。（三）初到解放区，我方可能把他留在前方考查一个时期，才送延安。铃木给他的任务主要有两条：一是发展组织，建立点线；二是搜集各种情报，特别是军事情报，如前方部队的作战计划，购买物资的路线，以及前方后方的军工建设、部队整训、粮食、被服仓库位置等。关于发展组织，铃木给王玉田的指示：在晋西北主要对象，是找那些曾被日寇集中训练放回来未被发觉的人。其次是再由王玉田掩护从外面打进一些特务。最后为了更好掩人耳目，又确定王玉田进解放区的方式是：（一）假装逃跑，投诚八路；（二）敌派兵佯追；（三）假装杀他的家属，以坚我信。铃木又叮嘱他要时刻注意隐蔽自己，其中最重要的两句话是：“在工作、学习时要忘记自己是个间谍，而活动时间则要十分警觉。”

一九四三年四月，王玉田从太原回到东村，又做了许多布置：假编“进步”的日记与杂感，假编自己的履历，又仔细向一个叛徒□田□作了对我解放区和延安的情况调查。另方面他又和他的特工队约好，他打入解放区后，如写信争取他们“投诚”时，他们即带领一部分精干携械投诚过来，这样既可以扩大他在我方的潜伏势力，又可以使我们更信任他，要他做争取敌伪的工作，以便于他日后的活动。

一切都准备好了，这时他要挺进队和我有联系的队员，通知我方，说他“马上要过来投诚”。接着在四月十二日那天，他在北村附近与我方赵一先接了头，进入我解放区，到了军区政治部。

王玉田离开东村后，日寇果然派兵追赶，但他们并不高明。王玉田是十二日下午走的，他们却在第二天早晨才虚张声势地派兵去追，只打空枪。过了三个月，日寇又从汾阳押来一批无辜的男女老少，在东村镇当作王玉田的家属杀掉了。

三

王玉田一到解放区就被我们发觉了。我们于仔细研究材料之后，即由许多负责同志找他谈话，劝他坦白，并把他送到延安。他知道事情已经隐瞒不住，但他又认为宽大政策是“骗人”的，像他这样的人，说出准会杀头。因此他在坦白过程中曾装傻，写假坦白材料，说他“家住在汾阳”，他是“被敌人逼迫来做特务的”。但在我长期感化教育下，终于使他彻底转变了！

“我是一个中国人，中国人为什么要替日本军阀当走狗呢！……我开始生活在这光明的世界里，毛主席的宽大政策救了我，并使我恢复了人性，我要为中国人的生存而工作。今后共产党和抗日根据地就是我的家，我死也再不承认以前那个汉奸家庭了，让那个汉奸家庭跟着那万恶不赦的日本军阀一起埋葬到太平洋里去！我要开始做一个中国人！”

一九四五年三月

（《晋察冀日报》1945 年 9 月 13 日）

李　雨

仓夷

一

七月间，我要到平北去采访新闻，路过怀涿县的游击区。

我们经过了大灵山，山坡和峡谷都生长着丛密的杏树林，大颗的黄杏熟得都裂开了嘴，掉到满地。高山岭上还有一排排的青松和矮桦，远远地望去像大队的骆驼群，在云端里走着。

出了这座大山，就是那树木繁茂的下营川，川的东头是桑园，西头是□山，中间是一条二十里长的汽车路。敌人占据两头，汽车、特务，经常在这条路上走。顺着这条川向东望去，是一片广漠无边海洋一样的大平原，一横道一横道灰蓝色的烟雾，像天边的晚霞，像村落的远景，铺陈在这广渊的洋面上。北面远处的山麓下，有一湾银光闪闪的水光，水面上隐约地有两行白色的柱。交通员指着那地方说："看见吗？那是永定桥。"

我们坐在岗上休息了一会儿，观看平川的动静，在太阳快下山的时候，才下了川。

我们走过袁家营、蒋家营几个村子，都找不到李雨同志。村干部不是说"不知道"，就是说"已经很久不来我们这里了"。交通员同志怕他们误会，对他们解释说："你们别怕，我们是从县里来的，不是日本特务化装的。"村干部还是不告诉我们实话。交通员着急地说："再找不到我们就在这村里住下了。上次我找区长，区长在你们村里，你们说不在，害我白跑了好几个村子。"

其中有一个村干部端详了交通员一下，眼睛巡视了四周，才低声地告诉我们："听说上午来的，在村东庙里审问了一件女特务案子，中午就走了。敢是回了杏园？小李住处很不定，一天会跑好几个村子呢！”

我们再三调查结果，李雨同志确实是在杏园。从蒋家营到二堡子，从二堡子再到杏园，一共有十五里路，中间要爬过一座山梁。沿途狼又特别多，白天都有狼群在路上走，所以白天妇女在田地里锄苗，都是背上背着孩子，不敢把孩子放在家里或地旁。晚上人们要走路，都得带上大铁铲，准备打狼。我们找到两个老乡，叫他们给我们带路，乘着黑夜凉爽的天气，顺着二堡子的北沟里走。起初我以为是座小山，放心地走着，可是爬上了山坡，转来转去，总到不了山巅。深谷漆黑，越爬岭越陡，螺盘谷碎石道，滚沙坡，爬到大山腰，已经满身大汗，冷风吹得全身都打了寒战，肩上的行李也汗湿了。交通员心里很过意不去，老是抱歉着没有很好地完成任务，所以一路上就更加照顾我，怕我累了，还鼓舞我说：“慢慢走，别摔了，过了这岭，就找到小李了。”

二

李雨同志在怀涿三区农民的心目中，是个了不起的人物。农民们几乎是尽了一切的力量来保护他的安全。李雨同志到一个村，村里自卫队就自动派出了许多岗哨，夜里一听见狗吠，游击队员就整夜不睡地巡逻。我们到了杏园，要见李雨的面，得交出介绍信，还得经过许多盘问。“值日”的告诉我说：“这里环境复杂，不小心是会上敌人的当的。”李雨同志住的这家房东，是村里的武委会主任。他看见我半夜里才到他家，没有地方睡觉，就自动地帮我摘门板搭睡铺。旧门板凹凸不平，他还把自己家里盖的被子拿出来给我垫着。我疲累极了，想脱衣服睡，李雨同志笑着说：“不脱比较妥当，我们不脱衣服睡觉已经两年了。”

李雨同志把文件包包好，当作枕头，把驳壳枪的背带，套到手臂上，吹灭灯的时候，他低声地告诉我说：“晚上要是发生情况，从这院里向后走，有一个地洞，可以转移到后山上。”

他的话，很引起我的注意，可是一睡下，就什么也□觉察了。夜里狗吠，岗哨上发生误会，村里的干部们都转移了，只有村武委会主任，他一人留在村里看守我们，他怕我们疲累还没有休息过来，所以没有把我们叫醒，只自己一个人，背着大枪，伏在屋顶监视着，又到岗哨上巡查着，直到天亮，他还没有睡。他黄瘦的脸上皱纹很深，眼睛暗黄无光，看他的面容和对待我们的真诚，很可以断定他是一个贫农。然而，李雨同志却很沉痛与严肃地对我说：“这个贫农，曾经杀过我们八路军。”

“谁？他吗？”我非常惊奇。我仔细端详这武委会主任的面容。李雨同志说：“这并不稀罕的。”原来我们这块游击根据地，曾经经历过一段很艰苦的斗争过程：

去年冬天，敌人残酷地“清剿”这个地区，特务很多，三五成群，到处游转，一发现我们，猛打几枪就走。骑兵在各村奔袭，我们干部在村里至多待两个钟头就得转移。白天我们不敢到村里，只能在野地里躲着，黑夜才到村里工作。工作到后半夜，不管风多大，雨多大，都得离开村子，到野地里去睡。在十天的中间，就有七个区干部被敌人捕去。杏园也在武委会主任的领导下，反抗着我们。

干部们到各村，“上层们”在街上立着，冷眼一瞟，鼻孔里哼出一股冷气：“看这些鬼们，快收拾了它吧。”有些村子，我们的干部去七八次，老乡七八次都不肯和我们见面。他们说：“快进山去吧，这里不好待，年轻轻的，死了不值得。”我们每个干部日夜颠沛流离，个个又瘦又脏，全身生满了虱子。开会时，干部们常常因彼此诉苦而全场落泪，先小声哭，再大声哭，都说：“这地区恐怕难以坚持了！”这时候，李雨同志才二十岁，严格地说，还是个小孩子。但是他从没有掉泪过。他在共产党的教育下，领导下，已经学会了许多和敌人斗争的本事。他带领着区游击队和敌人坚决地斗争。他常对游击队员说："敌人要消灭我们，我们就要坚决地打。宁在战场上死去，决不当敌人的俘虏！"他常问区干部们："自己革命的人生观确立了没有？如果怕牺牲，可以回家……目前困难是暂时的，咬紧牙关，困难一定可以克服的。"游击队被他领导起来了，到处打击着小股"清剿"的敌人，区村干部被他团结起来了，坚持着工作。即使在最冷的冬季，四野里地净场光，没有大的树林，没有矮的草棚可以藏身，漫天盖地飘着"白毛旋风"（风挟着雪），他们在村里开完了会，还得回到野地里去。没有铺的，没有盖的，只有在寒冷的看葡萄园的小屋里冻着。眼睛熬红了，嘴唇熬薄了，可是他们没有怨言，没有疲倦。

有一天晚上，李雨同志和这里的几位同志，在杏园开完了会，已经夜深了，他们才离开村子，村里老乡们，大人小孩正都在热炕头熟睡的时候，他们却躺在看葡萄园的冰冷的小屋里。屋外刮着"白毛旋风"，他们冻得实在无法成眠。正在这时候，小屋的门开了，进来一个老乡，给他们抱来铺的褥子和盖的被子，并且还很激动地说："你们放心地睡吧，把衣服脱掉，好好地睡一宿，我负责给你们看夜，有我在，就有你们在。你们为了什么？受了这许多罪，还不是为了我们老百姓！"以后这个老乡，就一直忠诚地保护着他们。这个人，就是今日我所见的村武委会主任。

三

吃过早饭，天还下着雨，我和小李凭窗对坐着，望着窗外烟雨迷蒙的山色。

小李在抗战那年，才十四岁，小学刚毕业，参加了村里的儿童团。后来到联大去学习。

来这地区工作，只两年多的时间。但是他经历过死的危险，已经有十二次。他很坦率而又慷慨地说："我在机关里工作和在学校里读书时，总觉得自己很纯洁，很坚定，没有什么缺点的。可是一到斗争最残酷的环境中，才知道，要犯错误，真是太容易的事。”

在我们的漫谈中，李雨同志，认为在紧张尖锐的斗争中是考验干部的最好机会。他包起他的笔记本，玩着驳壳枪，很熟悉地叙述着他自己思想的变化过程，他说：“我遇到危险虽然有十二次，但是只有头三次给我的刺激最深，考验也最严重。生死问题被我注意，还是在这一次遇险以后才引起的，以前觉得自己并不怕死。但是自从我在郝窑子遇敌，从死里逃生出来，就苦恼起来了。我被六个敌人用枪比着，相距只隔一道矮墙，敌人喊着：‘王八羔子，你跑!’声音听得清清楚楚。我头嗡的一声，土地都旋转起来。自己手里拿的驳壳枪，顶门子都上了，就是一钩火，子弹就会射击出去，但是心慌了，忘了自己手中有枪，心想这回没命了，就急得骂起来：‘我操你娘，你打吧!’我向夹道里猛力窜去，敌人子弹在背后追赶跑出了村，两条腿就再也迈不开步了，平常十几步就可以上去的小土岗，这回跑了百来步才能上去。我一气跑了十几里，也不敢歇下。胸口热腾腾的，像吃了辣椒一样的难受，躺在地上口里一直流酸水，心里难过起来，可怜极了，想到家庭、老婆、个人前途……问题严重地摆在自己眼前了。死了吗？太可惜了，自己还年轻。这几天当中，我都不能很好地睡觉，脑子里斗争得可激烈啦！最后我猛然对我怀疑起来，我是不是真诚参加革命呢？我怕死吗？‘可耻！可耻!’”小李谈到这里，脸孔红赤起来带着当时激昂的神色。他停顿了一会儿，侧着头抽烟，接着又谈下去。

“第二次遇险，是在寺儿沟。两个鬼子已经上了房，追两个游击队员，把我堵在院里。游击队员向敌人开火，叫我快跑，我举起驳壳枪，射出三颗子弹。就向村外冲，腿虽然还有点不得劲，但进了庄稼地，顺着渠道跑还快些。这次战斗牺牲了一个游击队员，但自己对于生死问题，就比较看得开了。第三次是在九营，敌人进了第二进院，要来“买猪”，我在第三进院，如果是在第一次，我会慌张得不知怎样才好，可是这次我不慌张了，我把子弹顶上，在屋里等着，敌人进来我就打死他。村干部也安慰我说：‘不怕，我不会让你受害。’说着，开了柜，拿了一沓钞票，把‘买猪’的鬼子支应跑了。这以后，我不断地和敌人碰头开火，群众也逐渐地看得起我，进而拥护我了。”

关于经济问题他说：“在下边工作，到处是钱。譬如扩军的时候，就有一家地主请我吃饭。吃完饭，那地主立起来，双手捧过两千元钞票对我说：‘指导员，咱们一家人，有什么话不好说。你挺困难，送点钱给你零花。’我明白他是贿赂我，打算免了他儿子的兵役。于是我严厉地拒绝了。但是这个地主还以为我是嫌□钱少，于是就改了口吻说：‘我看八路军不爱见财，还是把这五麻袋烟叶驮去抽吧！’我说：‘我什么也不要。你的儿子参加抗日军，是应尽的责任，不应该逃避的。’我回到区里，就把这件事的经过，向全体区干部说了，大家都记住这一教训。后来又有一位区干部下乡去扩兵，动员到一家地主家里的侄儿，那地主白天当众满口应承地说：‘行罗，我保证他走就是，抗日的事我决不落后。’

可是当天夜里，我们这位干部办完了工作出村时，看见路旁黑暗里，有一点红亮的烟火头。

‘干什么的？’这干部把枪口对准这火头，怕这人是拿刀来暗害他的：‘你拿着什么，不答我开枪了！’

黑暗里拍拍空手：‘空着手，你还不认得我，你还认不出来。有点事情候你呢！’

走近前去那人就把一叠东西塞到这干部的手里：‘你给区长拿这一千，给你这一千。我一定保守秘密，在这黑夜里，鬼知道，你把我侄儿免了兵吧！’

这位干部愤怒地推开这地主的手，严厉地责备他说：‘别错看了八路军，我要爱财，早就拿着枪当土匪去了。’”小李谈到这里，下结论似的说道：“一个干部如果在经济上贪污，那就是政治上的动摇，须要很好警惕的。”

窗外的雨已经小了。村干部们已经围坐满了我们的炕。他们有许多问题，要找小李谈，小李一件一件地给他们解决了，就和老乡们闲谈，问雨下透了没有？是不是可以播种秋季作物……

四

我们顺着夹河大街到村外去看河。永定河的上游——洋河和桑干河的合流处，就在不远。河面有一里多宽，黄浑浑的河水，急速地奔泻着。夹河的村旁没有河堤，洋河的河口正对着这个村，河水已经把土堰冲成很高的断崖，临河的很多房子都有被冲塌的危险——已经没有人敢住了。

夹河村很富庶，风景也好；主要特产是葡萄，还有各种果品：苹果、沙果、大杏、海棠、槟子，……站在河旁向南望，碧绿的葡萄园，无边无际，果园里散发出来的芳香，在路上就能闻到。沿街的老乡都认得小李，都微笑地招呼着说：

“指导员来了，到家里坐吧！”

小李微笑着，不断地向他们点头。我们进了大街，经过一段高墙。

小李指着那高墙里的屋尖顶说：“这里就是三区有名的恶霸高永海的家，我们三区发动群众，就是从这里开始的。”我站在这大门口望了望，院里花草很多，只是看不见一个人。

小李解释说：“过去我们不注意发动群众，工作搞不起来，从斗争这个恶霸后，工作才有了大的转变的。”

高永海霸占着夹河的村政权已经有十几年了。事变前他当村长，规定买地不能零买，要买至少得买三石租（约三十亩）的地。这样小户买不起，尽他们几家大户买地。村里修庙，他贪污了大批公款，把修庙的柏木椽子都弄去盖他的私宅。村公所比县衙门还难进去，人们有公事进去高永海也要骂，不高兴时，就拿茶壶茶碗打人脑袋：“这是三爷庙的（这一带都把村公所设在庙里，所以也把村公所称作庙），你们进来吵鸡巴干什么？”打坏了炉壶，还得叫挨打的人赔。全村一百六十多户，没有不受他的欺侮的。事变前有七十二户联合起来，和他打官司，打到北京，结果高永海有钱有势占了便宜，七十二户都“栽了沟”（失败），从此人们更不敢惹他了。

有一年天旱，村里唱戏乞雨，高永海从沙城回来：“这还行吗？不得三爷许可随便就演！”他气冲冲地骑马到沙城去了，叫来了一班保安队，把戏子们抓起来。自己却派人到张家口去请名角“盖天红”“九岁红”来演，一天就得花五百元，那时钱还管用，三元一石小米哩！开销这样大，群众拿不起钱，他就戴着墨镜，拿着文明棍，带上小洋狗，站在街中心，把八字胡子一吹：“妈的皮，三爷派的款，谁还敢违抗不摊？”

敌人占了沙城，高永海的侄儿，当了伪村长。村里有六个站岗的自卫队员被敌人抓去了，高永海不管，有一个自卫队员被敌人打伤了，没有钱买药，自己卖田去地，来治伤，他们照旧理也不理。后来敌人把他家的一匹马、两头骡子拉去了，这下他家才着了急。高永海的儿子进了沙城，亲自拜见了日本指导官，给敌人送了两万元款，才把骡子赎回来。这两万元款，是出在村款开支的账上的。

老百姓的肚子都气得快崩了。

但是老百姓谁敢惹他呢？高永海又在街上吹开大话了：“哼，打天下的不坐，坐天下的不打，看我们这个肚腹，还怕扎不过你们。”

小李他们来到村里，知道群众都在仇恨高永海，但是有些人心里犹豫：“八路军帮助我们翻身是好事，就怕八路军走了，人家和咱们算蔚州账。”（蔚州人在这里经商，年终结账回家，都要债务人本利一下还清）有些人说：“敌人来，咱们跑不了，又没枪又没刀。”“咱们死榆木头，干巴一块，斗不过人家。”

小李先在农会的小组会里动员了一次又一次，在野地里开会，一宿一宿的不睡，一开就开到天快亮。农民□都熬得双眼通红了。

“有八路军给我们做主，咱们手拿把钻，要提意见一齐提，异口同声，不怕斗不过高永海。敌人咱们也不怕，他有几只眼，咱们有几只眼，有个风吹草动，咱们就把他先解决了。抓了我们的干部，我们全村负责，拿钱去赎去！”

“行，开斗争大会去！”农民们一经鼓励起来，火焰般的热情都熊熊地燃烧着。

“开斗争大会，我同意，可是我心笨，有理有嘴就是说不出话！”

“慢慢来，咱们先开演习会吧！”

于是，半夜里，在野地里，斗争的演习会开始了。

化装的高永海，低垂着头，站在大家的面前。

农会都分开了小组，组长站在中间，发号施令。

化装的司仪宣布开会后，会场就骚动起来，吵嚷了一阵后，就听见一个曾经被敌人拷打受伤的自卫队员说话了：“主席，今天我得说说：‘高永海你好好听着，你是什么心肝，我站岗给敌人刺伤，你不给我买药，你家那头驴子被敌人拉走了，就开支了两万元的公款！’”

“他把我们穷人当成比牲口都不值钱！”说这话的人两肩挤动，所有的农民都随即喊着：“对呀对呀！”有的把手一拍，也是全场“对呀对呀”地助威。

演习会开得很热烈。发言的人很多，假高永海一面辩驳着、推托着，终于无话可说了。演习了一段，主席就修正了几处发言的措辞，于是就告诉大家说：“开正式斗争大会，就这□说，别走了板！”

“对，就是这么个来派！”

第一次的斗争大会，农民们胜利了，罚了高永海一万五千多元，农民们斗争的信心提高了。“把高永海这大恶霸揍倒了！”消息很快传出去，村里就有更多的人，提出要和高永海清算粮账（资敌的粮，算出一百多石高粱来），改造负担。很快的就有十多村的农民，也都学着夹河的农民起来斗争了。群众进行了斗争，基本群众发动起来，村里岗哨加严了，民校开学了，治安稳定了，我们的工作就在村里生下了根。

小李说："工作做好了有群众拥护你，心里实在痛快！你半夜里转移，不管天多冷，夜多深，只要一作声，一动暗号，老太太就会很快地来开门，老太太还留着鸡蛋，留着挂面，自己都舍不得吃，光盼着我们到她家里去，她一见我们就高兴地说：'你可把大娘想坏了，尽在那一片工作啦！多会不见你□！'不管她□家□多么穷，她□都会想办法，使你多吃她们一点东西，老乡真是真心真意地爱护我们！"

谈话之间，天色已经将晚，我因为赶着要到平北去，不能再详细地和小李长谈了。小李把区游击小□集合起来，唱了几首歌，就送我过河。这时，河面上已经布满了稀薄的□气，到了河的对岸，我还能看见李雨同志在那里作送别的摆手。

九月十日深夜记于张家口

（《晋察冀日报》1945 年 9 月 14 日）

杨排长又把红旗挂起来了

三十个青年战士，争先恐后地从队列里站出来，又在前面排成一个小的队列。

早晨的寒风吹在脸上多疼呀，简直像挖的一样，但谁也顾不了这些。

孙团长绷着脸，眼睛横扫了前面这个行列一下，指着其中一个大个子青年说：

“杨好合，你不要去吧，站回原队去！”

“报告团长，我要去。”

“你要指挥你的排，还是不去的好！”

“上几次我要去，都没去成。这次大家报名，都准了，大家能去，我……我想……我还是要求团长，我去！”

团长注视着这青年，心里想：他平时听从命令，很少说话，现在居然这样倔强，于是含笑地说：

“好，你要去就去吧。”

这三十个人，团长把他们分成了两队，一队十五个人。第一队由杨好合指挥，第二队由教育参谋指挥。第一队先潜入城□，占领要点，第二队在城外扰乱敌人，然后大队攻城。最后孙团长授给杨好合一面红旗，说：

“准备好的时候，把这面旗挂起来，作为记号。”

这支队伍是准备去打厂汉营的。

厂汉营是雁北的一个大镇，有五百多户人家，又是军事要点，城里住着三百多敌人，工事非常坚固。城墙一半在山上，一半在平地。沿城有一道铁丝网，要是不用奇袭，在我们现有的装备条件下，强攻是很困难的。我们用了优势兵力，出动了三个步兵连，一个骑兵连：

两个连打正面，一个连打侧面，骑兵连担任追击，此外还有这三十个便衣敢死队。

大队集合好，便衣队就出发了，担着担子□着筐子，庄稼汉、乡下佬，好精干的一群呀！

他们藏好了驳壳枪和手榴弹。

他们给孙团长敬了个礼，又向其他的同志们摆了摆手，就面着那初升的朝阳，走上那弯曲的小路。

孙团长瞅着他们那渐渐远去的背影，不免眼角上泛起了一道欣慰的笑，心里默想着这个将要到来的里应外合的战斗场面。

这三十个便衣战士，有的边走边说笑，有的吹着口哨，有的在沉思着，盘算可能遇到的事情，不知不觉间，三十里的路程，很快就走完了。在那稀疏的白杨空隙处，厂汉营在前面山脚下出现了，于是两队就分开来，各自向目的地前进。

城门口的检查很松，大路上来来往往的人也不少，十五个人混在老百姓当中，就混进城去了。

十五个人已经分散开了。杨排长和另外四个战士在一起，边走边看。

在街中心的土岗上找到了敌人炮位。

忽然一个探头探脑的家伙，一见他们，立刻撒腿就跑。

“糟糕，这小子大概认出咱们来了。”杨排长这样想着，就指定了三个人在这里监视着，并告诉他们形势一有不对，就立刻占据那个碉楼，他同另一个同志到另外一条街上去了。

在一个山枣摊的旁边，一个伪警察正和他们一个同志找麻烦。

“你干什么？”伪警察大声吆喝，并且拉住他。

“我不干什么，我来买东西。”

“你不是好东西！”伪警察不肯放手。

“为什么不是好东西？”

"我要搜一搜！"

那个同志一听说要搜，觉得不妙，他就使劲将伪警察一推，伪警察往后踉跄了几步，涨红了脸，吼叫着，又扑将过来。

正闹得不可开交的时候，杨排长摸出了驳壳枪，"拍！"的一声，正打在伪警察的胸膛上。

于是突然的，街上变成了混乱的场面，人像一群受惊的鸡，向各处奔跑着，摊子碰倒了，老头子跌倒了，小孩子哭叫着，好像暴风雨就要来了一样。

杨排长还有另外四个同志，很快就进碉堡去了。

一队敌人从下面奔驰过去。

但是从碉堡里飞出一颗手榴弹，在这队敌人中间"轰！"爆炸了。鬼子立刻散开来，枪声像爆竹似的响着。

一百多敌人把碉堡围起来了，弹丸碰在碉堡上，发出尖脆的声音，敌人这个碉堡还相当坚固呢。

其他的同志们也占据了另外的地方，动起手来，枪声在四面吼叫。

机关枪叫得越发凶了，子弹像旋风一样，向着碉堡扑来。杨排长右边的一位同志牺牲了。

这时杨排长的眼睛里，发出复仇的怒火。他恨不得把敌人咬两口。他丢出一颗手榴弹，炸死了敌人，像猪一样在地上翻滚。

"自己的人快来了吧，我们把旗子挂起来！"杨排长激动地边说边把旗子掏出来，挂在一根预先扎好的木棍上。但刚一伸出去，枪弹像急雨一样落在旗子上。

敌人痛恨这面旗子，因为它是他们这些野兽们灭亡的信号。

旗子受伤了，被穿破了，但它依然傲然地招展着。

可是外面一点动静也没有。于是杨排长又把旗子取下来。杨排长拂一拂它的伤痕，又把它藏在怀里。

手榴弹快完了。同志又有一个倒下去。

杨排长发怒了，他没了手榴弹，他掀起碉堡上一块砖头，准备打下去。

“要不得！”一个同志急速把他手中的砖夺下来，“砖打下去，是告诉敌人，我们没有炸弹了……”一个马尾手榴弹飞了进来，在地上急转，杨排长飞快地把它捡起来，反掷回去。接着第二颗又飞进来，杨排长刚捡在手里，但是爆炸了！三个人都挂了彩。

杨排长忍住他的伤痛，奋力地，又把那面红旗挂起来了。

他的神志昏迷了。可是他仍然听到城外那激烈的枪声和喊杀声。杨排长也奋然地喊道：

“战斗吧，把敌人消灭！”

（《晋察冀日报》1945 年 9 月 15 日）

张家口的贫民窟

——黑石坝

胡可

一、被遗忘的人们

在敌人统治的八年里，我们张家口市有一群褴褛的外乡人，他们在一区东山坡日本红房子旁搭起席棚住着，白天去给日本人当苦力，盖房子、锯木头、背砖运瓦，夜晚一家几口蜷曲在席棚下，没有人知道他们的名字，他们是不被允许立户口的；住没有“居住证”，做生意没有“许可证”。虽然区里经常有着二百多口这样的居民，可是警察老爷是不愿管这些闲事的。

他们在这里居住了几年，出卖着劳力过着全市最下等的生活。

二、棺材坑

日本人用中国人的手盖起了漂亮的房舍，又一脚把中国人踢开——因为“妨碍卫生”的缘故，日本人把他们从席棚里赶了出去，女人们哭着，左手抱起孩子右手卷起芦席。“树移死，人移活”，穷人搬一回家算什么呢？在日本鸦片工厂和伪交通局之间的坟地里，他们又重建起他们的窑洞来，他们借住了死人的住宅。

窑洞是借坟坑略加修筑而成，用土坯垒起约一二尺，上面用木板芦席遮盖起来，门口挂一面草□子，里面可以挤得三四人，在墙壁间常常可以发现死人的骨头，所以他们就给这房屋起了一个别名——叫作“棺材坑”。

他们已经在“棺材坑”里度过了三个冬天。虽然他们用自己的双手为了他们主人盖了不知多少间装饰着玻璃窗的漂亮的红房子，而他们自己是没有资格居住的。

三、有一天

有一天，日本人的居宅里铝制的水壶正打着滚，桌子上的饭菜正冒着热气等待着它的主人，就在这时候响起了清脆的步枪声和机枪声，那伙吃人肉喝人血的野兽狼狈地逃窜了。

苦力在替日本人盖着房子，远远地响起了军号，年老的工人分辨出这不是日本人的号声。

“中国军队打来了！”他大声嚷。

人们从高耸的木架子上回转头来，睁大了亮晶晶的惊喜的眼睛。木匠停止住锯子，把沾满锯末子的右手遮在额头上。女人们从棺材坑里跑出来，站在阳光里。

远远有人来，端着枪。

“中国军队！不错，中国军队！”

“八路军！八路军来了！”

人们拥过去，像父母见了久别的儿子。

八路军要水喝，一桶一桶的凉水抬过去……

四、从这一天起

□□□□□□□□□□□□□□□□□□□□□□扔在街上的米和面搬到棺材坑里来，把软绵绵的绸被子盖在身上，几年吃惯了黑豆面、高粱面和糠皮子的苦力，像做梦一样。女人给小孩烙白面饼吃，高兴得手都哆嗦起来了。

从这一天起，他们才正式立了户口本，被自己的政府承认为本市五十六户合法的居民。从这一天起，他们才能够向自己的政府倾吐八年的酸楚，说着心里的话。

政府派人去慰问他们，帮他们编了四个小组。调查了他们的生活情形，给他们发下三千斤焦黄的小米来，五十六户几乎全部得到了赈济。政府并且答应他们，不久以后，大家将搬到经自己盖得的宽敞的房屋里去，再不住棺材坑了。

他们高兴得不知说什么好，一个年老的工人抓住同志的手说："咱们真是一家人，要不是你们来，我冬天连棉裤都穿不上呀！"

五、苦痛的日子是一去不回头了

那因为欠了别人六十块钱而把四岁的孩子还了账的辛酸（郭玉），那拉着孩子沿门乞讨的生涯（段丁氏），那□欠了一万元工资只发结三袋洋面的冤屈（李连池），那因为去日本房子汲桶水而被踢翻了水桶的耻辱（李氏），那被敌人抓去下了大狱打得皮开肉绽的苦痛（张树科），那被监工克扣了工资携款潜逃的愤怒（邓保明）……这一切从现在开始：是一去不回头了。

□□□□□苦□的日子□怎样□□的，他们曾把工厂的机器看守得完好无损交给了自己的军队。他们曾交出了七支步枪和一支手枪，在区里号召居民交出武器时，他们是交出来最早的。

他们知道今天的政府是老百姓的政府，今天是老百姓翻身的时候，他们自己组织了五个工人小组和三个菜贩小组，推选出自己的组长，为了给大伙儿办事，将来过好日子。

六、自动要求参加八路军

十七岁的邓保明，山东人，因为流落在这里当了几年的苦力，他早就想当八路军了，他羞涩地问我要不要他。

"你为什么要参加八路军呢？当八路军是发不了财的。"

"我知道。八路军为了救中国，救穷人。"

“八路军不是享福的队伍，要替老百姓打仗哩！”

“知道。”

“当了八路军，可不兴欺侮老百姓呀！”

“知道，我要犯了要我脑袋。”

我笑了：“兄弟，八路军不兴打人也不兴骂人，有了错知道改就行。当了八路军好好学习吧，比上几年学堂都强哩！来吧，收拾一下跟我走吧！”

我，一个八路军的老兵，他——小工人，八路军的新兵，我们亲兄弟般并肩走在宽阔的碎石路上。我们践踏着黄叶般的大烟包□纸，蹉跎着往昔窒息的岁月，秋阳照着我们。

九月十五日

（《晋察冀日报》1945 年 9 月 16 日）

踏上蒙古高原

秋浦

九月十六日，记者由张启程，前赴察北视察。这一天，天还没有明就醒来了，无数的感触，系电影一幕一幕似的，一时的都注上心头来，翻来覆去，是怎么也不能很安稳地睡□了。

七时四十分，车子离开张家口，穿过几条冷落的街道，沿着张家口——张北公路，向北疾驰，出平门后，即至郊外，因为昨夜大雨，公路之基有一部分被毁，忐忑不平，汽车走在上面，颠簸得很是厉害，偶一不小心，就有从车上摔下来的危险，因此车行的速率，至此就不得不大为降低了。

张家口郊外风光与市内繁华景象，是完全不相衬托的，一抹土黄的颜色，很自然地就给予旅人以一种落寞之感，这种感觉一直到车过近郊名胜——水母宫附近时，远看□土层中，点缀着绿柳红花碧瓦，才逐渐地消失过去。

车子在开阔的公路上奔驰着，迎面不住地吹来塞外刺骨的寒风，犹如时已进入初冬一样，同车的有几个穿得非常单薄，经过寒风的逆袭，都感到很不舒服；记者因事先携带衣服过少，至此也同样地感到有些寒意。“塞外从来偏节令”，在这种场合下来吟这句词，真是别有令人省悟的地方了。

车子爬过一座小土丘，万全城灰色的城垣，即突然地呈现在眼前。“万全!”当同车的人们发现这一座古城的时候，都感到兴奋极了，有的竟至手舞足蹈起来。

万全距张家口仅三十里，是于八月二十二日才被我军解放的，如今虽还不到一月，但境内的秩序已次第恢复，四乡的农民，很多都自动地挑着东西到城里去出售，这较之敌伪盘踞时的萧条景象，已不可同日而语了。

过膳房堡五里后，车子沿着漫长的斜坡，开足了马力，蜿蜒向上爬行。行约五里，至神威台口，这里就到了坝上，亦即所谓蒙古高原的边缘地带了，坝长凡三百余里，西起兴□大青山，东迄赤城，沽源七老□山支脉，燕山，为南北交通的孔道。因其宽狭不一，故通行亦有难易。宽者汽车可以往来，狭者则仅容单□通过。坝的南端是外长城，因历时过久，屡经炮火洗劫，风雨□蚀，现已形迹不辨，仅剩下一片乱石堆了。

坝的高度三万余丈，由坝上回首南望，只见崇山峻岭，重重叠叠，均在脚下，形势之险要，□此可以想见。坝上地势，与坝下迥乎不同，汽车在坝上行驶时，极目四望，一片平坦，平时，看得有些远远的地方，像是有时起时伏□，土丘在阻挡着了，但走近一看，仍然是一片比较平坦的地方。行旅至此，一望无垠，真是开阔心胸不少的。

坝上风光，完全带有一种原始式的荒美。古人的词："天苍苍，野茫茫，风吹草低见牛羊。"用不着再增删什么，就是这里最好的写照。记者一路饱览了蒙古高原这种特有的景色，所有旅途的疲劳，都被抛到九霄云外了。

车过神威□前后，沿着公路两侧，随处还都可以看到铁丝网，土筑的工事，敌人丢弃的炮车炮弹，以及被破坏的电□□□的遗迹，□□的景象，虽时隔一月，仍予人以一种不可泯灭的印象。同车的人告诉记者：敌人七八年来，在坝上狼窝沟一带，就曾筑有坚固的工事。苏联对日宣战后，红军与蒙古军于八月十五日由北直下多伦、康保、化德、张北等城时，敌人还曾经退守到这一线的阵地里，企图进行顽强的抵抗。但经不起英勇苏蒙军的严重打击，敌人只得又像在其他地方一样的，从这一阵地狼狈逃窜了。

十一时三十余分，车始抵达张北。由张家口到张北，不过近一百里的途程，却足足地行了四个钟头，这里面，不少时间，都被修补被毁的路基，汽车上水添油的耽搁了。

张北是察北的重镇，全城人口共约一万三千余人。该地原属察哈尔特别区，民国十七年五月，始改隶察哈尔省。事变后，敌人曾在这里构筑成为一大屯兵场，并设置了伪察哈尔盟公署，作为统治察北人民的机构。现在，他终于解放了。

"九一八"十四周年于张北

（《晋察冀日报》1945年9月26日）

减　　租

甘毫

绥德贺家石佃农马秀丰，听说过去的旧保长，被地主党思忠请去喝酒哩！炕上放了一张油漆桌子，大瓶的酒，炒了几个肉盘子，这样来塞住保长的嘴，保长就把政府减租法令埋藏起来。这是庙门上赶叫花子，不管穷人的死活，只图自己上了棹面抹了油嘴。马秀丰过去是老牛上山坡，磨了半辈子，熬愁的头都抬不起来。迩刻（现在）是窑上透破顶，重见天日。但保长同党思忠，今天又想来捣鬼，这号事情可弄不成了。

马秀丰气得坐不住，便去串门子，把听下的话不瞒人地都讲了，大家听说上头下来了减租法令，喜欢得眼都睁不开，但又听说保长叫地主给抹了个油嘴，就做下了背人的事，把人气得眼珠子都凸了出来，你看那年轻人手拍着胸膛说："这号啃骨头的狗，我要叫他好吃难消化呢。"

上头下来的减租法令，谁也说好呀，但有些软面人，怕惹下地主弄下后患。你看党治国亲门兄弟，都低头丧气的口不张牙不露，眼睛瞪着别人，怕抽回自己的地，所以他和大家的心不合，有些舍不得吃不饱饿不死的旧生活。

马秀丰见党家兄弟有些松气，便说："把眼睛擦亮看一看，迩刻是风吹云散日头出，过去的陈租子旧粮，把人压得一口气都换不过来，迩刻不知道政府的好待，租子就是要减，不减就不行。"

吸烟的人烟锅是冒着烟，党治国听了马秀丰的话，闭口无言，但看那模样还是缩头缩脑，像门内的夹尾狗，就不是咬狼货，只怕把自己一碗粗米淡饭丢了。

虽然马秀丰已经上了四十岁了。但你看那一棒子打不死的腰干，挺得更硬了。两盏明灯样的眼，闪跳得更活了，眉梢像风吹样地摆动。他为对抗保长和地主的秘密勾搭，用旋风样的脚到处跑，闹得很上劲，但是这种风声不知怎的，吹在党思忠的耳上。

党思忠吗，近来患着夜来心事多的病，到了天明眼睛还合不上，他为了自己的高楼大厦，酒肉饭茶，为自己养儿养女，做下犯法和亏心事，但迩刻世事的变化，使他很害怕。他解不开种地还能不纳粮，有地还能不自主。照理说东行管不着西行，卖油的不管货郎，小鬼不能犯阎王，他觉得马秀丰有恩不报，还拿起猪八戒的耙，倒打过来了。他的格言是："有店还怕招不到客，有女还怕找不到个丑女婿!"这时，起来招呼他的伙计，把马秀丰叫过来。

"秀丰，你来了，我今天问你，租子只管抗着不交，是不是要到后辈六十年才交。"他那勾鼻子随着说话也翘起来了。

"交是交，要照过去我是交不起，这是硬叫十二岁的姑娘上轿受不了，要按上头的减租法令来，那自然就交了。"秀丰的话是石锤打在石磨上，总是实打实地来。这可中伤了党思忠的心尖，他脸上立地变了颜色，眉眼上红汤汤的，但他哪里肯承认减租法令的事。

"这真是明白人说的糊涂话，大白天鬼把你迷住了，啥价减租法令？租子是当年红口白牙说好的，黑字写在白纸上，而今你嘴变软了，舌头扁了，由你胡说？"党思忠很习惯地又来了个下马威。抽水烟的火纸指在秀丰的脑门额上，但是秀丰今日也是一步不让，人说狗逼急了跳墙，人逼急了造反，秀丰今天可不受他的欺侮。

"咋价，你喝一口凉水把谁咽了不成，不减就是不交!"迩刻秀丰变成腰粗膀壮的硬汉，敢说话了。如今不是过去的世事了，过去地主同官家穿一条裤子，谁要一张口把牙都给拔了，今天谁也不能撞谁一下，有理摆在人面前说，共产党八路军就是评理的天秤。

党思忠蹴在炕边上，看到秀丰火性子和平常不同，也就顺风转势，话也说得软和了，又是眉飞眼笑，但是笑在面上，恨在心里。

“秀丰，你看，人有心树有根，当年你不是我的地，你一家的命根子都要断了，今天你把我的好心当成驴肝花，有恩不报反成仇人。俗语说：有奶便是娘嘛，你那一年在青黄不接的时候，不借斗二八升吗？这些旧事重提要你会想想，种地的时候很高兴，出租的时候，像拔身上的毛呢，难极了！今天又来和我翻了脸，迩刻我才像买了个没底的罐子，把你看透了，你回去看看先把租子交了再说。”

“我要交的租子在人家屯里放着呢。”秀丰说着便拍着屁股走了。

党思忠这次单人独马，叫秀丰顶得心痛，他很聪明，老虎不吃眼下亏，但他口上可没说心里的话，暗地里又要起手腕了。“瞎了眼，你今天给我翻脸瞪眼睛，吃了三天饱，就睁眼不认人了。谷米把你吃腻了，看着吧，讨饭吃叫你也端不上个好碗。好，叫你就不交吧！”他气得那八字胡子也翘起来了，他戴上那陈旧的灰色礼帽，走到别的地主家去，商量不减租取得同一步调，因为要从五千三百六十五垧地减了租子，这是一笔很大的数目，党思忠是其中的头子。

他去就把和马秀丰的吵嘴，从头到尾地讲了一遍。

“好是好，但政府的法令可不能戏耍，咱们不能对不起政府，众人已经知道：减租法令你藏起来不行，这叫瞎子打灯笼白费了油，我看大家还是思考下，不要丢了人！”一个地主盘算着说，这时党思忠眼睁得大，想起了何绍南坏种给他的恩惠。

时间一天一天地过去，春上要开始上山了。“庄户人，不用问，人家做甚都做甚。”但有很多佃户没动弹，却等着马秀丰的消息，因为地主已经从九十一家佃户中抽回了十六家的地，有一百三十四垧，没抽地的人，谁也不愿交这样重的租子，这真是和黑驴打滚差不多，像老牛上杀房，连皮带肉都要给吃了。这样弄得人没心春耕，你看山坡上田地里，那年轻人都像霜把秧打了，软溜溜的。

就是党治国因地不稳当，租子出得重，虽然不敢和地主斗，但愁得他脸上没有一丝笑容，日头上了三竿他才起来，披挂着衣服，扛了镢头才慢慢地上山了。

一片坡地正是好翻的时候，黄土翻在地皮□，看□都是壤和的，但党治国镢头一丢，又睡在地畔上了，他想自己人软，人家还要起陈租子来了，这真是马软得人骑，人软任人使，这样自己咋办呢？又担心地主抽自己的地，他想汗出在自己的身上，油流在地主的肚里，这是出力不落好呀，自己咋价活法呢。你看他很着急，快下种的时候了，还没动弹呢。□说："月怕十五年怕半，庄家人就怕误时间。"党治国想着又捞起镢头，准备掏地，忽然又听到人叫唤呢。

马秀丰为减租，一天不停脚地跑，他三声两声□□应党治国，就爬上山来，征求党治国参不参加农会。"很快就开减租会，要地主和保长把减租法令拿出来，租减了地弄稳当，庄稼就好做了。"马秀丰上气不接下气地讲着道理。

"唉！参加使不得，不参加地不稳当，租子又重真没法过活，参加吧！"党治国慢慢地说着，他这人就是鞭子打在身上了才知道痛。

晚上窑□的灯明晃晃的，有的人口里叼着烟袋，有的人扯着种庄稼的事，全庄一百三十户人家，到会贫农就九十三家。

"咱们开会。"农会主任宣布，"今天要保长同地主把减租法令拿出来，他们把减租法令埋藏起来，叫佃农多背上了租子。党思忠还怕人张口，一张口就□抽地，弄得人心惶惶，不好好地务养庄稼，怕有后患。"大家的眼睛都瞅在农会主任的身上。

马秀丰的话像箭头子穿过了每一个人的心窝，庄上共有百来户人家，就有九十九家是□地种的人，上头给人办好事，而他们捣鬼，害了多少穷人，这真是头上长疮脚底流脓，坏透了。

"叫他向大家说为啥害人!"大家乱喊。

保长蹲在灯影背后，大家鸦雀无声地听着：

"党思忠叫我去擦桌子摆酒，舌头上像有蜂蜜，说得可甜了，叫我□了法令，我就没考量钻进了这个眼眼。"大家看他那样子，火都冒出来了。

"我看□重找一个乡长，马汝生做咱们的乡长合适得很，人家走得端行得正，办事公正不偏三向四。"马秀丰一说，大家都同意，去向马汝生贺喜。这样，罢免了坏保长，选了新乡长，事情就好办了。

第二天，大家早早地就到齐了，新乡长是个领导的，他第一个先到。马汝生五十多岁了，为人□刚强朴实，做事一是一，二是二，不看亲戚朋友的面子，能行□。他拿了个烟袋不言不语地听着人家的话。

"新乡长，□兄弟，我因减租，党思忠把我种了几辈子的地，没打招呼就抽回十垧地，后来又给我灌甜头，要我按老成规交租子，答应借我粮食不抽地。老成规我是背不起，抽了地我一家大小都会饿死的，请众位乡亲给我想个办法。"

"要租子又抽地，咱们这庄稼做不成了。"大家同声叫起来。

"我来把心里的话也诉说一番。我是□了口□里的钱，没数，人家要租子我就一五一十地交了，以后我听说上头下来了减租法令，我人软不□惹，迩刻算起来我只能出上六成不到七成，多收我的租子要他吐出来。"党治国看大家说话很上劲，自己也就提起了胆子说开了。

"多收的租子吐出来，向外吐!"大家都□着腰敲着拳头□着，□□□□□□乡长看□□吵不好落台，他便出头了。

"大家正说到劲头子上了，我是口劣舌笨的老粗，不过道理还可以摆开。党思忠抽地的事，我和区政府商量，地不能抽，租子要减，多交的租子要退还，欠的陈租子不算了!"

“好！好！吐出我的租子，我取口袋去！”党治国听说退租子，劲头更大了。

“不忙，大家知道政府把事做得很认真，这是为了抗日，人多了手稠，要大家有□吃都要动起手来，前方参战的八路军，地主参加得少，穷人多，党思忠今天还保存着旧脑筋，叫保长藏法令，不减租，抽地等，这样政府是不答应的。今日想单靠地租过活，佃农□的太重，就不乐于务农，这样大家吃不上饭，乡亲弄得都不和气，这就放松了抗战的力量。政府一方面叫地主在地租上薄收□，帮助他们另找好营生，因为我们不能遮耳掩目，不管娃娃要饭吃的苦，姑娘穿不起裤子的景□，谁人不□育儿女，谁人不吃喝穿戴，我们要把人民光景改好，所以这就要一方面减租不抽地，另一方面交租不误时。”

乡长这一席话，□讲在人的心窝了，弄清了人心里的疑惑，减去了佃农们的千斤重担。党思忠听乡长把事情的根根节节都讲出来了，露出了自己的把戏，落了个脸红，同时不答应人家一声也不行。

“我犯了法，政府宽容了我，过去没想开，不减租还抽了地，自己又不种，这叫站住茅厕不拉屎，只顾了自己，没看到人家的死活，减租法令是我叫保长藏起来的，我不想减租，我叫其他的也不要减，这是自己做下犯法事。迩刻地退回去，把约重新换过，但已经交了租子的，今年就算了吧，明年再说。”党思忠的脑子也转变开了，但是他的鬼气逃不过大家的眼。

“不行，今朝不管明朝事，算多少退多少，不退不行！”大家蜂□一样地包围住他，结果，背口袋的背口袋，提斗的提斗，到了地主家里，满打满算该退多少退多少，这样退出的租子有十七石多。

（《晋察冀日报》1945年9月27日）

一位不识字的劳动诗人

——孙万福

周扬

孙万福是陕甘宁边区曲子县的一位劳动英雄，我第一次知道他的名字是从《解放日报》上。报上载着：在毛主席接见十七位劳动英雄的一个座谈会上，一位老英雄从椅子上站起来走近毛主席，用两只手紧紧地抱住毛主席的臂膀，他沾着口沫的胡须，因兴奋而有些颤动，他说："大翻身哪！有了吃有了穿，账也还了，地也赎了，牛羊也有了，这都是你给的，没有你，我们这些穷汉趴在地下一辈子也站不起来。"这位老英雄是孙万福。他的热情的动作，他的简单而又热情的言语，道出了千千万万人民的对于旧社会的仇恨，和对于自己的领袖的无比的爱和拥护。这是一个多么动人的场面，一首多美的诗！这件事情本身是如此地富有典型意义，一幅人民和自己领袖的关系的正确的图画，我并没有十分注意孙万福这个人。后来，一位我所十分尊敬的同志偶然和我谈到孙万福，他告诉我这个老头是一个很有诗意的人，他的讲话就像诗一样，简直是很出色的朗诵呵，比某些职业的朗诵诗人还高明呢。我接着读到了报上发表的《孙万福讲农作法》，我就不但被这位务了四十年庄稼的老农的丰富知识和经验所震惊，而且也被那虽经别人笔述但仍可以见出原来情调和风格的他的语言的魅力所吸引了。我更加相信了那位同志的话。我非常想见一见这个老头。

在延安大学欢迎劳动英雄的会上，我这才亲眼看到他，亲耳听到他的讲话了，这使得我欢喜和兴奋！和别的劳动英雄并没有两样，他的讲话是简单明白的，句句充满了对于劳动的喜悦，集体的关心，对旧社会的仇恨，对革命、对自己的领袖的信念和忠诚。这些正是所有劳动英雄的共同的思想、情绪，共同的语言。孙万福的与众不同的地方，是在他更善于把这些思想和情绪化为生动活泼的，带有丰富色彩的语言，不但个别的句子带有诗意，而且通篇带有诗的结构和风格的语言。他没有念过书，也不认识一个字，完全凭着他的好记性，他时常在话里使用着一些成语、形象和比喻，而且有时使用得那样恰当，使旧的成语获得了新的内容和生命。这些成语很多是原来有韵的，同时他又加进一些他自己创作的押韵的句子，但是不管有韵没有韵，他讲出来都纯然是自然的节奏，没有一点矫揉造作的痕迹。他和吴满有两个都是健谈家。两个都是上了年纪的人（孙万福已经六十多了），而且都是在旧社会里受过深重的苦难和磨折的，但他们都显得一样年轻，朝气勃勃的，全身心沉浸在乐观里。他们身上体现出了中国农民的坚忍的生活意志和革命乐观主义的精神。吴满有以他的诙谐使我们感到轻松愉快，孙万福却把他的热情传染了我们，给了我们一种鼓舞。假如把吴满有比作一个美妙的散文家，孙万福就可真算得是一个优秀的诗人了。

在会后，我得到了和孙万福谈话的充分机会，我想探索一下他的诗的世界，我就对他说："你的讲话有好些句简直就像诗一样，你一定会作诗，你现在就作几首诗给我们听听好吗？"他很高兴地答应了我，他说我念你们写吧，一口气就作了几首诗，我现在一字不改地照抄在下面：

一

咱们劳动英雄来开会，
看了生产展览品，
延安的头一景。

咱们毛主席号召——

蟠龙卧虎高山顶；

高楼万丈从地起。

咱们劳动英雄回家，

个个心欢喜。

二

咱们毛主席比如一个太阳。

比如东海上来一盆花，

照到咱们边区人民是一家。

比如空中过来一块金，

边区人民□到一条心。

三

劳动英雄积草囤粮，

朱总司令贺司令统军养马。

先运粮，后行兵，

各个军队都是二十几岁的小英雄。

背枪上马，才是人强马壮，才能作战。

打日本鬼子，打顽固分子，才能打胜仗。

四

半辈子福——务树木，

眼前的福——压粪土。

七十二行，庄稼为强；

一籽归地，万籽归仓。

劳动英雄，秋夏二令，
做得大大的乐□一场。
打下来先完这一点儿救国公粮，
剩下的余粮吃起来比人家都香。

五

他×××比如一个妖蛇，
他入乌江，
乌江岸上放毫光。
他的死水怕棹来舀，
江静水干他自己亡。

读者呵，请你细读，这些是一个不识字的诗人作下的诗，真正老百姓的诗！这里面有对于人民领袖的歌颂，和对于人民压迫者的咒骂，有劳动的赞扬、战斗的号召。他的歌颂与赞扬，不是抽象的，空洞的。他用太阳来比喻毛主席，又拿花和金子来形容刚升起的太阳的可爱，你不能因为他把花和东海、金子和空中连在一起，就根据修辞学的迂腐观点来责备他的隐喻的混乱，这些譬喻的形象正是很好地传达了人民对于自己领袖的亲切的爱，“它照到咱们边区人民是一家”“边区人民□到一条心”，他这个诗中的重要意思我们不能看漏了。他又用了“蟠龙卧虎高山顶”这样的句子来歌颂领袖，但却紧接了一句“高楼万丈从地起”，就更明确地表示出了革命领袖与群众的关系，描出了无产阶级领袖的特点。“劳动英雄积草囤粮”，说出了生产与战斗的任务的不可分开。“打下来先完这一点儿救国公粮，剩下的余粮吃起来比人家都香”，表现了老百姓与自己政府的关系，以及他们对于政府的拥护的热忱。孙万福唱出来的就是这样的战斗的政治的诗歌，你看他每一句歌唱得多么正确，他的诗道道地地的人民的观点。但是孙万福是一个劳动英雄，一个庄称汉；对于他，劳动比诗歌不知要紧多少倍。我的简短的介绍也就在此停住吧，让我为他祝福，祝福他健康，祝福他明年的更好的收成，第一是在粮食上，第二，如果他愿意，也在诗上。

（《晋察冀日报》1945 年 9 月 28 日）

民兵英雄段兴玉的故事

稼耘

一九四三年秋天的一个下午，段兴玉比往日特别高兴，他黝黑的长满短髭的脸上，堆着不可抑制的笑容，匆忙地从这村跑到那村，从街东头跑到街西头，挨家告诉给民兵队员们："上面来了公事，调咱们下米家庄围困碉堡哩！快把枪擦好，明日荷上来集合吧！"

自从挤掉了岔口据点以后，他们这里离敌人就远了。最近的据点米家庄也有四五十里，除了敌人"扫荡"时，已经没有了打仗的机会，为这事，民兵们几次找老段要求到前边去，段兴玉也跟区上谈过，没有答复。今天突然传来这个可喜的消息，他们整整忙碌了一个上午和晚上，擦亮自己的枪，收拾好子弹和手榴弹。

第二天，他们一行十□个人，每人背着一支步枪——这中间有三分之二是他们自己从鬼子和伪军手里夺来的三八式和中正式——随带着充足的子弹。火热的战斗意志燃烧着他们，使他们忘记了疲劳。路上他们还互相砥砺着："这回下去，可不能平平淡淡地回来。"

到了指定的村子，指挥对敌斗争的×支队李主任就在那里。"段兴玉的民兵来了。"从很多巧妙、机智、勇敢的战斗故事的传说里，李主任熟悉了段兴玉这名字但没见过面，今天他来了，而且带来了他的民兵，也没等段兴玉来找他，就派通信员把段兴玉请来。段兴玉很恭敬地递过介绍信。"段兴玉同志，你们来得很好。"李主任笑一笑，着重地说："现在米家庄的敌人为报复我们的围困，从太原调来一个'突击队'，时常出来'突击'、抢粮。明天你们去把敌人'教育、教育'，叫他们老老实实地蹲在碉堡里别下来。"段兴玉打着立正的姿势，像军人接受命令一样地倾听着，一边盘算："教育这名词是对自己人才用的呀！对敌人只有打。为什么李主任要我去‘教育’敌人呢？莫不是叫我到碉堡上告诉日本人，那不叫敌人抓住打死吗？……”想到这里疑惑地发问了：“是我一个人到碉堡上告日本人，还是带上民兵。”李主任弄清楚他发问的意思，突然大笑了，拍着他的肩膀说：“同志，不是叫你们上碉堡，是叫你们用枪教育敌人，就像围困岔口一样，打得敌人不敢出来。听说你们枪法很好，能办到吧！”

段兴玉心里一亮也笑了：“我们一来就有这心思，能不能咱们干就对啦！”

临走时李主任介绍两个熟悉地形的基干队员给他们引路。

秋天的拂晓，只有微风刮着庄稼的叶子和路边的野草，发出轻轻的声音。十几个幢幢的影子，顺小路跳过一道山沟，沿着山梁的背侧一直下到米家庄的村后，对面山上的碉堡在透空□看得清清楚楚。村子还没有醒来，段兴玉细心地观察了基干队员指给他的地形，把民兵们带到村子右边，在一块未收割的麻子地边上布置开，民兵们熟练地挖简单的个人掩体，他低声地告诉了大家战斗计划和应该注意的事情——静肃和隐蔽。

民兵们看得清楚，就在麻子地前边五六十米达的地方，有一座坚固的木桥，河水从桥下流过，一条小路，蜿蜒地从桥头伸向碉堡。段兴玉想：“不让敌人过桥，我们就受不着损失。”这是他每次战斗之先所必须顾虑的，“民兵打仗就能占便宜，不能吃亏。”几年来，他遵循着这信念进行了十次胜利的战斗。他亲眼看见三十多个敌人被他们打死或打伤了，用敌人的武装武装了自己，岔口鬼子不得不在他们的围困和打击下，最后空着肚子夹起尾巴逃走了，而他的民兵连一个擦破皮的也没有。群众称赞他的民兵中队为“常胜中队”。专署和分区嘉奖过他，报上常见他的名字。今天他又按这“原则”布置了战斗。

天亮后，又等了两三个钟头。村里烟筒里都没有了炊烟，太阳从东边爬上山头，已是吃早饭的时候了，碉堡上的哨兵踱来踱去，就是不见成群的鬼子出来，眼巴巴地望着没有办法，段兴玉想："等了这大半天，又渴又饿，就这样白白地回去算什么？唯一的办法只有引鬼子出来。"他扎扎腰带，紧紧背后手榴弹，又提一下挂在肩膀上的旧棉袄，低声地嘱咐了民兵几句什么，就绕道走到村边去，顺便把一捆青麻扛在肩上了。

走进村子，两个老人正坐□碾盘，抽水烟，看见这陌生的人，便问："这后生是哪个村子的？"

"我是××村的"段兴玉说。

"到这搭务啥？"

"我是打忙工的，夜日天黑才来，今早主家引我去砍麻，我扛回麻来找不上住处了，又没问他的名字……"说着装出一副傻头傻脑的样子。

"我活这大年纪，没见过你这样的'气蒙星'（骂人蠢笨的意思）！"老人很生气，像责备又像斥骂地说。

段兴玉又往街心走几步，回头看时，老人正在和一个青年人说这件事，他放慢脚步，看见那青年人瞧他一眼低声地向老年人说："什么打忙工，是八路军的……"

这时，段兴玉扔下麻捆大步回去，从背后掏出手榴弹，那只手举在胸前，做拉火的姿势："我就是八路军，你看这……"

青年人没有显出害怕的神色。他虽然不认识段兴玉，但从装束上，认出他绝不是汉奸，他一把手抓住段兴玉的手腕一五一十地说清楚自己——他是本村的伪青年团员，但他经常和八路军的工作人员接头，引他们到碉堡下面散发过宣传品和慰问袋，紧急的时候掩护过他们脱险……这样说完之后，还亲热地招呼段兴玉："叫青年团员放好哨，给你做饭吃吧！"

“不。”老段意味深长地注视着青年人，“你去叫日本人来捉我吧，就说我是八路军要粮的。”

青年人愣住了，从他的表情可看出他是怕段兴玉不相信自己，因此他说：“同志，我是中国人，从没干过那号子汉奸事，你要做甚快说吧！日本人下来‘突击住’，可没好的，你一个人……”他把嘴凑近段兴玉的耳朵，虽然声音很低，倒像想掏出心来一样的诚恳。

“不行，”段兴玉晃一晃肩膀，“你不叫日本人来抓我，我就在这里扔手榴弹”。

“你为甚找死呢？我不能去叫……”

两人争执了好久，段兴玉始终没吐露自己的计划，最后向青年人保证：日本人进村他就爬山，绝不让捉住，青年人才勉强地走向碉堡。

段兴玉绕道钻回麻子地，鬼子接到“村里八路要粮的有”的报告，便放下吊桥，七八个鬼子跑出碉堡。自从这个“突击队”调来以前，常跑到碉堡跟前来喊话打枪的“土八路”不来了。鬼子疯狗似的横冲直撞地搜索了好几天，每天都是一无所得，拖着两条疲乏的腿子回来。今天“八路”竟送到嘴边来了，小队长自己在前边，就准备来捉活的了。

“瞄准桥！”鬼子走到离桥十来步的地方，段兴玉低声地发出了口令，民兵们把腮轻轻地贴在枪托上。

小队长走到桥中间，后面的鬼子也追死似的上来了。“拍！”随着段兴玉短促而洪亮的口令，排子枪像刮风似的射过去。小队长应声掉到河里，急流卷没了他。另有三个鬼子躺在桥上。

没死的鬼子，还未来得及辨清楚子弹飞来的方向，就又被第二个排子枪打倒了。

“哒哒哒……”碉堡上的鬼子不敢出来，只用乱放枪表示对他们的同伴的援助和壮自己的胆子。

段兴玉抱着枪滚到一边，瞄准吐烟的地方，一枪射得它停止了叫嚣。

伏在四周山头上的民兵们，闻着枪声蜂拥飞奔上来，又把碉堡死死地围住。

没几天，鬼子又在民兵的围困追赶下，丢下碉堡逃走了。

（《晋察冀日报》1945 年 10 月 2 日）

臧西山和他的模范分队

凌青　力科

八月，山东军区战斗英雄大会，臧西山和他的分队被奖为民兵英雄与模范分队。

臧西山和他的游击小组，开始活动的时候，立脚的地方是很小的。往西翻两道岭就是蔡庄敌据点；往东一带，毗连的山岗，在顽军统治下。北边是汉奸陈三坎，西南是郑小隐，这两个家伙时时想到这庄来抢劫，扑灭这个游击小组。

开始，他们不但要防四面的敌人，还要防备庄里顽固落后的坏家伙。他们说："臧西山这些莽撞鬼，简直要作死，这是个'熊'人，拿上几个吊弹，保护不了咱庄，倒惹人家来踢蹬咱。"旧庄长阴谋着要把他们几条性命送给汉奸、顽军。老人们天天骂儿子，不准儿子们回家吃饭，臧西山的老人，也口口声声埋怨他。他们被迫经常一夜转好几个地方，尽夜流浪在山岭上，雨淋透了他们的衣裳，寒风暴雪冻裂了他们的皮肉。

小组员有人动摇了："收兵吧，这个活扛不下去。"臧西山面孔严肃起来，斩钉截铁地说："你不干就好受了吗？鬼子抓去是死，汉奸捉了剥光你的几亩地，顽固抓去当兵——也是死。"第二天，臧西山到区里去，扛回来一支钢枪，带三粒子弹。

七百多敌人出动到这一带抢劫，附近几个庄的粮食、衣服、牛、羊，连破鞋、破袜都抢个精光。一股敌人从毛坪村上来了，臧西山等着他们接近时，忽然从地上跳起来："打呀！"一阵手榴弹，打得敌人连滚带爬退回去了。他们坚守一天使敌人的猪嘴，终于不能伸到毛坪村。这一个战斗使人民的眼里，涌出了感激的热泪，老年人也开始改过口跟着大家一齐夸奖他们了。

这样，许多青年涌进了游击小组。

臧西山和他的游击小组，发动庄里人和给敌人送钱粮的旧庄长算账，另外选出了忠实的人当庄长！这以后，庄里拿出钱来，给他们补充手榴弹。

一九四〇年他们打垮了一连伪军，俘虏了三个人，三支钢枪，一百一十九粒子弹。

一九四一年五月天的早晨，臧西山和两个组员去开会，刚出庄，看见路上走着一列灰色的伪军队伍，约有三十多人还有两挺机枪。臧西山一愣："他娘的，打呀!"他翻身向庄里吹起了哨子。组员们都去开会了，没有很多人出来，而那个队伍已经走远了。

"哪一部分?"臧西山大声地喊。

回答是一梭子机枪，把他的裤腿扫去了半边。他连发三枪，敌人拖起枪来就跑。他们紧跟着，一气撵了十来里，敌人累了，停在松树林里休息，臧西山绕路跑在头里，当面地打起枪来。敌人又跑了，松林里丢下了四十多颗手榴弹、八支枪，但枪栓摘掉了。臧西山冷笑地说："你娘的混蛋！非拿到你的机枪不行!"三个人补充了手榴弹，另外，找到一个老百姓，叫他们到主力部队去报告。

臧西山他们追上了敌人，敌人的机枪回过头来打，但突然却又停火了。臧西山大吼一声"冲呀!"那几个家伙，连忙拿起枪来就跑。翻过两道岭，大队敌人正坐在山岭上，另一挺机枪就封住了他们的来路。

臧西山想，直追上去是不行的。他们就迂回到敌人去路的前头，分别占领阵地，准备最后的攻击。臧西山对他的组员说："把他们的手榴弹全'奉还'他们，使劲打吧。只要坚决打，保准得机枪。我一发枪，你们就动手。"他们正各自埋伏下，把棍蹶的棒端伸出去，这样，远处□来，他们就好像有了三支枪了，他愉快地眨眨眼，前面看看，那支灰色队伍，正走进夹道中，这边一开火，灰色队伍倒了几个，前面的往前飞奔，后面的调转头急窜。突然，东面吹起攻击的号声，后面乱窜的一群，不知往哪里跑好，丧魂失魄的只是乱转。臧西山一只手握枪，一只手拿起手榴弹，从山上冲下来。

“不要动，谁动，我打死谁！把枪放下！”

山上也齐声喊：“缴枪呀！缴枪呀！”

敌人一齐放下了枪。

“往那边走！”臧西山的手向东南一扬。

敌人一齐往东南走了。

这时主力部队赶到了。臧西山叫着：“同志们，快去追前面的敌人呀！”

这次，臧西山活捉了十八个汉奸，缴获了十七支步枪，七十多个手榴弹，一千一百五十四发子弹。

一九四二年春天，大“扫荡”的一个晚上，臧西山一个民兵分队，接受了上级命令，因为友军撤退了，为了防止敌人控制山区，要他们立即到大崮区占领龙须崮。

当时，情况还不十分明了，他们这一个分队，单独到四十里以外的生疏地区，执行这个任务，是多么艰险的事呀。但是他毫不迟延，立即下令动员，讲话，他脸上没露出一点困难的颜色，紫红的皮肤，在灯前闪光，语音坚定爽快：“我们已经拿着枪干了两年，应该保持过去的光荣。没有问题，上级的命令，是要坚决执行的。”

夜里，他们十七个人出发，天落着小雨，雾气蒙蒙，对面不见人，路又不熟，一不小心，就会跌到沟里去。他们有两次碰着鬼子的岗哨，都巧妙地避开了。有的队员，这时主张揍掉这些哨兵，臧西山说：“揍是能揍掉他的，可是揍就麻烦，会妨害我们天明以前要占领龙须崮的任务。”将近龙须崮，山下面有鬼子吆喝。山上也有鬼子吆喝。有的新队员害怕了，臧西山安慰他们：“不要怕，你们不相信我臧西山了吗？我有把握，一定能占领龙须崮，不会叫大家吃亏。”有的队员齐声说：“不错，臧西山领着我们，不会失错。”

突破了一道一道的难关，到达龙须崮脚下，四周沉静。崮上情况，究竟有没有什么变化呢？疑难又似乎没法解答了。臧西山下令：“手榴弹扣上弦!”他领着头，一步一步摸着道儿前进。他们喘着气，汗水和雨水交淋着。

好容易到了顶，臧西山止住大家一步，自己先跑进寨门，没有人，石阶上的大门，被石头堵了，他正对着寨子思索，突然“干什么的?”门楼口发出惊恐的声音，原来是友军撤退时遗弃下来的几个伤病员。为了准备战斗，臧西山就把他们送下山来。山崮上，有小米有水，还发现四十多个手榴弹，后面是高峻的悬崖，崖边捆着三根铁丝，用着攀缘上下的，他们把铁索死劲儿地拔起来，断了后路，只要守着前门就行了。

黎明，臧西山亲自守在门前，立刻派人送信到主力部队，坚持了整整一天。晚上，独立营一部，驰来增援，于是巩固了自己的阵地。第二天，臧西山带五个民兵，又从后面绕道，终于又占领了山崮。一直到现在，这些成为战略支点的巍峨的山崮，稳固地屹立在抗日根据地的怀抱里。

一九四二年冬季反“扫荡”，鬼子三千多人猛扑毛坪，臧西山为了掩护机关转移，带着六个人，迎着敌人来的方向，奔上山去抵抗。从早晨打到中午，鬼子机枪大炮猛轰，他们毫无损害。

一九四三年冬，敌人“扫荡”北沂蒙，□进□的时候，臧西山分队，即到土门和岱□的东西大道上，进行爆炸战。一天晚上，鬼子大队人马从土门东开来，不到二里，便踏上臧西山分队的第一个地雷，炸死两个鬼子，其中有一小队长。鬼子大队吓得停住了，用机枪向各方面扫射，不敢再□路，后来从路旁的地里前进，走不到十步，又踏上第二个地雷，炸死汉奸一名，鬼子一名。他们再没有勇气前进了，只好向后转回土门去。

埋伏在地沟里的臧西山分队，快乐地笑着，随后，又在这段大道两旁的路里，敷设了无数真假地雷，绵延八里路长，他们快乐地回去休息。第二天，鬼子大队先头建立了扫雷队，沿途扫雷，八里路走了一天。

“扫雷”完结，臧西山知道鬼子就要从这条路回来，一夜埋上二十多个地雷，守候一天，没有来，他们把地雷掘出来，等候再埋。

第四天，他正在吃早饭，哨兵来报告鬼子来了，他摔了饭碗，出去一看，山道上黄澄澄的一条行列，只隔着二里路，好几个民兵，着急得转圈子。

他立时把三十六个民兵布置在两个山头上，一面派人飞报驻军岳营长。

“这是什么事呀!”他的脸色铁青。两挑子雷一个没埋上，不炸死他几个，怎甘心！叫助理员在岭上给他看着，他提了两个地雷，一张锹，飞似的跑到沟里，在鬼子的来路上，用铁锹掘了个窝子，放上雷，把旁边的驴粪拨上了。这时候，助理员一个劲在摆手，叫他跑，臧西山好像不在意似的，又提起另一个，顺着路向前跑了几步，在一条小河沟里，他急急两手一□，把地雷埋在一个踏石底下，改过水道来，以便冲掉痕迹，接着又在路上踏假窝子。猛然三只大狗和驴一样窜下沟来，后边走的一个鬼子，鲜红的臂章已到沟沿上，他弯下腰推下顶门子已经发现地雷，急忙飞奔，顺路过小河，正在踏石上，“轰!”鬼子炸飞了。后面的鬼子愣住了，臧西山把小白旗一挥，两山头上一阵排枪，他乘机抓起枪来，窜上山头，民兵们齐声说：“刚才我们吓坏啦，你埋地雷被鬼子看见啦。”

二百多鬼子朝着山头上冲来，一阵手榴弹把他打退了。这时，岳营长已从东北抄袭敌人，民兵和主力共只有一百二十九人，敌人千余。主力牺牲五人，民兵没有损失，而敌人则付出九十多人的代价。

臧西山是一个二十多岁的青年，过去给人家放牛，现在种人家二十几亩地，高个人，穿一身蓝布衣褂裤，红红的脸皮，老实的相貌，见人谈话，问什么答什么，不假思索，顺口滔滔的，自己的缺点，也坦白地谈出来，讲话很有条理。他便是这样一个平凡的青年农民领袖，领导了一群同样平凡的青年农民，四年来作战一百多次，独立与鬼子作战十多次，配合主力拔据点，扫荡了鬼子汉奸，而他的分队没有牺牲过一个人，只有过轻伤几次。这样说来好像是个奇迹，但这却是事实，是这一群平凡的青年农民所干的铁的事实。

（《晋察冀日报》1945 年 10 月 3 日）

小女工王凤兰

董速

一

王凤兰每次抬起头向挂在墙上的麻缕里去抽麻的时候，总要急速地看赵玉英一眼——“啊呀，一条、两条、三条她都上上了，可是我呢？”王凤兰的两只小手急得抖动着，她觉得麻更续不好了，头更接不上了；她的小脸涨红了，全身也热起来。

昨晚快收工时，指导员拿着登记簿笑着对王凤兰说：

“来看呀，小鬼，赵玉英打四十二条绳，曹兰四十条，王映吾四十一条；你呢，三十四条！”

跳过去，拉住指导员的袖子抢看登记簿，脸红红地吵叫着：

“好指导哩！你嘴比刀子还快，你看着就是啦，我吃饭能比上人，做活为啥比不上人呢？”

“是呀！为啥比不上人呢？”男工们也笑着逗她玩。

平时，她总是蹦呀跳呀说呀叫呀，开起玩笑来比谁也能说，嬉皮笑脸的，顶顽皮了。而今天她却红起脸来了，非常窘急；于是有人喊得更高了：

“看呀！王凤兰的脸比鸡冠子都红了！”

指导员拉着她手，爱抚地看着她。她什么也不说，只是猛力地从指导员手里挣脱出去，站在门那里，低着头，一动也不动了。曹兰追上去看她，她似乎仍在笑，可是一串串泪珠已从两腮滚下来了。

指导员领她出去，安慰她说：

“同志们和你开玩笑，你小呢，做工当然不如别人熟练；只要尽力就是了。”

她绷着脸，在想明天的事情：少贪耍，少言传，少盘算闲事，少看这看那的，就不信我的手顶不上别人。

现在，她急得眼像不顶事了，手像抽了，想起昨晚的情形，心更突然地跳起来。就这样，她的确紧张了一天。太阳快落山了，山峰的影子斜罩在工房门前的草地上。王凤兰才想起快收工了，她松了口气，看看自己身边的绳堆像比昨天多些。

指导员刚一进来登记，她就抱起绳子跑向指导员，大家也都聚拢来。

今天她打了四十三条，指导员当大家夸奖她了，她笑得嘴合不拢了，同志们也都亲热的嗤嗤地笑着看她。曹兰拢起她一束头发说：

“笑啥，忘记你昨儿鼻涕眼泪地哭啦!”

“昨日我落了后，我就哭；今日占了先，我为啥不笑!”她歪着头，瞪起眼睛说。

第二天她又打了四十四条，质量也比以前好，光滑滑的。她高兴极了，晚饭后，就吵吵地到山坡上种瓜去。

窑台上坐着曹兰和赵玉英，她们正在缝鞋，看见那通河边的灰色的小路上，王凤兰在唱着，跑着，两个水桶东摇西摆的；曹兰就伸起脖子喊：

“臭！王凤兰，操心狼吃了你呀!”

“豹子从山上下来噢！怕你连骨尸都回不来啦!”

山底下，一个男同志也笑着向她喊什么。

山上山下，一阵清朗的笑声，飘荡起来。

清水河边的芦草野蒿在黄昏的暗影里，呈着葱绿色，晚风轻微地摇动着它们；有人拿着柳条筐在河里捞鱼；对面山洼里一片紫一片黄的野花，在绿郁郁的矮树丛旁边闪着。

王凤兰担上两桶水，姗姗地回来了。她细长的身个随着水桶摇摆，水溅了些，洒在她腿和脚上，汗粒从额上滚下来，在她脸上划出一条条的道儿。……

这晚，她躺在床上，很久都睡不着，两眼瞪视着黑暗。她想着秋天她的瓜地里结满了瓜：红的黄的南瓜，绿的西瓜小瓜，还有几钵花皮菜瓜。西瓜小瓜自己吃呀，再请指导员和女工组的人；南瓜交公家几十斤，剩下的卖了吧，用卖来的钱买只母鸡，一双鞋面，两支铅笔。

二

王凤兰是一个十五岁的女孩。她三岁时，就被父亲以二丈布、二十个馍馍卖给婆家。八岁又送到婆家当童养媳。婆家穷，公婆又吸鸦片，心肠坏，对她恶极了。

那时她甚也不懂，只见婆家有个比她大些的男娃，是这双眼都瞎，吃饭时他筷子上挟的饭不能送到嘴里；于是，鼻头、下巴都糊上稀饭啦。他到哪去都是爬着，两手摸来摸去的。一次王凤兰从簸箕里偷两把干枣在嚼着吃，瞎娃就把她当成了他娘，他问：

“娘，你吃啥呢，给咱吃点。”

她嘻嘻地笑了，塞到他手里几颗枣子，他把好的烂的脏的一齐吃下去了。

有时他在窑里，把屎，婆叫王凤兰收拾，她不就骂：

“那是你的活，你不打扫，谁打扫呀！管他瞎明的，你是你家卖来的，我们是布啦钱啦送过去了！”

她嘴没说啥，心在想：“什么婆啦汉啦的，瞎娃是你生下的，又不是我妈的儿肉，我嫌脏，我不收拾！”她不懂得她和瞎娃的关系，她一次也未想过她为什么到这家来。

婆见她站着不收拾，气破了声音。

"骡子马我都管得下，偏你这□孙子我就没法啦！"婆拿起饭勺追打她，晚上也未给她饭吃。天快黑时，她偷溜到杨大妈窑里，杨大妈看她可怜，给她一块煮南瓜，两把炒豆子，她拿着坐在崖下的一块石头上吃。崖坡上开着木瓜花、紫丁香，□虫成群地飞绕着，她忽地想起那年夏天和弟弟到崖上摘木瓜吃，到山上找杏、野樱桃……现在呢，砍柴、提水，洗这洗那的，还挨打挨饿。妈该来迎我啦？大该来看我？准能带饼子呢，她直呆呆地看着前面。……

五月节，婆炸油糕，给她一条，窄窄的，她吃完，馋得伸手到盆里去抢，婆的杖正打在她的手节上，她疼得瞪直眼睛向婆看了看，跑了。她没吃着，也没哭，哭顶啥事呢。第二天又包饺子，正煮时，婆到里窑去拿盆，她趁空捞出一勺，倒在衣襟里，热腾腾地兜往厕所跑去了。她向四外看，没有人，才打开衣襟，喜得数：一二三四……肚皮烫得辣辣的，那里像红了肿了，用手擦了。呀！皮掉下啦！她顾不上这些，却大口吞咽着七个半生半熟的饺子。

婆家小姑兰花，比她小两岁，她恨兰花极了。一次她偷馍吃被兰花看见，兰花告给妈了。婆在晚上将她从被里拖出，把□两腮拧得肿了青了。那天她砍柴去，把兰花引到路上，她扯起小姑的嘴，恨恨地问：

"我偷了馍，你还告你妈不？你还欺负我？"兰花哭啦，她央道："不哩不哩！"

她又抓把土泼在小姑身上、脸上，又咬牙地说：

"你妈你大待我太亏了，我打了你，也就是打了他们！"

于是她向崖上爬去了，把兰花独自丢在这里，心想，让狼来吃了她。

待她背柴回来，兰花都告诉妈了。婆气得疯了似的，拿铁锨砍破了她的腿了，并且把她关在地窖里。

第二天早上，婆才放她出来，叫她挖野菜喂猪。她偷偷溜到茅厕墙上看看用蒿秆在墙上所划下的道儿有几条了，因为前回妈来说，再过一月就迎她回去，“生”几天；她怕记差了日子，每过一天就在墙上划一条道儿，现在墙上只有十九条道儿，缺十一条才满三十条呢；再有十一天妈才能来迎呢，就是迎回去，过几天还要回来，她失望了，心酸了，腿也软了，靠在墙上泪珠从眼角上滴下来。……

一星期后的一天早晨下大雪，山川全白了，吃罢早饭，公去前庄去，婆东院去借东西。瞎娃在炕边上吃□呢；她给兰花两个枣子说：

“你别跟我，我有事要出去，你吃枣吧。”

于是她和西窑里一个和她过同样生活的童养媳一齐逃出来，到八路军的鞋厂做工来了。

三

中秋节的前两天，王凤兰一天沾了十六双鞋底。

指导员爱抚地拍着她蓬蓬的头发说：“好娃娃。你进步很快，让大家学习你。”

“还有呢，布角呀，条条呀，我都用上了，做得快也要给公家节省！……”

指导员望着她两只热情地笑着的小眼睛，更亲热地说：

“是呀，你是一个革命的小工人，公家爱你就像一个妈妈爱她的孩子一样。”

曹兰抱着满怀的苞谷从山下上来了，她气喘喘地说：

“这苞谷是慰劳你的，咱煮吃去。”

“又要咧！”她被曹兰拉走了，还不停地回头看指导员，像还有话要说的样儿。

天快黑的时候，女工组几个人在窑台上啃吃苞谷。从山底的小路上走来两个老乡：渐渐地，王凤兰认出了是她婆和庄里的李四先。

她婆穿着蓝蓝的展展的上衣，黑市布袷裤，脸上微微有点笑容。她刚坐下，就一把拉住王凤兰，低低地说：

“三年了，我娃长高了胖了！”她上下地端详王凤兰，王凤兰被她婆这意外的亲热怔住了，她只露着小眼睛，似笑不笑地看着她婆。

婆又拍拍王凤兰的轻轻白白的铺盖，很羡慕地看了一会儿。

李四先的眼光落在王凤兰放东西的“格台”上了，那里有白色、蓝色，鞋啦、书啦，……他长口气说：

“妞儿（她的小名）可过□啦！”

半晌，王凤兰才摸摸婆手里的柱棍说：

“婆，你歇下吧，我给你煮点面吃！”

婆紧紧地拉住她，脸色突然变得哀伤了。

“妞儿，你为啥不说句正经话？婆爬山过水的来了，就为个吃喝呀！”

过去的回忆在王凤兰心里浮现了，她似乎又看见婆瞪着眼要打她的样儿，她无声地靠在婆腿上，婆长出口气说：

“妞儿，你出门三年啦，咱家可翻了，你公当了咱庄的优抗委员，还种了六七亩地。兰花和区上的助理员定亲啦；她天天纺线线。瞎娃迩刻也能生产，搓麻绳、撒苞谷、剥豆子都能行。……人人都生产，光景就美啦！年时买了三条猪娃，都长大了，还养着牛、鸡……迩刻是新社会，咱老百姓都‘好活’了。咱脑筋也转开了。……”

李四先从床上移到地下，在那里蹲下了。他把烟袋从口里拿出，抢着说：

“妞儿，你公婆迩刻可好了，都积极生产，你公为公家做事，婆的脾气也改啦，这是咱新政府帮助的功劳。……”

王凤兰看了婆一眼不知说啥好；婆脸红了一会儿，婆像很疲倦似的，躺在床上了；她不叫王凤兰走开做什么去，仍紧紧地拉着她问：

“妞儿你还忌恨我不？”

玉凤兰脸色渐渐变成灰白色，但她仍勉强地笑，她说：

“我不忌你们，我迩刻做革命啦，啥道理都□解开，你们旧根待我的错□，能改就对了！”

婆轻轻地转过头去，脸上的皱纹深聚起来，松弛的眼皮眨了眨。

“这是咱队伍上教导的，我娃明理了；你婆迩刻也明理了！那瞎娃呀你想离就离吧，咱不能让一朵花插在粪堆上。”

李四先又从地下移到床上搭上说：

“是呀！咱边区是讲自由、平等；若是强让瞎娃娶妞儿，不是把这女娃的一生都日踏啦！迩刻咱老百姓进步咧，啥也解下了——看，连你公婆这号人都解开这道理了。”

王凤兰的小脸激动得红了、热了；她喜得想跳，两只闪亮的小眼睛，紧紧盯视她婆；一会儿，婆从身后把带来的包袱拿起，用她褐红色的粗皱的手轻轻地拍着包袱说：

“我娃出门三年啦，我一针一线一口吃食也没送过，亏了咱队伍待你好，啥也没缺！”

凤兰打开包袱，一双黑市布鞋出来啦，鞋里还装着两把红头绳；还有炸面筋、饼子、红果。……

通讯员端着面条、炒茄丝、肉炒豆角，进来了。指导员也来陪着吃饭。

吃饭时，指导员对王凤兰说：

“跟你婆回去玩玩吧！”

婆忙搭上说：

“旧根我错待了妞儿这娃，迩刻悔得肠子都青了！我准妞儿和我那瞎娃离婚了。人家好好的女子跟上了瞎娃，一生可咋价呀！她回去串串也行，我只把她当成干女子……”

指导员笑着说：“咱军队老百姓本是一家人，公家教育抚养她，使她长大，有本事，干革命，给老百姓谋利益，她是公家人，也是老百姓，你准她和你儿解除婚约是合理的，这是咱边区老百姓觉悟了不封建啦！……”

王凤兰几乎是喊着说：

“婆，你回去告兰花说我进步啦，明理啦，我冬里回去看她，还教她认字、唱歌哩。”大家都笑了。

（《晋察冀日报》1945年10月4日）

我看见了历史上的奇迹了！

——记一个乡村小学教师的谈话

原火

这几天有很多人问我八路军好不好，嗨，先生！你说这问得有多奇怪，咱们还能说坏吗？这样说那就太昧良心了。

说实在的，先生，我是一个小学教师，执教已经三十年了，眼下总算有了一把年纪，年轻的时候，我也曾山南海北的各处去转悠过，我曾到北京念过书，曾在南京做过事情，中国那些各式各样的军队我也见过不少了，我见过西北军、东北军、中央军，青年的时候，我还见过国民革命军，可是我就没有见过像咱们这样的八路军。

先生，说实在的，我是一个小学教师，是一个讲授国文和历史的教员，我读过不少的历史书。从历史上，我见过像岳武穆和郑成功那样治军极严的人物，见过像他们所率领的那种深得民心纪律之师，可是我也没有见过像咱们八路军这样的队伍。说实在的，先生，自从这两天我看见了咱们八路军之后，我觉得我已经看见了咱们中国历史上所没有的奇迹了！

前天，我家的院子里住了一位团长——要不我可不知道他是团长，咱们八路军里的官和兵都那样亲兄弟似的，一点也分不出来。他同我在一块谈了有一点钟的话，我也没有把他当成一位团长看哪！后来我见一个弟兄这样称呼他，我才知道的。——他在我的院子里住了一天，连口水也没喝我的，第二天大早悄悄地就走了，把我的院里屋里扫了一个净。在住着的那天晚上，因为天太黑了，地界（点）又不熟，侍候他的一位弟兄在院子里被一块大石头绊倒了，碰破了我的一个盆，当时那弟兄就问我值多少钱，非要赔我不行。嗨，你看，一个盆算什么？我能要他赔吗？我说："算了吧！"可是他说啥也不听我的话，结果还是扔下了一百块钱才走的。

他刚走的工夫，隔壁梁兴去给他们带路去了。在路上，梁兴没了鞋，他的鞋子早两天都叫伪军土匪们给扒拉走了。一个弟兄见他光着脚，马上就把自己的鞋子给了他一双。晚上送到地点的时候，让他吃了热腾腾的黄米□，还叫他在热炕头上睡了。先生，你想，梁兴那小伙子活这么大哪经着过这个呢？感激得他不知怎样是好了，说实在的，先生，开始叫他带路的时候他真吓得心里打哆嗦，怎能不吓得慌哩？当他想起西军派夫时那明晃晃的刺刀，在路上一个不顺眼就是拳脚交加，而且不知道什么时候才能回来的情景，他真吓坏了，可是这回却尽这样的不同，所以第二天早晨他说啥也不愿回来，一定要给咱们的队伍再带上一天的道。然而咱们队伍上呢？真仁义啊！说啥也不要他再带了，给他开导了半天的好话，说是如果再带一天，路远了恐怕他不好回去，左劝右说地又叫他吃了顿□，才把他送回来。

然而这还都只是一些小事，说实在的，先生，更动人的是队伍刚来的那一天。那一天在关帝庙，我正在那里串个亲戚，伪军土匪们才被撵走，咱们的队伍就赶到村里了。村外的枪声响得还很紧，后街上的王老头躺在街心里，血在他身边流了一地——他是早上被伪军打坏了的，为什么被打呢？说起来真叫人切齿啊！中国有你们这样的军队，也有像那样自称"国军"的军队吗？早上，一个家伙向王老头要大烟，先生，你想他一个光棍老儿哪来的大烟呢？刚跪下来向那个土匪作揖磕头地回说声没有，那土匪"啪——"就是一枪，子弹正从老汉的手心里打进去，从背面手腕上边才钻出来，打的那老汉当时就"死"过去了，待了有一个时辰才苏醒过来，"死"的那工夫谁也没敢去救，救了又怕连累了自己，所以直到咱们队伍来了，才把他救起来。

是这样救起来的，那时天已经晌午了，咱们队伍正在村中街上休息，一个年轻的医生模样的弟兄抬眼看见老头儿躺在地上，立刻跑过去把他扶起来，帮他把伤处洗了洗，敷上药，又用白白的纱布给包好了，那老汉做梦也没有想到这一生还会碰到这样的事呀！当时就感激得他老泪噗哧噗哧掉下来了，从怀里摸出了一卷票子——这是那家伙在他身上浑身上下翻了个遍都没有搜去的票子啊！老汉拿着它给那医生，激动得他那干姜样的老手直发抖，可是那医生怎样呢？医生说："这可不能要！咱们这是老百姓的队伍，这样做是应该的。"哈！你看这说的；真是应该的吗？历史上有这样应该的事吗？这还不是历史上的奇迹吗？

然而，奇迹却遍地都是！先生，说实在的，我太有些少见多怪了。就拿今天早上的事情来看吧，还不够稀罕的吗？可是咱们八路军做出来却像做惯了的平常事一样。

今天早上，队伍上有位指导员跑到咱们村公所里，说是八月中秋已经过了，地里的庄稼都黄掉粒儿了，村里还有没割的哩！因此队伍上决定今天抽空帮助穷苦人家收割庄稼，要我们调查调查哪家用人，可是先生，你说哪家敢用人呢？哪家也不敢相信军队会白白地给老百姓收割庄稼呀！前两天自称"国军"的东西们，在这里，拿老百姓地里的庄稼喂马还得老百姓自己去割回来哩！所以谁也不敢要帮助，你去帮助这家，这家说："有人。"你去跟那家说，那家说："割完了，不用了。"王家三婶子吃了早饭正要下地，一出城门，三四个弟兄笑嬉嬉地迎上去了："老太太，下地吗？我们帮你干点活吧！""不用，不用。"三婶子又是惊愕又是害怕，头也没回就走了——结果没有一家用人的。

没人用就算了吧，这也可说是口到心到了，可是咱们队伍上却一点也不甘心，一边紧跟着苦口婆心地向人们解说：八路军和老百姓是一家人。帮助是应该的，既不要钱，又不吃饭，一边说着自己就三个一群五个一伙地找到老百姓们的地里去，见哪家地里的庄稼还没割，就动手帮哪家割起来，不但割了，还给捆得好好的送到他家里的场上去……黄澄澄的谷穗自己就从地里跑到家里去了，地里打扫得一片光，连掉在路上的一两个谷穗都捡回来了，比雇人闹得还舒贴哩。老百姓这一下可知道了，知道这是一个又鲜又美的果子，是八路军的心呵！

你说世界上有过这样的军队吗？有过这样的军队做过这样的事吗？所以我说：我看见了中国历史上所没有的奇迹了。

（《晋察冀日报》1945年10月5日）

翻了身的龙烟矿工

戈焰

“没有共产党就没有中国，没有共产党，我们哪能翻身！”

一、在敌统治的时候

好容易翻身了啊。矿工们一见着从解放区来的同志，就说：“没有共产党，我们哪能翻身！”他们爱听解放区欢乐的歌子，也爱述说在八年中受到的痛苦。

“冬天，一个个都是赤身露体的，谁也不忍看，有的抖擞一阵子就躺在地下啦！”

“有一次‘配给’衣服，卖一百五十元一张票，十个人也不准挨上一个！”

顶数劳务科的苦力工人苦啦，从早晨六点工头领着上班到下午六时，有时做夜班到十二点钟，十天只“配给”二十斤杂粮，哪够吃呢，开始几天还给一盒纸烟，后来也没有了。工人宿舍简直比茅厕还脏，怎么不得病呢？医院虽然是给工人办的，实际上只准住日本人和职员，工人千托万托住上了，最后还得扣住院费、医药费。如果有皮肤病，总是涂二百二，经常在二百二里添些红墨水，愈涂愈烂。病重一些，就扔在沟里，三两天后只看见尸骨一堆，血腥熏天。冬来了，衣服单薄，又褴褛，都不能去上工，但是那伪警务队的木棒又敲击到头上来了，再不就灌凉水，谁敢不去上工呢？不得已，冷得太厉害的时候，只好一个个往烧炭窑里钻，唉！将冷得凝结成块的血液，一经高温度的火烤，血管就会炸裂，这一来，每年冬季每天从劳务科里抬出去的死尸就不下四五十具。结果工人们只好以逃跑为出路，老实说，逃跑了倒也十二分幸福，一旦被抓回来，顺眼的，在前后胸贴上“逃犯”游几趟街就算啦；不顺眼的，就说：“思想不良，通八路!”戴上脚镣手铐，罚苦工，或者用火筷子烙肉，或者送到宪兵队去，再也不见影儿了。

“同志，日本人把我们害死啦，还猫哭老鼠般装慈悲呢，棺材底是活的，把死人倒在土里，又把棺材抬回去，还说什么日本人待中国人强?”

…………

滔滔不绝地倾泻着，八年的灾难与痛苦几年也数不清的。

二、两种人两种心

敌人投降的消息，机械厂的苗宝生早知道了，他告诉工人，不要悲观，八路军就要来解放咱们了。很快，张家口市被收复，宣化正被八路军围攻中，他嘱咐工人：“我们要保卫工厂，如果有了什么损失，怎么好迎接八路军呢?”的确工人们是诚恳地欢迎八路军，因为他们知道八路军是人民的军队，所以把厂的四周，拉上电网，分做两班，星夜看守着，虽然手持的是长矛，但工人们团结的力量，谁也会吓跑啊，因此机械厂未受什么损失。□听说八路军进到纸厂一带，苗宝生便代表工人们去迎接八路军了，马上该厂就复了工。工人们工作情绪很高，工作效率比从前增加一倍。

运输事务所里有个火车头，是敌人撤退时丢下的，李丹秋同志很想把它开到龙关去（是我解放区），可是一看，水泵被敌人损坏了，火车没有水就像人没吃饭，是不能工作的，于是便集合所有工人商量一下，工人们说：“这还不是给自己干事吗，为啥不愿意呢!”子弹从天空中飞过，从工人□头顶飞过，射穿办公室的玻璃，屋顶腾起一团团黑烟，工人们依然紧张地挑着水，职员们也挑水，他们已经把性命完全交给了国家啊！不到半天工夫，锅炉里盛满三千余担水，点着火，蒸气上来后又开到宣化站的水泵，又把水给装满，才开到新解放的下花园去了。今天，因采矿厂还未完全就绪不能运矿石，但这排火车也没休息过，除了军用外，从十月一日起已卖票了，这是为了社会秩序安全，让群众认识到他们是在为群众服务。他们成立了一个民主领导机关——管理委员会，工人中有什么问题，要经过委员会的讨论。事变前该事务所受平绥铁路局领导，事变后被日本人强霸到矿上去运矿石，今天它依然直属于矿上的一部分。最近，还未把全部薪水发到工人手里，但工人没有半句怨言，他们知道政府会补发的，所以他们还是很积极地工作着。

工人们是诚恳地迎接八路军来解放他们，而且忠实地为国家服务；然而另一种人呢，就是人面兽心的仗着敌人吃饭的劳务科伪警备队长兼伪协力部队联络顾问杨品德、劳务科福祉系主任兼协力部队指导顾问张经武。当敌人撤走后，协同敌协力部队抢劫矿上的贵重东西，约值数十万。如果工人想找点破衣烂裳遮蔽身体，他们却威胁工人。有个工人被打死在地上几天也没人管，还把工人及家属组织了保□制度，企图把工人变成他们的奴隶。在厂的圈边，修筑土堆，高喊“保卫工厂”“防匪”，但是，谁都知道他们是防御的八路军。八年的艰苦抗战，人人共知，八路军是人民解放军，而且又解放了宣化城，敌协力部队投降了，他们也只好装一副人样子来迎接，这些忠实敌人的走狗，认贼作父的民族败类，哪一个工人又不知道呢，现在工人们一提起杨品德、张经武就想啃他们的皮，吃他们的肉。

三、两个节，两幅画面

八月节来了，在办公室，工人的机器房，宿舍的墙头上，都贴着厂里的布告，无论工人职员一人发三斤白面。发的时候，胡政委集合工人讲话，要是面多的话还可以多发些，面也不够白，请工人们原谅！

“就是坏啦，我们吃着也高兴！”

“向来我们都没痛快地过过节，今儿个，我们应当感谢共产党，感谢八路军！”

这一天放假，许多工人都到城里买月饼，买肉。职工的子弟嘴里含着一块月饼，从职工小学校，到宿舍，到操场，跳蹦着，一边嚷着《没有共产党就没有中国》的歌曲。

“的确，一点不假，没有共产党就没有中国！”许多工人都说。怎么不欢欣呢，共产党一来，除事务所一部工人外，各科、各厂、各部门都发了双薪，又成立了自己的组织，代表自己利益，解决了很多困难，工人们生活又有保障，又怎能不让人回忆过去的苦景啊。有个女工想到今年的五月节不禁流下酸辛的泪，职员们吃粽子、肉、鱼，日本人又欢宴，他们干巴巴地瞅着，然而他们还得去做十二点钟的工，假如懒散一点，伪警察队的木棒又敲击在头上了。

一个节欢乐一个节哀伤，工人们同样是永远不能忘记的，他们从心之深处体验到欢乐是谁给的，哀伤又是谁给的！

四、“看吧，我们的力量”

龙烟的工人，被解放的第二天，成立了工会筹备委员会，这时，工人们对自己的组织是不够明白的，因而，把杨品德选为主任了。在他的办公室门口挂着“工会筹备委员会”的牌子，半月多也没个人影去一趟，而且他还想陷害工人，说：“我只想当警备队长！”工人们也只好闷着气不作声！后来群众剧社宣传队来了，音乐的、口头的宣传，介绍了张家口清扫工人斗争张景秋的胜利，解释了共产党与工人阶级的关系，工人们觉悟起来。

“不行，我们再不能当毛驴了，我们要推翻杨品德！”

“他不知害过多少人啦，有一次把俘虏来的八路军用火筷烫，戴上脚镣出工！”

改选的时候，工人很不愿意与职员共同成立职工会，因为在敌人统治的时候，职员可以在厂中做买卖，赚了工人的钱，只准职员分红，劳务科食堂只能由职员经营。斗争的结果，工人单独成立工会了。

随着，到工会方面告发张经武、杨品德的就如潮水般涌来，工会委员几乎忙碌不过来了。说日本走时，张经武、杨品德眼睛都哭肿啦，说张经武拿去工人七八月份款，说他贪污生计所食堂款、劳务基金等，无论如何要把他们押起来清算账目。在第□次职员工人代表就提出十几次质问，第□次揭露了一个重要问题，就是张经武花钱收买人心，但是开始提出的问题他死不承认，老推到日本人协力部队身上，直到工人们发怒，句句逼到他的心尖，最后无法辩驳，只好拿出十七万元作赔偿。

事情的经过是这样的，日本走后，张经武便召集他的狗腿开分赃会议，一个班长一幅□帘，一个组长一匹布，五千元，职员中有的六千，有的一万，其余布匹、钱等他全吞了。但是，纸是包不住火的，王耀延觉悟了，偷偷地向工会报告后，接着，杨品德、张经武一连串的污秽丑脸全漏出来了！

赔偿这点钱就算完了吗，许多工人的额头、脊背，被杨品德的手掌、木棒打肿了，许多工人身上的血被张经武喝光了。今天，工人们轻易地放手吗，他们要求杨品德、张经武向政府坦白反省过去的罪恶，否则按国法制裁。

“哼！看吧，我们的力量！”

“不坦白的话，我们也敢和他干一干！”

清算账目的时候，杨品德与张经武只是发抖，不敢正视工人们一眼，连声承认：“那是我的错，那是我的错。”

常常久听到工人们说：“只要一听到《没有共产党就没有中国》的歌，我们身上就想起没有共产党哪能有我们的翻身来！”

（《晋察冀日报》1945年10月6日）

起来了燕落村的群众

戈原

燕落是密云四区，接近平古路（北平——古北口），在敌伪据点包围中的一个村庄。即现在距石匣据点（平古路上）也只有十多里路。在过去我们只有一点工作，抗日民主政府的政策法令虽也曾宣布过，但并没有丝毫地贯彻下去。所以几年来占全村二分之一以上的贫苦群众，除受敌伪的奴役、勒索、压迫之外，仍要背负着繁重的封建剥削——他们仍是在艰难困苦的半饥饿中熬着岁月。

平古路外围据点，在我军包围压缩下，一个个被迫地撤了。八月，八路军与抗日民主政府进入了燕落村，群众虽欢欣鼓舞着由敌伪的皮鞭下解放出来，但由于几千年来的封建压迫，他们仍不知怎样才能解除，对抗日民主政府也没有彻底的了解。他们想“八路军好是好极了。可是真能给老百姓解决困难吗?”这样怀疑着，遂仍想在旧日的生活下忍耐地活下去。敌人走后，我们部分的改造了村政权，召开了群众大会，重新颁布了增资、减租减息的政策法令，但群众仍没有行动起来。

“怎样使群众了解为了自己而自己起来斗争呢?”县里、区里的同志们都这样地想着。九月十三日民运部的王××同志也来了，大家就计划着如何搞。

在发动群众之先，同志们做了较详密的调查工作。调查结果，燕落村共有五〇七户，三四〇〇人。阶级成分是：全村有二四八名长工，一三一户佃农（内有少数中农、富农，大多数为贫农）！五〇七户中又有六〇多户赤贫，根本连土地也租不到，只能打点短工，跑趟买卖混生活。最大地主是高××，有地六顷多，在村里没什么势力；

其次是苏佩然，有地两顷多，是一个卑鄙无耻、□诈百出的土豪，并是一个特务；另外有林××，有地三顷多，家中只是一些孤儿寡妇；再就是一些中小地主及少数北平、古北口各城市中外□地主。全村共有土地六十余顷，十几家地主占有土地三分之一以上，即三〇余顷。地租形态一是死租（多是押租，即地主怕佃户于秋日歉收时交不上租，而须于租地时即先交押现款若干元）。一是伙分（即一切产物均须分给地主二分之一，一切籽种、肥料、农具、牲畜负担等全是佃户自己的）。一是钱租（多是上打租）。在地主中以苏佩然最狡猾，最坏；以胡××较为开明。

在我们做了调查后，当晚便召集了雇农会与佃农会，进行宣传教育。内容：第一，我们宣布增资减租后，由于国特造谣，老百姓怕夺地，怕以后报复吃亏，还须将租退给地主。针对国特谣言，我们进行了时局教育，告诉老乡们，现在日本鬼子投降了，八年抗战中我们流血流汗，没有一天离开过老百姓，现在胜利了，八路军更不能丢下老百姓不管。不用怕“夺地”“退租”，抗日民主政权永远与老百姓在一起，永远保护着老百姓的利益。第二，我们进行了阶级教育，告诉他们为什么我们牛马似的干一年，反不能吃饱肚子，穿不暖身上呢？为什么一辈子总在穷苦里不会翻身呢？地主们为什么整天的什么也不干，却能吃好的穿好的呢？他们的财又是怎样发的呢？……老乡们渐渐地明白了。第三，同时我们并具体地进行了政策教育。增资、减租、减息是什么意义，该怎么增法与减法，并以一个人的具体事实作例子来讲明白。……这是在十三、十四直开了两晚上会，老乡们热情地听着，兴奋地谈论着，悄悄地思摩着……他们心眼里清楚了。

经过教育后，将租种一个地主土地的佃户，划成了一个个小组。在小组里，佃户们自己具体地讨论着，谁是小组长，租该怎么减，该用什么话向地主说，该怎么说等一切问题。然后由小组长负责去交涉。

增资也是由雇工们同样地进行着，他们问题较简单，很容易地取得了斗争的胜利。

减租上，第一天先以较开明的胡××作为工作开始的范例。交涉结果，佃户们取得了胜利。双方自愿订了租额，为土地实产量的百分之二十。押租与上打租都退给了佃户，并写了租约与退条。

晚上又召开了佃农会，以现实的例子作教育材料，告诉大家这一小组是怎样交涉的，怎样减的，减了多少……佃户的胜利使大家很兴奋，更相信自己起来斗争的力量了！

跟着减租的对象就是苏佩然了。——这狡诈多端，老百姓视如蛇蝎的土棍，在群众压力下，不得不承认了，他很顺当地写了新的租约与退条。租额也是按土地实产量的百分之二十。原出租土地一一六亩，原租共三二石六斗（每亩产量只五一六斗），减后共定为一一石八斗三升，减去二〇石七斗七升。押租，上打租，及四二年至四四年三年内的过分交租地（因在三年前抗日民主政府已在本村颁布了减租条例），共退租五〇石四斗六升，三年内非法夺佃共复佃五一亩。

对苏的斗争胜利了，群众斗争热情更高涨起来了。觉着只要大家能团结、斗争，像苏佩然这样恶狼式的土棍都不敢不屈服下来。晚上又开会了，在会上总结了这次的斗争，同时也揭破了苏佩然在平□的如何阴谋致富的黑幕，及其卑鄙无耻的行径，足以证明一个统治剥削阶级之如何在吮吸农民的血浆，与毒害他爪牙下的被压迫者。

群众胜利了，群众起来了，群众今天才敢大声地诉说着自己的冤屈，他们的话像开了口子的河水向外流。晚上的大会，是这次斗争中最热烈的一个场面。

在一个大场院里，满满地挤了四五百人；他们都是雇工、佃户和平日不敢说话的贫苦人。他们去找苏佩然，他跑了；遂将他哥哥请到会场。

由村抗联主任当主席。在区里同志报告了用群众自己的力量而取得的增资减租胜利情形之后，主席就告诉大家："说话吧！我们在过去有什么事，有什么困难，有什么难解决的问题，今天都要说说，大家伙儿商量商量，民主解决。"

贫农田雨清首先站起来发言："苏佩然他租给我二十亩地，他又将地偷着租给了祝福。到春天我的地都锄了一遍了，祝福找我来，我俩吵起来了。去问苏佩然到底地是租给谁了，他说你们两家不用吵，谁也不用种了，我收回地来自己种。将我锄完一遍的二十亩地，只作价一一五元收回去了。干生气！怎敢跟人家说理啊！他并挑拨我说：'老弟，有你的地种，王云雷还种着我一块地，你去跟他说我的地要改为典给他，价钱大大的，他典不起，就收回地来你种'。我不干，他又说让我找祝福也这样说，因祝福□种着他一块地呢。我也没干。心里说，地宁可不种，也不听你这狼心狗肺的话！"

祝清延紧跟着起来说："我种着苏佩然六亩地，每年三石租。几年工夫我辛辛苦苦地从边上又多修出三亩地，苏佩然看见地亩丈大了，就强着收回去了。现在我得找他，地我还得种。"

后边是谁嚷着说："苏佩然就一点人事也不办，咱村里有两顷校地，他当校董，说什么吃地租不如将地卖了吃利息好。他就卖了，当时谁敢说话啊！卖地后，他将钱拿起来，给小学校出一分利，他却使给别人三分利……"

田雨清又喊着说："昨天我减租去他还收买我。他说：'别人胡闹，你还用着什么了，你还什么减不减的，将地给你白种四五年，减什么税！'我不听你王八蛋那一套，该减还得减，我也不白种你四五年地……"

于际武说："他放给我父亲高利贷。前年他对我说：'想办法吧，时候越长，利钱垒起来你将更没法啦！将你们那五十亩地写给我吧！’我说还得和我父亲、我哥哥商量商量，他不让，硬逼着我写给他了，写给他是贴条税契（即死契上贴一副条，注明几年内可回赎。过期则将条一撕变成死契）五年为期，去年我用钱赎地，他竟不赎给我。后来我和他到伪县政府打官司，才赎给我一半地。……咱们过去斗不过人家啊！”

谁又紧接喊起来：“苏佩然他架弄王××抽祝福的地，将祝福家的媳妇也逼死了……”

声音还没完，谁又说了：“我原种着他二亩地，因为没有粮银（过去土地负担是以粮银为根据）前年他就给我夺回去了……”

又有人抢着说：“前年鬼子‘讨伐’，将我的房子烧了，我没办法，全家搬到川下来。苏佩然看到我到了这般光景，怕给他打不起租子，他竟狠心地将我家的箱箱柜柜和家具，都用车拉去了……”

谁又说：“他架弄撮合和他搭伙计的女光棍，以地诈王×的财……”

大家你争我抢地发言，一个没坐下，一个又站起来。突然由门洞里跑出一个老太婆来，大声嚷着说：“可是咱们的天下了！可许咱们讲讲理了！我也说说苏佩然这个王八蛋。前年格儿石匣的鬼子来了。我儿子赶着驴驮了东西，我媳妇骑着往村东里跑，在半路遇见了苏佩然那王八蛋了，你说他猛古丁地将我媳妇和东西都从驴身上抽下来，他骑着驴就跑了。鬼子来了，将我儿绑去了，东西也抢去了。回头我找苏佩然去哭闹，他反说我声音大吓着他了。你们说这王八蛋讲理不讲理？最后没法他才赔我一百七十元钱。还不够往回赎我儿子的钱呢，别说丢的东西。今天我还得找他算账。你们八路军可得给我评评理儿……”老太婆一边说一边比画，她眼里含着眼泪，但充满了兴奋。

直到两三点钟，有二三十个老乡争抢着发了言，还说关于苏佩然的事多着呢，一时也说不完。

由于大家的意见，共同表决，三年内苏佩然的非法夺佃都要复佃。对那老太婆家里重新赔偿，共议赔青市布半匹，小米四石二斗。其他问题也都由民主合理解决了，并在高涨的群众情绪下，改选了村长。

开会的第二天，群众更兴奋地继续贯彻民主政策，在其他地主、雇主家进行了合理的增资、减租。

（《晋察冀日报》1945 年 10 月 15 日）

桑干河畔的农民怒吼起来了

——记双树子村农民反汉奸清算斗争

吕朗

桑干河畔的保安川（即涿鹿县）盛产小麦稻米，自古号称天富之国，但在敌寇汉奸及土豪流氓的血腥统治下，这地方便频陷于饥饿及灾痛中了。八年的日子，人民噙着辛酸的眼泪，过着人间地狱的生活，盼望出头的日子，把眼都熬干了。一天“救苦救难的八路军”（群众语）终于来了后，像一声巨雷响在天空，突然天晴了，从此苦难中的人们抬起头，直起腰，把拳头握紧，铁一般地团结起来，发出复仇的呼喊。一个月来，这个复仇的火焰，炙热地燃烧着，以后终于爆发了一个轰轰烈烈广泛群众性的反汉奸清算斗争。

敌人尚未投降时，保庄（涿鹿六区）的农民，对该村伪村长发动过一次清算斗争，获胜后，群众认识了自己的力量，斗争信心逐渐提高，农会由一个小组，很快发展成一个百人的大组织，各种工作都日新月异地搞起来了。经敌人两次摧残，都没有垮台，该地解放后，群众一面高兴，但也忘不了八年来的痛苦是谁给他们的，于是复仇的火，便卷向罪恶滔天的大汉奸顾荣恩，斗争因此展开了。

顾荣恩是双树子村人，他父亲顾连春过去是这一带出名恶霸，无恶不作的家伙。敌人来时，他因袭了老子的余威，又尽力谄媚巴结敌人特务，当了双保二村联合乡的大乡长，有了施其淫威的机会，由这时起便站在双保二村人民的头上，成为敌人最忠实恶毒的走狗了。双保二村八百家，除了他的伙伴和走狗们，哪一家的财产不被掠夺？哪家的老少不遭其毒打？又哪一家的枕边没有辛酸的眼泪？人们打牙往肚里咽，敢怒而不敢言。但仇恨的种子是要生根发芽的，有一天成长起来，那就要以牙还牙，以血还血了。

及至涿鹿全县解放后，顾荣恩曾畏罪逃跑，然而究竟舍不得他那榨取人们的血汗财，又偷偷回来了，保庄群众知道后，连夜赶来将他捕住带到保庄去。第二天是开群众大会斗争他，群众诉说他们恨入刺骨的仇人来了，分外眼红，都来参加会。区里听说此事，几次要把他捉到区里去（因为他是关系全区问题），人们死也不肯放手，后来双树子群众也知道了，马上召开群众大会，也要和他算账报仇。其时，消息传出来，附近遭其践踏的各村，也就相继参加了这个斗争。斗争一天一天扩大起来，在这个斗争中，农会和工会起了领导与先锋队的作用，因而农会的威信大加提高，组织也扩大了，双树子原有几十会员，马上发展到三百多，男女工人也都组织起来了。斗争经过十几天的酝酿，群众情绪步步高涨，愤怒的气焰，简直上升十丈不可抑止。个别区干部认识不足，害怕群众过左，但都被群众伟大力量所纠正了，于是在各村代表会议上决定召开群众大会斗争他。

九月四号的早晨，各村群众在双树子一个广场上集合了，虽在秋忙的季节，但群众都放下镰刀，早早跑来，许多男女工人也都冲破东家的阻挠出来参加。到十点时各村群众像流水般地都涌到会场上，远处村庄也都派代表来了，总计有两千余人。十一点开会，群众自己选出了五个主席又请了袁县长和县抗联杜主任等人列席参加，一个激烈的斗争会就这样开始了。

当主席的是顾荣恩家的一个长工，他身受顾荣恩父子的压榨较别人更加深重，他上台以激昂痛恨的语气说："今天开什么会，大家早知道了，就是要和汉奸顾荣恩算账说理，他压迫咱们八年了。八路军来了，才得重见晴天，咱们有怨的诉怨，有苦的说苦，有仇的报仇！"他的声音，越说越高昂愤慨，他的话像一把引火柴似的，把群众的怒火点着了，随掌声后有十几个人要求发言。第一个是李自才说："顾荣恩是一个真正的汉奸，和二鬼子一条腿穿裤子，城里鬼子特务来了，他像亲爸爸一样地侍奉，到他家又吃又喝，夜里还和他小老婆睡觉，他勾结鬼子来打过八路军，捉过韩队长，你们大家都知道不知道啊？（台下异口同声说：‘知道，怎么不知道，他干这事太多了！’）他的兄弟顾受恩在村里当青年团分队副，外号叫三尿咸（厉害险毒之意），出手打张口骂，问问大家挨过打挨过骂没有？（台下齐声说：‘挨过多哩。’）他的两个儿子都在张家口替二鬼子当小特务，你们知道吗？”（台下又喊：“知道知道。”）上面的话刚说完，李有忠早就站起来抢着说：“顾荣恩当大乡长时，苦害咱们老百姓真不轻，他仗着二鬼子的势力，吞咱们的钱，敌人要咱们粮食配给的布和火柴，他都拿到他家里去，一次也没有发过，把伪政府要的五十二石官粮，他也私吞了，上面发的两千根木头钱他也吃了，把修木桥买木材的六万元他也吃了，还有很多事我都记不清了。”第三个是李文举，他手拉着一个六岁的孩子痛心地说：“这个孩子的爸爸有十几亩地，都叫顾荣恩给敲诈去了，他爸爸一口气病死了，这时这孩子一点生活费也没有，要叫他给赔出来。”说完后人群中立起一个七十多岁的老汉，胡须都白了，两手抖擞着颤声地说：“我是指做小买卖维持生活，顾荣恩吸了烟吃了东西一个钱也不给，跟他要，他还骂我说‘大年三十给也不晚’，大家看我这老汉，他还祸害我！”群众听了老汉的话，都愤怒地叫起来：“叫他包出来！”“叫他包出来！”“李宝顺和张喜是木匠，给伪大乡做了一百一十五个工，一个钱也不给，他都克扣了。”保庄白吉中说：“我们村里有两顷八十亩学田地，在双树子租着每年收九十二石租。他当大乡长时，都霸占了，到现在六年，我们连一粒米也没见着，我们要和他算算账。”会议进行到两点钟，群众情绪越加高涨，一边说一边骂，说话的人都争着发言，彭英说：“他罚了我一筒油。”李忠选说：“他放赌局。”李长存说：“他诈了我一千四百元。”顾全德说：“他和土匪勾结说票，从中取利。”接连不断的发言，接连不断的骂声，当愤怒达到极点时，大家一致要求叫顾荣恩跪在台上，主席把顾荣恩拉到台上跪下，台前小孩子们用吐沫唾他，叫他“汉奸！”“汉奸！”。这时台下有人提出李文考给顾荣恩当走狗，偷听农会开会，群众马上把愤怒眼光转射向后边角上的李文考，同声喊：“割断这条狗尾巴，还敢破坏农会！”李文考立即被推到群众面前了，要他极力坦白认错，大家才放了他。以后继续发言的有六十余人，提出了五十三条罪恶事实，当主席宣布休息时，群众都不散，坐在原地，纷纷议论：“这回可真重见天日了，要不是共产党八路军来，哪能这样？”

五分钟后会议继续进行，主席征求大家意见，应该怎样处理，群众一致要求给他家留下二十亩地，其余净产还账，因为他是汉奸应该枪毙他。此时主席要顾荣恩向群众表明态度，他开始还想抵赖，群众实在愤怒极了，忽地都站起来像洪水似的涌向台前。“枪毙他！”“枪毙他！”“这回可不是汉奸的天下了！”声音像巨雷一样地在会场震动着，吓得顾荣恩全身打抖擞，也不敢耍赖了，紧接着主席宣布请政府袁县长发表意见，才将群众平息下去。

袁县长刚到台前，全场都欢呼起来，好久掌声不绝！群众是那样亲切而热烈地欢迎他，在中国从来还没一个像今天民主政府一样的受人民拥护与爱戴，袁县长简单肯定地说：“政府是人民的政府，是替受苦受难人做主的，你们的要求政府完全接受！（热烈鼓掌）政府要依法处罚他，没收他的财产偿还你们的损失！（掌声）其次，政府的态度很明确，对罪大恶极的汉奸决不宽容，对失足者，只要他坦白改过，给以自新的机会。”（长久掌声）

袁县长讲完，群众像放下一块石头一样的痛快，转愤怒而兴奋，全场放出胜利愉快的笑声。一度休息后进行自由讲话，四十多岁的李福说："咱们打官司打胜了，这都是谁给我们的？（台下齐声喊：'是共产党八路军。'）对，是共产党八路军来了咱们才能翻身，咱们可不能忘了本啊！（台下高喊：'拥护共产党八路军。'）咱们要跟着共产党走，永远不会受苦了！"贾全友这个异乡人在双树子当了三十多年长工，受了不知多少痛苦，他上台讲话，非常兴奋，声音响亮微带颤抖，他说："咱们穷人都翻了身，汉奸也翻了身，他可是向地底下翻！"（笑声）说着他双手挥动声音更高了："这都是共产党替咱们打的天下，咱们得好好地守着它。特务们造谣，咱们不要听，我们只要把农会工会组织好，大家团结起来，再有了共产党领导咱们，什么也不怕了。"（台下又喊起："工农团结起来，不听特务造谣！"）自由讲话完毕，群众又提议要政府实行减租减息政策和改选旧村政权，也都被政府接受了。散会时一个农民自动领着喊口号，他反复地喊着"拥护共产党八路军""跟着共产党再也不受苦了"的口号，真的，群众今天真情说出他们所憎恨的是谁，所喜欢的是谁，而且找到了一条光明幸福的道路，就是跟着共产党走。其实，这还不正是喊出了千百万群众的呼声吗？

（《晋察冀日报》1945年10月16日）

两件小事

朱田顺

一、蝇子

蝇子是很讨厌的，吃饭的时候，偶一不慎吃个蝇子到肚里，会使人呕吐。若是在饭馆吃饭发现蝇子，顾客一定对饭馆大加斥责，蛮横的人，还会有更厉害的处理办法。

这一天，两个八路军到一家饭馆吃饭，两个人很愉快地一边谈笑一边吃着。

忽然，一个八路军停止了谈笑，停止了咀嚼，他皱了眉头吐起来。

“怎么了？”

“看！……一个蝇子，已经叫我吃去一半了！真倒霉！……”他吐着，用筷子挑起了那没了脑袋的蝇子抛到痰桶里。……

当他们付过钱临走的时候，这位吃过蝇子的八路军笑嘻嘻地说：

“伙计！以后咱们饭馆里的卫生要注意啊！今天我吃了一个蝇子！不过，谁也免不了犯错，你们也不是故意的。以后注意好了！……”

“是的！是的！……多谢你给指出！……这若是鬼子伪军可了不得，说不定要挨揍呢！……八路军这队伍，我知道，公买公卖、不打不骂、待人和和气气的……没见过这样的队伍！……你听我说，凡是对老百姓发横打人骂人的，那都不是正式的八路军！……”

那位伙计兴高采烈与滔滔不绝地讲起来了。

二、对火

一个八路军吸着一支烟，正在街上走着。

“喂……我对一对火。”忽然一个挑□子的小伙子叫住他，要和他对个火。

那个小伙子汗流□□地喘着气，像是渴望着吸一支烟休息一下。

“好！好！”那个八路军微笑着把烟递给他。

“麻烦你！”小伙子疯狂地吸起来，鼻孔里冒着很长的烟雾。

八路军又走他的路。

“喂……我的火又灭了！”当八路军已经走了很远的时候，那小伙子又急躁地喊起来。

“再对一对吧！”八路军又返回来，把烟递给他。

小伙子有点不好意思着急地对着，大概他的太硬，吸得他两腮突出来了两个坑坑。

“不要着急！慢慢对吧！”八路军见他有点急，笑着安慰他。

“唔……唔……”

小伙子高兴得说不上话来了。

街两边的人，看见这种情形都亲切地笑起来。有的说：

“要是别的军队可不行，横眉竖眼的，他叫你这么麻烦地对火？”

（《晋察冀日报》1945年10月21日）

大祭肉丘坟

刘振铎

我以红破的手指，刻下血泪的字迹，向全中国，和普天下爱好和平的人们控诉！

谁有罪？老百姓知道，死的亲受了，活的看见了。

民国二十六年八月初，日本强盗打进了山西的大门，兵荒马乱地翻了天，人们在算着自己的命运。

“养兵千日，用兵一时呀！”谁个不焦虑着阎锡山的所谓“晋军”退却如风呢？

山西省的老百姓，像把阎锡山喂得又肥又胖，老百姓满希望着这票人马能截住日本洋人，谁知初二那天所谓“阎长官”的军队，由张家口向回退到天□阳高，连个照面都没打，就一缕烟地刮到了大同。

“养兵千日，用兵一时呀！”眼巴巴地看着“晋军”连声回头枪都未打一下，旋风似的刮了一阵逃跑了。

骚音和动乱，把人们的心捣碎了，少有主意的收拾收拾钻了山，没主意的像断了线的风筝漂流在街上！……

“咳！‘阎长官’算是黑疸了，等着谁来了给谁纳粮吧。”

异样的火车毒蛇般地爬来了，后边紧接着的是坦克、汽车、摩托车，把阳高城包围了，顷刻阳高城内像被堵塞住咽喉一般的静。

霹雳一声枪响，把人们带进了死的想象里，东洋强盗把全城的老百姓压缩到了十字街中心，于是人挤成了一个疙瘩。百姓们惊恐而又装作镇静，愁缩而又显出笑容，因为他们谁都相信日本人或许也是人，不至于怎么样？可是偷眼一看，日本人个个竖眉立眼，凶神一般，老百姓一见他们，就如同羊见豺狼似的闪躲。跟着敌人进城的也有说山西腔的中国人，他们大多是前几天投降过去的“阎长官”的部下，阳高城曾经有过他们的“杰作”——强奸六十多岁的老太婆！这些人善于随风转舵，见日本人比阎锡山的气头粗，为发财起见，就弃阎投敌，他们怕城内的人叫出他们的名字，都把帽子戴到鼻梁上，满口山西、日本连他自己也莫名其妙的鬼话！“你脱掉三层皮也认识你！”该城的一位理发匠说，“这个！就是他！嘴上有刀口伤的大烟鬼。偷过俺一把推子，他说他当过阎锡山的护兵，这会投降了日本人。”

这位理发匠吃劲说了一句：“老总！把我们这些轰来干什么？”嘴上有刀口伤的把牙一龇，不耐烦地说：“欢迎‘皇军’！”

可是车站在西门外，欢迎“皇军”怎么到南关呢？极大的不祥预兆！“跑了吧？三十六计，走为上策？”可是，宾阳门上，永和城楼，朝阳堡上，街的两排房顶，机枪按严了，日本兵握着刺刀迈着方步，一千多个老百姓你看看我，我看看你不敢作声：“该死！谁让咱不早两天跑掉呢？”一千种愁思，一万种怨言，终于逃不脱日本人的虎口，人们——一千多无辜的同胞，被赶到朝阳门外，便开始了血腥的大屠杀，刺刀直穿，马刀横劈，白刃进去，红刃出来，机枪在城上疯狂地叫着，刺刀、马刀、古式的宝剑、钢锯、铁锨、皮鞋的后跟，一切能杀人的东西，都使用在我们中国人的头上了。我们红了眼，完全忘掉了死是什么？从血泊中，死人的身子底下爬起来了，赤手空拳扑向敌人，并喊出倔强的声音：“打倒日本人！”血染在刀口上！“中国人你们是杀不完的！”血涂在枪锋上，前仆后继，最后卖猪肉的老刘夺过敌人的枪来一连穿死了三个鬼子后，带着民族英烈的气概倒在了地上，人们——一千多死难的同胞第一次的尝尽了敌人的凶恶，也试验了自己的力量。

秋风萧萧，阳高城死了。直到三个月之后，死难者的家属花了不少运动费，除领一名死尸花洋五十元外，还得承认：第一，“你的人是该死”；第二，“这是‘皇军’为了保护你们，才杀死你们的儿子或丈夫的”；第三，“不准哭叫”。老百姓，咬着牙，吃苦咽泪地应允了后，才把那些血肉模糊，尸体残缺的亲人抬到了家里，把泪吃到肚里，把仇记在心上，葬埋了。

每逢八月初五这个血腥的日子，敌人就张贴满街喜报：“我军在该地为民除害，歼灭‘土匪’一千余……”来强迫老百姓给他们祝捷。老百姓和烈士家属，闻言莫不翻肠挖心，咬牙切齿。

八年过去了，人们苦渡了漫长的黑夜，“八年来的血泪不敢流在脸上，八年来的哭声不敢喊得响亮，八年来的骨油被榨得净尽，八年来的生活哪能和人比量!”他们自己写出了人间地狱的诗歌，今年——民国三十四年才呐喊出来!

八路军解放阳高后，接着即是八月初五这个悲惨祭日，群众知道八路军讲民主，才敢到政府内请求：“许不许我们哭一场?”县政府问清楚他们的来由后，赶紧答复：“可以哭!可以哭!”请示的人们得到完满的回答后，勉勉强强蹩地出了县政府大门口，便放声号啕起来。

第二天，初六日，政府召集了全县的群众开追悼大会，并安慰遇难的家属。西门外搭上了席棚，耸立着的烈士纪念塔前，摆着五花大供，和各机关团体送来的花圈，离会场不远便是那一千余人埋在一起的肉丘坟。虽然已经起走了些，但还有很多烈士在那里埋着，坟的四周，设置了花围，儿童和妇女送来的纸花，像仇恨的种子散了满地。大街上用净水洗过，铺户的门联，有的用白纸写成了对联，表示哀悼。开会了，烈属们坐在光荣席上，含泪带笑地听着讲话。马县长讲到“烈士惨遭杀戮，令人寒心”时，烈属、百姓和干部，有的哭出声来了。八年来的泪，今天才算痛痛快快流出来了！烈属代表，当地绅士张老先生带着仇恨和兴奋登上了讲台，他讲道："我全家五口人，两个儿子被杀，儿媳妇给留下了个小孙孙改嫁了，现在老两口守着五岁的小孩没法生活。"因伤心过度，泪从枯眼流出，又打嘴里进去，吞吞咽咽不能再说下去时，台下高呼："坚决为死难烈士复仇!""优待烈属!""保证烈属生活宽裕!"最后有共产党代表，深深向死难烈士致敬，并对烈属致以亲切慰问。呼应着他的讲话，千万个人的声音合成一个声音："报仇！报仇！报仇!"

（《晋察冀日报》1945年10月24日）

担　架

刘振铎

队伍走在前边，担架留在后面。早晨，清冷彻骨的山风，袭透了单军衣，脚下荡着冷草上的霜露。山已寒了，树也萎缩得失去了翠色。在山半腰间的小乡村里，一阵动乱之后开始静下来了，但不时还有一种粗的吆喝声：

“王老三快来个抬担架！”

村长的眼里被风扇地流着泪。在村长身旁的石盘上半睡半坐着个有病的同志。村长的责任是安然地送这位病号到下一站去。

时间不长，抬担架的人来了。五个老头，两个超过了六十岁，三个也五十多了，管理员向村长建议说：“村长最好找几个青壮年吧，老人们，我们麻烦不起，按政府的规定，老头也不该抬担架。”村长当下没办法。老人里有一个独只眼，说：“同志没关系，这村共有二十三个青壮年，全都去送队伍啦，再没人了。”态度很诚恳。后来才知道他那只瞎了的眼睛，是事变那年中央军拉牲口打的。村长好容易派回一个六十多的老头换了一个壮年，五个人才把担架抬走了。

病人已经是五天不吃东西，然而是到前方去，精神还饱满，躺在担架上自己思量：“人家这样年纪的人抬我到前线去，我该勇敢地作战报答人家才对呀！”他时常地激起种种兴奋的情绪，但终究由于体力太弱，不一会儿便在吱吱呀呀的担架上蒙睡过去了。

翻过摩天岭，担架好容易到了一个村里，原来准备在这要替换他们。可是由于这里的老百姓也都去送队伍了。没办法，这些老人们还得受累。等走的时候，王老三不见了，五个人只丢下了四个。

“王老三呢？”

“不知哪去了，敢是偷着到老百姓家里吃东西去了。”

独只眼的老人很气愤，说：“吃东西，谁也没有吃东西，他可倒有办法，把同志丢下不管啦？”

大家都很气愤，没办法担架又放在了肩上，走了。

路很狭窄，脚底下斤斗咕噜的石子乱蹦。独只眼一失足，趴了下去，担架翻了，病人从上边摔了下来，独只眼赶紧爬起来扶病人。自己觉得有了罪似的，可是这位有病的同志态度却很和善，反来安慰独只眼的老人：

“老乡，我不怕，看你的腿碰破了！”独只眼低头一看，腿盖上的血已经殷红了裤子。病的同志拿牙粉给他抹在伤处，才亲亲热热地又让抬着走了。

担架因为是临时绑的所以经常滑脱，两根木头，几乎并在一起，把病号挤得难耐，而抬担架也走不开路，绑了又松，松了又绑，一会儿独只眼的鞋底子又掉了，手提着鞋帮子，赤着脚走，担架又重，路上铺□着尖尖石头，简直寸步难行。可是他并没说什么，病人见他赤着脚，便把自己的鞋脱下来给他穿上。独只眼穿上了新鞋，从没劲之中生出了劲来，原来他是抬后边，后边比前边轻，便自动地换到了前边。担架晃晃悠悠地走下去了。等赶到××村，停下来一问，已走了五十里。

（《晋察冀日报》1945年10月24日）

人民的民主察哈尔万岁！

——为拥护将诞生的民主察哈尔省政府而作

察哈尔人民在抗战八年中，为赶走日寇，建立自己的民主政府，曾付了光辉的流血牺牲的巨大代价，在共产党八路军的领导下，早已建立了民选的各级政府。察省的人民从察南到察北，都先后的组织起来，武装起来，有了强大的力量。为统一察省民主政权的建设，张市各群众团体，代表全市十四万人民，要求召开人民代表会议，成立察省民主政府，当此全省人民热烈响应，积极筹备之时，记者特将察哈尔人民在八年斗争中的光辉史迹，做以粗略的介绍：

一、八年苦斗的经过

察南人民在日寇统治下不屈地苦斗了八年，而察北几十县的人民，反抗日寇奴役的斗争，至今已经是整整的十三年，但更惨酷的斗争开始，还是在一九三七年。

在卢沟桥事变后，短短的时间里，察哈尔人民失掉了一切自由，国民党军队把他们葬送在日寇残暴的屠刀下。幸而著名的平型关战役，第一次打击了敌伪的凶焰，八路军从涞源、广灵一直打到蔚县，光复了蔚县、涿鹿、宣化等察南大部地区，十二月，他们建立了自己的政府。从中敌寇的四路围攻来了，频繁地战斗，没有一天休止，但八路军始终坚持于桑干河南北，没有一天离开。平北的邓宋支队，三八年打下了险要的八达岭，挺向延清、赤城、察北龙关各县，随之在整个的察南建立了民主政权，武装了人民。与此同时，敌寇也就不断地开始了连续性的“扫荡”，干部和群众发扬了中华民族优秀儿女的光荣传统，爬雪地、睡树林子，在极端艰苦中坚持了斗争。牺牲和惨杀者实在不能计算。

随着四一年的来到，斗争更加残酷，特务、汉奸、土匪、联庄，勾结着敌人，进行了最残酷的清剿，在这种情形下冀察人民仍顽强地坚持了斗争，从四三年开始，我又继续发动攻势，粉碎了日寇的固边政策，把敌人再次压回几个孤立的死城中。一九四四年，继续北进，我们的骑兵踏进塞外的高原，越过张北、万全、沽源、尚义直通康保，在察北一八〇〇〇〇方里的土地上，解放了被日寇奴役十三年的人民，截至今年春季，从察南到察北，都建立了人民的地方政权，宣化、张家口，伪蒙疆政府的老巢已处于我军重重包围之中。在今年八月十一日起的解放区军民大进军中，察哈尔人民的子弟兵——八路军与察省各地的人民武装，即先后光复了所有的县城和张家口。

二、回忆创痛的历史

察哈尔人民经过的磨难，已经在历史的日月中不可追忆了。老人们说，当他们懂得世事，就没有见到好的日子。

距近一些，抗战前，这里是国民党军阀统治地区，宋哲元在人口稀少的察哈尔，豢养四十个团的兵马，人民的负担是好坏地同等纳税，一亩地一年正税（即田赋）要纳二毛二分七，附加税平均到一元四角，按当时斗米三毛的市价，好地石五谷的产量，碾米九斗，产量的半数以上就纳了税，再加上柴草税、各税杂花，要差时雇车买夫，种坏地的农民，简直连“官家的都掏不够”，哪有余米养老婆娃娃。由于兵多民穷养不起，军阀们便奖励群众种鸦片，这种毒化的措施，使人民的生活更加穷困。在坝里坝外，大股的土匪便到处抢劫（这多是军阀部队的逃兵）。地主们借防匪为名，买枪组织联庄，延庆一带有的地主存私枪就有六百多支，他们靠着武力来压迫农民，佃户交不了税，即派联庄扣打。

旧政府对人民的残暴压迫，除了苛重赋税，还有着许多想不到的勒索。像在宣化等地，都设有一种官产处，设计量地罚款，在修整马路的美名下，决定大街两丈五尺宽，小胡同一丈七尺，谁家的房屋越过这个宽度，就要拆毁，居民和商号只好拿钱向官方“买情”。物资搬运经过的地方要卡卡上税，使商人没有贸易的自由，使老百姓买不起日用品。在察北民国二十年前后，“开发西北”的口号下，在那里成立了设治局，开垦草原，可是那里的蒙古人民，都是依靠草地放牧为生的，在他们的经济生活上，牧场比耕田还珍贵，但国民党政府就把他们赶出草地去了，一直赶到蒙古边境，这时候土豪恶霸和地主们便借机勾连官方，大量地低价买地，造成了在这里土地的绝对集中，引起汉蒙回各族的矛盾。

抗战以来，察省人民的生活是更加恶化了，农民没有摆脱在土地上的封建剥削，更加了一层对敌的苛重负担。在阳原租额高者达到百分之七十，在涿鹿租额到百分之九十者，还不是少数的情形。租佃形式，大部分是：坏地“自种”（由于负担太重），一般地多是按地质好坏以“三七”“对半”分，这种情形者，负担完全属于佃户，并且给地主派到夫时，还要由佃户“代差”。负担办法为：好坏地只分两等，坏地一顶二，好地一顶一派款。可是必须知道察哈尔地质好坏之差，好地一亩打谷石三，而坏地仅能打谷几升。在村里敌人派来捐款，农民们当时拿不出，“大户”（即地主）给垫了，到秋时谷价低了，地主们按五分利息收账，要钱不要粮，如此的压迫下，农民打下粮食交了租税，落个“两手空”，可是日子还得过，再向地主借粮，春借秋还，借一还二。察北的农民说：“年年往上累，受死还不清。”佃户们闷气地说：“明知死挨饿，不干还不行。”有的纷纷逃荒，像在宣化下花园向外逃荒者就有五六十人。靠近城市和敌据点农民，被汉奸恶霸仗敌势力强迫低价卖房卖地，给几条烟、几匹布或几包火柴的代价，就把他们的土地霸占去，使他们不能生活而变成灾民。

土地集中和牧畜业广大的察哈尔，农村工人占有很大的数量。他们的生活，除管饭，最高的工资仅三千元左右，衣服鞋袜、羊工的放羊用具，地主都不管，做工的时间“年顶年”，有病缺工或是给敌人当夫，都按日扣工资，每年养活了自己养不了家，向地主预支工资，东家便借以压低工钱，否则就要解雇，工人们有一句痛苦的流言：“地尽场光衣裳破，年年还是当长工。”在赤城有几百关南工人，集中居住在“工人房”里（是东家给专设的），他们一年做十月工，村公所和地主们可以派他们无代价地替村里当夫，他们在冬季想出门做些副业运销，“大户”们不允许，没办法谁想出门十天八天，就得拿黑钱，谁不顺眼，就赶出去，这都是恶霸对工人的欺压。

三、果实属于人民

敌寇统治的八年漫长时光里，察哈尔人民从未停息英勇的斗争。就平北所属地带，边山的村庄被连续地烧毁，敌人走了群众再回来，十一月的寒冬，老百姓穿着单衣，眼看成千百的生命要冻死，我们军队全体动员，首先给群众修房、搭草铺，而他们却爬着雪地，等把群众安置好了，而后再给自己修，可是刚修好，敌人又来烧了，一年修两三次，最后敌人烧灭了村庄全部草棚。群众逃到山林中去，敌人跟去烧着了山林，十几个夜，野火在山上蔓延，使他们的粮食、村落、衣服都烧尽抢尽，最后连山林的柴和草也烧尽。凶恶的日寇要逼他们□搬下川去，但这里的人民从没有被吓退，可是英雄的壮歌在这里唱起了，那就是延庆县红门梁的顾××：他只是个二十二岁的青年农民，敌寇“扫荡”中几百个村民、四十多个伤病员被包围在山沟，当天夜里，他一个人一次一次把所有的伤员都转移了，天亮时他出来瞭望，被敌人捉住，用绳子拴住他的双腿，从长满荆棘的山坂上拉下来拉上去要他告密，一直把他身上的肉、骨头都挂□在岩石和树枝上，他始终不说话，一直到最后他说了一句：“你们只能弄死我一个，在我嘴里得到其他的事情，那是妄想！”同样韩家庄的村干部××，敌人为拷打军情，一个一个切掉了他的十个手指和十个脚趾，但所得到的仅有一场愤怒的叫骂。更多的英雄们，演出的慷慨悲壮史诗，在察哈尔人民的八年斗争间，是说不完的。正是由于这里的军民慷慨地献出了血肉的巨大牺牲，才摆脱了黑暗的奴隶生活。

现在察哈尔全省已告解放了。黑暗的日子过去了，光明的生活开始了。察省人民正在选举自己的代表，准备成立民主的察哈尔省政府。察省人民回顾漫长的痛苦生活和在共产党领导下的艰苦斗争道路，他们深切地感到：胜利是支付了巨大的代价，解放后的察哈尔，应当是民主的察哈尔，应当是人民的察哈尔，英勇的察哈尔人民和人民的民主察哈尔万岁！

（《晋察冀日报》1945 年 10 月 25 日）

解放阳原之战

经过了两天剧烈的城关战斗，十月一日晚七时，我冀晋野战大军，解放了八年来暗无天日的阳原城。

八年来，阳原县城关的人们，没有说话和行动的自由，不能自然地笑和哭，身受着敌伪血腥统治的痛苦，血泪只能往肚子里咽，饥饿和贫穷，压得他们透不过气来。城里的汉奸群，很凭信他们工事建筑的坚固和滚木炸雷的作用，白天他们三十、五十的出城抢劫，夜晚四门紧闭，荒淫无耻地横行，伪大队长宋逆贵欣曾狂吠过：“有我宋贵欣在一天，八路军休想摸摸阳原城！”

九月三十日云片半掩着月光，城墙上闪着点点的灯火，我们庞大的野战兵团，静悄悄地靠近了城关，带路的向导，就是城里被敌伪压迫了八年的同胞。“啪！啪……”×营的重机枪先开火了，这是攻城的信号，接着三十多挺轻重机枪的火网，控制了阳原城的周围，伪警虽早有挨打的准备，但想不到这么厉害，城中乱成了一团，警钟没命地响起来，伪县长和警察大队长推开了麻将桌子，跑上了城头去督战，敌人以密集的火力，封锁我们爬城，我们的炮兵开火了，炮弹嗖嗖地越过城墙，落到敌人的阵地上，“轰隆……”声压倒了一切，城里立刻死寂下来，打枪的伪军缩在堡垒里，一声不响，炮楼上的灯火，刹那间都熄灭了。

冲锋号响了，“胜利部”的桂禄班长，带着奋勇队，第一个爬上了城墙，岗楼里的伪警，早为我们的神勇吓跑了，我们立即占领了北关的外城，燃起了通明的火把，战斗模范杜连生同志，不顾敌人机枪和手榴弹火力的封锁，带着他的班，迅速接近城根。等不及架云梯，就奋勇攀登城墙，不幸在机枪扫射下，光荣殉国！

由于敌人火力的封锁不能马上攻下，于是各连开始了坑道作业，战士们高呼着：“为杜连生复仇！”“坚决拿下阳原！”不到一个钟头，

×营打通了南关所有的房屋，坑道通近了城墙脚，我们爬在房屋的顶上，就可以射击城墙上的敌人。有许多居民，男的、女的，都没有躲开，看着我们打，还告诉我们敌人的动静。

天明是十月一日，下着小雨，我们已控制了阳原的北关、南关、东关和外城，敌人要求不要打，愿意谈判投降，可是四十分钟过去了还不见什么动静，我们招呼城上的伪警讲话，那些家伙缩头缩脑，不敢露面，只是一封信一封信地拖延时间，敌人是在要花样，我们的机枪一开火，立刻又发动了全面的总攻，一营战斗模范班长李汉忠和战斗英雄管计来，来了一个爬城比赛。李汉忠先爬上去，他顺着杜连生同志上去的水道往上爬。一下摸着了杜连生同志的血和尸体，复仇的怒火，把他点着了，咬紧牙关，一口气窜到了垛口下面连打出六个手榴弹，趁着烟火，一纵就上了城墙，直冲进东南城角的岗楼，紧接着新战士齐通和管计来班……整个连都冲上来，火把燃烧，一刻钟的工夫，管计来班占了东门的兵营，×排占领了南门的堡垒。

×部二营机枪班长王树贞端着机枪，随着突击队爬上了西城，一面走，一面打，进击敌人，北门被火烧了，火舌舔着黑乎乎的长空。××团也从东城墙上爬了过来，清脆的胜利的军号声，震荡着八年来暗无天日的阳原城的上空，火把飞行在复活了的城头上，虽是塞上的十月，阴湿的寒风吹着，但这都被胜利战斗的火焰，一扫而光。下午八点钟，我军完全占领了阳原，两天来的战斗，我军解放阳原县城及附近十多个村落、五万以上的人口，俘虏伪县公署科长以下、伪警察中队长以下二百余人，伪投诚两个小队，缴获机枪两挺，冲锋枪五支，小炮一个，步枪百余支，子弹六千余发。吹牛的伪大队长宋逆贵欣和伪县长，丢了家眷落荒而逃。(正人寄自前线)

(《晋察冀日报》1945 年 10 月 25 日)

西靳家窊群众的翻身

成瑞

“八路军再不来，我们齐要饿得走口了！”

西靳家窊是阳高县南部的一个村子，有一百三十户。十四家老财中，倒有十家是姓王的。“自开帝以来，就是姓王的当村长（或甲长）。”人家什么负担也不纳，白种着官地三顷一十七亩，这几年光景都发了，就说王尚清吧，他早先差不多是个穷光蛋，现在使着长工住着大玻璃窗户院子了。老财们愈来愈好过，穷人愈来愈难熬，卖地也卖不了，只好黑夜偷着走口，走时哭都不敢哭出声来，生怕甲公所的人听见了霸了行李！

先后走口的已经十四户，吊着锅准备走口的又有三十六户了，穷人们吃的是没盐的山药糊糊，敌人还催逼官粮地亩捐，怎么办呢？穷人们心里老是念叨着唐县卖布“老夸”的话：“盼着吧！八路军总会救你们来！”

八路军真的来了。今年夏天，我主力兵团挺进外长城，西靳家窊解放了。官粮不用交了，地亩捐不用纳了，救命军到了，不必走口了。

老太太们拉住八路军的衣襟，“你们是救命仙，八路军是‘上八洞’，坐万万年啊！”老头儿们说：“你们再不来，我们穷人齐要饿得走口逃荒了！”说着，滴下老泪来。

“西靳家窊的群众怎么这么落后呢？”

八路军过来了，还是姓王的当甲长，区上下来人就到王家大户去。

这天，八路军打下了安家皂据点。甲长王尚才在街上□□地打着锣喊："区长传下话来了，派到安家皂去背日本人的粮食，背回来归公一半，自己一半，要去快去！"穷人们一听很高兴，都想去。可是王尚才回过头来说："去吧！凡抢过日本人的粮的，日本人再来了就没命！"许多人又吓回去了。

可是，有些硬骨头的到底去了。不多几个人，每人背回来七八十斤，可是，刚一进村，甲长就紧跟进门去催逼钱粮，你想：日本人那没数的捐项，那八辈纳不清的"万年粮"，谁不多少欠些呢？于是，背来的粮食又叫他们弄走了。

后来区里几次协同甲长所的人督促动员，也很难动员出人来。

区里叫建立岗哨，甲公所光派穷人，派杂姓，虽然是春夏之交，塞外还是冷得很哪！抽空子烤烤火，被村警（伪青年团副分队长）臭骂一顿，送到区里，又受了一顿批评。

穷人们想找区里的同志说话，可是，区里的人一来就上甲长家去了，也弄不清楚啥时来啥时走，听说八路军是护救穷人的，往后要改造负担，涨工钱下租子，可是也没见个动静。光是叫成立什么"抗日一心会""读书会""戒烟会"也不知是干啥的。

渐渐地，群众对八路军开始凉下去了。"八路军好不好呢？""好，不打不骂，话也能听懂，比日本人可好得多。"如此而已。

区干部却在纳闷："西靳家窊的群众怎么这么落后呢？为啥老动员不起来啊？"

"检查一下领导思想吧！"

六月中，分区负责同志下来检查工作，区长刘靖同志、区农会主任武建勋同志到县里开会、整风。在开会期间，刘靖同志写了如下一段反省笔记：

“过去我以为这块地区将来敌人会加以很大压力，十分残酷，甚至将来未必能公开活动，所以在工作上就不敢放手发动群众，减租增资只是宣传；连工会农会也没明白提出，现在我认识到：发动群众是新解放区建设的中心一环，不开展民主斗争，则民族斗争也不能很好地搞起来；动员工作也就难办，斗争无法坚持政权，就不能深入进行革命工作；一句话：不放手发动群众，一切都是空的。……”

从调查研究入手

刘靖同志回到西靳家窊，想首先调查群众的痛苦和要求。于是到街上找穿得破的穷人“道闲”（漫谈），但他们都是这一类话：“咱光知道受苦，务庄稼，啥也不懂的。”“就是没吃的没穿的吧！别也没什么。”……后来他想：穷人在街上说话怕老财，于是转到这村一个附村——弯里找到一个穷人，因为附村受欺最甚，而王姓势力较小，这个穷人什么都说了：老百姓心上最大的事是没吃没穿，最恨的是王姓大户贪污勒索行凶霸道；最希望的是改造负担、清算、增资（工人）、减租（佃户）；最怕的是八路军在不长；还介绍了本村几个与灰老财们死不对眼的硬汉子——六十老汉郭盘乡、羊倌刘义等。

刘靖同志把这些一一记下来。

穷人会

这天在一个破院墙里挤满了穷人（工人和贫农），墙头上站着岗：看着日本人和□官，也看着灰老财和“长舌头”们。

刘靖同志讲话了：他先讲八路军民主政府是干啥的，有多大力量，永远走不了；又讲咱村乡亲们受的什么痛苦，过的什么日子，唉，这一下可是说到心眼窝里去了；又讲到为什么穷；日本鬼子是虎，本地灰鬼是爪，他们把我们的血吸干了；不是地主养活佃户，而是佃户养活地主；不是掌柜的养活工人而是工人养活掌柜的；讲述了减租、增资和改造负担的政策法令。一面讲，一面问大家，工人贫农中敢说话的就回答，这个会光是穷家在一搭，没有老财、长舌头，大家是比较敢说话的，最后能办好这些事，大伙必须齐心，穷人打成一块□，拧成一股绳。于是成立工农会，大家都报名加入了。

工农会要有头目，当头目要找正直的，骨头硬有志气的，给穷人办事的。当刘靖同志问大家谁敢当时，那些穷汉子硬骨头的就一个一个地蹦出来了。大家看得很清楚，那打十二岁就放羊的刘义（现在种地），好说直理，把灰老财们说得闭口无言，外号“铁嘴刘义”；那六十多岁的豁子嘴老汉郭盘乡领着杂姓和王家九户打了十几年官司；那扛长工的刘盘永，是不怕得罪人的一条好汉……

区长问他们：“不怕日本鬼子吗？”

“不怕！他来了我走了，他走了，我来了。”

“不怕灰老财吗？”

“不怕！他是个人，我也是个人，我怕他个啥？”

“办公事不拉屎吗？”

“决不拉屎，咱人穷志不穷啊！”

这些回答就成为他们的誓约和纪律，他们的宣誓和纪律。

分工：刘盘永工会主任，郭盘乡治安员，郭盘元指导员，郭存礼中队长，王玉当农会主任。……

第二天开了全村群众会，区长说：“甲公所死亡了，要建立给老百姓办事的村公所，叫刘义当村长……”

万世一系的王姓政权第一次被更换了，羊倌刘义当了村长，他家里穷得没米下锅，却筹出十几块钱，任人到东井集（敌据点）给他刻了一个图章，买了一个漂亮的印色盒，放在他那从估衣摊上买来的女人褂子的口袋里。（笔者按：穷人会是开得很好的，但工农会干部最好是分别选举，这村把威信最高能力最强的刘义放在村公所，而以威信不高的王玉当农会主任是不妥当的，村长指定有代替包办意味，不如通过民主斗争好些。)

涨工钱、改负担，还要清算

要涨工钱了，掌柜的们当着区里武主任刘区长的面，使得又甜又绵，区干部一出村，他们就把脸一拉，说："涨吧！中央军过来涨一斗贴二斗！日本警察来了要你们的脑袋!"那"内当家的"话就更难听，指桑骂槐的。开会回来不给饭吃，工会主任被雇主刘吉顺解雇了，后来区干部下来大家一告□，才又开大会揭破了他们，限秋前把涨了工钱的三分之二交给工人。

早先王家大户当甲长，不出负担，地多粮少；这回改造是全村一半人负担，一半人不负担，王姓大户们纳了头等分。工农会决定了，工会农会开了全体会，大家拧成一股劲，老财是少数，拗不过来。

大家还要找王尚清算账，他当了两年甲长，抓了一份好光景，害得人们好苦情。王尚清听说要清算，吓地钻了地洞（老财防土匪，防八路军挖的）不敢露面了。

敌人来了！

正当这时，阳高城敌人到村"扫荡"，灰老财们见敌寇来了，喜欢了，暗示敌人捉干部，干部们早躲开了，于是把两个唐县卖布的"老夸"指作八路军让敌人杀了，敌人又刁（抢）了很多东西走了。

好多人害怕起来，怕鬼子，也就怕老财，村长刘义在大会上让大家说话，只有郭盘乡说了一句："早先他□办事倒也太不公吧!"此外，没一个人作声。

但敌人的"扫荡"，也锻炼和教育了西靳家窊的群众，他们赶紧整顿自卫队，老百姓站岗认真了，游击小队每天早起下操，迫切要求发武器，统累税征收布置下来，很快大部完成（少数大户拖个小尾巴）。群众毕竟是开始抬头了，所以武装工作、动员工作都带动了。

八月十二日，上边下来一个老李同志，在政民干部会上，大家又准备进行清算斗争了。

灰鬼们先下了毒手

八月十二日准备清算的会上，村公所的干部都参加了，里头有两个老财：一个是财政委员王明魁，一个是秘书张凤鸣，这两个人都不是穷人会上提出来的，是后来区里为了使政权成为“三三制”，代表各阶层拉来的，这两个灰鬼就把要开会清算斗争的消息告诉给王家大户。

八月十三，老李回县去了，村里灰鬼们东跑西颠忙了一天。

八月十四后晌，刘义背着粪筐拾粪，远远地，王自珍（头家老财）叫他过来，说：

“刘义，你知道吗？你犯下罪了——你强奸民女，贪污公款，霸占民财，你要是老老实实把村长推了，还好，你过去干什么（放羊）还干什么（放羊），要是不推，你看见了吗——阖村公禀小心你的脑袋！”

刘义顺着他的手望去，见有三四十个人集在村边。里头有灰鬼，也有好多穷人，还有村副刘吉珠和中队长郭存礼。但是，他毫不动声色地说：

“死我也不推，我没犯罪，有什么本事尽管施展吧！”

于是，控告的队伍向区公所去了，刘吉珠和郭存礼却由于内心矛盾，悄悄开了小差。

区农会主任武建勋同志接见了他们，展开了状子，上面列举了刘义“四大罪状”：（一）强奸王发之妻；（二）贪污刘增儒八百元；（三）强拿兰廷云二十九盒纸烟；（四）强吃兰廷云十斤羊肉，后边粘了一个三四尺长的单子，上边有六十一个人名。

“你们为什么告刘义呢?”武主任一个一个地问，有的说：“他查岗骂我。”有的说：“他不好，人家告他，我也告他。”……有的什么也说不出来。

老武断定这是反动势力的反攻，先把写状子的王富山扣押起来，叫别人回村，“听候审讯处理”。

控告的人们回来，王自珍见势不妙，黑夜逃走了。

“日本完蛋了！咱们可不怕他们了！”

这时，日本投降的消息传来了。接着，附近的东井集据点被拿下来了。方圆几十里没了鬼子伪军了。

十六日，老李从区里回来，路上和王久山一搭走，他也是告刘义的一个，老李问他愿不愿告刘义，他说愿意。后来老李就询问他的生活情况（贫农），王尚才当甲长时的负担，刘义当村长后的负担等，王久山说：“照实说，刘义没亏待了俺们穷人。”最后他说出了：他是被流氓王顺祥（老财走狗）强拉上打手印的，他不愿告，但他一个人不愿在大会上坦白，怕得罪人。老李说：“多联络几个人一起坦白就好了。一个人得罪他算啥得罪他，人多了得罪他不算咱得罪他，算他得罪咱……”王久山说：“对，王自珍一跑，说拉稀话的人多哩！我去劝几个人，在大会上一搭坦白。”

太阳西斜了，西靳家窊的男男女女看日本俘虏回来正集在街口，议论日本鬼子失败的事，王久山引着老李回来了，他对大家说：“日本鬼子完蛋了，灰鬼老祖宗倒了，那些灰鬼崽子，怕他个啥!”“现在是咱们的世界了，改朝换代了，天晴露日了，抬起头来吧！擦亮眼睛，各人拿各人的主意吧！”

傍晚，街上嚷嚷：“老李传下话来，诬告的与人同罪——包文正公就是这个律条，八路军也是这么办！”

晚上，干部们分头到那些已经露了拉稀的苗子的、穷苦的控告者家里去劝说。

老财王尚清给老李送来西瓜，老李死也不吃，他又把西瓜抱回去了。

到第二天晌午，找老李退出控告的已有二十四个人了，有的说：“咱上了当了，那时东井集有鬼子，咱怕他，这回鬼子完了，怕他个啥？”也有的说：“咱是个庄稼汉，不说不乐，长这么大也没与人吵过嘴更没打过官司，咱谁也不告。”老李告他们，还必须在群众大会上声明退出，并说出被谁骗的，怎样骗的，才顶事。

老李又找有关案情的人，找出证人来。

“不上灰鬼的当，跟上共产党走！”

第二天一清早开大会，当众审判。

中农王德堂说：“我不告刘义了……”老李追问他当初为什么打手印，他望了望老财们的眼，停了半晌叽叽呵呵地说：“王顺祥说是要换村长，好几个干部（农会主任王玉也在内）都落上名字啦，你也落个吧，出了事也论不到你头上。我就落上了……”王顺祥瞪着眼说：“王德堂，你怎么黑了良心，谁这么说来？”王德堂这时为免得自己“与人同罪”也不能不和他争吵，王顺祥理亏，到底狡赖不过，和灰老财们撕破脸吵嘴，把老财们吵输了，自开帝以来，这还是第一次吧！

贫农王尚斌说：“王德胜说是入合作社哩，我就入上了，要说是告刘义，我不告，刘义哪点对不住咱？”

回乡铁路工人郭有宏说："我搂了一天地，什么也不知道，昨天我才听说他们把我的名字也落上了，看着咱们好欺侮。哼！日本完蛋了！还想发横吗？……刘义是好人，我不告！"王尚德的侄子说："我叔叔替我打了手印。"……

退出的越来越多，连灰鬼王明魁（富农）也给老李递个条子："老李先生：民亦愿退出。"但是老李一定叫他自己向大家说明是谁拉的他，他犹疑再三，口吃着说出是王自珍拉的他。

王家大户内部也矛盾起来，追来追去，追在王自珍、刘吉顺二人身上。最后，原告由六十一个人剩下四个人，这四个人也要退，不让他们退了。

审判正式开始：关于强奸王发女人的事，原来灰鬼们叫王发作证，王发不惜丢了自己的老脸告下刘义去，但这时王发见大势已去，就变了卦，不肯做证，于是别无证人，不能成立；关于贪污刘增儒的八百元，灰鬼们事先布置刘增儒（小孩）做证，这个小孩当场跳出来："我证明！我证明！"但是，老李宣布："他也是原告人，无做证人的资格。"而落空了；最后关于拿纸烟、羊肉的事，经经手买烟、同吃羊肉的七个人证明不确。

于是，水落石出，真相大白，刘义是好人哪！

老李宣布了他们的罪状和处理办法："他们犯下三大罪状：欺骗；替人打手印；诬告。诬告应与人同罪，理应当枪毙，为了使这些灰鬼回头改过，决定：王自珍罚米十石，刘吉顺罚米六石，救济本村灾民。三天交齐——乡亲们！三天以后吃小米吧！王富山写状子是被迫上当释放。王尚德替他打手印，罚米二斗给他侄子。别的大小灰鬼们一律不加处理，这是为了叫你们学好改过！……"

于是，就在西靳家庄全村人民的面前，两个衣裳破烂的自卫队员，手持红缨枪，走上前去，用粗大的绳索把刘吉顺和王自珍的老□

紧紧捆绑起来了。

西靳家窊的老乡平生头一次看见：那“不可一世”“神圣不可侵犯”的灰老财，被穷小子们绑起来了；这样的事，不光他们这一辈人没见过，他们的爹，他们的爷，他们的老爷……也没见过啊！

老李接着讲下去：“大灰鬼王自珍和刘吉顺听着，你们真是有眼无珠啊！”

“你们认错人了，把共产党领导下的政府错当作你的日本爹了。奉劝你们睁开眼睛好好看看吧！现在改了世界了，现在是老百姓的世界了，现在的政府是给老百姓做主的政府！谁要不快快学好，谁要还想发灰，谁要敢动老百姓一指头，那他就是找死！落名字告刘义的乡亲们听着：你们太傻了，日本鬼子完蛋了，灰鬼没了根了，为啥还跟他瞎跑？告下刘义去，灰鬼当了村长咱们的日子怎么样？‘吃一亏学一俏，经一事长一智’。上当只有一次，往后抬起头来挺起腰来吧！全村的乡亲们，刘义是好人，纸包不住火，雪埋不住人，灰鬼们一手遮不住天，往后要跟着共产党走，跟民主政府走！往后好世界是咱们的！”

王富山当场被释放了，老百姓看得清：这个念书人还算是王家的好人，应当放他。王富山当场自动讲话，最后高呼：“拥护八路军！”

在热烈的掌声中，村长刘义走到桌子前面，他痛骂了那些伺候洋鬼子的灰鬼们，又痛骂王明魁和王凤鸣“吃一家的饭，办两家的事！”随后，又对自己某些强迫命令作风，作了恰如其分的自我批评：“我年轻，没主过事，好发性，乡亲们多包涵……”最后，宣布发放赈粮十一石，会后即领。

会散了，穷人们一大群跟在刘义后边领粮去了。

老李被王富山硬拉到他家吃饭去了。

老百姓们七言八语地说：“哼！灰鬼们搬石头砸了自己的脚！”

"可改了世界了!""八路军真有眼!""往后不跟灰老财走，跟共产党八路军走吧!"……

后来，农民王升编了一个小曲来描写这件事情。

清算斗争的部署——挑头儿组

村副刘吉珠和财政委员张凤鸣被罢免了，回乡的铁路工人郭有宏当了村副，新涌现的开明富农王富山当了财政委员。村公所没有灰人了，大伙开会也放心了。

刘义的威信空前提高了，他工作也更上劲了。不光工作上劲，还大小功夫学字哩!（一天学字写路条）

十九日正午，干部们开了一个会，还有在反控告中新出现的好几个积极分子，也叫来一块商量。

怎么清算呢?有人说把甲公所的账都追出来，和他算，可是，郭盘乡老汉不赞成，因为穷人瞎汉（文盲）多，而且那个糟账谁也算不清，于是决定和他说理，"大的事我们也都记得，光这几件大事就够他们赔的了。"

清算谁呢?刘义提议要"搬尖"（打击首要，争取协从）。"尖"就是王尚清，大家都同意，于是，大家收集王尚清的材料，归纳成四大罪状：（一）霸占官地三一七亩；（二）多派"给养米"和"大烟奶子"；（三）拆了乐楼自己盖了一处瓦房院；（四）强派民夫给他挖大水坑，在农忙的时候用工二百以上。

王尚清是非常滑头非常会说的，大家想王尚清可能提出的"理由"，找出驳辩的方法，最后，大家想出一个"咬死口"的说理法，在大会上要问他："你当甲长以前多大光景?当甲长以后多大光景?你当甲长既没薪水，你的光景是哪里来的?"不管他怎样花言巧语，旁敲侧击，迂回委婉，都不管他那一套，就问他这一条，这一条就足可以驳倒他，这样，大家斗争的信心就更提高了。

会上，大家还成立了一个“挑头儿组”，或叫“骨干组”，完全自愿参加，到会的十四个人，有十二个人参加了。

挑头儿组的头一个任务就是打头炮说话，大家把话说啥谁说啥都安排好了。到时都要说，“标上劲”。

“到时候准不拉稀吗？”刘义问。

“日本都完蛋了谁还会拉稀？”齐答。

“要有拉稀的怎说？”

“拉稀的回来一人吐他口吐沫！”

“见面齐叫他‘溜沟贼’！”

“谁拉稀透他祖宗！”……

挑头儿组第二个任务就是每人带动三个以上的观望分子，紧跟着说话，大家都想好了自己的对象。

大家又把对方——灰鬼、长舌头一个一个分析了一下，共有五个大灰鬼，二十个可能当长舌头的，对长舌头要分头劝说，灰鬼要时时监视起来，看他们搞什么鬼。

又讨论开了动员的口号，会就散了，挑头儿组的人们各自找对象谈话去了。

下午，王尚清请老李到他家吃饭，老李怎么也不去。

“谁要拉稀屎，透他十八辈祖宗！”

那天晚饭后，丁字街响起了喧天的锣鼓声，这锣鼓，平常放在龙王庙里是不准敲的，现在八路军来了，什么都自由了，后生们使劲地敲，庄稼人、老头、妇女都来看热闹。

老李站在石轴上，报告这几天的胜利消息：南徐、小石庄、团堡……的敌人都被打跑了，大王增援的敌人被歼灭了，八路军所向无敌！“八路军是万辈子走不了的，因为八路军就是穿起军衣的老百姓，有老百姓就有八路军!”

“我就是八路军!”工人郭存儒跳出来挺着胸脯说——他所说的“八路军”是指一切拥护八路军，跟着八路军走的人。

“咱们当干部的齐都是八路军!”贫农刘福老汉不甘落后。

“对！今天在街上的齐是八路军!”

“咱们都是八路军！八路军万万辈子也走不了！干吧，不要‘后怕’!”小伙子们高兴地嚷，又高兴地敲起来，锣鼓震天响。

老李教唱歌了，调儿是本地小曲（《调兵》），大家都会，词是新编的，头两段：

“咱村灰鬼王尚清，甲长当了二年整，害得咱们好苦情，一呀呀得喂得喂，害得咱们好苦情。”

“霸占官地太无理，咱们把他拿回来租给穷人种，一呀呀得喂得喂，租给穷人种!”

穷人们使劲喊：“对！不叫大户种！咱们种!”

一个老汉挤到老李的跟前，说：

“你就是那佛爷的‘钢口’啊！——这庙地本来是佛爷普救穷人的，却叫灰鬼们霸去了。可是佛爷不能对我们说话啊，叫你给我们要回来!”

“哈哈!”老李笑了，“我可不是佛爷的‘钢口’！我是共产党的‘钢口’，是八路军民主政府的‘钢口’啊!”

“八路军就是活神仙!”有人嚷起来。

又唱起来了：“多派‘给养’和‘奶子’，拆了药楼归自己，叫他赔出来，一呀呀得喂得喂，叫他赔出来!”（第三段）

“给养米和洋烟奶子叫他赔出来，按出的多少退还花户!”刘义补充说，这一下把许多中农和纳负担的富农说动了心，大家齐喊：

"要有米吃有地种，找王尚清算账去啊！"

唱起第四段："老百姓拧成一股劲，大伙找他去说理，反对长舌头，一呀呀得喂得喂，反对长舌头！"

"对！长舌头不分给米、不租给地种！"

"先尽挑头儿的分！光叫别人得罪人，自己坐吃现成的可不行！"

…………

大家七言八语，特别是挑头儿组的人们说得很上劲。

夜深了，老李宣布散会了，大家还不散，刘义站到高石轴上举起手来：

"大会上大家敢说话吗？"

"敢！他们的日本爷爷完蛋了，八路军过来了，咱为啥不敢！"

"敢说的举手！"

几十只拳头一齐举起来了。

"谁要拉稀怎么办？"

"透他妈！""透他八辈的祖宗！"他们很熟练地运用这一套了。

灰鬼王发、王尚才一直"格蹴"（蹲）在黑影里，当人散的时候他们混在人群里低着头往回走，听着背后人家七言八语："有八路军给做主怕啥？""老李说他弄不清这个事不走！"……

声音最大的是贫农刘福，他喊着："看哪个敢不按八路军的公事办，就要他吃个眼前亏！"这话好像专对他们说的，一字一句打进他们的心里。

第二天，挑头儿组的都没做活，到地里、场里、炕头上去动员、解释，晚上又开了一次穷人会，穷人们自己主持的，王升还新编了几个小曲，大家劲头更足了，单等开大会了。

王尚清逃跑了，干部们临时决定搬两个尖：王尚清、王发。又给王发编发了一段小曲。

“七月十五——西靳家窊好人翻身的大喜日呀!”

七月十五，吃过晌午饭，全村男女老幼都来了。

“今天开的是说理大会。”铁嘴刘义站在桌子前面说：“今天，有冤的诉冤，有仇的诉仇，憋了八年的气都说出来吧！往后是穷富一般平，谁也不怕谁，撕破脸皮和他说理！俗话说：有冤不报，时辰不到。乡亲们，时辰到啦！就是今天啊！七月十五大报仇啊!”

“灰鬼王尚清”的歌子又唱起来了。歌声未落六十老汉郭盘乡就站起来了：“……王尚清你六百多两大烟奶子归在何处？三间乐楼你归在何处？王自珍你七十石官仓谷归在何处？二十石官地租你归在何处？王尚才日本配给的洋布你归在何处？……”他的眉毛耳嘴都像飞舞起来，他的眼放着逼人的光芒，他的话就像排子枪打出来，他和王家大户打了十几年官司，都失败了，只说要含冤饮恨而死，不想六十岁碰上八路军翻过身来了。

贫农王德当说到他被逼卖了女人，哭不成声了；工人郭存儒诉说甲长王尚才逼差，他跪在地下叩头，王尚才躺在炕上不理；回乡铁路工人郭有宏诉说他被强迫种上大烟，收了十八两，全交了，又买了四两才交够，都入了王尚清的腰包；贫农王尚林，是一贯行侠好义的好汉子，他曾救过王尚清一命不死，而王尚清却逼他几乎破产，他甘当王姓的叛徒，他大声疾呼：“姓王的没好人!”把王姓千百年的威风打得扫地无余；王文礼，一个青年工人痛骂他亲叔——甲长王发。卢红抱着他那没娘的孩子来控诉：孩子的娘被王燕催官粮打人吓死了。……这时，有一个富农王为也来发言了，他先说八路军如何如何好，然后说他的弟弟王燕是个好人，他当村警是受人使唤，不由自己的，这时，工人郭存儒从人群中喊：“王燕的老婆哪儿来的？”“工作的(霸占的)!”“王燕是灰人是好人？”“灰人，大灰鬼!”“王为想舔八路军的屁股，八路军不稀罕他这样儿的！”老百姓把他揭破了。

最后，有个人提出魏全德，也是个灰人，魏全德浑身颤抖着走向前面说：“好老乡们啊！你们说我是好人灰人？”大家说：“好人！好人！”于是，他才松了口气回了原位。

前后共二十二个人发言，工人五个，贫农七个，中农九个，其中干部六个，群众十六个，斗争足具有相当群众性了，天两次下雨，穷人动也不动，只有灰鬼们乱跑。

之后，灰鬼讲话，王发说：“我是发过灰了，乡亲们看着办吧，给我留碗饭吃就好，不留我也没法子。”王尚才和王燕却说：“日本人叫咱干咱不敢不干，咱可没逼勒过你们……”话没说完，群众就哄起来。

武主任宣布处理办法：王尚清罚边钞二十万元，官地收回，因王尚清逃跑，将门封起来，至归案交还罚款启封。王发没收土地十五亩（估计受罪后均可过中农生活）；王尚才、王燕扣押。老百姓说：“算便宜他们吧！”

游行示威开始了。

大锣大鼓震得人们的心扑扑地跳，男男女女，五六百人，大家高呼着“好人大翻身！”“好人要主事！”“灰鬼吃不开！”“打倒大灰鬼！”行列涌到王尚清的门前，不走了，汇成老大一片。大家记得清清楚楚，一年以前，他强迫人们每人花九十元给他送了一个红寿匾，上写“公正廉明”四个大字。他家见游行的队伍过来，已给摘下藏了，老百姓跑到家里终于找出来，把“公正廉明”的大匾用石头碰得碎木瓣了。人们高举着木瓣，喊着：“打倒灰鬼王尚清！”把他家的门封了。队伍又涌到邻村东靳家，到了十字街口，刘义、武主任作了简短的讲演，“灰鬼王尚清”歌声又起，东靳家的老乡也乐得搬出他村的锣鼓来，一起敲打，很多穷人都加入游行的行列，人群从东村拖到西村，漫山遍野，人们说："看，还是好人多啊！""这么多人都拥护八路军，八路军怎么会走了？"……直到天黑，才散队回家。归途上，人们说：

"记住七月十五……咱村好人翻身的大喜日！"

晚上，穷人大都做了好些的饭吃。

"灰鬼回头是好人！"

灰鬼王尚才、王燕被扣以后都软了，他们家里边很苦（因他们吃喝嫖赌未积下钱），在一天晚上的村民大会上，他们坦白了过去的错误，区里大胆地把他们放了，这个会上的口号是"灰鬼快回头！""灰鬼回头是好人！""知错认错不算错！"。但是，大家对他们说："往后再见你们办一条灰事也不顶！"从此，老财们见了干部们也称兄道弟的，干部们教训他们几句，又和他们拉拉交情，干部们说，这都是打出来的朋友，不打不成相识，我们检讨了这个斗争的缺点：没有着重使用工会农会，在斗争中巩固工会农会（农会主任表现不好）。为了弥补这个缺点，根据在斗争中的表现，重新调整组织。

上边号召扩军，全体羊倌报名参加了，工会主任刘盘永当了八路军，听说是班长。

上边发动慰劳，一个会上就超过了上级的要求。

"灰鬼王尚清"的歌子在三天以内，传过了全区大部村庄，有的黑夜传抄转送，西靳家窊的人去串亲，站岗的拦住叫唱一唱这个歌。刘义成为区里重要干部之一了。

可是，群众深切地知道，大灰鬼们决不会死心的。"吃一次亏学一次俏"，他们会以更滑头的办法收买利诱；更隐蔽的办法进行破坏；租子还没有减，土地上还有好多问题，更激烈的斗争还摆在前面。

但是，西靳家窊的群众确实是翻过身来，挺起腰板来了，不管灰鬼怎样捣鬼，西靳家窊的人民是永远挺身站立屹然不动的了。

（《晋察冀日报》1945 年 10 月 25 日、10 月 26 日、10 月 27 日连载）

"望　乡　台"

蔡迪　沈育

明代嘉靖己丑年间，古代的帝王为了显示镇压人民的武功，在宣化城北郊建筑起一座四五丈高类似碉堡的高阁；在阁的最高层，有一个铜铸的真武帝像，他手执一把宝剑，剑尖指着宣化城里的钟楼。

悠久的年月飞快地逝去了，几百年间，帝王统治者的暴行，被奴役人民的痛苦与反抗，都在它身上丢下了无痕的遗迹。

帝王们虽然死去，可是统治者的暴虐还在继续流传。特别是日本法西斯侵入中国之后，这个高阁，也就成了法西斯匪徒杀人的刑场，他们把所谓"思想不正"和不能工作的工友押上高阁，残酷的拷打，寒风的怒袭，饥饿的痛绞，夺去了我们无数工友的生命。在过去，工友们用一种极惨痛的心情，把这个高阁叫作"望乡台"，因为一囚禁到这个高阁以后，便是九死一生，只好站在台上，望一望遥远的家乡，然后，在悲愤中结束了自己的一生。

我们随着北门外的工友，去看看这个"出名"的地方。一路上，谈起了它的悲惨的故事。他们说：在"望乡台"旁边的龙王堂，本来是"森下瓦窑"的"工人宿舍"，里面囚禁着被骗来和被抓来的工友。被称为"活阎王"的张永泉，对待工人完全像对待奴隶一样，每天不给吃饱，还强逼着进行最繁重的劳动，这种生活实在没法忍受下去。工友们开始想法逃跑，于是，张永泉又在上工的路上设下一道一道的卡子，担任站岗的都是那些拿着皮鞭瞪着双眼的工头。他们也都像法西斯野兽一样的狠毒，动不动就是一顿无情的鞭打。这种活受折磨的日子，实在忍受不下去了。有一次，三个瘦弱的工友，就愤怒地举起铁铲，把工头王大舌头的脑袋几乎铲了下去。谈到这里，大家都叹息着说："苦的是那时候工人们没有抱团体。他们三个除了跑了一个以外，那两个人都被敌人活活地杀害了。"

到了龙王堂以后，我们走近了一所拷打工友的破房。一进门，立时感到最稀奇的，就是在房□上面，布满了一道一道绳子勒成的痕迹，工人都咬着牙，把当时吊打的情形比画给我们看，沉痛地叙述着当时的情景。一个年老的工人愤慨地告诉我们：在龙王堂里死去的工友，实在数不清，特别是前年，一天抬出两个死人，连续地抬了半个多月。在龙王堂里，饥饿、寒冷、非刑拷打，种种的苦难折磨着那些不幸的工人，有了病，还要上工，如果说"病了"，工头就过去摸摸你的脑袋，蛮不讲理地说："病了，病了你的脑袋怎么还硬呢！"于是，粗重的棒子又会打来。上工不上工，都逃不了死亡的命运。

旧的回忆，引起了大家无限的悲愤。我们默默无言地登上一级级的石阶。差不多有几十级的光景，就到了"望乡台"最高的一层，往四外眺望，可以看得很远。这里吹过的风，比起下边来显得格外狂暴，虽然现在还只是秋天，一股股的寒气已经刺骨地侵来。这时，一个工友赶忙把我们拉到水道那边，看见有一块砖，上面捆着一条小指头般粗的绳子，绳子并没有多长，仿佛是被很重的东西坠断了。当大家围过来的时候，他的声音越发沉重了。他告诉我们说，关在这里的工人为了求得活命，把捆着的绳子弄开，一节一节地接在一起，然后把绳子的一端拴在砖石上，人拉着另一端往下系，绳细人重，再加上有四五丈高，往往系到一半，绳子拉断，把人活活地跌死，最惨的是一个工人跌成半死，被工头发现，就用大棒子打起来，在一阵惨叫声中，这个工友的生命就悲惨地结束了。

我们走遍了"望乡台"的每一个角落，详细地查看了法西斯野兽暴行的遗痕。工人们一处处地指给我们："这是拴草绳往下系的。""这块石头下跌死过人。"……最后，我们走进阁里边，看见顶上许多木板都被拆去了，工人们说：“这也是证据，他们为了吊打才拆去的。”

工人们和我们一起在“望乡台”上谈话，每一句话，每一个字，都充满了悲愤的心情。但在今天，他们已经翻身了，被虐待过的人们都团结起来，对活阎王提出了严正的控诉。“望乡台”从此成了历史上的名字，悲惨的故事也从此成为旧日的陈迹了。（新华社冀察支社通讯）

（《晋察冀日报》1945 年 10 月 25 日）

记犯人家属座谈会

田雨

“千百万人民流血抗战，换来了民族解放，

我们却背叛了人民。

鲜血染红了手，利欲熏黑了心，

现在祖国解放了，人民大翻身。

我们要在人民面前决心悔过……”

当他们的家属齐坐在会客厅里的时候，一群罪犯们的忏悔之歌，从隔壁的拘留所里传过，深沉地荡入她们的耳朵。

客厅陷于沉默。在座的犯人家属，他们的父亲、兄弟、老婆和孩子都陷入沉默，罪犯袁桂林的父亲，侧耳听着歌声，在慢慢点头，没一个人说话。公安局的科长和其他干部走进时，她们都带着恐惧的面色站起来。可是市局人员却给以很好款待，她们都愕然了，再经与之片刻交谈，大家都逐渐自然起来。宣布开会，首先由被释放的郝维斌向全体犯人家属报告他八年来当汉奸所做的罪恶勾当，他说到在陶林县把十四个援助抗日的同胞捆在树上，被一日寇一个一个用刺刀刺死，在大同活捉来二百多个贫民和乞丐，用大车拉出城去活埋等许多罪状时，女人们都要淌出眼泪来，郝维斌的罪状自我揭发后，犯人家属被深深感动了。

郝维斌的老婆屠凤荣，是一个中年的小知识分子，她从家属席站起来，讲述她怎样规劝自己男人悔过，她说公安局初捕郝维斌时，她是尽量袒护，并且以敌对的思想，仇恨八路军，仇恨民主政府。“可是局方总是把人民八年多艰苦抗日，汉奸们帮助敌人，杀害中国人民的事实讲给我听。我慢慢地觉悟了，我也是个中国人，我的丈夫当汉奸，我不但没早劝他回头，还跟他当汉奸太太，拿他跟老百姓身上抢来的钱，自己去享受，实在说我的罪过也跟他一样，没有尽了妻子的责任。后来我知道了在民主政府的宽大政策下，一个罪人，只要能挖掉他的黑心，能挖掉坏肉，把他以往做过的最毒恶、最卑鄙的事情一丝不留地说出，政府就会宽大，于是我就写信、见面劝，叫他的良心忏悔，我的丈夫竟听了我的劝，现在政府要宽放他，叫他去学习改换那恶毒的脑筋，叫他当个好人。我不知怎样感激政府，以后我们下决心努力为社会工作，向人民赎罪，并且希望大家也能规劝你们的丈夫和儿子悔过重新做人。"

公安局的冯科长向犯罪家属讲话："我们对郝维斌的处理，就是政府宽大政策的明显表示，屠女士对她丈夫的规劝，是大家的榜样，你们应该扪心自问，大家身上的衣服，不就是这伙罪犯们用刀子剥来的人皮吗？你们脸上涂的胭脂，不就是老百姓身上的血吗？他们这毒恶的血手如你们不来帮助洗掉，政府就决不能放他们去继续遭害人民……"

罪犯的家属都低下了头，耻辱、忏悔的针尖，刺动在他们的心上。

"哪位家属说话？"

"我，我……"

站起来报名的有五六个，会场上没有发生瞬间的静寂，保源县伪县长的女人李玉莲说话了："政府的宽大政策把我这糊涂的心开开了，我从小苦读，宣化中学到张家口高师毕业，我惭愧把书白念了，嫁的男人当了汉奸，我还不知道早日规劝他悔过，这是我顶大的罪恶。这次以后，我一定劝他吐出当汉奸的罪过，他要不说，我就替他说。"

朝鲜犯韩济齐的弟弟韩俊齐，是个青年学生，当他在今天亲眼看到政府宽大政策的恩泽，也立出于家属席上，申述他以往对共产党八路军的错误认识，他说明当韩济齐被捕后，他不但看不清他哥替敌杀害中国人民的罪过，反而仇恨抗日政府，认为共产党压迫弱小民族。现在韩俊齐才知道了共产党是真正为人民负责，绝不是欺压弱小民族，民主政府对中国人民和朝鲜人民是无分别的，而是他哥哥有罪。他说："我哥哥有罪，我要替我哥哥治病，帮助他反省。"他又说，"我今天深深感动了。我是人，人都一样是有感情的，是个人都要感激抗日政府。"

张凤连的妻，刘素贞带着笑，高兴地站起来，向大家深深一鞠躬说："我感谢政府，我的男人犯了罪，还给他忌了大烟。""这一下我就明白了，我回家就给写信。"罪犯袁庶发的父亲，捋着胡子……

座谈会一直开到下午，三十多个罪犯家属，有的当地要求到拘留所进行规劝，有的准备回家写信规劝，他们都赞叹着民主政府的好处，高兴地走出公安局。

（《晋察冀日报》1945 年 11 月 2 日）

访问柴沟堡野战医院

初源

记者于日前访问柴沟堡野战医院，两个病房里住着两种不同的伤病员，一个房子里是打日本保卫人民的八路军，一个房子里是抢老百姓打八路军的反动派队伍。他们都是从丰镇前线下来的，先是八路军打走日寇，解放了丰镇，后来反动派又来“收复失地”，强占了丰镇。八路军在反动派的炮火下受伤了，反动派的兵士也负了伤，一同被送到医院里来，但反动派的官长们却跑得远远的了。我们先访问第一个病房，负伤的兄弟们都安静地躺在炕上，经过了我们亲切地慰问以后，他们的感情都激动起来了。

一个年轻的战士坐起来说：“同志们！真是没有说的，我十八岁参加了八路军，和鬼子们拼了四年，也没吃一点亏，这一次倒吃了一颗国民党的子弹，……”他很激动，说着差不多要哭起来，我们劝他躺下休息，他的伤在小肚子右边，绿色饭包都染成了紫黑色，血块虽然凝固了，但是还发散着血腥气味。躺在他床边的有一个五团的老战士，我们在四一年反“扫荡”时见过面，他已负过三次伤，这是第四次，他说这次挂了彩，下火线以后想来想去觉得都是一样，都是为了老百姓。他说反动派的队伍割莜麦喂马，挖老乡地窖子，打着要钱要大烟土，一次看见他们队伍后面有三百多个女人骑着牲口跟在后面走，都是抢的老百姓大闺女。他说：“反动派糟蹋老百姓比鬼子还厉害。”

我们读慰问信给他们听，又告诉他们解放区的消息，一个从冀中军区来的战士听到蠡县、蒿阳都已解放高兴极了，他竟挥起了受伤的膀臂，绷带都快散了。他原来因为伤痛正在呻吟着，现在却笑起来了。他说：“咱就是蠡县人，咱出发时蠡县城还有鬼子，指导员对咱们说，现在反攻了；子弟兵不但要保卫家乡，还要上前线解放更多的老百姓，因为我们是为人民而战。”因为太激动了伤口忽然剧痛起来，他又躺下去，继续低声地告诉我们，他原来是一个游击组员，没参加八路军以前，和鬼子打了二十多次村落战，民国三十二年参加小区队，天天打炮楼，不让鬼子出发抢粮食，去年秋季到县大队，今年夏季到了正规兵团，最近解放丰镇中，却被反动派打伤了。

有一个排长倚着墙，半闭着眼睛，好像很舒服，并没有什么伤痛在他身上一样，他的左耳朵穿过一颗子弹，血流到嘴上，胡子都变成红的了，他似乎感谢我们的慰问，又好像对战士们上政治课一样说道：“八路军永远为了老百姓，什么时候都是一样，吃苦是应该的。”这时病房里已听不到呻吟了，大家都沉默起来，但是大家眼睛里都洋溢着这异样的感情，每一个战士身上血痕斑斑，正是他们披露了自己对人民的忠心和热爱。

我们又走进了第二个病房，看到了这些被国民党反动派驱使着进攻解放区流了耻辱的血的伤病员，他们躺在炕上，差不多每个人都盖着或是枕着一件光板子皮袄。一个抬担架的老乡在窗外告诉我们说，这都是从老百姓身上剥下来的，有几个病员又黄又瘦，正在拼命地哼着，他们并不是什么伤痛，却是大烟瘾支不住了。看护员指着一个胖子告诉我们说：“这是他们一个连长，只是眼睛受些轻伤，可是数他能叫唤，装得很厉害。”我们就和他谈起来。他原来是三十五军三十一师九十一团第二连连长，这是一位入伍十年，抗战八年只打过两次仗的福气的连长。第一仗打“退却”，被日本鬼子赶到河套藏起来，藏了八年，日寇无条件投降后，又跑出来打第二仗——打“进攻”，到八路军解放了的丰镇、集宁“收复失地”。他叫徐仰镇，山西太原人，他很苦恼地说：“第二连原来一百多人，打仗时只剩八十几个人了，大都是新兵，在河套驻防七年没打过一次仗，他们都是从凉州、河套、甘肃拔壮丁拔来的。”我们问：“你们为什么要打八路军呢？”他说：“我们八月二十四日到包头，来前方时官长没说什么，那天下午还照常上操，吃了晚饭才接到出发的命令，坐火车连夜地赶到丰镇，打了丰镇又打隆盛庄，上级好像来不及讲话，我心里知道是打八路军，兄弟们不知道，要是知道都是不愿意打的。”

兵士崔义德说：“不打就要被官长枪毙的，我看见有一个新兵装病不肯上前线，就被枪毙了。七十师十二团四连四班在隆盛庄北门外没打胜，怕官长枪毙他们，全班都逃跑了。”他也不愿意打仗。他是河南郾县小王庄人，民国三十一年拔壮丁拔来的，家里的父母和老婆都去开了。一个害伤寒病的青年兵士，脸色很黄，他向我们诉苦说：“咱是河南渭水县人，叫杨占奎，家有六十岁的老母，只兄弟一个，被抓兵抓来的，想跑几次都跑不了，我们连上原来五十多人，现在只剩十几个人，他们都跑了。”他很痛恨自己为什么跑不了，他的脸色就更黄了，并且有些浮肿。三十一师九十一团一营二连兵士周又生，二十五岁，甘肃省石介县吉早村人，说起来难过得很，说着就哭起来了。他家里有父亲、母亲、老婆和一个一岁的孩子，他自己是一个独生子，乡长吃了别人的钱，把他抓来顶空子。我们问他：“为什么不回家却来打八路军呢？”他哭诉着说：“出发时第一营营长王云生对队伍讲话说：‘日本投降了，咱们到察哈尔上张家口去，每人准备五天干粮，坐火车赶去。现在已经抗战胜利了，一枪不打就会拿下张家口。’谁知道官长欺骗咱们来打八路军。我们原在五原、山巴、梁台驻防，吃糜子，成天做苦工。我在河套逃跑过一次被抓回来，官长下命令给老百姓，抓住一个逃兵赏洋两千元。第一次逃跑抓回来挨打挨饿罚苦工，坐三个月的禁闭，第二次逃跑抓回就枪毙，可是跑了的人还是不少，第二连从三十三年到现在已跑了八九十人，跑得多，抓得就更凶，每个月都要到各地方抓壮丁补充。”

这时伤兵们都不躺着哼了，都坐起报告自己的历史，他们不是拔来，就是抓来的，抗战八年没有见过日本鬼子，打八路军是他们第一次“英雄”的出征。这些都是事实，并且正是反动派头子们的杰作。

陈宝孚，三十一师九十一团一连的士兵，山东曲阜县严家村人，二十九岁，民国二十九年山东旱灾，他和叔叔邻居等八十多人逃荒到河套临河县，民国三十一年拔壮丁被拔出来，驻防河套训练，直到今年八月底，才从河套出发到包头，来到前方。

桑海燕，二十六岁，河南扶沟县桑洼村人，民国三十一年黄河水灾，他带着老婆和两个六岁和七岁的孩子逃难到陕西省蒲城县，住在北关庙里，有一天忽然来了五六个保丁，把他和另外两个青年一同抓到县政府里，住了一个月，就送到河套，编入七十师十二团第四连，现在已经四年了，自己受了长官欺骗挂了花，老婆孩子也不知道哪里去了。妻离子散，天各一方，他说不尽自己的苦情，就蒙着被子哭了。

于海玉，河南正阳县斜竹园村人，二十九岁，民国三十一年被抓入伍。那一天他到镇上赶集，走在半路上被抓兵的抓走了，坐上火车还用绳子捆着，先送到西安，又到宝鸡，后来从宁夏绕到河套，编入七十师十一团第一连，一直驻防河套训练，天天打野外。他说：“此次出发，在包头住一天，归绥住一天，到大同住七天。在大同第一次看见日本鬼子，背着枪在街上走，初次看见了心里有些怕，后来看到日本兵并不厉害，见了面也不打人，就不怕了。后来从大同开到丰镇又到隆盛庄，也没看见日本兵。不知怎的，就和八路军接上火了。”还有几个不是被拔就是被捉来的壮丁。

“两个病房，却给了人们一个鲜明的对照，前者是为了中国人民而流血的，他们自觉地认识自己的流血，是光荣的，他们聪明、勇敢，看到人民和自己的光明前途。而后者却是一群被驱策来的，一直到受了伤，还不知道是为谁作战，国民党反动派的罪恶，不但违反中国人民的利益，对这些受了伤流了血的士兵，他们也是逃脱不了应负的责任的。

（《晋察冀日报》1945 年 11 月 6 日）

大巨村工人翻身记

萧也牧

一、序

定易涞县四区大巨村，旧属易县治，位于易县城东南三十五里，易水西南二十里，全村共三百四十五户，一千二百零一人。是一个回汉杂居的村庄，回族约占三分之一，全村土地共有五千七百八十八亩。

一九三八年九月，日寇在村里修筑了堡垒，前后历六年之久，一九四五年八月，为我军毁灭。

一九四五年九月十日，全村工人集会，到会者十八人，要求增加工资，但雇主借口政府没有颁布“章程”抗不增资，于是工人推出了马呈、马红、何顺兴三人为代表，到区里找区长讨论，要求“章程”。刚出村子，就有人来拦阻，悄悄地说：“几个穷工人，怎敢随便去见区长？给押起来了如何是好？”三代表虽有些半信半疑，但终于硬着头皮去见区长，要回了“章程”，工人们的顾忌也就减少了。次日，上级工会也派人前来，于是全村工人展开了轰轰烈烈的增资运动，经过八天的斗争，全村六十三个工人，全部都增加了工资，增资斗争获得了彻底的胜利！

二、“红眼熬瞎子，长工熬化子”

“红眼熬瞎子，长工熬化子。”这是流行在这一带的一句口头禅，大巨村的六十三个工人，在久长的岁月里，谁也逃避不了这悲惨的命运。请看这村工人的工资水准，就可以知道他们是过着一种什么样的生活。

这村有长工三十四人，最高工资二石八斗，最低工资一石八斗，平均工资只二石。

再看放羊工人的工资水准：工人数目二十九人，最高工资二石八斗，最低工资三斗，平均工资一石，共放羊数七百三十只，每只羊平均工资四升。

按当地一般人民的生活水准，一年一人的生活所需，单是吃的，需小米三石六斗（每斗十六斤，十六两秤），穿的按一个布计算，须合小米八斗，共需四石四斗小米。但全村最高工资是三石，尚仅二人，低工资更不用说了，放羊工人中挣五斗六斗工资的很多，连自己穿的也挣不出来。

所以，增加工资是当村工人最迫切的要求。

三、“自己吃饭自己盛，要吃饭的齐下手！”

“自己吃饭自己盛，要吃饭的齐下手！”这是大巨村工人在斗争中的动员口号。意思就是：要增加工资必须靠工人自己齐心。这个增资斗争过程，大约可分五个步骤：一，挑出带头儿的，组织工会。二，思想动员，进行阶级教育。三，讨论增资办法，以及怎样和东家说理，然后由每个工人和自己的东家说去。四，对于不明大义的东家，运用集体力量，去和他说理。五，深入检查一次，对于抗不增资的东家，限其立即增资。而领导上的重点，放在第二步——思想动员和第五步——检查上边。

一，九月十一日，当上级工会派人到该村时，工人正在集会，工人们一见上级工会来人，倍觉振奋。当场就宣布大巨村工会成立，把为什么要成立工会的道理简单地说了说。谁愿意参加工会，即可当场报名。结果，全村六十三个工人全都参加了工会。接着就选干部：马呈、马红、何顺兴三人当选。马呈当主任，马红、何顺兴当委员。这三人就是上次到区要“章程”的代表。

二，思想动员。组织起来以后，紧接着是思想动员。在和工人们的谈话里边，发现如下的几个问题：为什么要增加工资？是否应该增加工资？东家不愿意增怎么办？增加工资要依靠谁的力量？为什么要组织工会？工会是替谁办事的？这些问题不是用讲解，而是由工人自己用讨论的方式把它解决了。

“为什么要增加工资？是否应该增加工资？”有些工人把增加工资叫作“慰劳”。于是就问大家：“增加工资是否向东家白要？”工人们答道：“不是白要！咱们辛辛苦苦地干一年，得来的工资还不够穿衣，按政府的规定：挣的工资要养活一个人到一个半人，差得多哩！”于是就向大家说明，这个看法是完全正确的。不是白要，我们是有理的，没理的是东家。以后大家不要把增加工资叫慰劳，叫增加工资就对了！工人们都很高兴！说：“叫增加工资，不叫慰劳了！”同时把当村的几个例子向大家说明：放羊工人焦洛瑞，今年六十岁了，整整放了四十年的羊，到眼下还是光棍一条，连个老婆子也娶不上！小放羊的小四，今年十六岁了，辛辛苦苦放一年羊，只挣自己穿的，挣个穿的也好，但大家看看他穿的是什么？小四听了挤到人群面前，让大家看：一身衣裤破得成了几块布片，穿的是张嘴鞋，露着脚趾头，面黄肌瘦。小四的少东家，今年也是十六岁，穿的是：不是市布就是洋布，洋纱袜子，礼服呢鞋，除了上学，就只知道讲究吃个好的。于是让大家比一比：“这是合理的吗？”工人们齐声答道：“不合理！”“不合理咱们该怎么办？”大家又齐声答道：“增加工资！”

接着又把“世界是劳动者创造的”“东家是依靠剥削工人过活的”等等的道理向大家讲明了，工人们一听就明白，斗争情绪也就更加高涨了。工会委员何顺兴说：“咱们要求增加工资，并不是想发财，就是再多增加一点也发不了财，只是想吃得要饱一点，冬天也闹件棉衣穿穿，这实在是一件心酸的事情，东家什么时候也不会疼做活的，非靠大家一条心斗争不可！”工会委员马红说：“……该翻身的时候不翻身‘红眼熬瞎子，长工熬化子’。咱们老是熬下去，非都熬成了‘化子’不可！”

“东家不愿意增怎么办？增加工资要依靠谁的力量？”工人谢汉林，在讨论到“增加工资是应该的”以后，就提出了：“东家不愿意增怎么办？”让大家出主意，于是有的说：“这就麻烦，咱们一个劲头要，东家一个劲头不给，你说有什么办法？”有的说：“叫县区长和东家去说说。”有的说：“和他（指东家）打官司！”有的说：“宰他（指东家）几只羊，一天不增宰一个，他就怕了。”有的说：“叫中队部押起他来。”有的说：“和他说理，这是政府的规定，谁不遵守政策法令的是汉奸！”后来多数工人认为：先和东家说理，东家不依，咱们全村六十三个工人都到他家里闹去！于是就决定先和东家说理。

接着就讨论：增资斗争怎样才能胜利？要依靠谁的力量？有的说：“靠八路军。”有的说：“靠老×了！”（老×是上级工会派去的干部）。有的说：“靠刘区长。”有的说：“靠工会主任……”于是向大家又提出了问题，“不管是八路军、老×、刘区长……都不能老待在咱们大巨村里，况且增加工资是咱们工人自己的事情，为什么一定要靠旁人呢？”工人们说：“没依靠不成！没人撑腰就站不住。”于是又向大家说明，政府、工会提出增加工资当然要替大家撑腰；可是工人们不伸手要，东家就是愿意增，增给谁去啊？工会主任马呈说：“政府规定增加工资，这好比是给咱们预备了一锅饭，吃饭的是咱们工人自己，自己吃饭不自己盛，还等旁人把饭送到嘴里来吗？”工人们一听，乐了！说：“自己吃饭自己盛，增加工资要依靠工人自己下手！”

在这里必须要指明：工人们虽这样说了，但是工人们对自己的力量还是半信半疑，还很模糊的，这必须要经过斗争以后，才能认识到自己的力量。

“为什么要组织工会？工会是替谁办事的？”这两个问题，工人们比较容易明白，但并不明确的，所以也必须在思想上搞通。比方像问到：“为什么要组织工会？”就有工人说：“是替八路军办工作。”也有概括地说：“为了抗日。”……各种说法都有。最后，工会委员何顺兴说：“组织工会是为了替咱工人自己谋利益，咱们当长工的都是穷光蛋，一个人闹，没个闹成的。只有大家齐心，说闹一起闹，这才有力量。这好比是军队打仗，大家就得服从指挥，说开枪一齐开枪，说冲锋一齐冲锋……要不，有的开枪，有的还没推上子弹，想冲锋的冲出去了，想退却的却逃跑了！那不吃败仗，才是见鬼！今天咱们有组织了，就有了力量，明天散了伙，各管各，仍旧是穷光蛋一个，又算是没有力量了！”工人们听了都很赞成。接着就问：工会是替谁办事的？工人们一致认为工会是替工人办事儿的，但问到工会替工人办事，是站在工人方面说话，还是站在东家方面说话？还是站在当半间儿说话？工人们的意见就不一致了。有的说：“要看什么事儿。”有的说：“应该站在当半间儿说话，这才显得公道。”于是又问：“东家有比工人还穷的吗？”工人们齐声答道：“一个也没有！”“没有工人，东家的地里是不是能打出粮食来？”工人们又齐声答道：“一粒也打不出来！”“增加工资该不该？”工人们反问道：“怎么不该？”“不增加工资该不该？”工人答道：“不该！”“没理的是咱们，还是东家？”工人们又齐声答道：“没理的是东家！”“那么工会应该站在哪一方面说话呢？”工人们答道：“应该站在工人方面说话！”工人谢汉林说：“工会不是劝架的，是替穷哥儿们打抱不平的！”

以上所述，就是在大巨村工人增资斗争中，所进行的阶级教育、组织教育、团结斗争教育的内容和方式方法。

三，怎样和东家算账？经过思想动员以后，紧接着就是说理斗争。怎样和东家算账？工资到底应该按照什么标准增加？这就成了中心问题。经过大家的讨论，决定工资标准按照“养活一个人到一个半人”的标准。按照当地一般人民的生活水准，养活一个人一年需粮食三石六斗（小米）；一个半人每年需粮食五石四斗。穿的按长活、半个活的类别增加，长活一律增加大布一个（三丈计），半个活的增加大布半个。不足此数的增至此数。

工资过去说的都是伪币，大部都已经支了，现在伪币跌价，且粮价时涨时落，不好折合，所以规定了：什么时候支的工钱，就按照当时市价折米。

为了便于计算，把全村工人工资进行登记以后（当时没有登记放羊工人的工资）计算了一下，按照自分法增资。规定：工资二石五以上的，每石增加八斗，每斗增加八升；二石五以下的，每石增加一石，每斗增加一斗。依此类推。

接着是讨论怎样去和东家算账？有几个工人，一个装东家，一个装工人，先练习练习。下面就是当时对话记录：

装东家的（以下简称“东”）：这几天工人们老是开会，开什么会呵？

装工人的（以下简称“工”）：讨论增加工资来着。

东：怎么讨论的呵？

工：政策法令规定：一个工人的工资要养活一个人到一个半人，一个人的生活每年吃的算三石六斗小米，一个布。一个半人的生活按每年五石四斗计算，穿的少算一点，也是一个布。让回来和东家算账，够了这个粮食数目，那就算了，不够，就照补。

东：……

工：那么咱们也就算算账吧！

东：说活的时候不是早说清了吗？你的工钱也早给够了，现怎么算呢？

工：东家可不能那么说！那时候和现在可不一样呵，那时村里有日本人的炮楼，想增加也不敢说。现在可是该咱们说话的时候了呵！

东：做活的也有一个好坏，十个指头也不一般齐呵，政府也不会规定凡是工人都挣一般大的工资吧？

工：东家！说了半天你还没有听清楚，谁说都挣一般大的工资呵！这是按照每个工人现有的工资增加的，二石五以下的每石增一石，以上的每石增八斗，比方说我的工资是三石，对吧？按一石增八斗计算，就得再补我二石四斗，穿的是一个三丈的布。

东：我不清楚，八路军又没有找我去开会。

……

练习以后，工人们都很高兴，说："装得真像，就是这个说法。"

在发动工人讨论问题的时候，上级工会干部不怎么说话，也不过早的做结论、出主意，实在到了万不得已的时候，才提出一个办法，供给大家参考。这是因为上级干部出的主意，不一定适合当村的情况和群众的心理，而且往往会限制了群众的创造性。同时这也是为群众受到斗争的锻炼，在讨论问题的过程中可以发现积极分子。

四，先拿猴儿头。……讨论了工资的标准，怎样和东家算账的办法以后，就分头和自己的东家说理去。探探东家的口气，东家说些什么，东家打算怎么办，随时报告工会。不到一天工夫，工人们都回来报告了。有的东家说："东家不是咱一个，旁的东家怎么办，咱也随着办。"有的东家说："手下没粮食，过了大秋再说吧，反正短不了你的！"有的东家说："粮食便宜，什么时候来置，什么时候给，可是我也得到区里去讨论讨论再说。"干脆说不给的倒没有，说给的也没有，也没有说清给多少和什么时候给。

怎么办？工人们又展开了讨论，结果一致认为：六十三个工人全到一家去，说清给多少，说好什么时候给。哪一个东家最不好斗，就先到谁家去，先拿猴儿头。

大家认为李凤祥的东家谢贯英，卢洛吉的东家李聘三，最不好斗。他们两家雇活最多，一家都雇了四五个，在敌人统治的时候，他们都是保长，欺人太甚。

怎样去斗呢？大家的意见是：到谁家去谁家的工人和村工会的干部走在前面，大伙跟在后面。在大街上走的时候，就喊口号，到了谁家，都进院子，再喊一阵子口号，愈“红火”愈好。先由那家的工人说，再由村工会干部说，东家一开口，大家就一起说，嗓子要粗，声音要大，目的是要压倒东家，直到东家没话可说了，工会主任把手一摆，大家就停止说话，再继续进行谈判。一定要东家做到答应增加，增加的数目、什么时候给，都说定了，才算完事，不然就不走。

商量定当以后，就出发了。沿街高呼口号：

“要求增加工资！”

“增加工资是政府的政策法令！”

“反对不开通的东家！”

先到了谢贯英和李聘三的家里。经过顽强的交涉和斗争，他们看到工人团结得很紧，不得已便答应了，一天的工夫，到遍了全村所有的雇主家里。有二十多个工人，把嗓子都喊哑了。结果，雇主们见连谢贯英和李聘三这样难斗的“尖”都摆了，于是便都答应了，说定了应增加的数目和时间。有的说当天就给的，有的说三天为期的，有的说五天为期的。工人们都极兴奋地说：“谢贯英平时那么厉害，谁不怕他？可是经不住工人们三句口号，就把他吓软了！”

这时，工人们都很高兴，以为从此就没事了，何顺兴提醒大家说："东家只答应了增加工资，可是东西还没到手，这还不能算是胜利。"工人们就说："当天给的就当天要，说好日子的，到期就要……一步也不让。一定要在大秋以前把东西拿到手，不然过了大秋，东家就不着急了，到那时候再说增加工资，麻烦就多了。"

到了第七天，工人们又开了一次会，检查一下看看谁还没有增加工资。检查结果，有七家还没有给布，不过都已说定给布的日期了，直至第八天，增资斗争全部胜利完成了。

四、当群众站起来的时候

大巨村里的工人，自从组织了工会，取得了增资斗争的胜利以后，工人群众的面目，可说是焕然一新，工人的社会地位，也大为提高；以前欺压过工人的、小视工人的人们今天看到工人站起来的时候，也不得不另眼相看。

先从一件小事说起

工会委员：马呈、马红、何顺兴，在村里没有组织工会以前，假若有人到村里问起他们的名字，可说是没有一个人知道的，这并不是他们没有名字，也并非他们是外村人。他们世代就在这村里，现在也都是三四十岁的人了，他们只有绰号：马呈是一个麻子脸，所以人们都叫他"疙瘩球"，马红的绰号叫"腻烦"，何顺兴的绰号叫"二砍刀"。正像马呈说的"有钱人家的小子，哪怕是蛤蟆豆儿那么点儿大，就有了官名，就是他有个绰号，当面也不敢叫他。咱们穷光蛋不是没有名字，可是谁也叫咱们的绰号。我今年已经三十五岁的人了，却连七八岁的'鸡巴'孩子，也当面叫我'疙瘩球'。这就叫作工人没有社会地位呵！"

可是现在世道变了！工人们也都有了大名，假若现在有人去问大巨村里的人们："你认识马呈吗？"他就会很快地回答你说："马呈是咱们村里的工会主任!”就连马呈的东家谢茂，见了“疙瘩球”，也叫起“马主任”来了！记下这件小事，作为大巨村□□翻身的一支插曲。

一步不让

大巨村的工人，在斗争中态度非常强硬，一步不让，这是因为在过去，他们所受的压迫太深的缘故。

长工谢茂林向东家要求增加工资。东家说：“我没有粮食。”

谢茂林说：“你没有粮食？你的粮食藏在哪里我都明白，你能瞒过旁人，还能瞒住你家扛长活的？我把粮食找出来了你怎么办？”

东家说：“好，好，增加，增加!”

工人胡洛全向东家要求增加工资，东家说：“我没有粮食。”

胡洛全说：“没粮食有钱也行!”

东家说：“我没有钱。”

胡洛全说：“没有钱？你家不是养着一群羊吗？”

说得东家没话可说，当天下午就把应增加的粮食全拿出来了。胡洛全对工人们说：“这真叫作‘吃硬的不吃软的’！你真的没粮食，我也就不开口了!”

雇主李聘三是个“猴儿头”，他家的工人向李聘三说了几次，要求增加工资，李聘三干脆给了个不理，全村六十三个工人就全去了，挤满了一院子。李聘三早躲开了，家里只剩下了他的儿媳妇，谁说什么也不知道。工人们呆坐了半天，口渴了，要水喝。李聘三的儿媳妇说：“没柴火了，将就点喝口凉水吧!”

他家的工人卢洛吉说：“有柴火，昨天才锯了一棵杨树呢!”说着就去抱了一大堆柴火来。水开了，工人们就说：“掌柜家媳妇！把你家的‘龙井’弄二两来沏上!”

他家的儿媳说：“龙井？茶叶梗子也不让你们喝!”话还没有说完，卢洛吉却去把茶叶拿出来了……

他家的儿媳妇看着势头不对，就悄悄地去把李聘三叫了回来。李聘三一进家门，就笑容满面，大声地说："洛吉！我不是早对你说了吗？增加工资那还不好说？粮食、布匹都现成，你什么时候要，我就什么时候置给你，又何必惊动众位呢！"

卢洛吉说："我想马上就置！"

工人卢洛吉的老婆也跟着参加斗争了，早在门外等着呢，看见洛吉把增加的粮食和布拿到门口，就赶紧用尺子把布量了一个过儿，一量只二丈六尺，于是就喊道："掌柜的！还少着四尺呢！"

李聘三连忙答道："好，好，补上四尺！补上四尺！"

洛吉的老婆对工人们说："你要是当面不把布量一量，回去布不够尺寸，再向他要，他就会说咱们诬赖他了。"

产生了自己的领袖

在大巨村的工人增资运动中，工人们产生了自己的领袖。在这里单把工人领袖之一——工会委员何顺兴的事儿说一说。

何顺兴，今年三十二岁，本村人，家里有一个老婆，一个七岁的女儿，半亩地也没有，房子是借住人家的。到过口外，到过关东……好打抱不平，所以他的绰号叫"二砍刀"。当他被选为工会委员以后，就有人对他说："你别跟着八路军胡闹了，将来中央军来了以后，得把你现在增加的粮食，一粒一粒吐出来！我知道你是不怕死，可是你也得替你的老婆孩子想一想呀！"

何顺兴反问道："咱们穷汉不跟着八路军，难道跟着你们走，当一辈子牲口？我告诉你，我姓何的'一不做二不休'，不要拿死来吓我！我是把脑袋掖在腰里跟你们干的！"把那个坏蛋吓跑了！

何顺兴的东家谢贯英，是敌人统治时候的伪"联保主任"，为人奸刁毒辣，和何顺兴一家做活的有两个放羊的，两个长工，一个赶车的把式。把式王洛起，家里有急事，需要用钱，可是性子比较软弱，不敢向谢贯英开口。何顺兴就帮他去要。谢贯英的娘，是只“母老虎”，见工人要增加工资，就号啕大哭，骂道：“你们这些不要脸的穷做活的呵！你们真敢造反了！叫老天爷挖了你们的眼珠子呵……”“母老虎”有羊痫风的毛病，哭着哭着就晕了过去，就把王洛起吓住了。旁人来劝何顺兴：“不要再闹了，算了吧！快去劝劝老人家去，说不要增加就算了。”

何顺兴说：“让我去劝去？那才是好说话呢！这不是自己伸出手来打自己嘴巴吗！他给增加了，我才去劝呢！”

终久谢贯英不得不增加了工人的工资，因为谢贯英家里只存着四个布还少一个，何顺兴就让旁人先要，自己后拿。这些事情工人们都很佩服说：“何顺兴才是一条汉子呢！”

在大巨村整个增资过程中，何顺兴日夜奔走联络，想办法出主意，被全村工人公认为自己的领袖。

一九四五年九月十八日于大巨村

（《晋察冀日报》1945年11月12日）

重返丰镇

远方

在清晨的曙光中，记者随军沿平绥路乘车进入丰镇城，两昼夜未得片刻休息的健儿们，精神感到百倍焕发。两个月之前，他们从敌人手里用血肉头颅解放的丰镇城，又跟在敌人铁甲车后面在傅作义军队进攻下，退出了。现在代表人民的意志，在自己战中重返丰镇的时候，两月前的一切景象，都历历在目。沿途的铁路员工向我军挥手敬礼，好像重逢了久别的友人，他们之间，虽然个人和个人之间是叫不出名姓的，然而在整个集体是非常熟悉的。新安庄车站的员工们说："我认得你们，一次你不在我们这开过会吗？给我们讲过怎样改善自己的生活吗？两月了，咱们算是盼到了。"

火车穿过了凋零了的白杨林，路轨和刺刀都映射着夺目的曙光，在十月冻结的塞外寒风里，响着钢铁和钢铁相撞的声音，火车飞速向前。在离城数里之外，我们就看见丰镇全城飘扬着国旗，一片黑黑的人海，从四方八面向车站涌去，好像是丰镇城从未有的大集市。我们第一批进城的部队，在群众的大海，高唱着八路军《三大纪律八项注意》歌，我们的工作人员即刻把傅作义所窠下的棉花衣被，分赠给无衣的穷人。从车站到市区，街道都被来看望八路军的人群所阻塞，街头巷尾到处是群众自动的集合，只要有一个穿军装的人，在街头停留了几分钟，马上就有几百个群众集合在你的周围，向我们诉苦，控诉傅作义的罪行。记者向一个商人开玩笑说："你不怕我们吗？不是说我们杀人放火吗？"那商人哈哈大笑说："盼都盼不到，还怕吗？我们做买卖的，很多是关南人（河北人），我们回过家，那里是解放区，老百姓和八路军真是一家，真做到夜不闭户、路不拾遗、安居乐业的太平日子，傅作义说你们杀人放火那真是屎壳郎打喷嚏——满嘴喷粪，谁听呀？”

一个小学教员说：“傅作义来了，我的饭碗就打破，教了两个月发了一次薪水，发的是蒙疆票，头一天发下，第二天傅作义就布告，蒙疆票不准用，可怜我全家老少躺在炕上哭了一天，气得我把蒙疆票写上傅作义名字擦了屁股，要不是你们来了，我全家就要活活饿死。”华宾园澡堂的掌柜的说：“傅作义军队来了，在我的澡堂洗了十六天，分文不给，你看，我们一个做买卖的人，哪能赔得起，光说烧炭就烧了两万来斤，逼得我没法，故意把澡堂弄坏，才算没落到家破人亡。”

回民小学马校长说：“日本人在，咱们回民没自由，傅作义在，咱们回民还得受气，他不让咱们打着回民的旗子去开会。现在八路军来了，我们又能把回民的旗子重新打起来了！”

一个六十多岁的女房东说：“你们可来了，我黑间白日里烧香盼着你们回来，不敢明着烧，我在柜底下烧，那傅作义来了尽是些官太太，驻着咱屋子，把咱们赶到外头，哪像你们一样，驻在咱们这儿，借个碗使，也洗得干净送还，临行还把咱的院子打扫得干干净净。”

一个不愿跟随敌人逃走的台湾医生陈某，他当傅作义来时闭户不出，当我军来时马上参加我军救护工作，他说：“我临别台湾时，我老母流泪痛哭，嘱咐我说：‘我们已亡国四十年，你回祖国故土去，应该舍身为祖国人民服务。’我牢记母亲的话，静待报国机会，傅作义来了，我所见所闻，一切都使我失望。你们来了，我才真正找到献身祖国的机会了。”

记者看见在县府街上一群“剿灭奸匪”的标语之间有两条：“打倒日本帝国主义”及“拥护英勇善战的八路军”被傅作义的军队涂抹，模糊尚可辨认。这样的话是我军解放丰镇时，灾难重重的丰镇人民，才第一次地把八年来所不能说的心底的话写在墙上。然而，傅作义不让人民有说话的自由，不让人民表达自己对日本帝国主义愤恨的自由，把人民自己写的标语涂抹了，他是害怕那坐在铁甲车里的替他们打头阵的日本军生气吧？

呻吟在傅作义的虐政之下，丰镇人民没有半点自由，没有半点抗战胜利的气象，敌人一套统治人民的办法，他继续沿用。傅作义的政务委员会，颁布了本省收复地区编组保甲及制发“国民身份证”，实行“联保联坐办法”，就和敌人颁发的“良民证”一样，没有登记国民身份证，就不能居住不能行动。商号大部停业，金融紊乱，军队随意逮捕人民。仁记磨面公司的掌柜因为面磨得黑一些，就被傅作义军队逮捕，至今不知下落。人民所受的痛苦，和日寇压迫下没有什么两样，无怪乎丰镇人民流传着“傅作义和日本鬼子是一家人”的话。

我军重返丰镇以后，不到十天，丰镇各学校已经开学，贫苦难民得到了初步救济，邮电铁路等职工工会都正式成立，商铺逐渐开业，丰镇军民一面积极支援前线，决以自卫力量制止内战，一方面着手建设繁荣的新丰镇。

老百姓眼睛是最亮的，丰镇人民亲眼看见了我军是怎样从敌人手里解放了丰镇，他们也亲眼看见了傅作义联合敌伪土匪，发动内战，侵占了丰镇。究竟是谁放了第一枪，丰镇人民是最好的见证。当傅作义企图推脱战责的电报转到丰镇，引起了丰镇工商人民的耻笑与愤怒。

（《晋察冀日报》1945 年 11 月 14 日）

生活的分水岭

田雨

一

谁能驮着瘦弱的身躯，忘却了饥馑的日月？谁能带上遍体的鳞伤，忘掉那恶毒的鞭打？——那只有一只温顺的牡牛。

可是工人们绝不是牡牛，那二十年开着火车头的老工人马福祥，他抬过沉重的煤炭，流着大汗，煤烟熏黑满脸，烧过那通红的锅炉；在他的天门梁上曾被日寇用榔头打成血窟窿……他永远不能忘却的。

老工人马福祥指着前额的伤疤，给我讲起了铁路工人的生活（另记一段）。民国以来，国民党也有工会的，给工人的好处可一点也没有。

日寇打入中国的那年，工人们为保卫自己的国土，不顾一切，为前线的胜利而工作，六个人换两班，火车二十四点钟不停地开动，把兵士开往前线，他们常常顾不到吃饭。可是前线上还没有听着枪声，就整军的退下，狗娘养的队伍，连影子也没有了！工人们在野地里爬着，老婆孩子，挖吃些生山药，但工人们气得立了誓：“不给洋人开车！”

在沦陷的国土上，工人变成奴隶了，敌寇把他们从四处赶去上工，并且工资大大减低，一天做十点钟工，发给的粮食是掺砂土的高粱和多糠的谷面，工人如拿了油性食物，或其他面类的干粮，则罚钱，并追究面的来由；吃着发酸味的谷面，谁也不敢说话。开车工人，冬天只发一件短身短袖的皮衣，两条胳膊在寒气里冻着，还得操心开，棉衣里边给抽掉棉花，换上纸，是实在御不了寒的。在他们的家属中，所得的工资，只能养活一个老婆和孩子，父母在六十岁以上，没有饭吃，这种苦楚已经是足够了！可是，他们所得的工资，仍不能尽数到手。月终，工人们到庶务科领薪金去，一个九十度的鞠躬，接过装封了的薪金袋，不准多说话，你就转身走，但袋里的钱是不够数的。

“先生这不够我应赚的，还短一百。”工人扯开纸袋数着辩问。

“什么？去！以后再领。”庶务科科长夺过钱袋，立时暂停□给，工人如果再说话，坐在旁边的日本人走上来就是一顿嘴巴，再硬嘴，就开除你，这些工贼们跟日本职员一个鼻孔通气，工人们暗地里受的剥削是无法辩白的。

在他们全部的生活里始终是每天繁重地干十点钟，他们简直说不到什么享受，车房开设的洗澡塘，烧热了水先经日本人洗，到八点钟以后，把洗剩的脏水再给工人开放，但这也是“优待”；每礼拜准坐一次上北平的免票车，去游玩，有时候间或发一张戏票，看看戏，如果说是工人娱乐的话，那只能有这一点，工人看书就要“肃正”你的思想，学习是更难谈到。

被奴役的生活八年间，工人们挨过打，受过饥馑和辱骂，也遭受敌人的惨杀，许多工人被日寇无知无觉地害死了，但实在难使人知道他所以死的缘由。司炉工人王永祥，被敌人用榔头在头上身上打得翻不起身来，第二天伙伴们发现他死在车上。一直到他的母亲饿死了，孩子和老婆四处流散了，出殡的时候，人们才知道，他的死罪，是因为他的载重车，进站迟到两分钟。

年老的司炉工人马福祥，在一个乌黑的夜里开晚车，因没有看好油箱，坐在身边的敌人迎头就给他一榔头，击打得前额上开了一个窟窿，血一股子往外冒。马福祥顺手拿起烧火的铁棍，还手一击，敌人的后脑上打开一条长长的裂口。紧随着，马福祥跑掉了。三年以后站上的敌人换了，马福祥再次回来当了司机。十月的一天，他开着火车进站，一个修理风泵的日本人叫他停车，另一个“量杆错误”指导的日本人，正蹲在路旁“找准”，命他开车，可是马福祥还是不管别的，看着“号识”的摆动开车了。那修理“风泵”的日本人，走上车往他脸上打了几个嘴巴，马福祥气不过，拿一根铁棍就追到站上。

“你的八路一样，你的红胡子一样!”车站长凶恶地骂着，并且准备逮捕他，马福祥看风势不顺，第二次又跑了。

马福祥第二次跑了，工人们被迫逃跑、开除者更多，像马福祥这样的遭遇和反抗斗争，在他的工人伙伴中，曾进行了不知有多少次。

二

八月，人民的队伍，八路军到来了，随着张家口的解放，平绥路在张家口通车所能到达的地方，工人们获得了中国铁路工人中史无前例的幸福。首先每人得到了两月的双份工资并每人给两袋白面，敌寇统治下流离失所的工人，由工会筹备会给解决住所，现在有六百三十个工人家属，都有了房子住。前被敌人开除掉的，有三四十人现在回来了；被强拉到大同、北平车段上的几百人，听到了张家口工人生活的幸福，接踵地逃回来了；还有许多受不了敌人打骂，因老弱残病回家的，也回来了；这总共是六百六十七个失业的工人，还有不少的职员。他们都说：“找共产党去，那里成立工会了，我们有自己的家了。”当他们从各处跑来，工会都和他们兄弟友爱地握手，有的就地服工，有的介绍其他职业，有为他们设立专门的铁路学院，在技术上更求深造。短短的时间中，近七百多个颠沛在饥饿线上的工人和铁路职员，都有了自己的职业。他们的家属有了温饱安适的生活，敌寇退时遗留的什物、家具、衣被都分配给他们，所有的工人，有了房屋，有了饭吃，过中秋节，每个工人领到二百元赏月金（无家者一百元），让他们痛饮狂欢。

当平绥路工人组织起来的时候，几月来，在铁路总工会领导下，连续发动了五六个大的反工贼坏蛋职员的斗争（路局的反×科长及庶务、铁路医院分会反院长等斗争），并且进行了很多小的个别清算。

据初步统计，已清算追补的工资就有五万七千八百多元，面、米数十袋。在这些斗争中，工人们认识了自己组织起来的力量。目前总是与政府正在精细地研究工资问题，使工人的生活能够得到合理的提高。

在他们的经济生活上享有了幸福后，他们也得到工人武装的自由，为保卫自己，保卫铁路，张家口的铁路工人组织了工人自卫队，五百多的青年工人踊跃自愿地报了名。一个半月的训练过去，现在已进到中队集中训练的时候。在他们之中，很难找到任何的厌倦和消极情绪。有四个年轻的工人，要求参加自卫队，他们的家庭不了解自卫的重要，表示不愿意，不给他们吃饭，他们自己拿上钱买着吃，坚决地说："不管怎样，也得武装起来，保卫自己。"

也是这匆匆的时间，铁路总工会成立了自己的俱乐部，各分会有小型俱乐部共八个，包括话剧、京剧、歌咏、音乐、墙报、舞蹈、体育、杂玩，各股工会给他们设备了固定的娱乐场、运动场，设置了各种的娱乐用具和学习的书报，并且聘定教员每天到各分会上一点的课。每天紧张的工作下班后，吃过晚饭，课堂上挤满手带笔记本的人，很早就在那里等待上课。

铁路工人中掀起了学习和劳作的活动，各个分会除了定期地上政治课、文化课、业务课之外，还建立书法台，让不识字的工人经常在那里写字认字。有三十多个工人组织通讯小组，自己编出了墙报，几天工夫，给日报的投稿就有十三四篇，而且他们决定在各分会普遍地展开通讯写作运动。他们看了报纸上自己事情的登载，都激动地说："我们有了说话的地方，我们要学会在报纸上说话。"一个大个子司机快活地说："共产党到来，就是我们工人生活苦难与幸福的分水岭啊！"

（《晋察冀日报》1945 年 11 月 15 日）

“这是八路军!”

友滨

太阳偏到西坡的时候，“李庄”部行进到平绥路××堡。一天的行军，人们非常干渴，部队便在这村休息，各班分头烧水。

四连机枪二班走到了一个老乡家里，看见一个老太太。

“老太太，我们要在你屋里暂时休息一下。”战士很温和地说。

“哦，你们要占这房子？占吧!”老太太面带惧容一面说一面审视着每个人。

“不，我们只是暂时占一下，烧口水喝就走，你们有闲锅吧？借给用一下。”

“有。”她指着锅，“我去找我家男人给你们挑水。”

“不要。”战士们拒绝了，“我们自己去挑就行了。”

“你们挑？我给你们烧火吧。”

“你看这么多人谁不能烧。我们八路军不能麻烦老乡们的。老太太，你去休息吧。”

“你们就是八路军？”

老太太仔细地向战士们查看。

“是的，我们是八路军。”

“打下阳高城的是你们吗？”

“对了，就是我们。”

“看着你们跟别的军队就不一样。”老太太兴奋了。她看见了八路军，又想起了敌人在此占着时所受的痛苦。她说：“鬼子和‘警察’们在这里的时候，老百姓可不能活呀。整天要洋烟，要洋钱，还要女人……你说老百姓怎么活呀！老百姓的苦没法说，说也说不完，向谁说去呀。”

“是的。”民运组员吴善祥说，“他们没有一点人性，光会苦害老百姓。咱们八路军不许向老百姓要一点东西，更不许像鬼子和‘警察’一样强奸妇女。”

“你们不许？可是真的？”老太太眼睛死盯住吴善祥的眼，等待他的答复。

“是的。”他说，“谁要强奸了妇女，就要枪毙他，这是八路军的纪律，我们为着打日本保护老百姓才当兵的，哪能苦害老百姓呢？我们也有家，哪个家里没有妻儿姐妹的，没人性丧天良的事咱八路军不干。”

老太太被这几句话打动了心，低着头，眼圈儿已红了，停了一下她抬起了头，她说：“你们这样好！你们要是早来到这里，老百姓不知道少受多少苦呢。”她又很难为情地说，“我那小屋里还藏着两个妇女呢，一听说军队来了，就赶紧藏起来，你们来了还怕什么呢，叫她们出来，不要紧吧？”

“你放心吧老太太，八路军说的话都是老实话。”

“你们两个出来吧。”老太太就喊着，“都出来吧，不要紧，这是八路军，这是八路军！顶好的军队，他们不欺负老百姓！”

没有动静，也没有人答应，更没有人走出来，老太太又喊起来了。

“我说不要紧就不要紧，你俩出来吧，这是八路军！”

小屋里好像柴草在响。

不一会儿，小屋里走出两个青年妇女，低着头走到屋里去了。

看她们身后，还带着很多草叶儿。

（《晋察冀日报》1945年11月16日）

归绥突围记

程予

绥远的八路军和日本打了八年，直打到日本宣布投降，部队便打到归绥，决心为绥远人民解放这个城市。那天，是八月十八日，战斗开始就下起雨来。

队伍在拂晓以前打进城去，城里的伪蒙军总司令部、两师伪蒙军、日本兵和伪警察，都被我们包围住。打到中午，他们便支持不住，派代表和我们接洽投降；这时，火车响了！傅作义的暂三军、三十五军、十七师，里面混杂着从包头开来的日本兵，从黄河西赶到这里，与伪蒙军合在一起攻打我们，逼着那部分愿意投降的伪蒙军也翻了脸，使我们部队受到双方炮火的夹击；到黄昏，傅作义的军队和日本兵及伪蒙军越来越多了，部队就往下撤……

十二连第五班隐蔽在街口上，凭着一扇小窗子向外监视，准备向北面作反冲锋，突然发现东面、西面和南面都响起机枪，顽军和敌人一起朝这里包围上来，不过有三四十米达远。连里传令要他们朝十连的阵地撤退，等他们凿通墙壁穿到路南那家铺子里，开门一看，这条街也被敌人的火力紧密封锁，对面十连占过的房子里闭起门板，十连已经撤走了。门口来回跑着穿黄色军装的人，因为天气黑了，并没有发现他们。副班长尹林树把头缩回来，赶紧顶住门板，告诉王坦和段俊杰两个老战士，上好刺刀，把守门口。

他把这情形告诉班长，希望班长能想出办法：“十连已经撤走了，外面尽是敌人和顽军，又不能顺着街走……”

大家都嚷着：“非突出去不行！想不到狗日的傅作义有这一手！”

尹林树摆一摆左手，叫大家安静一点。其实他心里更急躁，他的右手是下午已经负伤了的，班里的新战士高秃儿也在监视敌人时，两腿被打穿了，他急的是想办法把这个不能行动的伤员安置下来，然后再计划突围的事。

他想请老乡把伤员背上，跟队一齐突围，可是房东是一个五十岁上下的买卖人，背着伤员又要跑，又要跳，又要爬城，怎么能办得到呢？他犹豫了一会儿，就和房东说："我们把伤员寄到这里，你费心照护着他，咱们都是中国人，这件事做好了，就是对国家立下功劳，将来我们一定要报答你的！"房东弓着腰，点着头，说着北平话：

"好说，好说！我保险，有我在就有他在，兄弟要对不起你，不够个中国同胞！"

"傅作义的军队和日本人要是进来搜呢？"

"我说是我的孩子，在街上被打伤了，咱家里有药，兄弟也懂点医道，治好以后一定想法送回贵军！"房东说着就从屋里拿出便衣，给高秃儿换上，弄一床大棉被给他盖好。尹林树把他的步枪和子弹拿过来，高秃儿不大放心，他望着尹林树说："副班长，你□留下养着吧，咱俩在一块！"副班长显出一丝苦笑："我这伤不要紧，可以走。两个人住在一块容易叫人发觉。不怕！你好好在这里养着……"

房外面又乱起来，傅军张狂地在街上乱喊、乱叫、乱搜，前面房东家那个小孩子突然跑出去，杨文衡跑过去告诉副班长："坏了！小孩子给咱报告了！"

"沉住气！他们进来再说……"副班长马上回来，眼睛死盯门口，个个都集中精神，准备迎接这一场剧烈的厮杀。一个人从门缝里向外望去：有一个日本人伏在窗子上朝这里看了看就走了。那小孩子回来，立刻把窗户用木板和簸箕挡住，以后再也没有人来。外面的街灯亮了！

尹林树赶紧又找到房东，这回他干脆地说："房东！你还要再帮咱想办法，我们今夜要出不去，天一亮可就给你惹下麻烦啦！”

房东的脸色焦黄，皱着眉尖，吸着牙缝愣了半天也想不出办法，最后才记起：“我这房后面有一座楼。咱们上去看看有办法没有……”

尹林树点一点头，房东脸上也有些松快。

两个人走在院里，房东像突然想起什么事情，靠近尹林树小声地探问：

“你们队伍全走了？……”

“……！”尹林树走得很快，有点顾不上回答他，房东在后面紧跟着，院子不大，他们踏过湿泥很快地上了楼顶，从楼上越过了栏杆，下面是一所瓦房，再下去有一堵墙。墙外一道东西小街，靠着竖着一根粗电杆子。房东指一指下面：“这条街上有警察所，往西去才是城墙呢……”

尹林树高兴起来，他下到屋脊上向下张望，小街里黑洞洞的，没有路灯，只听到伪警察所响哨兵来回走动，接连不断地大声问着：“口令？”尹林树心里想：“光这两个哨兵，调不了蛋！发觉了，一个手榴弹就打跑他。”他在房上轻轻地走了两趟，把一些滑脚的碎石瓦块都拣下去，然后才回到房里，房东看出他有点高兴，又想起刚才没有结束的谈话：“像你们这么好的军队，我过去真没见过，……可惜你们人太少了吧？”

尹林树说：“不，不是这样，说起来是很痛心的，这是上级的命令要撤出的……为了避免内战！”

“噢！噢！……他们太欺侮人了！”房东又点点头，叹了一口气，出去了。

尹林树趁这时把突围的道路向大家讲了一遍，他指定王坦、杨文衡、段俊杰三个老战士当前冲，自己带领；剩下五个人由班长在后面掌握。临走时，他和王坦又到了高秃儿那里，王坦说：“你好好在这里养着吧！已和房东讲好了，他会照顾你的！”

尹林树说：“不要着急，好好养着，多长个心眼……”

高秃儿也想说话，只是说不出来，他睁大了眼睛望望大家，忽然把被子蒙起头来……

屋里的座钟响了一下，两个人赶紧出来。

不知什么时候，雨停了，天还没有睁开眼，尹林树把全班人带到瓦房顶上，只听得小街上突然嘈杂起来，一群骑兵踏着泥水跑过去，接着是汽车，又是骑兵，又是汽车……

冯宝川有些犹豫，他爬到尹林树跟前，悄悄地说：“不行！恐怕出不去了。还是回去□两个老乡再教育一下，咱就在他家里等着吧？”

尹林树惊了一下，接着升起一股怒气：“教育？……夜里再出不去，天一明，都得完蛋！”他马上又掉转过脸来向大家低声说：“现在正是生死关头！反动派害我们到这步程度，上级命令为了避免内战要退出去，我们要坚决执行上级命令，向外突有一个是一个！”

大家静悄悄的，连大气也不出，直等了半点来钟，街上才安静下来，只听得左面伪警察所的哨兵，来回游动，皮鞋踏在湿泥上，“咯唧”“咯唧”地响。尹林树想到：“现在是下半夜，主力一定睡下了，现在就走，即使哨兵发觉了，也不过两三个人；我们也能突出去的！”

又听了一会儿，哨兵游动远了。他立刻站起来，把自己的枪给机枪班的贾玉堂带上。先让三个前卫下到土墙上，顺着那根粗电杆滑下来，他用一只左手抱住电杆紧跟着也往下滑，后面一个接一个地都下来了。

三个老战士挺起刺刀直奔正西，后面人紧紧地跟着。天气很黑，但脚步声却听得很响，人人心里都盼着：来场大雨，可就更好了。

西门上也有哨兵，他们朝北面绕过去，再往西拐，大家都看到城墙了。尹林树首先爬上去向下一看，下面黑乎乎的，什么也看不清：

“有多高呢？……”他不愿再想了，急忙告诉大家：“我先跳下去，到下面摔不死我就拍手，你们再跳。我若拍不了手，你们就另找地方下吧……”说到这里，他上身往前一扑，身体从半空中落下来。

下面的雨水污泥，溅了他满脸全身，他爬起来，脑子里有些昏迷，方向也弄不清了，就是没有忘了拍手——

一拍手，上面一个接一个地都跳下来。大家从泥窝里爬到公路上，点一点人数，本班八个，连机枪班两个，小炮班一个，共十一个人。这个二十二岁的青年副班长尹林树同志又说话了：“现在是生死关头！我们要赶快走，按原来次序一个紧跟一个，一耽误，敌人的骑兵就赶上来！”

雨又下起来。大家朝北面走，一路上不断跌跤，跌倒再爬起，又赶上去。

走出四五里路，雨大了，城上响起机枪……

一九四五年十月八日

（《晋察冀日报》1945 年 11 月 17 日）

牛　保　臣

秋浦

在宝昌沽源一带，现在有一个妇孺皆知的人物，这人物不是什么官僚政客，也不是什么英雄豪杰，而是一个极普通的平民。这人的名字叫作牛保臣，一般人对他最亲热的称呼是“牛爷”。

牛保臣，是河北河间沙河桥附近牛官庄的人，今年六十五岁了。由于从小习得了一手好武艺，所以直到现在，精神仍极旺盛，两颊整天都是红红的，若问起他的性格，那么豪爽、坦白、忠诚、正义这八个字，就完全可以把他表达出来。

牛保臣的一生，没有一定的职业，没有最固定的住所，完全是过着一种颠沛流离的生活。年轻时，他当过冯国璋的卫队，到哈尔滨做过皮毛商；事变后，他当过塘沽缉私营的厨师，也做过长芦盐工；而在敌人溃退以前，他又是一个从敌人手里贩卖私货（布匹、火柴等，都受敌人统制，不准私自贩卖）的小贩。数十年来，足迹遍布冀察辽吉黑，受尽了旧社会的压迫，尝遍了人间的苦痛，而今他终于亲眼见到了一个很久以来就憧憬着的光明的社会。这在牛保臣的内心里，真是感到如何的喜悦啊。

从小，牛保臣就是一个疾恶如仇的人。还在十六岁的时候，看见一个铁匠师傅虐待徒弟，把头敲破了，他就抱不平，强烈的正义感，驱使着他对那个铁匠师傅进行报复。终于在一天，他把那个铁匠师傅的腿也打坏了。

民国十八年河间县征用了二百二十八个民工，平毁了子牙河畔的战沟。征用的民工，工资是极低廉的，每工只付洋六毛；但主持这“工役”的士绅阎德昌、王远朴等，都勾结当时的县长金炳遂，向各村摊派了一万六千七百元，想借此机会发笔横财。这一事件后来让牛保臣知道了，于是他就在全县的区代表大会上，把它严正的公开地揭发了出来。当时他是以获得全区人民的爱戴，被选为区代表的资格，来出席这次会议的。在会议上公开揭发不算，他又继续地向上控告。这一斗争因为有着广大群众的支持，经过四十余日，是完全地获得胜利了。县长被撤换，摊派的款也被退了回来。全区人民对于最□心这一斗争胜利的牛保臣，个个都表示非常感激，争着要给他立碑挂匾。但是牛保臣呢？不愿多麻烦大家，忙着把手一摇，就又走开了。

牛保臣疾恶如仇，不仅是对于与己无关的人，就是对于他的亲戚，像他的姑爷马世民，也同样毫不宽容。二十四年十一月二十四日晚，牛保臣和他的大哥牛保德，就把本地的恶霸马世民枪杀了。翌年，县里调查了事情的经过，派来四名法警要想抓他，没有抓住；没有抓住他，倒反被打跑了。以后全县十一区到处张贴通缉令要逮捕他，不幸在一个深夜里，他终于被捕去，投在河间的大狱中。问堂审讯时，法官一连判决了他三个无期徒刑。法官说："你打死了人，判你第一个无期徒刑；你殴打法官判你第二个无期徒刑；你……"第三个无期徒刑还没有说了，牛保臣就气得猛然地站了起来，举起双拳朝着法官方向打去。法官经这一场痛打，面子很不好看，临末又给牛保臣额外地加上了十年徒刑，才算敷衍过去了。牛保臣对于这一切的判决，都坚不服从，于是他又上诉到天津高等法院、南京最高法院，后来总算被取保释放出来了。

谈起来，这一些还都是很久以前的事了。其实类似这样的事情，在近年以来，也是屡见不鲜的。即拿宝昌解放以后来说，牛保臣在首次群众大会上，就更深恶痛绝地控告了城内四大土豪劣绅的罪行，揭露了席振兴倚仗敌人势力大发洋财的恶迹。在会上，牛保臣的每一句话正是每个群众内心里想说的话，故深获广大群众的赞同；但在另一方面，过去许多为非作恶的人听了是头也不敢抬起来了。以后这些人私自里派了很多的代表，来和牛保臣拉拢，希望他给他们留下一些情面，有的并争着认他做干爹，送他五千元钱，送他大氅。……这一切，都遭到了牛保臣的严正拒绝。牛保臣说："只要你不好，叫我干爹我也得告你！""我难道是爱钱的吗？我要是收你五千，我还能送给穷人五万吗？"代表们都哑口无言了。

头支箭围的伪乡长张文海，是牛保臣的表侄，七八年来，牛保臣看不惯他那副谄媚敌人的横样，来回经过那里都没有认他。直到不久前他到我民主政府来接头了，才又重新地认了他，并深切地教训了他一顿。牛保臣疾恶如仇就是这样的。正由于这样，一生中他曾经入过九次大狱，打过三十二年官司。他说："我见了土豪劣绅，不是打，就是告，我是丝毫也不会宽容他们的。"

但这仅是牛保臣一个方面。牛保臣并不是对于任何人都是深恶痛绝的。恰恰相反，对于勤劳的人民，他是表示着极大的同情和关怀。

几年来，牛保臣从敌人手里"贩卖私货"所赚来的一些钱，很多都散发给穷人了。从哈叭尔嘎回宝昌的一路上，他散发了一万一千多元；在宝昌城附近地区，先后三次，他共发放了五万多元。平时，不管认识或不认识的穷人，一遇有了困难，就都前来找他。"牛爷，给我想个办法吧！"不等第二句话，钱就从口袋里掏了出来。有时，牛保臣在街头上遇见讨吃的穷人，冷得没法，他就很自然地把自己身上的衣服脱下一件送给那穷人。有一次，席振兴的女人请牛保臣到她家里去，桌子上摆着很多的水果月饼，想以此来取得牛保臣的欢心，为她的丈夫说情。正在这当儿，门口来了个讨饭吃的穷人在苦苦地哀求着："大爷，给的苦力吃吧！"席振兴女人一听这声音，非常不悦，很干脆地就回答说是没有。这一下又引起牛保臣一肚子的怒气来了："去年一年中，你们依仗着敌人的势力，发了两千七百八十四万的洋财，还说是没有吗?”于是他就从自己的口袋里掏出了十元，直接给了那个穷人。

提起共产党，八路军，民主政府来，牛保臣那更是衷心地拥护。他一生中看见的军队政府有过很多，那个军队政府对待穷老百姓也是不公平的。只有八路军和现在的政府，才真正是为了人民。他说：“这样的队伍，那才真叫有饭同吃，有马同骑的。”

八路军解放了宝昌后，牛保臣要算是最高兴的了。在群众大会上，他很热情地捐献出他节约下来的五千元，来表示他对于八路军的慰劳。之后，一遇见八路军的战士，他总是要拉一拉手，问有钱花吗，有烟抽吗，显得特别关怀。

现在，牛保臣连“贩运私货”的买卖也不做了，他知道对于民主政府和对于敌人汉奸的看法，是有着原则上的分别的。现在他正以他旺盛的精力，为革命，为人民的事业，而不息地在奔走着。

四年以前，牛保臣的一个大儿子已经是为了革命牺牲了，这一事情如今谈论起来，他还感到有些余痛。但是他知道革命是不可避免要流血牺牲的，死的是已经死了，活着的就还要继续战斗下去。

如今，牛保臣就是以六十五岁的高龄，为革命事业而继续战斗的一员；而和他一同，广大人民在共产党的领导下，也都开始翻起身来了。

（《晋察冀日报》1945年11月18日）

岗　　哨

陈肇

去年秋末，我于五台回阜平。那几天正闹天气，灰湿的云压在山顶上，不住地刮着冷风。

山坡上的草都黄了，核桃树正一片一片地飘落着红色的大叶。

我一个人在一条很荒僻的山沟里走着，几十里看不到一个人家，心里感到很寂寞。我希望遇到一些人，他们不必伴着我走路，在坡上割草也好，放牛放羊也好，只要有些动静打破这深山的悚人的沉寂，我就满足了。

事实使我失望了，不仅没有人，连一只山兔也没有，而且灰湿的云，越来越低，淹没了所有的山头，疏稀的落起凄冷的秋雨来了。空旷的山野，更加显得凄凉了。

动身的时候，一个同志嘱咐我："带上个手榴弹吧，路上有狼!"我从来没见过狼，却也有着怕狼的心情，一路上不时看着山梁上，担心有狼突然出现。现在因为太冷清了，反而想有个狼出来也好，可是狼也没有出来，所有的山都深深地埋在云雾里。

风斜雨急，凉气逼人，我只好缩着头颈，踏着坎坷不平的山路，迎风疾走。

在一个转弯的地方，突然有两个小孩子跳出来，一个是男孩，戴着一顶破旧的大草帽，一个是女孩，拖着一条蓬乱的发辫，上面粘着干草叶。两个人肩并肩地站在路当中目不转睛地瞅着我。两个人都不过十一二岁，脸很脏，衣服很破，四只小眼睛黑溜溜地转动，闪着可爱的光辉。

我没有看清他们是从什么地方跳出来，其实我也没有心情去想那些。意外的欣喜已经使我把什么都忘了。我大步地跨过去，伸手便抚摩那一对长着灵动的眼睛的脑袋。两个孩子不约而同地都后退一步，惊讶地望着我：

“同志，你从哪里来？有路条没？”

我一心只想跟他们玩一玩，医治一下我这满心的寂寞，便掏出一张饭费收据递给那女孩。她转过身就跑了，小辫子一甩一甩的，我一看有些急了。

“喂，小鬼，你拿到哪里去？”

“找村长去看啊！”

转身又跑，我赶紧招呼她：

“你回来，我拿错啦！”

她又跑回来，两只眼睛怀疑地望着我。

只留下一个男孩子的时候，我便摩着他的脑袋顺口乱扯起来。他领我到岗棚里去——转过山咀，崖檐下一个背风的地方，铺着很厚的干草，又软又暖。旁边的一棵小树上挂着一把和他们俩极不相称的破刀，另外一块大石上放着一本卷了角的识字课本。我拿过书来，随便翻着测验他，很使我惊诧，整整翻完了一本没有遇到一个他不认识的字。

路条送回来，女孩很腼腆地笑了一下。

立起身来，我要走了，两个孩子站在旁边。出乎我意料，他们很郑重地喊了一声“敬礼！”，像军人一样把小手举到鼻子前面。

时间过得很快，转眼就冬天了，落了很大的雪，我奉命从平山到遥远的易县去。在一个区公所里遇到了几个正要下乡的干部，便搭了伴走。一天，天快黑了，我们打算在离狼牙山不远的一个小村里住宿。走到村口，有一个拿红缨枪的小孩出来拦住了我们。那孩子个儿很矮，看来不过十二三岁。几个区干部想试验一下他对工作是否认真，便想出种种话头哄他，那孩子却有老主意，不拿出路条来不准进村。软门用遍了不占，末尾几个人装出硬闯的姿势，那孩子恼了，把红缨枪端平，厉声说：

“谁跑我就扎谁!”

几个人才笑着掏出路条来。

那孩子拉下脸来了：

“有路条为什么捣蛋!”

谁会相信这是一个十二三岁的孩子说的话哩。对于孩子，从前我只是单纯地爱他们，我爱他们那天真与纯洁。今天，我却不能不于爱他们之外，再加上几分敬佩了。我想起了陈庄战斗（三九年九月间）在离火线只几里路的一个村庄里，聚集着二十来个十四五岁的男女儿童团员，排成整齐的队伍，向每一副抬着伤员路过的担架敬礼！准备了可口的绿豆汤给开往火线的战士们解渴。我记起了唐河边上的一次扩军大会，一个新战士到台上去讲话，他说，他入伍以后，什么都不挂心，只希望大家能照顾他的小弟弟好好读书。他的讲话刚完，成年人都还没有开口，一个十来岁的孩子首先站起来了：“我把这小凳子送给他!”（在边区，为了适应游击环境，许多学校，都是每人一个小凳子，和书包一样挂在肩上，不论转移到什么地方，一坐下就上课。）我记起了，五回岭下一个小山沟里，有一个九岁的小孩子天天在吃饭以后被母亲恶狠狠地咒骂一顿，有时竟像赶贼一样狠狠地追着殴打，孩子没有改变，仍然每天饭后把一块掺着树叶的糠饼子掏给一个饿着肚子的小同学。那个村庄是去年收成最坏的地方，漫长的春天，能吃到糠饼子的人家是被全村人所羡慕的。

谷糠掺树叶的饼子，成年人看得比自己的儿子都贵重，但是孩子们却能够更进一步地重视着同伴间的友爱。

谁有理由不敬重边区的孩子们呢！我再也不能够只单纯地爱他们的天真了。

（《晋察冀日报》1945年11月18日、11月19日连载）

蒙古老太太银登格

仓夷

蒙古老太太银登格，骑马来到蒙古人民自卫军的司令部里。

她是从她的家里，正黄旗，十八苏木的章盖营子出发的。在正黄旗的磨子山里，那里有傅作义的溃散兵和零散的土匪，时常出来抢牛群、马群，剥夺村民身上的衣服和脚上的鞋子。她骑着马到处找八路军，找蒙古人民自卫军，要八路军和蒙古人民自卫军，赶紧来收拾这股害人的土匪。

在蒙古人民自卫军里，她找到她的侄子，找到许多相好的乡亲。她和他们，都用家乡的土语谈话，许多年轻的蒙古人民自卫军战士，都很有礼貌地来到她的面前施礼。在自卫军的司令部里，她还遇到几位八路军的政工人员，八路军的政工人员都向她问安，八路军前哨剧社演戏的时候，还请她看戏，在千百个观众中，她是被请到最前排坐着的。

银登格，她是典型的蒙古女人。她的发白的双鬓，戴着翘起的银簪，耳朵下，坠着长长的镶着翠石的大耳环。因为天气冷的缘故，她的头上还包着黑头巾，身上穿一件紫绸的半新长袍。傅作义军队向东进攻八路军的时候，她的马群里丢失了三匹马。她不甘心让她牧放的马匹不明不白地损失了，于是她在马群里拉出一匹好马，备了鞍，骑着它到处找寻，她追赶着傅作义的军队，她相信，一定是他们拉走了她的马。她向南追赶了八九十里，到了丰镇，在傅作义的骑兵师里，在几千匹的马群里，她终于找到了她的马。她的马见了她，像久被遗弃的孩子见了母亲一样，软柔的热气腾腾的马唇，伸到她手臂上。但是傅作义的军队是不讲理的，不把马还给她，她忍气怀恨地受了许多磨折，才回到自己的家。

银登格老太太的家，是在集宁县东南四十里的章盖营子。在她的家乡，确实是一片美好的牧场。这里是一片广阔的荒滩草地，村落很少，树木更是罕见。在荒滩里，放牧着牛群、羊群、马群，黄色的、白色的、赤色的、斑斑点点的漫散着，荒滩上绿草虽然都已枯黄，但是坚韧的雉鸡草和宽叶的马连草，还是一丛丛的，都长得有半人高。在这里，凡是蒙古人的院子，院前都堆着巨大的灰堆，和晒着焦黄的牛粪，银登格老太太院前的灰堆堆得特别高，站在这灰堆上可以望见南面十来里远的水波碧绿的苏木海子。八路军来了，经过她的村子，她欢天喜地地把八路军请进她的家。

银登格老太太，拿最贵重的礼物，来欢迎我们八路军的战士。她请八路军上炕上坐，送上砖茶、奶茶、奶皮、奶豆腐。她忙得满头大汗，问八路军战士惯不惯喝奶茶，喝不惯就喝清茶。她告诉我们战士奶豆腐冷吃是酸的，要在热茶里泡了，才没有这酸味。而且会“格坚格坚的好吃”。我们八路军的战士，因为不大懂得蒙古风俗，怕弄出笑话，所以有些拘束，但是她却看出来，她说：“我到你们八路军里，你们待我像一家人，在丰镇，八路军把那些土匪队伍刚赶跑了，城里还乱着，我一个女人家，到处买不到吃的，你们八路军弟兄看见了我，就请我一块吃。要不是八路军我还不知道要受多少罪！不怕，你们来到我家里，就像到自己家里，没有稀罕东西，你们随便吃点！”银登格老太太她是真心真意地爱护我们八路军的，因为八路军，是被她认为“真正救国救民的军队”。

当我们的骑兵，被请来收拾磨子山土匪的时候，当那广阔的草原上被□□扬起了尘土的时候，草原上的人民，都在用亲热的视线来迎接；而战士们，都在打听银登格的家，他们愿意到她的家里去看一看的。

（《晋察冀日报》1945 年 11 月 23 日）

麦　收

孙犁

三九年冀中根据地小麦黄梢的时候。

东房阴凉还有一尺来宽，天气就热上来了，毒辣辣的热，可是人们并不嫌，知道这是收割麦子的好天气。

秃大娘做好饭，端到大门过道里，放在一张小白木桌上；小桌旁边，放上两个麦秸编的蒲墩，自己却坐在捶布用的青石板上，等候二梅和他爷爷回来。

二梅还没有进门就尖声喊："奶奶，饭熟了没有？"

奶奶站起笑着说："熟了，有功的回来了。"

二梅和爷爷把背回来的麦个放在院里，一边擦着汗，一边坐在蒲墩上。她望一望饭桌，把小嘴一噘说："又是麦秫饼！"

奶奶说："折死你！秫面饼还不好，你想吃什么。忘记那两年吃糠咽菜的日子了。"爷爷指着院里的麦个说：

"后半天就叫你奶奶去打，先在碾子上推一点，吃一顿。"

二梅红着脸说："不，奶奶，我是说着玩哩。"

奶奶也看着自己的孙女儿笑了。是个好孩子，才多么大呀，已经是村里的青妇部长。风吹进来，乌黑的头发往后一飘，孩子的脸多么丰满好看呀，这是奶奶从小一口水一口饭喂养的啊！

急急忙忙吃了两个饼，二梅就站起来，跑到院里拿了一把铁铲就往外走。

奶奶说：

"这是又干什么去？"

二梅说：

“集合人去破路么，保护麦收。”

奶奶说：

“这么热天，歇了晌再去！”

二梅说：

“歇了晌，鬼子要不歇晌就来了呢？”

说着就往外跑，奶奶死命往回叫她：

“二梅！你回来给我好好地再吃一个饼。”

爷爷说：“你叫她去吧！”

爷爷又向着外面喊：

“二梅，你要破不好路，叫鬼子抢走了我的麦子，你就别想吃白饼了。”

“好呀！”二梅拉着长声答应。

二梅把铁铲扛在肩上，手里拿着一根高粱秆，一到街上，就掏出笛子吹起来：

“嘟，嘟，嘟嘟嘟！”

转过孙玉琴家的黑大门，孙玉琴的婆婆正歪在过道里看着孩子打盹，孩子光着屁股在她身边滚爬。

二梅用力吹了两声笛子，老婆子睁开眼说：

“呦，部长，集合了吗，太热吧！”说着就抓起孩子来往家里走，一边说，“快家去吃吃奶，你娘就要去破路了，要等老半天哩！”

二梅在街上来回地吹着笛子，青年妇女们一个一个从自家大门里走出来。这不知是什么风俗，冀中妇女们，只要一出大门，只要是成群结队，不管是去开会，去上学，去破路或是割电线，一个个打扮得全像走礼串亲一样。

一个个全换上新衣服，脸洗得干净，头发梳得平整，头上蒙了一块新毛巾，又可以遮太阳，又可以挡风。

她们站在那新刷写上《双十纲领》的高房下面的大槐树阴凉里。她们简直是挤在一块，手里的镐铲，碰得叮当乱响，还夹着那清脆的说笑。

“俺刚说歇歇，就吹笛！”一个穿漂白小褂的说，她叫张秀玲。

“歇歇，鬼子来了烧了你的兔子窝，你歇个屁，啊，你还穿袜子，多封建。”

“该死！”她骂着，却转回头来开别人的玩笑：

“欢迎啊！欢迎孙玉琴来得晚啦！”

晚来的有些脸红，三步两步跑到这里来！

“她奶奶刚把孩子拖到家，吃了两嘴就来了。为什么人家……谁像你那么利落干净！”

说着把扛着的铁铲往地上狠命一顿，站住。

二梅站在太阳地里，催着人们站队，脸上已经流着汗。这是她新从学校里先生学来的规矩，先生说：站队的时候叫队伍站在阴凉里，你站在太阳地里。

队伍站得整整齐齐，风吹动树枝筛下阳光来，在她们的头上衣服上游动，染成各式各样的花。

二梅站在队前讲话的时候，说笑也停下来了。就是有几个想笑的，一看见她那绷得紧紧的脸，也就赶紧用牙齿咬住了嘴唇，这小姑娘可以在家撒娇，担负起工作的时候，却非常严厉，她问：

“你们拿着家伙干什么去呀！”

“挖沟！”一齐大声地回答。

“对了。驻在咱村的队伍和青抗先，今天下午去打击敌人，这是为的保护咱村的麦子，我们也不能落后，我们把接村路挖通！”

接着是小组和小组竞赛。队伍出发了，二梅走在前面，一出村口，就是无边的小麦地，一片金黄，中间也掺杂着几片浅绿；风吹过来，小麦一齐低下头，风吹过去，那长大的穗子，又一齐挺起来，在太阳里闪着光。太阳是专为麦子来的，现在更加热了。

来到接村路上，二梅用高粱秆分好段用铁锹划上印，说：

“来吧，两个人挖一秆，一把铁铲一把镐。”

大道是经过河水冲刷的，现在晒干了，有两寸多厚的硬皮，挖起来很费力气，几镐下去，那些新衣服就叫汗湿透了。汗流得满脸满腮，粘住了头发，她们却谁也不肯直起腰来休息一下，你一镐我一铲地工作，二梅领着头唱：

“是谁说？妇女不如男子汉。”

人们就合起来：

“挖沟破路，男人女人是一样。”

二梅的奶奶秃大娘提着一把大锡壶来给她们送水，人们抢着喝，一边说：

“还是这老太太知心，这么热天来给我们送水。”

张秀玲说：

“她知心，她老废物啦，不送点水，还干什么抗日呢。”

人们全笑了，秃大娘却正正经经地看着大家说：

“我老啦，老废物啦，依我看你们谁也不跟我有用，张秀玲更不占！”

说到这里，她把话顿住，好集中大家的注意，为她那下文助威，真的大家停止了说笑，水也不喝了，听她说：

“我养活（生）了两个小子，都参加八路军，大的在十六团，二的在二十二团，这不是我的力量吗，这比你们谁抗得不劲头大！你们谁比得上我，谁敢和我竞赛？张秀玲你多么没出息，娶到我们村里三年了，一点贡献也没有，还说我哩！”大家哄地一声笑了，张秀玲臊得低头跑了。有的就嚷：

“谁敢和这老太太比赛!”

“穿□白小褂的敢!”

“你敢你行了!”

二梅一直还在那里挖，这时才抬起头来说：

“奶奶，就是你，净耽误我们的时间!”奶奶赶紧提起壶来说：

“你们看，俺家梅又批评她奶奶了。你们还喝不喝?不喝了我就回去了，你们快挖吧。”

说着，提起壶来又拐打拐打地走了。

这里的说笑伴着铁铲和镐的声音，从汗气热气里升起来。等到人影和身子一般长的时候，她们的工作就快完成了。

队伍上的指导员从一块麦地里走出来，后面跟着一个背大枪的矮个子通信兵，在村里住长了，他认识二梅，他说：

“部长领导得好，真积极!”

二梅也直起身子笑着说：

“指导员，我们破好了路，你们挡不住鬼子，叫他们冲了过来，我们可批评你!”

指导员说：

“好，好，好。你听枪响吧!”

指导员拐进另一块麦地，他的衣服和麦子一个颜色，麦穗打到他腰里。那个通信兵却淹没在麦子里了，只有黑黝黝的枪口露在外头，不久这枪口也消失不见了。

一只布谷鸟像是受了惊，慌慌张张地从东边飞过来，一声连一声地叫着：莫黄莫割——莫黄莫割。

“嘎勾!”——东边响了一声枪。妇女们拖着铁铲和镐从道沟里跳起来，向东边张望。枪声响得越来越密，越来越急，也越来越近了。二梅的脸有些发白。

东边卷起了一团烟，罩住了金黄的麦子，机枪声、炮声，好像压低了那里的麦子。炮弹炸碎了我们的土地，土块飞到半天空。那里面有多少炸碎了的金黄的麦穗，二梅知道这是敌人的炮："在那里作战的同志是不是受伤了呢！"

她喊叫：

"我们不要在这里傻站着了！快回去抬担架来，预备鸡蛋和开水。"

当她们抬了几副担架回来，炮声停了，那一团烟也远了，但是枪声很响很急，二梅知道这是我们的军队追击敌人了，她们很快地奔着那里跑。

我们的军队把敌人赶回窠里去，才停下来。她们抬回受伤的指导员和他那矮矮的通信兵。是他两个去夺敌人的重机枪，受了伤。她们把夺来的重机枪也放在一副担架上。

还空着一副担架，她们回来，路过二梅家的边，爷爷正靠在一个捆好的牛腰粗的大麦个上等候，他担心他的孩子，眼望着东边的路。二梅说笑着回来了。看见爷爷，她说：

"把麦个放在担架上，我们给你抬回去。"

老头子听了孙女儿的话，真的把麦个放在担架上来，看着孙女儿和她的伙伴们抬起来，飞快地奔着村里去了。

第一副担架是指导员，第二副是通信兵，第三副是重机枪，第四副是麦子。

老头子跟在后面打着火抽着烟。太阳已经有一半落到远远的西山里去了，在它上面是一团团的云彩，千变万化，在老人眼里，那是一只虎，一只豹，一匹飞马，一只老鹰。晚上奶奶又把饭放在那里，小桌上却有了白面饼。爷爷回来，二梅回来，奶奶说：

"你今儿个有功了，奶奶给你烙了白面饼，快吃吧！"

二梅说：

“有功是人家队伍上，有功是指导员和他那通信兵。人家夺了敌人一挺重机枪，受了伤，先慰劳他们吧。”

二梅带了自家的饼还有别人家的鸡蛋到指导员那里去，指导员和通信兵的伤口全包扎好了，躺在院当中月亮地里的软床上。

田野里是收割麦子和打场的声音，风吹来小麦的带一点潮湿的香味。二梅和她的两个小组长站在受伤人的床前，念着妇救会的慰问信。

她念着，声音是那么庄严、热情和诚恳，她述说她自己原是这样一个孩子：从小死了娘，在野地里，春天挑野菜，秋天拾庄稼，冬天割柴草，风吹着，雨打着，长到十五岁。八路军来了在正好的年岁，赶上了正好的年月，这样她就不再走奶奶的路，娘的路，一条完全新的直路，在她眼前打开了。

她的声音是那么庄严、热情和诚恳，感动得受伤的人，硬支起身子来，严肃地听着。

（《晋察冀日报》1945 年 11 月 23 日）

曲阳城关的减租和清算斗争

席水林

减租

曲阳城关里的六百七十余户居民中，就有百分之八十以上的户是佃农。他们种着三十家地主的土地。在几个关里，记者经过调查之后，知道下边几个数字：南关共有居民一百八十九户，佃户即有一百四十户；城西八十户居民中，佃户占了六十六户；东关一百六十户居民中，只有五六户不是佃农。城关居民，除了地主和富农外，其余全是佃农。几个关里没有一家是地主。在三十个地主中，以赵洛殿土地最多，拥有一千多亩，许多佃农都是世世代代种着他家的田地。

惊人的高租

在曲阳城关存在使人惊讶的高租。仅从去年的租额来看：南关有一家佃户租地二十亩，每亩实产量一石五斗，而租额竟达二十石；城内佃农赵老令租地十二亩，每亩产量是六斗，租子要掏六石。在敌伪点线附近，农民每天不能做半日的活，加上敌人的抓夫，每个月最多只能做十来天的活，地里不能上粪，种子也不能按时耩，深耕细作更讲不到，但是，高租依然是高租，佃农所得无几。曲阳城关附近，连年受灾，收成大减，而那些仗着敌伪势力压榨佃农的地主们，却不闻不问，秋收时，少掏一粒米也不行。除上述两个例子外，大多是对半租（收成一石，交地主五斗）。记者于该城收复后，曾多次巡视城外耕地，地里除长着零散杂乱的谷子外，满地是苍儿棵草。“地里长野草，租子高又高”，佃农的生活实在难以维持了！

九月初，人民的军队——八路军和众多的带枪的农民——民兵，解放了曲阳城关，那里的人民开始翻身了。

现在，减租斗争已经获得很大成绩，农民们也组织起来了。

佃户们组织起来

城关区的干部们，从城关收复之日，就日夜地进行着发动群众的工作，要把总人口中百分之八十的佃农组织起来。

两次群众大会的召开，使那些饱受苦难的佃农了解了“我们整年整月地做庄稼活，吃不饱、穿不暖、老辈子穷，自己还是活受苦，什么原因呢？”一句话，租子太高了。

成千成万的老解放区的佃农们，到城关里走亲戚，他们都叙说自己的亲身经历，告诉城关的佃户什么是三七五，怎么才能减得好，佃户们怎样办。

在佃户会上，每个人都细细地盘算着，农会主任告诉他们：“要想得到利益，咱们就组织起来，参加农会！”

“今年的租子——一定要减！”

“往年的高租——一定要退！”

佃农们，都是笑嘻嘻地说着话，在他们的心目中，已开始感触到人民政府对他们的好处，便纷纷加入农会。在南关当场就有三十二人参加了。那些佃户的家属们也要求加入农会，一位四五十岁的老妇也要求参加农会。城西一位佃妇六十多岁了，一定要参加农会，农会主任说：“你们妇女参加妇救会，不要加入农会了！”她说：“不行，我也是租着地主地，怎么不叫我参加呢？”有的佃户说：“农会不要妇女！”她想了又想，三个儿子死了一个，被敌人拉走一个，就剩下一个不满十岁的小男孩子了，她知道农会是给农民们办事的，就拉着那个孩子，兴奋地说：“好吧，叫我这个孩子参加吧！”农会主任又告诉她，小孩可以加入童子军，但是，这位年老的受过苦痛的佃妇，抱定了主意要求参加农会，结果，记上了她小孩的名字。

在佃户会上，受过多半辈子苦的农会主任，沉痛地讲着高租对佃农的压榨："地主要租子不是打就是骂，交不起租就牵牲口，再不就把人押起来……当一辈子佃户受一辈子苦，到死还是活受罪呀！"满屋子的佃户都哭了，谁也是一样啊！

"哭，没有用，咱们要向地主说理去，租子非减不行！"

向地主说理

佃户们为了胜利得到减租，他们坐在一起讨论。问题是很细微的，举凡地主的一切他们都是很熟习的，就连地主的脾气，佃户们也都了解得很具体。

积极的佃户们，便先去找地主谈，有的地主开始不愿减。佃户们便算起账来，用实际的材料向他们谈。

有的地主很滑头，强调自己不能做主，佃户们便说："你怎么不能做主，地租是你订的，租子是你给我们要的，今天要减租了，你又说做不了主……"佃户们集合在一起，先找来比较开明的地主来谈，当场订租约。再找那些不了解边区政策的地主来，这些地主坐在佃户面前，总是说这年苦了，租子再减可不行了，佃户们还是很和气地向他说，一直把他说过来。斗争是不容易的，但是在佃户们斗争之下，还是胜利了。

租额的新订，全是佃户集体讨论决定的，有的地主说："我那块地可好啦，打的粮食怎么也比你们说得多。"佃户们仍把近几年来生产情况详细得讲，区干部为着租约订得公平也和地主个别谈，凡是订新租的地主与佃户，关系也较前融洽了，佃户说："租子低了，以后我努力生产，打的粮食多了，租子还可以增加。"

在减租中，佃户知道：只有自己组织起来，才能得到胜利。

减租告一段落后，有的干部问佃户："谁给你的好处，把租减了？"他们都是说："共产党，咱们的政府！"

减租后各种工作呈现出新的面貌。

减租后，城关的各种工作都被带动起来了。

农会已有会员一百八十二人（仅是户主）。

工会已有会员四十九人。

妇救会员一百九十二人。

童子军四百三十三人，三关的初小已开课，傍黑的工夫孩子们扭起秧歌舞，唱起新歌。

开始不敢说话的也敢大声地说话了，群众们还组织了剧团，自己编剧本。城内妇女自动要上民校。

经过减租政策的初步贯彻，曲阳城关呈现出新的面貌。接着减租，群众投入了清算斗争。

清算斗争

曲阳城关的群众，继减租斗争的发动，含着复仇的烈火，在向敌伪及他们的爪牙展开了清算斗争，这像一把蘸了油的火，烧得很旺很炽烈。

“组织起来，就是不可战胜的力量！”

这伟大的号召，已为全体群众接受，减租即是铁证。那些曾被敌人汉奸压榨、欺侮，含着眼泪饱尝苦难、家破人散……的人们起来了，一切被侮辱被损害的人们起来了。

在大会场上，坐满了人。一位白发苍苍骨瘦如柴的老太太，她挨过特务的打，她的亲人被敌伪打死了，站起来，站在众人面前，干枯的手指着台上的主席，在秋阳的照耀下，落下泪，她说：“死了人、荡了家，这天大的冤仇，叫我们报吗？”主席伸出双手严肃地向她和全场的人宣布：“有仇有冤的都能报，抗日民主政府给咱们做主！”

话还未完，台下就叫喊起来了。

“汉奸××把俺儿子的布抢走，还把俺儿子弄到关外去……”

“我的包袱全被那些坏小子抢走了!”

“我的衣裳也被他们剥光了!”

“他吃了我东西，不给钱，还打了我一顿!”

主席的眼睛红了，他知道乡亲们的血海深仇千千万啊，便提出组织清算斗争委员会，这一提议立即被全场通过，选举出了委员，这些委员都是被侮辱被损害着的一员。

散了会，三三五五的人群，便去找那些坏蛋了。

苗进科，这个杀过人、抢过东西，借敌人势力欺压同胞的坏特务，在他的“报告”下我们牺牲了好几个干部。人民向他算账，要他偿命，像海潮样的人群，把他围起来，要打死他，他还在装蒜，装好人。人民的政府应人民的请求，把他押起来了!

“政府真是给咱们做主呀!”

斗争的火焰，更高了。

马古庄的群众，结成了行列，在这些人中有一个九岁的男孩子，他靠卖烧饼过日子，去年特务李某吃了他的三十多个烧饼，没给钱还把这贫苦幼童的绒衣脱去。秋凉了，眼看就到冬天，这孩子还只穿着一个破褂褂啊！今天，他和六十多个向李某清算的乡亲，一齐拥进李某的家里。

九岁的幼童，两颗小眼睛落着泪花，拉住李某不放，小巴掌狠狠地打在李的身上，用尖亮的童声（充满了愤怒呵!）向李说：“姓李的，你吃了我的三十个烧饼，那工夫咱不敢向你要钱，你仗着有个日本爹，还剥去了我的卫生衣！……你还我的烧饼钱！你还我的卫生衣……”

“揍他，揍他个狗×的!”

青年们把粗壮的手有力地伸过去，把李拉过来，按倒地上，揍他几拳，踢他几脚，老太太要打他的脸，恨不能使小刀把他的肉零割了。

区里来了人，要把李押到区里去，当李某和干部们走出门来的时候，一街筒子早站满了人。是谁？喊了一声“打！”，人如狂风，拳似雨下，一齐落在他的身上，干部们再三劝解，但，人民的怒火正旺啊！干部们向群众宣布，政府里一定按大家的意见处理，才从人群中拉出去。

“那工夫欺侮咱们。哼！你也有这一天呵！”满街人你一言，我一语地在叨念着。

第二天，六七十个群众又蜂涌到城关区公所门前，区派出所的×同志出来了，众人纷纷询问怎么处理的李某。×同志便肯定说：“押起来了！看他承认不，老乡们，你们放心吧，政府一定要根据你们的意见处理……！”

群众相信自己的政府，能满足他们要求的！

一位老妇的儿子去贩卖布，特务××把他的布抢了，还押起他来，后来花了四千块钱放出。为这件事她和其他群众去找那个坏蛋，要他赔布赔钱，她说：“这回可得报仇了！”

再看那些做过坏事的人们，都低下了头，在群众不可压制的力量下，有的说：“我对不起大家，我请求大家宽大我，要按我的罪过论罪，就是六个我也早该死了！”有的特务已部分地向群众还钱，有的正向政府与群众坦白。经过发动起来的群众仇恨大，在抗日民主的政策教育下，他们拥护宽大政策，但对那些死不改悔的坏蛋，群众是不放松他们的！

一位老头，捻着胡子，站在区公所门前，他笑嘻嘻地说：“杀人偿命、欠债还钱，真是到时候了！”

（《晋察冀日报》1945 年 11 月 25 日）

冼星海同志传略

冼星海同志，广东番禺县人，自幼家境贫苦，父亲以捕鱼为业。在中学时代星海同志就已经十分爱好音乐，曾在北平学习音乐多年，专心于小提琴的学习，其后在广州岭南大学教音乐，并任该校管弦乐队指挥。因为感到国内学习音乐的环境不方便，于是下了很大的决心，不□自己的穷困，在一九二九年离开祖国到法国巴黎去。在巴黎一方面在餐馆做跑□的工作，一方面工余埋头学习音乐。最初跟名提琴家保罗·奥伯多非尔学提琴，又随巴黎音乐教授路爱日·加隆先生习“和声学”“对位学”，其后又在“唱歌学校”跟丹地学作曲，跟拉卑学指挥。在这些日子里，星海同志常常在失业与饥饿中，生活异常穷困，常常妨碍学习。为了求得保证学习的生活费，星海同志曾经做过各种各样的下役，甚至忍辱含羞提了提琴在咖啡店大餐馆中拉奏讨钱。

虽然生活在折磨着他，但为了学音乐，星海同志并不灰心，另一方面又得到教师们的帮助和鼓励，终于获得了机会进巴黎音乐院高级作曲班学习，世界三大印象派作家之一保罗刁卡斯收他做门生。在这以后，星海同志专心于作曲和指挥。

星海同志有着强烈的民族意识，虽然自己受尽种种辛酸、无助和孤单，但在悲痛中常常想起了自己多难的祖国，尤其在东北沦陷之后，更起了怎样去挽救祖国危亡的思念。这种思念启发了星海同志的创作，不管技巧的高尚与否，他把他对于祖国的种种感触写成了《风》《游子吟》《中国古诗》等作品。《风》很受法国的音乐家们所称赞，曾经在巴黎播音和公开演奏。

一九三五年春，星海同志在作曲班毕了业，为了急于把自己的力量贡献给国家，于是在一九三五年初夏作了一次欧洲的旅行之后，就起程回国了。

回国后星海同志就把他的音乐为被压迫的祖国服务，他的第一个救亡歌曲是《我们要抵抗》，这是为“一二·九”运动而写的（可惜现在原稿失掉了）。接着又写《战歌》《救亡行进曲》等，由于民族危机一天天地深重，星海同志开始着手写《民族交响乐》。这时期星海同志在上海百代公司做配音工作。不久又被新□影片公司聘为音乐部门的负责者，这之后他写了《搬夫曲》《夜半歌声》《热血》《黄河之恋》《拉犁歌》《青年进行曲》等。此外，冼星海同志还经常在上海文化界、话剧界、音乐界为他们配曲、配音、教唱等，在这些工作中又产生了不少作品如《茫茫西伯利亚》《莫提起》《炭夫曲》《打江山》《打桩歌》《旱灾歌》等。

星海同志喜欢接近学生，尤其喜欢接近被压迫的劳苦大众，经常在工人的歌咏队里教歌，也到乡下去教歌。从工人农民的劳动呼声中吸收新的力量到他的作品里来，他尽量使他的音乐创作充满着各种被压迫同胞的呼声。

“八一三”抗战爆发，星海同志参加了上海演剧第二大队，从上海到了武汉。武汉时期是新音乐运动在大后方的黄金时代，这和星海同志在音乐运动中的热情工作，大量的创作抗战歌曲是有关系的。在这时期的作品有《保卫武汉》《五一工人歌》《新中国》《祖国的孩子们》《游击军》等歌曲。并坚持了以聂耳逝世的一天——七月十七——为中国音乐节。其后，由于国民党当局对新文化运动的压制，使得星海同志无法创作，而渴望一个能给他创作的地方，于是星海同志找到了延安。

这是一九三八年底，星海同志到达了延安。不久即任鲁艺音乐系主任，一九三九年六月加入了中国共产党。在延安，是星海同志创作的黄金时代。著名的《黄河大合唱》就在到延安不久产生的，这个作品中奔放着星海同志热烈的爱国精神、要求民族解放的精神，而且在基本作风上创造了民族化、大众化的典范。在延安一年半中产生了《生产大合唱》《黄河大合唱》《牺牲同盟大合唱》《九一八民众大合唱》等大型声乐作品，以及大量的歌曲，并完成了他的《民族解放交响乐》第一部。

一九四〇年五月离延赴苏联，在苏联亦有创作数部，其中两部深受苏联音乐界之赞赏。现在抗战胜利了，正是星海同志回国领导建设新民主主义的音乐文化的时候，但不幸星海同志却永别了我们。星海同志逝世后，其妻钱韵玲同志及六岁女儿妮娜，现仍住延安鲁迅艺术文学院。星海同志一生致力于新音乐运动，有三点值得我们学习的：第一，热烈的爱国精神，要求民族解放的精神；第二，他对于广大人民的热爱；第三，是正确的艺术路线方针——为政治服务，为群众斗争的路线方针。（《追悼人民歌手——星海同志》专刊）

（《晋察冀日报》1945 年 11 月 26 日）

哀悼人民音乐家冼星海同志

萧三

长期跋涉在崎岖险阻艰难的山路上，听到星海同志去世的噩耗，禁不住心痛如割，泪洒乱石。中国人民沉默了一支雄壮的号角，艺术界熄灭了一颗光辉的巨星，这是聂耳死后中华民族与中国人民无可比拟的严重的损失！

记得我和星海同志初次相识在一九三九年五月初。那是在延安城外一个广场上，几千个青年在庆祝自己的节日——五四。在如雷的掌声中，在辉煌的火炬光中，毛主席结束了他的讲话，慈蔼地接受了一个女青年献给他的旗之后，突然听到一支雄伟的歌声——“二月里来好春光，家家户户种田忙……”。在野火光中我看到一个方凳上站着一个中等以上身材的人，穿着褐色短上衣和黄色裤子，在指挥那五十个人的《生产大合唱》。那就是星海同志。人们一面唱，一面表演动作。我细听那歌声□，觉得中国民歌成分特别多，特别悦耳，但内中亦□有不少西欧音乐的色调。这使我特别注意大合唱的作者，因为那时我正非常有兴趣于中国新诗歌的民族形式问题。

过了几天以后，在鲁艺的周年纪念音乐晚会上，我又听到了星海同志的更加伟大更加雄壮的歌声——《黄河大合唱》。台上六七十人（后来有一次演出人数达四五百之多）一时作船夫的挣扎，一时作河□父老的哀鸣……最后作黄河的怒吼。歌声时而呜咽，如泣如诉，时而悠悠然如读悠闲的田园诗，最后真感到黄河之水天上来，滚滚白浪滔天，波涛万丈汹涌，到了这里我对作曲者和指挥者的星海同志真欲五体投地了！

他的气魄是如何的大呀！他的才能是如何的高呀！他的创作力是

如何的丰富呀！

我们熟悉了，同事了，而且共同创作了（我感谢他为我谱了《骂汪精卫》《三八大合唱》《抗战剧团团歌》等）。

我更认识了星海同志的生平与创作。原来他是渔人子，生后未能见父面，赖祖父（海员）及母亲抚养成人。他自幼即喜音乐。十一岁即参加了军乐队，吹几种乐器。旋入北平及上海音乐学校，但不满意，因为大部时间用以自修及从外人学习。去法国□，因贫困故，曾在饭店、理发馆做粗工以糊口，做工所占时间很多，但星海同志仍艰苦自学。后来得人助入学校，为跳舞场里拉提琴，终于考入巴黎音乐院。一九三五年回□国□到上海，六个月失业。后乃得在百代公司及电影公司任职，同时训练歌咏队。星海同志此时期的创作有：《夜半歌声》《青年进行曲》《拉犁歌》《五卅纪念歌》《救国□进行曲》等。抗战后离上海赴各战区工作，发动工人歌咏队、民众歌咏等。三八年冬赴延安，三九年任鲁艺音乐系主任，同时加入中国共产党。

我认识星海同志的时候，他已写了约五百首歌曲。他的创作力仿佛是一道泉源，取之不尽，用之不竭。除上述几个大合唱外，他还创作了歌剧，谱曲近代诗人的若干作品，作了《游击队》《太行山上》等许多战歌。而在离国去苏联（一九四〇年）时，正在日夜写他的代表作：《民族交响乐》。这作品他准备在四五年内完成，在去国之日，我看见他已写成了大半，但他对创作的态度是很严肃的，不厌反复推敲，修改再三，虽则他的气魄很大，每每一气呵成。他自己常说："处理作品要迅速、大胆，不太顾及规律，但同时要精细。"我们看他每次创作的过程都是这样的。大家都惊叹他的天才实有过人处。莫斯科讯，星海同志在苏联的创作还有□部很受人欢迎。我们想，也许他的《民族交响乐》已经成功了。我们希望将来能在中国各地听到他的遗著。

星海同志在巴黎时曾从印象派学习过，但回国以后他的创作都充满着现实主义。这也因为星海同志决心将他的全部身心才能献给劳苦大众，为人民服务，故他力求大众化。他曾说："勿忘记大众，方为大众的作家。"我们试看他的创作计划，有中国工农组曲，内有黄包车夫、搬运夫、起重匠、推小车者、打扛、□夫、割草、挑夫、割麦、赶驴……便知道他是如何地关心劳苦大众生活的。就从这个观点与立场出发，星海同志所以极力提倡自己的民族作风，而不一味模仿西洋曲调，而所谓民族作风即包括在小调、民歌、大鼓、京调、昆腔及各地土调之中。关于这类曲调，他的主张是：愈搜罗得多，就愈将是伟大的作家。我们看到他对民间小调之注意，和他在自己的作品中融化、改造、加工精制它们的成果——这是我们今天艺术界各部门所努力追求而没有全部做到的，而星海同志在这方面的成就很大，这点特别值得我们学习。他又说：伟大的天才又总都是新鲜活泼的，革命的。因此，他归纳地说自己的创作态度是：（一）民族形式的；（二）有先进的正确的政治思想的（一九三九年七月三日星海同志在鲁艺向前后方学生作的报告）。

星海同志的全部创作，的确有这两个特色。我们可以说，他的创作的艺术性与政治性是结合得很好的，是二者都达到了一定水准的。星海同志是优秀的艺术家，是优秀的共产党员。

有这样雄厚丰富创作能力的共产党人，人民艺术家冼星海同志，在三十七岁的壮年时代，在正在应当更加充分发挥他的才能的时代，在抗日战争胜利以后，在应该更多歌唱人民解放和光明的今天，遽尔逝世，这是何等的不幸，这是怎样大的无可弥补的损失！今天，我们沉痛地追悼他，只有和他一样，为人民大众服务，至死不改其宗，才是对他最好的纪念。

是啊，星海同志永远活在人民的心中，活在人民的口中、耳中，人民将长久地唱他所作的歌曲，听他所发出的号召而坚决奋斗到获得最后的完全的解放。

人民音乐家冼星海同志不死！（《追悼人民歌手——星海同志》专刊）

一九四五年十一月二十三日于张家口

（《晋察冀日报》1945 年 11 月 26 日）

悼星海同志

王莘

一九三五年夏天，星海同志刚从法国回来，正是祖国非常危急的时候，他并未沉醉于上海舒适的生活里，立刻参加了当时如火如荼的救亡歌咏运动，并且很快就成了一个有力的领导者。他写的《救国军歌》正当其时，反映了全国人民一致的政治要求，很快在全国传播开来。他和吕骥同志等创办了一个救亡歌咏运动的干部训练班，他热心地担任了指挥教员。在训练班里我初次认识了他，他非常朴素，穿着一身粗帆布的西服，他直率热情的性格很快就和青年朋友们融合在一起。我们大都是贫苦的小职员和学生，他喜欢和我们接近，非常耐心地教我们打拍子、指挥、讲解分析歌子的感情。有时我们单独打不好的时候，他就亲自捉住你的手臂教、练习。有时他为了给各个歌咏团实际的指导，他走很多路到各处去跑，当你写了歌子的时候，他细心地和你一起研究、修改，许多新起的青年音乐工作者在他热情地帮助和培养下成长起来了，他们是不会忘怀自己的导师和战友的。

一九三八年冬，我们又在延安会见了，他开始当我们音乐系的教员，后来担任系主任，他任的课很多，我又幸运地亲聆了他的教诲。那是他短短的一生中最兴奋、创作欲望最旺盛的时期。他白天教课，夜间写作，连续写出了《黄河大合唱》《生产运动大合唱》，歌剧《军民进行曲》，等等，他常常说："我不到延安就写不出这些东西，我越写越有精神，几乎忘掉了疲倦。"他又常常鼓励我们说："开展中国新音乐运动的重担就在我们肩上，我们是有希望的！要刻苦，要努力！"这正是星海同志亲身体验到的，也是他自己走过的道路。当三九年秋我们要到前方工作的时候，我们音乐系开了一个通宵的座谈会，他详尽地报告了他学习音乐的经过，并介绍他的创作经验，他一再鼓励我们刻苦学习为群众服务，他热烈的健谈感动了每一个同学，谁能料想那一次的会谈竟是我们最后一次。抗战胜利了，正当我们翘首盼望他回来的时候，竟和我们永别了！

星海同志的功绩不仅在于他创作了许多起过伟大作用的抗战歌曲和其他音乐作品，他还亲手培养了一大批新起的青年音乐工作者，用如火的热情热爱祖国，热恋受难的人民。如今，□国在八年苦战里人民开始翻身了，我们的音乐阵线也更加加强了，而星海同志却不再回来了，但你的热情的激动的歌声将永远印在人民的心里。（《追悼人民歌手——星海同志》专刊）

（《晋察冀日报》1945 年 11 月 26 日）

忆星海同志

贺敬之

近代中国优秀的音乐家，人民的最忠实的歌手冼星海同志在苏联逝世了。消息传来，人人震惊。所有他的同志亲友，以及他的学生，受过他的教育的，唱过他的歌的，被他的歌声呼唤起来的青年、群众，乃至全国的人莫不痛声哀悼。星海同志的逝世，是中国新音乐界自聂耳逝世以后的一次最大的损失。同时，也是中国共产党和全国人民的大损失。

我是被星海同志的歌教育过的，是被他的歌召唤与鼓舞过的许多青年群众中的一个。我以能作为这样一群里面的一个而感到光荣。同时，在今天，我不能不感到哀痛。我觉得我自己遭到了一个不可补偿的损失。

记得一九四〇年初夏，在西安八路军办事处有一段很短的时期里。我曾与星海同志生活在一块。那时，我们一行四五个同志在办事处等汽车去延安。这之前，我们曾在国民党统治的四川过了一段很长的痛苦生活。在那些日子里，星海同志的歌是我们最大的慰藉，及最热烈的鼓舞者。它给我们以力量，给我们以兴奋与快乐。它告诉我们反抗黑暗，召唤我们走向光明。我们唱着《热血歌》《青年歌》《在太行山上》……可是，在那黑暗的国度里，这些歌是犯禁的。但我们是把这些歌唱在心里的，而且唱得更响。后来，我们决定一起到延安去，到星海同志歌颂的光明地方去。我们知道，这时他在延安。我们徒步跋涉了两千余里，赶到西安。在路上，在迷天的大风沙里，在荒凉的山道上，当我们感到寂寞与疲倦的时候，我们就又唱起星海同志的歌。这样，我们就又能加快脚步赶路。到了办事处，已踏进我们光明的乐园的门槛内了，我们更兴奋地唱起来了。在这里，星海同志的歌是不犯禁的，而且是被更多的人唱着。小鬼们唱着他的《游击战》，我们一到不久也学会了，并且又学会了《二月里好风光》。我们尽情地唱，快乐地唱。但是却还碰到困难，办事处的同志有时提醒我们：“小声一点吧，门外就是他们。”他们——就是那些不三不四的人们。虽说这样，但我们还唱歌，唱星海同志的歌。

过一些时候，有一天，忽然一个同伴告诉我：“冼星海来了！”我马上站起来：“怎么，冼星海来了？他不是在延安鲁艺吗？”“可是现在，他真的来了！”我们马上就去看。在院子里，绿树荫下，一群青年的包围中站着一个人：大个子，微黑的方方的面孔，嘴上是刚剃过不久的短髭，前额光秃，后面有稀落的头发，在广东人特有的突出的眼眉下是一对闪光的大眼睛，面上流露着微笑，他就是冼星海！

从此，冼星海就和我们一大群的青年在一起生活了一个时期。他很热情地接近着我们，和我们谈话。他谈音乐，谈作曲，谈延安，谈鲁艺，谈周扬、吕骥、塞克……他不知疲倦地回答着人们的问题。他愉快的神情吸引着青年们。他说：“到延安去吧，那里是好地方！”有一次一个爱好音乐的女同志告他说她想到鲁艺音乐系学习，星海同志说：“那好，你去吧，我可以介绍你，这就算考试过了。”因为星海同志以前是该系主任。

在那时，西安常有空袭，星海同志和我们一起躲飞机。他常是夹着一件军衣，脚下拖着一双破烂的皮鞋在人群里走着。到了防空洞里，他也是和青年们在一起，和大家说笑、玩耍，好像一个孩子一样。记得有一次，在防空洞里他谈起他拟创作一表现红军两万五千里长征的大交响乐。

后来，他答应了大家的要求！教歌。他很热心地每天教一小时多。很快地我们就学会了《游击战》《茫茫的西伯利亚》《路是我们开》《黄河颂》等。他手里拿着音叉，不时地敲响着它送到耳边。他很耐心地改正着大家的声音。星海同志性好诙谐，有时为了纠正我们的发声，模仿着某人的怪声怪调，同时做出各种可笑的表情，逗得大家哄堂大笑。

不久我们就到延安来了。而星海同志也假道重庆，去苏联了。谁知道这一次竟是星海同志和我们的永诀！但是虽然星海同志离开了我们，而他的歌却并没离开我们，虽然星海同志离开了延安，而他的歌声却没有离开延安乃至中国。我到了延安后，听见《生产大合唱》《黄河大合唱》到处流行，工人、农民、士兵、青年学生……都唱着这些歌。后来我到了鲁艺，鲁艺音乐系又赶练他的《九一八大合唱》，而那个在西安办事处由星海介绍进音乐系的女同志也站在唱歌队的行列里了。

可是，从此关于星海同志本人并未得到一点消息，只知道他在苏联进行研究。

我认识了星海同志的夫人钱韵玲同志及他们的女孩妮娜。韵玲同志也在鲁艺音乐系工作。她存有许多星海的手稿与墨迹。她是个很好的工作者。曾当选为本系的特等模范工作者。她和星海同志感情是很好的，时常提及他。有时延安来了飞机，我们故意给她开玩笑："韵玲同志！星海来了！"而她的面上也就露出一种半信不信的微笑。妮娜也常怀念着他的爸爸。我们问："你爸爸是谁?"她就响亮地回答："星海！""星海在哪里?""在苏联！""什么时候回来?""就回来！"我们就又请求她："唱一个你爸爸作的歌吧！"她就毫不迟疑地唱起来了。

星海在鲁艺执教时的成绩是很好的。他热情、认真，他自己的创作的正确道路给学员们影响很大。他的学生现在有不少已经是有为的音乐工作者及优秀的作曲家了。当我和他们在一起时，他们时常念及星海，并感谢他给予他们的教育；有时示我以星海给他们批改的卷子，上面有很多他的热情鼓励的文字。

而到今天，星海同志已经离开我们有五年之久了。我们——他的同志、学生、亲友，以及群众是始终怀念着他的。特别当唱起他的歌，或者我们要求唱新的歌曲的时候，我们一直在想："星海快回来了。"

可是星海一直没有回来。日本法西斯强盗投降了，我们八年的抗战已经胜利了，星海所歌颂的光明的日子已经来到了，而星海还是没有回来。

我们从延安来到了我们人民的城市——张家口。这里，我们自己握有了最近代化的宣传工具之一的广播电台，我们担任了一部分音乐广播的工作。当我们第一次的广播开始之前，我们又想起了星海，我说："星海该回来了，我们该唱他新的歌了，而且可以用电台向全世界广播。"

而哪知道当我们广播完毕在休息室休息的时候，收音机内便传出了可惊的消息："音乐家冼星海在苏病逝……"

大家呆住了。这是真的吗？是的，是真的。他长眠在远方，在亲爱的苏维埃的国土上。是的，这对我们是极大的哀痛，是无比的损失。而现在，我回忆着他，在西安办事处的那一段相遇的生活，我又记了起来。现在我写这篇追念的文字，我却没有了哀伤。今天，我们已唱起了胜利的歌。我们追悼他，只有更加倍地工作，把星海同志身上的担子重新放在我们无数同志身上，继承他的为人民服务的精神，及他的反抗旧社会的不屈不挠的意志，学习他对工作的负责，热情的态度，和他在创作上的丰富成果。他的许多同志战友，他的学生现在已散布在中国各个地方了。我想他们听到星海逝世的消息后，在哀悼之后，是会加倍工作起来的。那么，我们的愿望实现了，"星海同志真回来了"，是他的心，他的无声的歌回来了。(《追悼人民歌手——星海同志》专刊)

一九四五年十一月二十三日

（《晋察冀日报》1945年11月26日）

是热情的导师 是亲爱的同志

——悼星海同志

焕之

在我到边区以前，就已经从星海的歌曲中，认识了星海同志，那时我爱唱星海同志的歌曲，就如同爱聂耳的歌曲一样。他的歌曲是如此朴素，音的进行是如此单纯，这里面并没有什么技巧的炫惑，我所感受到的只是一种深厚的爱祖国的情绪在他的歌曲中奔流着。我爱他的歌曲，甚至模拟着他的作风在我自己的创作中，但是这种模拟是太肤浅了，因为那时我对星海同志是没有更多的了解。

来陕甘宁边区以后，当我第一次拿我的创作给星海同志看时，他立刻指出了我创作上的贫乏——学生味道，当时我心里不免有些难过，然而，星海同志却又给我鼓励，鼓励我更多地创作，大胆地创作。从这之后，我在星海同志的指导和鼓励下不断地大胆地创作着。由于经常和星海接近，使我在创作的作风及创作方法上获得了许多启示。

星海同志不仅鼓励别人更多地创作，而他自己也就是最多产的作家，他的多产决不如一些学院派的先生们所非难救亡歌曲的所谓“粗制滥造”。虽然他能在三天之内完成一部《生产大合唱》，在一星期之内完成一部《黄河大合唱》，在十天之内完成一部二幕歌剧《军民进行曲》，但这些，星海同志都是日以继夜地工作来完成的。这正是星海同志的为祖国为人民的工作精神。

在艺术作风上星海同志常常告诉我要更多地学习民间，他自己在创作就一直是坚持着民族化的道路。星海同志一到延安，就注意陕北的民间歌曲，一方面自己学习这种音乐语言，一方面也鼓励别人用当地的民间的音乐语言来创作，不管这种音乐语言还很幼稚，或者写得不像，而且有时不免流于形式的模仿而失败。但星海同志这种坚持民族化的创作精神是值得我们学习的。我在他的影响下也改变了作风，而开始更多地注意民间音乐的学习。

对于聂耳，星海同志是常常谈起的，为了坚持聂耳的方向，在武汉曾经和国民党御用的“音乐家”们进行过斗争——以七月十七聂耳逝世纪念日为中国人民音乐节。斗争是胜利了，然而国民党御用的“音乐家”们都是星海同志离开了武汉之后，无耻地推翻了群众大会上的决议，仍以五月九日（黄自逝世日）为中国音乐节。星海同志来到边区以后，曾经有人谩骂聂耳，而且提出五月九日为音乐节时，星海同志立即和这种思想进行了斗争，尤其使我们感动的是当星海同志起程赴苏联时，临行之际也再三地叮咛我们：“要坚持聂耳的方向，七一七是我们的音乐节！”

热情而亲切，这是星海同志给我的最深刻的印象，星海同志离开我们五年多了，抗战胜利后，我们急盼着星海同志回国来领导我们建设新中国的音乐，然而从广播声中却带来了噩耗。从此，我们失去了一位热情的导师、亲爱的同志。

安眠吧，星海同志！“新的星星将随你放出灿烂光芒，胜利的歌声将永远高唱在自由的国土上！”（《追悼人民歌手——星海同志》专刊）

（《晋察冀日报》1945 年 11 月 26 日）

我们愿给全街扛长工

——记七区花巷街选举大会

贾风

此刻还没有开始选举，太阳就已经落了。

苏区长踏上板凳，拍着手，用着平常所没有的洪亮嗓子喊："各闾检点检点人数，把队站好！现在要开始选举了。"

各闾的闾代表们看了一个圈，然后站入人群中间，也拉着嗓子喊："分两路，快点站好！站好！听区长给我们讲话。"

一阵热烈地鼓掌之后，区长说："今天的会是选举花巷街街公所的大会，在座的各位老乡，都要好好地选举，谁能替咱们大家办事，咱们就选他……"

老乡们点着头，表示赞同，一位老太太也扬起眉毛，和搀扶着她的小姑娘耳说："这就是选举！区里那位女的阎先生，早给咱们讲过啦！"

选举了。第一项是竞选与介绍。

老计头一个被提了出来，他眼光炯炯地向乡亲们看了一遭说："七区谁不知道我计永存，自小挑大粪，整整十八年没有干过别的，如果大家愿意选我，我一定给大家卫生一下！"（热烈鼓掌）第二个被提出来的是皮匠工人张振品。他生性严肃而老实，非常谦虚，他说："我叫张振品，十六岁上学徒，三年以后耍手艺，现在做工。大家如果选上我，我一定给大家尽量办，办好办歹的请大家帮忙。"（掌声）五十三岁的老人王玉祥也被邀挺身而出，他留着一撮"中国式"的八字胡，身体虽然弱了一点，但精神却矍铄，说话很滑稽泼辣，他开口便说："现在是咱们老百姓的世界，我绝不让大家'割了脖子上吊'，替我为难，大家选上我，我就干！"继之他自己介绍自己说："我从小就卖洋货，现在还卖洋货，大家看上我，就选我。"第四个是卖菜的温玉，第五个是小商人谢润泉，第六个是曾经当过××店经理的马子良，他们也都一一介绍了。稍微打了一下顿，一闾一位老人站起来给老计竞选，他说："老计挑大粪十八年，我们都知道，我们同意选他管卫生，大家赞成不赞成?""赞成!"多少声音一齐满意地回答。十五闾闾代表王纪□也以同样的心情给王玉祥竞选，大家都高兴起来了。

第二项检举开始后，曾经给敌人当过一个月看守的王生林大胆地站到人民面前请罪，——他曾在我张市解放后入了区举办的训练班，很受我宽大政策的感动——他说："我叫王生林，我在从前当过工人，鬼子来后我开了个美利面包房。以后由于糖、面全缺，我便走错了路，七月一号当的看守，八月二十四鬼子完的蛋……大家如果对我有意见可以不让我参加。"群众见他诚心悔过自新，且过去作恶不多，于是便答应了他："没有意见，可以参加选举!"

……

第三项通过选举法，大家一致同意举手表决，并自己推出检票人与监票人，准备选举。

"选吧!"有人急躁地喊起来，大家翁隆隆地一齐蹲在了地上，借着灯光，可以看见几百双发着明亮、露着愉快的眼睛。

"先表决计永存，然后按顺序来。"司仪人喊。

"计永存!"

"一闾三十二票，二闾二十五票，三闾……"

"张振品!"

"一闾二十四票……"

"王玉祥!"

……

像开了锅的水，人们的情绪达到了沸点。

一个蹲在黑旮旯里的妇女拼命叫喊："看见我了吗？我可在这儿！"

"看见了！"她们的间代表有力地回答。

一个人从灯前走过，立即遭到公众的反对："快走开！别挡着大家的亮。"

站在我旁边的候选人王玉祥，很注目地看着大伙的举动，当提到他的名字的时候，他也很快地举起了手。我问他选自己也要举手吗？他干脆地回答："这又不是坏事，谁自己不愿意选自己个呢！"

选举按着一定次序进行着，黑板上划满了白色的数目字，迎着灯光，白晃晃的耀眼。

"乡亲们！现在选举完成啦，我给大家报告报告。"检票人站起来兴奋地说，"当选人：计永存、王玉祥、张振品、温玉、谢润泉、马子良、梁珍共七位。"人们像是放下了千斤重担，心里松了几口气。掌声雷鸣般地响起，历时约三分钟。"来吧！"候选人自动地站到乡亲们面前，一个一个地向乡亲们宣誓，他们异口同声地说："兄弟智小才疏，但愿大家多加帮助，现在选上了我，我就敢干，敢给全街扛长工。"

乡亲们听了当选人的话，也一个个喜上心来，大家一致表示：愿意在新的街公所的领导下，把花巷街的工作做得好好的。

此时，大境门外吹来了寒冷的西北风，老人们的胡子上留下了白霜的痕迹，天气很冷，但是全体选举人与被选举人的心却是火热的。(新华社晋察冀分社二十五日通讯)

（《晋察冀日报》1945年11月28日）

人民的街长孟庆荣

田雨

孟庆荣高兴得很，但孟庆荣也不安得很，在候选人的名单上当念到他的名字，市民们就像商量好的一般齐，喊着，闹着，把手举起来。他穿着黑色的破烂短夹袄，站在七个候选人之中，他真不知道该说什么。

“嗨，……简直……这……这怎么行……”他再也不能说什么了，公民的手直挺挺地举着，数不清不放下去，他半伸出手，又不敢伸出，他想把他们的手挡住，可是这怎么能挡住呢，人民看准了他，说他是“穷硬帮”，一心叫他当街长。

“得啦，顶属孟庆荣的拳头多，街长是他了。”选举的结果还没有正式宣布，公民就满场地叫起来。

“嗨，……街长，这怎么行……”孟庆荣红了脸。

他慢慢地解开了，但是他能给大家公正的办事，穷是穷，倒是根子立得正，巴结流氓的事一辈子没做过；敌人在了八年，一个□的汉奸也没当过，他逃难到张家口，靠卖力气过日子，住到粥场，敌人强迫难民窟的穷人要编牌，几十家难民推他当了牌长。可是敌人的事情来了，他就拼一条穷命顶。甲长召集开会，打发他的小孩子去；敌人要钢，给他拖日子不给；每户派下二百元款，他知道要是给了，可就要穷人的命啊，甲长来催时，他就拼着挨打躲避。就这样给穷人们办了很多好事。

参加选举的市民们也记得清清楚楚，孟庆荣这个新街长，跟那个被人民打下台的伪甲长，显然是两个面目，在敌人退逃的时候，伪甲长向各街派上车辆，派上民夫送他们，谁家不去也不行，孟庆荣头一个跑出来站在街上喊："走！我送去！"

他把抓的民夫、车辆叫到跟前，嘴对在他们的耳朵上低低地说了几句话，大家就给敌人当差去。走到半路，孟庆荣打一个暗号，一吆喝，派来送敌人逃跑的民夫就四散炸开。在他们贫民窟里提的差夫，□□□□□□□□到手，甲长吹了胡子，可是在失败了的敌人面前，又有什么办法呢？

人们选孟庆荣当街长，大概就是这个缘故吧。在孟庆荣的生活里，市民们看准了他是个"穷硬汉"，他抗日的心很热火。在他涞源的家乡里，用镢子刨着碱地板种庄稼时，就干起抗日的事了。但因敌人的强夺和年荒，使他变成难民，他领上三个孩子和老婆逃荒，好容易在张家口找着一个破窑洞，因为他没有居住证，甲长跟警察赶他走，不就要泥住洞口，把他们一家子活埋在里边。孟庆荣的老婆害大病，孩子们饿得翻白眼，没有办法还得把当苦力赚来的填给警察、甲长的口袋，把这伙狗们打发过了，他再也没有钱买药，干瞪眼，孟庆荣的老婆病死在黄土窑洞，他的第三个爬在胸腔上吃奶的孩子，也饿死在娘的身边。

□天里，五六月日子长，一天喝一顿照着蓝天的高粱米树叶子汤，就往黑的顶着干，孟庆荣瘦得像一捆干柴。他到人市上找短工，人家一看那副可怕的眉脸，谁也不找他，有些时候简直什么都吃不到，两个孩子连饿带冻，把耳朵聋了。孟庆荣受过的苦实在数不尽的。

但是孟庆荣是个硬朗人，往日的磨难他总是没有低过头。在敌人统治的八年里，他打好着一个老主意："什么都不怕，只要八路军来，穷人就有盼头。"粥场里的难民们都相信着孟庆荣的老主意。

孟庆荣回到粥场，那几家穷人居住的大院里，院子里欢天喜地，他的邻居狂热地叫闹起来。

“啊！街长回来了，咱□穷人当街长了。”

“你的老主意没打错，穷人有盼头了！”

孩子们撕住孟庆荣的衣襟，跟他逗玩笑，女人们停着做针线的手看热闹。

“嗨，这怎么行，街长，可干不了，我得到区里说说。”

“哼，民主下的，区里也管不了！”当下一个女孩子顶住他的嘴，紧接不知道是谁又插了一句：

“孟庆荣，你要是能把众人举起的手□回去，你就别当。”“嗨，那怎么行，共产党抬举，大家抬举，我怎么能不当？”

孟庆荣笑起来了，难民窟的穷人笑起来了，在破烂穷苦的粥场里，这是头一次的欢乐。没有一个能想到会有这么一天，穷人们翻了身，接替了甲长的职权，新的人民的街公所在他们自己的手里诞生了。（新华社晋察冀分社二十七日通讯）

（《晋察冀日报》1945年11月28日）

老乡眼里的他们和我们

胡可

归绥附近的村庄，苦于伪蒙军的骚扰已经不止一年了。

这是一伙以糟害老百姓为职业的“老总”。每人有一匹马：这马是“刁”（绥西称抢为刁）来的，或用刁来的钱买来的。每人有两支枪：一支步枪，一支烟枪。每人有三个符号：八年前那“黄河马队”的臂章早已□烂了，现在保存的尚有日本人发给的“蒙疆骑兵第十八团”的证章和西□，“傅长官”发给的崭新的“新编骑兵第一旅”的臂章。

无论怎样，老百姓可没有因为他们的改装而变更对他们的印象。日本人收编他们以前，他们是土匪“蒙古队”，日本人收编他们以后，他们便成为“剿匪”的“蒙古队”了。私土匪在前面刁完跑了，官土匪在后面追□剿匪，把老百姓的皮袄和烟土指为土匪的赃物“剿”了去，然后再到别□村庄去“剿”。老百姓说：“前头私刁，后头官刁，官兵土匪一样样□。”

今天呢，——老天爷！他们又变成“国军”蒙古队了。

荣升“国军”以后，虽然还未领得薪饷，可是从满村的鸡毛碎骨头看□□吃的总算不错，想吃猪吃羊，只要一句话也就够了。抽的大烟虽然麻□一点，可是只要把老百姓吊起来打两个“批豆”，总还能要得出来。抽□了烟，玩女人也不犯法，管他哪个百姓妻子女儿，一样！

这一切，都有老百姓的眼泪做证。

听说傅作义在日本投降以后，向国民党政府讨了八十万志愿军的名额□看来这不过是其中的一小部而已。

三夜来，八路军的战士用两条腿追赶着这支马队。

连续的逃窜使得大烟鬼们异常扫兴，大烟还没抽两口，一听说八路军□到，村庄马上就混乱起来。人们喧嚷着备马，套大车，抓夫抢牲口，互相叫骂着，拥簇着哆里哆嗦的太太们上车。马打着响鼻，故意地高声□叫着。村里的狗偏偏在这时候来凑热闹，疯了似的咬起来。

大车隆隆地响过去，村子空了，将煮熟的鸡冒着热气，大烟灯的火苗□陪伴着这所空房子，可是他们并没有跑脱，八路军围住了他们。枪弹和手榴弹爆响了半夜和一早晨。他们一团人终于在我们顽强的两个连的面前□表示屈服。烟鬼们垂头丧气地交出了他们用来威吓老百姓的武器，从马□子上卸下他们的行李。

老乡们从屋里走出来，惊讶和欣喜地审视着脸色红润的八路军。八路军同志和老乡亲热地攀谈起来，老乡说："兄弟，你别说啦，我心里难受……"老乡想起了昨夜噩梦一般的事情：蒙古队是怎样把他吊起来要洋□，怎样抓鸡，怎样强迫他遛马和铡草，怎样搜走了他仅有的一点白面……老乡流下了眼泪。

"别难受，老乡！你没见咱们把他们的枪都缴了吗？"

八路军把一大串俘虏带走了，俘虏将近二百名，个个烟容满面，拖着蹒跚的步子，一瘸一拐地走在我们队伍中间，由于烟瘾，眼角上闪着泪水□呻吟着，走不到二十里便都倒在地下，"同志，费心给我们寻盏烟灯吧……"

老乡知道他们是蒙古队，说什么也不愿把烟灯借给他们用。

在缴获了二百多匹马和三百多支步枪的同时，我们还得到了四辆大车和一群骡子毛驴。谁都知道这些东西是怎样来的。

有的老百姓已经跟随了西军好几天。为了爱他的牲口，即使在饥饿里，在弹雨中，他也要跟随的。可是现在老乡们困难起来了：怎么办呢？牲口会不会成为八路军的呢？能够要回来吗？……八路军又是怎样的队伍呀？……

一个十来岁的孩子从八路军手里领回了他心爱的栗色马驹子，高高兴兴地牵出村去。这样的事情传布得很快。不久远村的老乡也赶来认牲口了。

只要答对了牲口的年龄和特点，便可以把自己的牲口拉回去。八路军是老百姓的队伍，八路军是不要老百姓任何东西的。

“这真是梦也梦不到的事，你们这才是治国平天下的队伍呀！”一个老头反复地说着这句话。

另一个老乡把牲口牵到以后，又迟迟地走了回来。

八路军注视着这位去而复返的老乡问：“又有什么事呢？”

“多亏你老……”老乡嗫嚅地说，一面从黑手里递过一块白洋来。

八路军同志的脸红了起来，好像受了侮辱似的。他轻轻地把老乡的手推了回去，走开了。

白洋，闪着昏暗的光泽，久久地待在老乡那粗糙的手掌里。

十一月十七日

（《晋察翼日报》1945 年 11 月 30 日）

村长和他的兵

——献给全边区的游击小组和县、区、村干部们！

丁克辛

一、“我们立刻就动员起来，干！”

反“扫荡”开始了！

村公所里满是人。游击组、民兵和村干部，有坐在炕上的，有蹲在地下的，靠窗的炕头上，大大小小、七八个地□排成一长条，像一个个酒瓶子。游击组员们都穿着爬山鞋，腰里束着腰□；腰带上挎着黑皮的子弹匣。虽然在开会，大枪也都舍不得取下来，仍然挂在肩膀上，或是拿在手里。

村里的许大队长在讲话，他披着羊皮袄，戴一顶黄军帽，腰里挂一支“七星子”。他个儿不高，眼睛又大又亮，说话很快；话越说得快，眼睛越□得快。村长在地下墙角里，用心听着，一句话也不让漏掉；有时听得忘记了抽烟，烟都熄了。

今天成立了战时村公所，上级规定村长、抗联会主任、中队长、治安员和粮秣主任五个人参加，专门负责领导反“扫荡”期间的一切工作；领导游击组，村长负总的责任。

村长把熄了的烟又点着，听着听着烟又熄了。

大队长把游击组的任务和纪律都已经详细讲过，现在他说：

“你们水村是易县九区的一个重要村庄，它是一个中心：东面通齐村，东北过小米岭通苑村，北面通苇庄，西面通张庄王庄，南面通大坡村；不管哪一面发生情况，这里就立刻吃紧。所以你们这个游击组的任务，就特别重要……”

游击组员刘叔伦偷偷地从子弹匣里抽出一排子弹，侧着脑袋研究了一回，轻轻地推一推他旁边的游击组长马发财，说：

“你看，这尖头的好还是圆头的好？”

发财瞪他一眼，不理他，努努嘴叫他听讲话，不要吵。

接着他又碰碰后面的马黑小，对他说：

“黑小，你看这粒子弹的屁股眼很深，准是一粒臭子。”

“你是臭子……”对方低声笑着说。

“你们鸡巴民兵什么也不懂。”

黑小把手榴弹在刘叔伦的秃子头上敲了两下：“你懂！你懂！”

治安员马老广走近他两个，轻声骂道：

“区里老齐同志讲话了，他妈的你们不听！”

老齐同志穿一件旧棉大袄，戴一顶破毡帽，年纪二十五六，面孔白净，横背着一支大枪，他说：

“许大队长把要紧的话都说了，我也再没有别的话；我们立刻就动员起来，干！你们水村平时的工作都是模范，首先是村长领导得好，这一回的游击组，也一定要做模范！”

他看看大家，末了看看村长，问：

“村长，有把握没有？”

村长立刻从墙角站起，笑嘻嘻说：

“不敢说有把握，反正干嘞！”

村干部和游击组也都笑嘻嘻说：

“打日本反正不落后。”

大队长接上去说：

“特别要开展地雷爆破运动。你们除了游击组长受过爆炸训，还有谁？”他的大眼睛一霎一霎在找人。

“牛肚子。”大家说。

叫牛肚子的那个青年农民从炕上站到地下，脸红红的有点难为情。

老齐同志拍拍他的肩膀说：

“你要做爆破英雄李勇——你们知道李勇吗?”

“知道!”大家回答，“村长给我们讲过，日报上不是还登过吗?”

刘叔伦挤前一点说：

“将来牛肚子也到报上去登他一登。”

牛肚子向他撇一撇嘴，心里骂：“秃子!”

会就算散了，有人问大队长：

“游击组吃战粮不吃?”

大队长让老齐同志回答，老齐说：

“这个上级还没有指示，先不能吃。”

村长说：“事情还没做，先问吃战粮，看你们不嫌臊!”

那个问吃战粮的游击组员伸伸舌头，做了一个鬼脸。

二、“我是村长，我要光顾了家，那还叫什么村长?”

临走的时候，老齐同志把村长拉到一边，轻声对他说：

“我们虽然要争取模范，要大家勇敢；可是也要防备游击组员受损伤，先要提高他们的情绪，从小胜利中取得大胜利，从一次一次的胜利，慢慢变得敢战起来，勇敢起来……你千万要注意这一点!”

村长想，这话正说到他心里，他早就盘算到这一点，老齐同志也是考虑周到，领导正确，于是满脸微笑说：

“对，我一定注意，我一定注意。”

第二天，情况又紧了一些，村长把战时村公所的干部又集合到一起，商议着督促彻底坚壁，分头到各个村去检查。

抗联会主任提出来，说就是小庄儿上麻烦，怎样督促也总是坚壁不彻底，麻痹，又不能强迫命令。

“麻烦。”粮秣主任跟着说。

“是麻烦。”又一个说：

村长两个眼珠子慢慢转了一圈，使劲抽一口烟说：

“强迫命令就强迫命令，旁的事不行。这是为了他们自己，怕什么！”

中队长又提出群众转移的问题，上级布置按地区按街道分组转移，这事不好办；群众不听指挥，自由行动。

“这是上级的布置，不听指挥不行！”

治安员老广说：“不执行命令也不行！”

大家又都看看村长，村长说：

“我同老齐同志、大队长商量过，分组是一定要分组，可是不按街道分，按他们自愿，你硬把两家不和气的编在一组实在也不行。”

村长家里住着八路军的后方机关，有电话，这时，他们的通讯员挎着匣子急忙忙走进了村公所。

“村长。”他说，“电话上说，管庄的三几百敌人现在到了口村，部长叫你们准备准备。”

口村离水村不到二十里，在齐村东面，和齐村只隔一个岭，叫风岭，齐村和水村是一道沟，离水村八里。

村长的嘴动了两下，然后使劲咽一口唾沫，问通讯员：

“敌人就只一路？”

“就只一路。”

“别处没情况？”

“别处没有。”

“那么，老广。”他对治安员说，“老广也□游击组员，□你马上去找游击组长，叫他立刻□游击组集合，先在东山梁上派上个哨。敌人一上风岭，就吆喝！”

老广□执行命令的模范，说一声：“好，我去。”连走带跑的就不见了。

“群众分组转移，中队长你负责。”村长又说，“部队要粮食要锅，粮秣主任多负责，还有检查坚壁，现在来不及……”

抗联会主任说：“我看主村是没问题，检查不检查都行，我负责到小庄儿上去督促一下好了。”

“行！”村长说，“就这么办。”

粮秣主任是个开明财主，已经五十岁，工作尽职，这时村长看出他有困难，就说：“情况一紧，供给军队粮食锅灶是件麻烦事，大家都要帮他办。”另外又叫中队长派一个民夫帮他找锅背粮食。“这，这就好了。”老头儿的八字胡子笑开啦。

回到家里，电话上的情况又紧了一些：敌人从口村沿沟北上，到了苑村；苑村离水村只十五里，中间隔一个小米岭。恰好游击组长集合游击组来找村长，村长就叫他马上派两支枪上小米岭监视敌人。风岭上的哨撤回来，大家帮牛肚子把地雷坑先挖好。

村长本来是回家计划自己家口转移的。现在他就催他们立刻转移，他有四个儿女，大小子十七岁。

“你不跟我们一齐吗？”他媳妇问他。

“你们跟互助小组转移，有组长带领，怕什么？”

“那你丢下家口全不管……”

“管？你不怕人笑话！我是村长，我要光顾了家，那还叫什么村长？”

“村长！村长！谁不知道你是村长！”

然而没有用，媳妇孩子还是跟了别人转移了。

三、游击组有游击组的纪律，它就是军队，要和军队一样有纪律

家口一走，村长就把家里当村公所，叫游击组民兵也都宿在他炕上，为□靠电话近，地方也宽畅，坚壁真彻底，连门和窗也都坚壁了。中秋过了不到几天，天气还不冷。

游击组民兵的被子都是卷成圆筒形，或是卷成一长条再把两头一绑。只有秃子刘叔伦学子弟兵打成长方形的背包。他们一进屋就挤满了一炕，被子和人，横七竖八，扯开闲话了。

牛肚子一个人却不言声地把一个一个地雷从村公所搬过来，靠炕头放好。

隔壁屋里传过话来，叫这边说话声轻一点，吵得电话听不清。

村长心里本来急着一件事，就说：

“你们光是闹了，也可以帮助贾辰尔搬搬地雷，再找几个钉子，把大枪挂在墙上。”

村长着急什么呢？他是担心这个游击组不好领导；游击组今年刚成立，都是老百姓，散散漫漫；他也是第一回领导游击组，毫无经验，虽说村里的各种工作都是模范，可是这个仗很难打！区里老齐同志说要派区抗联会的老赵来帮助领导，那倒使他心宽了一点；可是老赵到现在还不来。

正好，恰巧老赵这个时候来了，天已经快黑。

村长和游击组很高兴，都笑嘻嘻去接他，说了一阵话，村长就问：

“你听说情况到底怎样？”

“敌人可能今天宿在苑村了。——小米岭上有哨没有？”

“有哨有哨。”村长回答，“地雷坑也都挖好了。”

于是老赵放下背包，就同村长、游击组长，和牛肚子几个人去查看雷坑的地位好不好。

水村的房屋是靠一条河沟的南岸，岸边有几棵大树，地基比河沟高有两丈，地基下面有一股泉水，连年不断地向河里流，河是东西横躺着。

上上下下都看了看，雷坑地位很合适，老赵很满意，不过说：

“敌人离这里不远，要防备他夜里奔袭，吃过晚饭就把雷埋上，小米岭上的哨可以撤下来，在河对面配合部队放上游动哨。一面监视敌人，一面看地雷。”

游击组员们回家吃晚饭，天黑了很久，都还不见回来。部队上等着配合他们两个胆大敢干的过小米岭去，侦察敌人到底住在苑村不住在苑村，马老广第一个回来，急着对村长说：

“村长，这怎么行？你看大家一去都不回了！”

村长也着急，可是他早就想到，回家吃饭是不方便，大多数的家里都转移到小庄上或窝棚里去了，来回路不近。

“要遇到紧急情况，这怎么完得成任务？”老广又说。

村长不回答，他在盘算着怎么克服这困难，不克服是不行，他问老赵，老赵当下也没有好办法。

总算先先后后回来了，只差秃子一个人。

老广就自报奋勇地说：

“过小米岭去侦察，我算一个，还有谁去？”

大家你看看我，我看看你，都不言声。

“游击组长派，派到谁是谁！”

游击组长叫村长派，村长愣了一回，就派，可是那个被派到的说肚子痛，去不了。

“什么肚子痛，怕死！”旁人说。

“你才怕死——你不怕死为什么你不去？”

“村长没有派我！”

游击组长就止住他们说：

“好了好了，你们不要吵，我去！”说着就把大枪背上肩。

村长等他同老广走了以后，才放出一口气。

敌人是住在苑村，第二天整天在村子四近搜索坚壁的粮食和东西，晚上仍没有走。

村长和区里老赵商量，主张游击组集体做饭。先吃村里的战粮，否则行动不一致，任务完不成。

老赵同意集体吃饭，但吃战粮上级没指示，不敢答应，粮秣主任也说他不敢负责。村长早打好主意：吃少由他一人归还，吃多了由村里“分数”多的分摊。——游击组不是别的，是保护本村……

晚上一餐饭抢得很凶，平均每人下十二两米，还都说没有吃饱。

村长暗暗里皱眉头，他自己是农民，了解农民，皱眉头不是讨厌这些，而是想不出好办法，一下子把这个游击组领导好。

和老赵商量的结果，晚上就开了一个会。

游击组长是不爱说话的，治安员老广爱说话，可是一到会上就说不完全；村长叫中队长说，中队长推村长，说有了村长什么都行了。

村长就只好说了，他说：“游击组只集合两天，发生的事情可已经不少，这样下去这个仗是打不好的，区里大队长在动员会上早已说过：游击组有游击组的纪律，它就是军队，要和军队一样有纪律……第一要服从命令，完成任务。”

“不执行命令可是不行！”老广说。

“可是昨天晚上派人出探竟派不动，还装肚子痛。”村长说，“区里指示过，游击组不是保护别人，是保护我们自己，胆小害怕，那还行？昨天老广和游击组长是模范，自报奋勇……”

于是，大家讨论通过，以后一次不执行命令，就罚执行三次！

刘叔伦昨天回家吃晚饭，一□就不来，非常不对！以后要请假，谁再不请假回家，罚勤务三天！

两个民兵送信的时候摘人家枣儿吃，老百姓会说游击组和日本一样了，以后再摘也要罚。

“村长，”有人说，“大家到处拉屎，实在不卫生，你不提防踩上一脚，臭得要命，怎么办？”

大家决定：谁再乱拉一回，罚他打扫两天！

末了，叫大家还看到什么，有什么意见，尽量提，有人提出抢饭不好，以后吃饭分组，像部队上一样。

大家都赞成。

秃子刘叔伦也提了一件：说马黑小老是用手榴弹打别人的脑袋……

村长说：“这样是不好，不爱护武器，并且用武器打人，很危险，以后再不准！”

散会的时候，大家都很痛快，觉得这个会开了挺好。

村长要抽烟，几个人抢着替他用火镰打火，牛肚子一下就打着，笑嘻嘻不言声地把火绒送了过去。

四、“我们向区里去个报告，说我们做了李勇了！”

半夜的时候，电话上说：齐村东面五里的武庄又到了二百多敌人，一门炮，两挺机枪，苑村的敌人仍没有动。

村长盘算着：敌人很有可能两路会合水村，三星平西的时候，他就叫把饭做好，等到吃完饭，大明星已经很高，吹起小风，天就快明了。

老赵有事昨天回了区，村长同老广、中队长、游击组长等商量，他先把他对敌人的估计说了说，接着老广就说：

“依我看，小米岭上和黄泥坨上都放上山头哨，马上出发，赶天明上到山顶，一个监视苑村的敌人，一个监视武庄的，不过黄泥坨上只看到齐村，看不见武庄，我寻思着立刻派人到齐村去，和他们的游击组取联络，叫他们的山头哨监视武庄，敌人一出动就嚷给我们黄泥坨上的哨。”

大家都觉得很对，两个哨和取联络的都立刻派出去，谁都不再讲价钱，一派就去。

“你们要是来不及嚷，就打枪！”村长说，接着又派两个民兵去通知各个转移小组的组长，叫他们都派上山头哨，和黄泥坨上的哨联络好，敌人要是向这方面出动，马上再向南沟转移。

游击组长马发财在想，怎样叫敌人蹚地雷，他想，干游击组大家都还是头一回，他也一样，连大枪都还没有放过，杀伤敌人主要靠地雷，虽然埋地雷也是头一回，可是他受过训，只要敌人蹚上去，保管它响。

“我可是没有准儿。”牛肚子说。

“不要紧，什么事不经过头一回！”

“对！”

牛肚子把烟管往脖子后面一插，就把十三斤的一个地雷扛上肩，拿起铁铲、压板，两个民兵捧了两个三号地雷跟着他。

村长说：

“埋下就把线接上，看着！可不要不看着，炸了自己人！”他又问游击组长：

“发财，你听说了没有？五区、六区的爆炸开展得真好，单是××一个村，三天之内就炸毁了敌人的三辆汽车，十七个鬼子，里面有两个军官。”

“可惜这里汽车来不了，我们炸洋马!”发财一面回答，一面想起了什么，又说：

“村长，我得帮他们去埋，怕他们……”没有等村长答应他就追出去了。

太阳刚探出小山头，敌人的飞机就来了，飞得真低，就在白杨树顶上，呜隆呜隆转了几个圈子，打了两梭机枪。

防空的时候，老广对村长说：

“敌人今天一定向这边出动。”

村长的意思：五支枪两支放了哨，只剩了三支，今天主要任务是掩护看地雷的，敌人一路来也好，两路会合也好，拿定主意打个地雷战，老广比较胆大敢干，他叫他帮助游击组长领导，把今天这一仗打好。

“行啰!”老广高兴地说。

村长又看看秃子说：“刘叔伦，今天你可要听指挥。”

“村长，我几时不听指挥的？我是冲锋在前，退却在后……”

“你就是会说，说的鸡蛋没缝儿，看你，谁叫你这时下枪栓的？”

“这支枪撞针太短，我想弄长一点。”

“你真是吵蛋!”老广说。

“□，老妈坐飞机，你抖起来了!”他还想说下去，看见村长在瞪眼，就不敢再说了。

好久好久，哨上没有动静，黄泥坨和小米岭高高地蹲在那里，都不言声，河沟里的水哗哗地流着，要不是远处的飞机还在转，就像什么事也没有。

天慢慢变得阴沉起来，太阳早已不见了，又过了一会儿，竟有一滴雨滴落下。

马发财回来，着急说：

“糟糕，下起雨来了！村长，你说地雷起不起？”

“不起！”村长说，“一下雨敌人就会出动。”

“可是淋湿了就不响。”

“你受过爆炸训，你不能想法子？”

这却把游击组长提醒了，趁雨不大，他同牛肚子立刻去把雷管都盖上瓦片，重新伪装好。

不到一会儿，果然黄泥坨口的瞭望哨上传过来：武庄冒大烟，点了房，敌人进到了齐村，我们的部队打他呢。

再过一会儿，哨上又□：

“洋人从齐村上来了！”

雨还稀松地下着，听得见东面一响两响的步枪声。

电话机向西转移，临走时部长告诉村长：只有二百多敌人，不要紧，苑村的敌人没有动，紧急时向南或向北靠一靠就行。

村长使劲咽着唾沫。等电话机一走，他立刻叫游击组长说：“告诉黄泥坨：敌人离村三里才撤哨，过河向北靠，敌人要不上来，就不撤。”他又把情况写了两个简单的纸条，叫张庄和大坡村的坐探回去报信。粮秣主任和民兵们把锅坚壁好，小米分带着，先上北山。

敌人离村只三里了，村长同老广、游击组长、刘叔伦三支枪才冒着小雨过河向北，叫了看地雷的牛肚子和另外两个民兵一齐上了北山坡，等到黄泥坨的哨撤下来追上他们，敌人已到了黄泥坨脚下，这时雨不下了。

“他妈的，你看你看，都是便衣。”老广说。

“嗯。”村长说，“真鬼啊，他们不顺河漕走。”

老广叫大家把枪擦干，子弹都上膛，两支枪先上山顶，掩护下面两支枪——他和游击组长就在下面。

敌人从南山坡根下来，快要进村的时候，牛肚子紧张起来了；他从一块石头后面探出头来，为的看敌人看得更清楚，老广叫他不要暴露目标他也听不见。村道口有他亲手埋的地雷呢！

轰！

冒起一股浓烟，地雷炸了！

牛肚子两只手像鸟翅膀向上一扑，眼睛和嘴张得很大，不出声地大笑了一会儿，随即他爬到村长身边，低声说：

“村长，还有两个雷都在河这边呢，鬼子不过河怎么办？”

村长笑着点点头，不回答什么。

这时敌人都吓得不敢进村了，下到河漕里来，乱七八糟向西走，快走到地雷对面的时候，村长就叫老广他们打枪。

游击组长还是头一回放枪，头一枪跟着老广打出去，手都有点抖，第二第三枪就好一些，但是有一股敌人追过河来了！

“撤吧？”他说，有些吃惊。

“不！”老广说，“再揍他两枪。”

敌人继续向北追。——轰！又一个地雷炸响了，烟雾里倒下了六七个，其余的鬼子乱成一团，慌慌张张拖了死伤的同伴，顺着河漕加快向西去，有的怕再蹚地雷，也不嫌冷，就在水里走，这中间，又被老广射倒了一个！

敌人向西去碰了个大钉子：在张庄被我们的部队迎头痛打了一阵，空空洞洞放了五六炮，傍晚的时候，又退回武庄去了。

村长和他的兵们回到村里，高兴是不消说的，个个都喜气洋洋，舞手舞脚，说话也分外得多，分外闹得厉害，村长也尽是笑嘻嘻，不禁止他们闹。吃过晚饭，他对大家说：“我们向区里去个报告，说我们做了李勇了。——大枪跟地雷配合得挺好！”

秃子刘叔伦还不断在嚷，说只有他算倒霉，被派到山头上打掩护，敌人怕死不上山，他连一枪也摸不着打。

第二天清早，两处敌人都退出九区了。

五、一到晚上，村公所里就非常热闹：讲课以外，有说有笑，也唱歌，也唱小调

接连三天没有情况。区里老齐同志和大队长又召集战时村公所和游击组、民兵开了一个会，说明这次反“扫荡”是长期的，要有长期准备，指出这一时期敌人“扫荡”的重点在三、四分区，一分区是牵制；进到九区的敌人是武装侦察性质，不是主力，所以这一次虽然打了胜仗，却不要因此麻痹，轻视敌人。

目前的中心工作是：加强游击组教育；加紧完成秋收种麦；进一步坚壁清野；组织群众更好地转移；深入除奸工作；保护粮食，保护青壮年……

把敌人在各地大批抢粮和抓捕青壮年的事实广泛宣传。

把子弟兵和游击组的伟大胜利广泛宣传。

“在过去十天当中，”大队长说，霎着大眼睛，“单是我们易县五、六、七三个区游击组和民兵，就杀伤敌人四百〇五名，炸毁敌人汽车二十四辆、坦克一辆。”

“杀伤敌人几百名？”一个民兵问。

“四百〇五名。”别人代答。

“还有二十四辆汽车，一辆坦克。”

“□，地雷连坦克车也能炸！”

“所以我们要更好地干！”老齐同志说，“要改良技术，比如埋地雷，要多埋连环雷多埋假雷，这里一个，那里一个，真真假假，叫敌人弄不清，死□多！埋雷要快，伪装要好，选择地点要灵活，坑要挖得深。叫他蹚上去就跑不了，雷下面顶好填一块石板，炸起来力最大，屋里要多埋张手雷，到处都埋，叫敌人进了屋也不敢住……总之

一句话：要打胜仗就要多研究作战技术！另外，游击组还要加强政治教育，纠正许多错误观念，提高大家的认识……从今天起，情况如果不紧，游击组就白天解散，回家收秋，晚间集合：一面防备突然发生情况，一面区里派人来给你们讲课，你们说好不好？”

“好！”

“哪还有不好的，老齐同志你说呐？”

于是，一到晚上，村公所里就非常热闹了：讲课以外，有说有笑，也唱歌，也唱小调。

村长和游击组员一样，也是每晚上都去，不但一同听讲，也同他们一齐说笑，——他顶喜欢听大家唱：

“九月里，秋风凉。

日本强盗来抢粮。

一年辛苦血和汗。

怎能拿来喂狗狼！”

听完了村长还不满足，就说：“刘叔伦，你再唱个杀退鬼子兵。”刘叔伦马上就唱起来：

“杀退鬼子兵。

一齐下关东。

城头上，

站着两位大将军。

威风凛凛是哪个。”

另一个抢着唱：

“朱德毛泽东！”

秃子被人接唱了有些不满意，就说：

“不是，是你爷爷！”

“是你爷爷！”

两个人吵起来了。

另外有一个人从外面进来说：

“哈，我想又没□□烤火，怎么屋里这样亮，原来秃子在这儿呢！”

一屋子人都笑了。

村长说：“刘叔伦，这是我叫你唱的，你可不能生气。”

“王八蛋才生气哩，”秃子说，“不信村长我和你再来摔一跤。”

“来就来！”村长把黑大袄一撩，说。

可是村长身体弱，又被撂倒了。大家抢着把他搀起来，替他拍去身上的灰尘。

睡觉的时候，村长心里很高兴。他想：头几天晚上集合有些困难，现在赶他们回去也赶不走了，老齐同志说得对，人倒是爱“集体”的。

六、没有组织是领导不好的，村长就召开了一个会，决定分成四个班

差不多一个月工夫，九区很少情况。在区、村干部加紧领导、督促突击，和游击组民兵轮流放哨保护之下，秋收和种麦工作全部完成，并且彻底坚壁好。接着，敌人“扫荡”的重点就向这边转移了。

村长接到区里的指示：要特别准备！特别警觉！特别紧张起来，迎接更加残酷的战斗！并且说，如果情况紧急，游击组需要白天集合，可以吃战粮；又说，因为村长有办法领导，区里干部又少，老赵同志要帮助别村，不能来了。

区里也允许了村长的请求，加发了两支大枪，并且又送来了一批地雷。

村长早计划好：两支枪给两个新加入的游击组员——两个都是退

伍军人：一个叫马老殿，是去年因为残废刚从×团退伍的子弟兵，当过机枪射手，村长刚想起他，他却自动地请求参加了；一个叫刘老朋，事变前在中央军里干过连排长，都说他枪法好，老广同他说过几回他总不干，直等村长去请他，他才答应参加。

游击组有这两个人加入，信心就更加高，更加活跃。有的说："这回可棒了！"有的说："秋收坚壁都完毕了，就等鬼子来挨打，打他个稀里糊涂！"村长更加鼓励大家说："游击组本来是保卫家乡，保卫本村，上级却还叫我们吃战粮，使劲干吧！"

这次情况一来就不同：东南西北四面都有敌人，单是放哨、出探和送信，就要更多的人，因之白天轮流值日的民兵也不得不增加，队伍就扩大起来了。没有组织是领导不好的，村长就召开了一个会，决定分成四个班：大枪班、地雷班、民兵班、事务班，大枪班班长马老殿，地雷班班长贾辰尔（就是牛肚子）；另外选一个排长，村长介绍治安员马老广，他说：

"老广有很多优点，胆子大，敢干，坚决执行命令，不怕吃苦，忠实可靠，军事上也有些经验，不过也有缺点，就是性子急，有时候闹一点脾气，这个在团结方面有妨碍，不过可以克服……"

大家一致赞成："老广排长！老广排长！"

游击组长马发财担任副排长。

"村长，你就当连长。"马黑小笑着说。

"团长！"另一个说。

"怎么团长？"

"连长太小，当个独立团团长。"

"好！"大家都闹起来，"拥护团长，拥护团长……"

飞机又来了，趁机会防空，会就圆满结束。

七、一动桌子，张手雷响了，一提水桶，张手雷响了……

接连几天虽然四面都有敌人，主力却在北面，是从涞源黄土岭过来的，可是他不向里面来，总在三十里以外的一带村庄大烧大杀大抢！离得近的，就是东面口村一大股敌人，有七百多，可是也一直不进来，每天就只飞机来侦察、轰炸。

每天大部分的时间是防空，紧张里面却显得很闲散，游击组除了放哨的，都在山坡根里晒太阳、抽烟、捉虱子，否则就擦枪，或是说笑话——比如刘叔伦讲唐僧上西天取经，骑了一匹大□驴……不过这个笑话已经讲过七八遍，谁也不笑了；马黑小说一个人胆子小，飞机一来就一面跑，一面尿尿，也说了好几遍，有一回别人就说，莫非说的就是你自己，这样一来，马黑小就再也不说了。

“嗨，看样子日本人今天又不来了。”一个说。

“不来好啊，你倒想他来？”另一个说。

“你恨他你打不着他，来了好打啊！”

仇人相见，分外眼红！敌人老不来，倒有点不带劲了……

好，村长从村里快步跑过来啦，叫大枪班快走快走，原来区里老齐同志和大队长来信：叫去配合区里的中心游击组，今夜晚到高庄袭击敌人呢。村长说：

“去五支大枪，留下两支看家。”

五个人都分外高兴，立刻跑步出发……

……第二天一早他们赶回来，都淋了雨，村长心里不好过，安慰他们，替他们生火烤，他们却只记着胜仗，记着老齐同志，一面烤火，一面你一句我一句地向大家讲。

“是赶回了四头驴？”有人问。

“四头。”

“打死了多少鬼子?”

“夜里看不清，不过老齐同志头一枪就把哨兵撂倒了。那是看得准准的，离得不到三几十步。”

“嘿，老齐同志像个大姑娘一样。”村长说。

“人家真模范，真敢干!”老广说，“你不要看他像个大姑娘，上山走在头里，提了一支三八式，叉叉叉叉的，谁也追不上。”

村长就号召大家向老齐同志学习。

“确实。”残废军人马老殿慢吞吞地说，“以后咱们要干不出一点成绩来，算白闹，对不起老齐同志他们的领导。”

说着就开饭，饭刚吃完，雨停了，情况却紧了：南面西面两路敌人同时逼近，都离水村不到十五里了。

估计敌人一定是合击水村，先通知群众立刻转移。

可是敌人暂时停止了前进。“肉电话”——山头联络哨不断传过话来。说敌人在王庄一道沟里反反复复在烧房：

——筐子村点着了!

——双安庄也点了!

——月台和天台都冒大烟!……

村长把各人的任务仔细分派好，不断地从自己屋里走到院子里，又从院子里回到屋里，不断地抬头看看屋顶……两年以前——一九四一年秋天，他的房屋给敌人烧得精光，现在这房屋是去年冬天重新盖起来的。

一直到太阳平西，两路敌人才在张庄以西会合，张庄离水村只二里。老广和村长商议好：南山上的哨先撤，等敌人到张庄，才撤西山上的哨，估计南面还有敌人，东面口村的七百多敌人没有动，游击组向北靠。

刘叔伦和别的两个主张大枪都上河北西山，打敌人一下。

“不打！”老广说，“今天敌人多，前哨部队都是轻装，白天轻易不能打，等夜晚再看。——老殿临走时也这样说，他有经验。”

正说着，一个炮弹落到村西麦田里，等到村长他们过到河漕北岸，飞机又很低很低地在头上转了；同时哨上嚷：敌人到了张庄。

一个民兵知道村长身体弱，抢着他的铺盖卷替他背上，说：

“村长，你快走！”

“不，你们和抗联会主任、粮秣主任先走……当心飞机。”

村长要等一等马老殿和牛肚子他们，马老殿在河南山头上放哨，已经叫他撤，现在还不见回来；牛肚子他们正在河漕里用驴粪伪装连环地雷呢。

河北西山上的哨是游击组长和刘老朋两个。刘老朋一见敌人到张庄，就说：

“发财，我们快撤吧！”

“再等一等……”

这个二十一岁的瘦长小伙子，这个年轻的游击组长，虽然不爱说话，心里却很好强，自从上次打了个胜仗，昨晚上又跟区里老齐同志大队长袭击了敌人，信心就更高，胆也放开了。

“等一等看看敌人是不是全向这边来，”他又说，“等他全出了张庄我们再走。”

“那就来不及了……你不走我先走！”

发财心里想：你还在中央军当过排长，怎么这样沉不住气？就是敌人到山脚底下，再撤也不迟呀，可是他没有说。

“你不走我先走！我去告诉村长向北靠。”

刘老朋就一口气下了山。

“老顺！老顺！”他连声喊村长，“敌人下来了！快奔苇庄吧！奔苇庄吧！”

“发财呢?”

“走吧！走吧!”

敌人有一千多，只有三百人向水村来，七百多爬了张庄的北山，爬得真快呀！马发财看得清楚，他想这股敌人一定偷偷地直扑苇庄，于是他撒腿就向北跑，刚下山，看见村长他们还正在向前赶，他一面追一面喊：

“村长，老广，不要走啦。快上东山，上神仙坨!”他觉得血在喉咙口直冒。

村长他们连忙向东山靠，才到半山腰，敌人已经上了苇庄的西山，向苇庄打开机枪了。

奔水村的三百敌人分两路：一路走河南，一路走河北，都在麦田里走，河南的一路走到村边就停住，向村里打枪，一面等河北的过去会合，河北的一百多人下到河漕里，怕地雷，从道路旁边走，走到河边，前头的几个从一摊驴粪上踏过：

——轰!

立刻倒下了四五个。

后面的鬼子围上去：扶住受伤的，拖死尸的，也有找地雷碎片的，越围越多……

——轰隆!

旁边又蹚翻了一个，来得更大更响！许多人倒下了，没有倒下的挤成一团，在火药浓烟里吓得昏头乱转，哇哇哇哇，大声地哭，大声地叫……

过了河，一个个伸手提脚，像戏台上演戏似的，好容易才进了村。

街道里，一个影壁后面有一片空地，上面乱七八糟铺满了踏烂的粟秆，好地方，于是把洋马拴过去。

——轰！……轰！

又爆炸了两个，人的血肉，马的肠肚，飞上天，掉下来，和烂粟秆混成一片。

中队长、小队长看中了村长的新屋，就带了几个鬼子住进去。

天气冷，叫把一张破桌子，生火烤，一动桌子，张手雷响了！

肚子饿，叫打水做饭，一提水桶，张手雷响了！

要睡觉，风大，叫把军毯挂上去，窗档上的张手雷响了！……这时候，太阳已经下去，山头上还亮，山脚下渐渐阴暗了，扑苇庄的敌人就在苇庄住下，不过不住在村里，在村西搭起了棚铺。

村长他们看清楚以后，也就计划着暂时找地方休息，做饭吃，神仙坨的半山腰有个大石洞，里面有人有锅，可以做饭。这时，监视口村的哨也回来了，说口村敌人已进到苑村。——离这里不远。

“唉，老殿还没有回，就怕他刚进村碰上了敌人。”村长又想起他，非常担心，吃饭时老是停住不吃。

大家也是一样担心，可是都安慰村长：

“不要紧的，村长，老殿有经验。”

“他的脚残废，个儿又大，走不快。”村长还是不放心。

今天是十一月七日。吃过晚饭，阴历十月上旬的月亮已照在头上，因为有云，白胡胡的不大亮，照着山上的茅草一片黄沙沙，照不着的山窟窿黑幽幽，一个一个黑幽幽。

“这怎么移呀！这怎么移呀！”

“老朋，你又□了！”游击组长说，“有什么不好移？”

“好移？”老朋说，“水村、苇庄、苑村三面有敌人，明天一定包围神仙坨……”

“十面包围我也不怕！这时候说什么泄气话，吓唬人！”

“谁？我吓人？我……”

老广着急地说：

“大家正在商量，你们吵什么？”

“不要吵，”村长说，“现在是想办法的时候，不是吵的时候，不是叫困难的时候，你们有意见以后开会检讨，现在不要吵！”

随即决定偏坡向南到小米岭，察看敌人到底住在水村还是走了，如果在，想法扰乱他。

夜很静，什么响声也没有，月亮照着，从小米岭上，向东南看去，东西横躺着的白亮的河漕那边，靠近灰隐隐的山坡根，一簇夹白夹黑的房屋，屋顶上飘着白漫漫的夜雾，那就是水村。

大家不顾寒冷，伏在山梁上的厚草里，仔细听，一开始什么也听不见，但到后来，什么声音也听到了，有大批瓦片掉在地下的声音，有劈木柴的声音，以至吆喝声，脚步声，碗筷碰触声……接着又闪出了不大火光，先一处，后来二处、三处……

“村长，洋人找不到木柴，一定拆屋椽子烤火了！”刘叔伦说，“摸他去吧！”

正商议着怎样下去摸，要等他们睡了以后；这时，村子南面忽然响了一枪，是从南山上打的，接着又是一枪。村里的几堆火明立刻都熄了，等了好一会儿枪不再响，火明又亮起来，可是枪声又响了。偏西了一点，火明又熄了。

大家估计也许是齐村或是大坡村的游击组先下手了，怕发生误会，就决定不下去，在山梁上打了几枪。这一打，村里的火明就再不亮，却听得什乱的响动更加厉害，一直到村长他们回到石洞里去睡觉还没有停止。

睡觉以前，村长同大家把明天的行动布置好；等大家都已经睡着，他还在抽烟，想着残废军人……

八、"你是谁呀！"——"我是马老殿！"

村长迷迷糊糊睡着的时候，老广就起来了，为了防备敌人万一包围搜山，天明以前他们要上到这个大山神仙坨的尖顶，控制制高点，监视三面的敌人，紧急时就分散转移：村长和游击组长负责带领一路，他和中队长负责带领一路，一向依赖村长惯了，现在要离开村长单独负责，就感觉到肩膀上很重。另外，村长又特别提出来，游击组要坚持不离开本村保护本村的原则；天明以后主要的任务是监视水村的敌人，想法打击他；等敌人一走就立刻回村，供应作战部队的粮食和住宿，担架和运输；叫老百姓立刻回家。

这时候月亮已经落山，三星偏西了。凭他胆大，也不怕冷，他一个人就爬了好多山，上到一个小坨，可是还看不见水村，却能见到苇庄，四面什么动静也没有，只很远的地方有一声两声狼叫，老广此刻忽然觉得这个山真是大，敌人有什么办法搜山？这样一想，轻松了许多，就专想怎样打击水村的敌人，来了，不能白白地让他回去，于是他立刻像野兔一样跑回石洞，叫醒大家，把饭做好，吃饱，随即摸黑上山。

在神仙坨顶上，四面都看得很远很远，可是太阳升起了很久，三路敌人一路也不动。东北方向的龙华五区却从天刚亮的时候起，就四处冒大烟，太阳照着，成了一个一个通红的大烟柱，直钻天空了，靠近地面一两丈高的几十里方圆之内，更是笼罩了昏黄一片，像下大雨时候的浓云，把太阳都熏黄了。游击组和民兵看着这个，一个个都咬牙切齿，不断地骂："啊呀！啊呀！他妈的烧啊！……"有几个的眼眶里都挤出了眼泪。

村长更是深深地皱着眉头，不断地咽唾沫，咂嘴，他突然回转头又向东南看了。——他想起了自己村里和自己家里！

"老广。"他说，"敌人不会搜山了，我们回去！"

他估计水村的敌人今天可能向东奔齐村，也可能向北和苇庄的再会合，马上下去分两处监视追击他们。

"要追击就集中火力！"老广说，"碰不上就便宜了他，要碰上了就打，像个样了！"

村长和游击组长都同意，留了两个民兵监视哨兵在这尖上，其余立刻下去，在水村到苇庄中间的一个低梁上，隐蔽好。

可是敌人竟不出动，水村竟像没有敌人似的。

水村确是没有敌人了，昨天夜里三面枪声一响，他们就立刻慌慌张张出了水村，过到河北宿在一个山窟窿里了。

不到一会儿，敌人从那个窟窿向这边路上走。

"喏，敌人！敌人！"

一个游击组长□快先看见了。

"我不叫打，不能打！"老广预先下命令。

可是南面山上打了枪，正是向敌人打的。敌人这一下可慌了，在大道上向北乱跑。

老广他们屏住了气，看着他们向这面跑：近了，近了……到了面前山脚下了。

"打吧？"刘叔伦发抖说，动着枪栓。

"不能打！不能打！"老广着了急，"等过了多一半再打。"

等着，等着。

到时候了，七支枪一齐下手：

——乓！……巴！

——乒乓……巴乓！……

那密射的枪声响，连山谷也在大声叫喊！助威！

村长看着敌人那慌乱劲儿：灰尘扬起来，人呀，马呀，乱叫乱挤，奔跑的，倒下的……笑得他直咳嗽。

“老广，打那个骑洋马的。”一个说。

秃子刘叔伦打一枪就骂一声：“我操你姥姥的！”

刘老朋打完了一排子弹又压上一排，打完了一排又压上一排。

“老朋，看准了才打。”村长和游击组长都说。

“我知道！”老朋说，又压上一排。

敌人退了，他还在打，看都看不见了，他还打了两枪。

这时不知道村里还有敌人没有，不能马上回村，正想法派人先去探，却听得村里有人叫喊：

“回来吧！敌人都走了，回来吧！”

“谁喊呢？”

“一定是汉奸！一定是汉奸！”有人说。

不，游击组长听清了，但他还不放心，就大声问：

“你是谁呀？”

歇了一会儿：

“我是马老殿！”

“老殿吗？老殿吗？”村长连忙说，“好，我们完全胜利了！——先下去打扫战场。”

敌人丢下了一匹毛驴，虽然大家可惜这股敌人牲口少，可是仍然很高兴，民兵马黑小赶着毛驴回村，一路上道念：“游击小组一上梁，吓得鬼子直叫娘！游击小组一上梁，吓得鬼子直叫娘！游击小组一上梁，吓得鬼子直叫娘……”

刘叔伦就唱：

“杀退鬼子兵，

一齐下关东去了。

……”

牛肚子跑得特别快，大家说他想抢着先到村里捡“洋落”；可是当大家走到河漕里，他迎上来说：

“你们看，村长，这两个坑炸得多大！这是一摊血，这里又是一摊！

……”

血都变成了紫黑色，膏着地面，膏着驴粪和石块。四周密密层层的皮鞋脚印，还找得到压板的木屑，炸弹的碎片却一点也看不见了。

“炸得真凶呀！”大家说。

到村里，马老殿早把“洋落”都捡到村长屋里了：两面太阳旗、一把指挥刀、一本日文的《步兵操典》、地图、军毯、皮鞋、杀菌药、空洋铁罐头、两匣酱、切菜刀、锅铲、三只杀死的鸡、一只割下头的猪、碾上只碾了一半的大米……（猪、鸡、大米都是别处抢来的，水村除拆了两间房，什么也没有损失。）

窗口烧了一大堆谷草灰，窗框档都烧黑了，因为没有门窗，没有引火柴，敌人要点房没有点着。

村长看了心里太高兴，禁不住说：

“看日本算是没法了！”

马老殿从口袋里掏出两包捡来的香烟分发给大家，每人一支，又一个手电棒送给村长。

村长是见过电棒的，不过没使过，现在他一按就一亮，一按就一亮，心里挺快乐。

“好，真像个独立团团长了。”大家说。

村长笑笑，接着就问马老殿，他到底是怎么回事？大家也就都团团围住这个残废军人；他站在中间，比谁都高出一个头，也特别显得粗胖。

原来昨天他一看过不了河，他就没有撤，在南山上看着敌人进村，看着四个大地雷爆炸，炸死炸伤的人真多。

夜里，他决计扰乱敌人。

“敌人刚点起火，我在山上先从东边打两枪，再跑到西边打两枪。”他说：

“后来听到小米岭上打枪，我就猜到是你们。”

他听着敌人杂七乱八地出村，他猜他走不远，就在厚山草里睡了一觉；天一亮他又伏在山头上了，今早晨的枪也是他打的，后来东北山上打枪，他又猜到一定是村长他们……他就叫他们回村。

“那么你一天一夜没有吃东西，把你这个大肚子饿苦了。”

“我违反了一点群众纪律。”老殿慢吞吞地说，“我拔了十几个大萝卜，打两枪我就吃一个，打两枪我就吃一个。”

“好家伙！”大家说。

还没有做饭，村长先找了七八个红柿给他。

“大家吃，大家吃。”老殿说。

九、“对敌人和汉奸，不提高警觉性或是心软，都是要不得的！”

有几个人没有等得及老殿讲，先又到处找“洋落”：结果找回来了一个面生老头儿。——是在一间耳房里找到的。他躺在地下草铺上。

老头儿穿一身半新旧的黑夹裤夹袄，背着两只洋洗脸盆，一小捆新的白布蓝布条，一个小孩挂的银锁链，浓黑胡子，瘦得像个大烟鬼。

他不肯走，一步一啼哭，说他的腿给敌人打坏了。

——汉奸！汉奸！

——他装蒜！

——揍他！

人们七七八八地说。

治安员老广走上去，就问他：

“你是哪儿的？”

“完县安阳的。”

“你怎么到这儿来的？”

“敌人捉来的。”

“捉住几天了？”

“二十几天了。”

“怎么这回敌人没有把你带着走？”

“我被打坏了。”

“为什么打你？”

“他们叫我背东西，我背不动，就打我。”

“你姓什么？”

“我姓安。”

“安阳有姓安的吗？”

“都，都姓安……”

“你的口音不像完县的？”

“我是完县的！”

“你这银锁链干什么的？”

“我，我到闺女家里去，去……去送礼，……路上给捉住了。”

一个民兵说：“安阳没有姓安的。一定是汉奸！”

另一个说：“要是好人，哪有这些东西？——这许多新布都是捡人家的！”

“看他的样子就不是好人！”

“揍他！”“揍他！”……“绑起来！”

有一个就给了他一拳头！

“唉！”老家伙大声号哭，说，“中国人不打中国人，我是好老百姓哪……”

村长说：“不要打。”

老广跟村长商议了一会儿，村长就来问他：

“你到底是干什么的？照实说。”

“我是好老百姓哪，鬼子把我捉来的啊……”老头儿仅是这么说，一面哭。

“不打不行！”几个人又要动手。

村长阻挡着他们说：“你们打什么呢？就是坏人，我们也不能随便打他，送他区里去；要真是好老百姓，岂不打冤了人，……”

“我是好老百姓哪！我是好老百姓哪！”

村长又问了几句，猜想他也许是个好老百姓，不过有可疑的地方，末了决定把他送区。

“我一步也走不了啊，一步也……”

牛肚子乘着村长看不见，用膝盖撞老头儿一下，说：

“老东西，你没有‘民族气！’”他认为，哪有跟敌人一路走二十多天还没有逃走的。

派一个民兵把老家伙送区以后，村长说：

“中队长，再派几个民兵把村里老百姓都叫回来；告诉他们只拆了两间房，别的什么损失也没有。”

但是有两个民兵正在吵嘴：

一个说：“人家马老殿捡了那么多东西都交出来了，你怎么不交！”

一个说：“你真是老鼠捅猫尾巴，找事儿哩！我的事你管不着！”

排长老广说：

“谁捡了东西，谁都得交出来，不要‘农民’！”

村长转着眼珠子，想了一想，说：

“是的，都交出来，就是一把小刀也得交出来，归公家，同毛驴一齐送到区里去。”

有一个游击组员说他愿意出十块钱买那把切菜刀，他家里没有切菜刀使。

另一个就说：“我愿出十五块，我家里也没有得使哩！”

嚷了半天还是村长决定：谁也不准买，大家都赞成，接着村长又说：

“我不能让人说闲话，我这个手电棒也送区。”

“谁说闲话？谁说闲话？”大家抢着说。

“村长，你真是……区里要批评你，我们负责。”

“对，老广说得对，我们大家负责。”

吃晚饭的时候，村长和村干部们商议好：一只猪、三只鸡，和几升稻米，不送区，让游击组吃，鼓励鼓励大家。

“区里若要批评，我顶着！”村长说：

大家高兴得都敲起饭碗来。

吃过晚饭天就黑了，一会儿那个押送老头儿的民兵红着脸喘着气回来，说老头儿在路上逃走了！

大家一下子大闹起来：都说这个民兵该死！……而且断定那个老家伙一定是汉奸！

村长越想越难过。从来很少发过火，这回发火了！他大声责问那个民兵：

“你真是没有脑袋的！你回家穿衣服，怎么不把他带上？却拴在路边！”

“我，我寻思着他逃不了……他，他又一步也不能走。”

"一步也不能走！……"村长使劲咽唾沫，脸都气成灰色了，"你替我快去找回来，找不着不要来见我！"

大家都不说话，等那个民兵走了以后，才又议论纷纷——有的说：他妈的老东西装得真像；有的说：不该不看看他到底打伤了没有？有的说：安阳确实没有姓安的；有的说：敌人现在就是利用老头儿当侦探，被我们捉住了，就说是被抓来的民夫；牛肚子就说：我猜到他不是好东西，哪有二十多天还不逃走的！有的说：要是真的好老百姓，就不会说"中国人不打中国人"……

"等到汉奸逃走了，大家又变得聪明了！"刘叔伦说。

"你呢？"

"我一样，村长也是一样？……"

"哈，村长还不让我们打，还叫绑松一点哩……"大家笑着说。

村长说：

"确实我也太大意，心太软……这个给我们一个好教训：对敌人和汉奸不提高警觉性，或是心软，都是要不得的！以后无论如何要注意，错误只能犯一回，不能犯二回！"

这时，村里的老百姓派代表送来了一头羊，几十斤白菜跟萝卜，慰劳游击组；为的他们保护了群众，村里不受损失……不怕辛苦，不怕危险……

大家都把汉奸的事暂时丢开，为这个新的光荣的事情大闹大乐了。

十、"我来给大家念念，信上写得挺好：'关于你们优良的成绩，以后区里是要奖励的……'"

村长自然更加高兴：一面把最近的胜利成绩和汉奸的事情报告区里；一面就和开明财主、粮秣主任两人拿出二三十斤黄米，请大家吃糕。

大家叫村长不必这样客气，村长就说：

“只要把敌人打走，只要不受损失，我花费一点不算什么。”

这顿丰富的会餐是在第二天下午举行的，把全体游击组民兵都乐坏了，也都吃足了：有羊肉、有糕、有白菜萝卜，还有敌人“慰劳”的猪肉、鸡、大米……

没有开饭就说了许多笑话；等到一面吃，有的还在说：

“嗨，这块羊肉大大的！”

“你米西米西的，不客气的！……”

许多人抢着替村长拿碗，盛菜，不让他下炕来。

许多人让马老殿多吃几块大肥肉，特别慰劳慰劳他，抗联会主任一直兼做伙夫，今天又做厨子，他说：“老殿，凭你肚子大一顿吃八碗，今天吃十碗也管你够。”

许多人都吃得肚子直直的，腰也不能弯；有一个就说：

“嗨，不吃饿得慌，吃又撑得慌。”

“撑死总比饿死强！”秃子说。

谁都吃完了，秃子手里还拿着一块糕，看着直喘气。

每个人都是嘴上油光光，脸上红堂堂……

村长也和大家说了许多笑话，不过后来说：村里慰劳大家，大家要更好地干；又说，今天的猪肉大米都是敌人抢了别处的老百姓的，不要光是吃，要替别处的老百姓报仇！

“村长就是想问题想得多，也想得好。谁说我们可不行，我们只知道有的吃就吃，洋人来了就干！”

村长正要说话，有人叫他了，区里送来了一封信。

拆开来，村长一面看一面就微笑。

大家都围拢去，问说些什么？

“是区长和老齐同志回的信。”村长说，“我来给大家念念，信上写得挺好：关于你们优良的成绩，以后区里是要奖励的……现在又送去大小地雷六个，子弹一百发……”

区里还指示：要特别防备敌人的反复；要特别注意粮食的坚壁和青壮年、牲口的转移；这个阶段敌人“扫荡”的特点是大烧大杀大抢，用相当大股的兵力反复奔袭：一下子来了，一下子又走了；你以为他走了，突然间他又来了。

“来吧！”老广排长说。

“来吧，揍他个妈那比的！”大家说。

十一、牛肚子被捕了！地雷还捧在手里

村长和他的兵们把山头联络哨布置得更好：不但村子四面有哨；而且主动地帮助邻近各村，想法和他们的山头哨都联络上；从东到西，从南到北，一喊百应；敌人在二三十里以外一出动，几个山头哨一传，这里马上就知道了。

“嘿，有了这样好的‘肉电话’，敌人反复个屁！”村长和他的兵们都骄傲地这样说，虽然情况一直很紧，村里老百姓照常能安住在村里。

可是敌人接连几天竟不走进来，只是一架飞机呜隆呜隆转。

老广和牛肚子他们家里缺乏劳动力，地里的萝卜白菜都没有起；天冷了，再不起就要冻坏。上级有过指示，必要时民兵可以帮助起，因为民兵是轮流值日的，有时间帮助，这样好使游击组安心一意地和鬼子干。村长就抓紧时间动员民兵在一天里面都帮助他们起完了。

天气一天比一天冷了，游击组员们放哨回来，大家都打了很多柴火，烧火烤。

团团围着烤火，说笑又多了。

游击组长马发财丢了包头的毛巾，戴上敌人的一顶旧的高顶呢帽，个儿原来就高，这样更加高了。大家都就叫他“高丽棒子”。

他很爱他的媳妇，平常也很听她的话；可是一打起游击来，就不同了——他打日本打上了瘾！有一回因为情况太紧，他媳妇叫他不要去，他就大声说：“你待着吧！”女人因此啼哭了半天。

“高丽棒子，回家看看你媳妇吧。”有人起头了。

“去你的，你不回去看看你的媳妇？”

“我媳妇是二五眼，哪像你那个：又白，又胖，又挺会……啊哈哈哈哈……”

这年轻的游击组长不但不爱说话，更加不会说笑话，这一来脸就红了，脸越红大家就越逗他。

村长也笑着说：

“他是你们的上级，你们可不能欺侮他。”

游击组长的脸就更红了，接连地说：

“村长你……村长你……”

秃子刘叔伦没有抢到机会说话，心里痒痒趁大家笑得起劲的时候，他就转移了目标，大声嚷道：

“喂！你们知道马老殿为什么退伍？你们知道吗？”

大家有意说不知道。

“我猜到你们不知道，”秃子说：“老殿肚子大，一顿要吃□斤小米，一天四斤，部队上供不起……”

老殿比谁也吃得多，这是真的，一顿吃□斤小米满不在乎，个儿比谁也都高大。退伍以前他的军服和鞋袜都他另外定做的。他的头像个大号西瓜，脸孔又大又圆又胖，红得发紫像冻了的柿子；脾气挺好，对人和平，尊敬上级，做事沉着，从来不倚老卖老；要没有人告诉你，谁也猜想不到他是战斗过四年的子弟兵，并且是有名的机枪射手。

人找不到他说话，他就一天不说话，说起来也是慢吞吞的，走路像骆驼；可是爬起山来谁也赶不上，他一步比别人两步大。

秃子看他不答话，又说：

“老殿，你说是不是？是不是？”

“是！”老殿笑嘻嘻。

“我们来比一比，”秃子又说，“你到底比我高多少？”

“好，来比一比，”老殿就站起来。

秃子也站起来，靠到他右边，他的头比他的肩膀还低几寸，老殿乘空用右手臂把秃子的脑袋一夹，向上一提；秃子两脚离了地，在空中乱动；嘴里透不出气，呜哇呜哇直叫。

等到放下来，破毡帽掉了，露出光光的秃头。

“哈，汽灯！汽灯！”

“真亮啊！真亮啊！”

大家大笑大闹，鼓着掌，火块踏得满地。

敌人在北小区寨头村挖十个大土坑活埋了男女老少一百二十多人，这惨案像雷声中的一个霹雳！把村长和他的兵们一时吓呆了，心里埋下了更深更大的仇恨！青年农民是喜欢说笑的，可是他们更用心报仇；从此后，他们谁都不大愿意多折腾，只日夜盼望着更勇敢更凶猛地打敌人。

可是敌人还不来，每日每夜，就叫老殿讲部队上战斗的故事来过瘾。老殿一面讲，一面把军事常识和战斗经验传授给大家。除了村长，他渐渐成了这个队伍的中心。

“老殿，听说×团和×区队在满城徐定一带又收复了二十多个炮楼……还有冀中，还有大批伪军反正……”

“那还少得了。”老殿说，“敌人兵力太缺！这回沟线外净是咱们的天下了!”

“嘿，鬼子‘扫荡’咱们，咱们扫荡他!”牛肚子说。

一天傍晚，情况突然紧张了起来，四面敌人都逼近，最近的是北面，有一千多人，到了苇庄一带。

苇庄离水村只七八里，为了防备敌人夜袭，游击组决定立即掩护全村老百姓向东南方转移，过黄泥沱那边有几个小庄。

“贾辰尔”，老广喊牛肚子，说，“地雷班把线都割断，不要炸了自己人；明天一早再接上……明天可不要忘记啊!”

“忘记?拉屎也忘记不了这个!”牛肚子说。

刘老朋来找村长，说他的家口在另外一个小庄上，怕互助小组靠不住，要回去照顾转移，今晚不能跟游击组走。

“那不行!”村长干脆说。

“不行我也得回家，老顺!”说着，把大枪放下就走了。

村长气得脸发紫，仅是咽唾沫，一时说不出话。

“哼，金子是金子，他妈的大麻子叶只是大麻子叶!”谁愤愤地这样说，同时，几个民兵就抢着要带那支大枪。

天黑了。老百姓都走了，游击组才走。一个老头儿走在后面，笑嘻嘻对村长说：

“村长，快走吧，你们不走，我们睡觉就不踏实。”

夜里还响了几声大炮，据说是敌人的信号……

第二天照例天不明就吃完饭，上了黄泥沱，牛肚子几个下到村里，把四处的地雷线接上。

老广和村长商议好：假使今天发生战斗，让老殿负责指挥，老殿推辞了一回才答应说：

“这是暂时这一回。”

此刻东方透了鱼肚白，老殿就叫刘叔伦、马老忍、马正军、马应天他们四支枪留在黄泥沱尖上，掩护他和马老广、马发财，一支枪下到离村更近的一个低山头，牛肚子几个接好了地雷线回来，就跟他们在一起：一面看守地雷，一面想看看马老殿打枪。

太阳刚露面，飞机就来了：在齐村以东武庄口村一带打圈子，末了在武庄投下两个黄色烟幕，也是信号，武庄有三几百敌人。

苇庄方面暂时竟没有动静，天气很好，满天没有一点云彩，小风也不太冷，红亮的太阳光首先照上西面远远近近的大山头。照成灿烂的火黄色：南一片，北一片，真是好看。

高尖上派一个人监视着，其余的人坐在厚茅草里打火抽烟，枪搁在肩膀上。

“老殿，”地雷班的一个人说，“再讲‘涞灵战役’吧。”

“赞成，赞成。”大家说，他们听这个听上了瘾。

老殿慢慢地讲，一锅烟、两锅烟……讲得个个人都眉开眼笑，这时太阳光射到他们头上脸上来了；太阳光也在动，也在笑。

老殿停下又装上一锅烟，歇一歇气。

“接着讲！接着讲！”牛肚子催促他。

“那个山头也像这个山头，不高。”老殿又讲下去，“离村子也不远，好比下面我们这个村子就是，重机枪早已支好，看准了我就一梭子……啊呦，你们猜想猜想……接着我又是一梭子——”

“听着点儿，听着点儿，北边哨上嚷哩！”监视哨打断老殿的话。

大家立刻准备，果然大队敌人从北面过来了，走得很快，不一会儿就到了水村河北的一片沙滩里，乱七八糟一大堆停歇下来，像大群羊卧地似的。——原来被我们××团追击了一阵，一口气跑了八里地。

敌人一歇下来随即分出四五十个向村里走……可是在河漕里蹚翻了一个大地雷，立刻又退回去了；而且大队也马上起身，慌里慌张，踏七杂八地向东走，向齐村方向去了。

"打吧?"

"不要打，"老殿说，"太远，打不到了浪费子弹。"

"追上东边的山头去打?"

"不，追不上；而且说不定后面还有。"

牛肚子估计着敌人花样多，可能还要返回来，马上捧了一个地雷，带了两个班员飞奔下去，打算在刚才爆炸的地方再埋上。

"我们掩护，你的眼睛也多管点事!"

"不要紧。"牛肚子说，"洋鬼子他捉不住我!"

他比谁也跑得快，一个人走在老前头。

后面几个人刚到村里，突然看见从刚才的沙滩岸边钻出来一股敌人，有四五十。可是牛肚子已经下到河漕里，他们喊他他也听不见，等到山头上老殿打一枪他才站住，敌人已经到了他面前，三面包围住。牛肚子被捕了！地雷还捧在手里。

十二、就这样：他们三支枪，打退了三四十敌人三次顽强的冲锋！

牛肚子眼前一阵黑；同时觉得沉重的皮靴□在屁股上！"民族气"立刻来在他心里。"民族气"就是硬骨头。

牛肚子是硬骨头。生死关头和天大的仇恨使忠实憨厚的硬骨头马上有了智慧和计谋。

"你是'地狗子'的?"敌人恨透了游击组，怕极了游击组，叫游击组就叫"地狗子"。

牛肚子心里话："我操你八辈祖宗!"可是他说：

"我不是，我是埋地雷的。"

"谁叫你埋的?"

牛肚子骗他们：是八路军叫埋的，不埋不行，八路军要打的；他自己是大大的良民的。

“良民的?”

“良民的;我领‘皇军’挖窖的,公粮的大大的有!”

敌人解开了他的绑绳,牛肚子咬着牙关就跪下去磕头。

把地雷的火药倒在河水里,四五十“皇军”就放心大胆地跟着牛肚子进村里去挖窖。

在一条大街转向麦田去的拐角地方,牛肚子从埋地雷的上面稳稳妥妥地跨过去,敌人跟着他。牛肚子一跨过去就快跑,向老殿他们那个山头跑。

牛肚子一面跑一面想:怎么还不“轰”啊?……

——轰!果然一个二十五斤的大号地雷响翻了。

敌人这一下恼恨之极,剩下三四十个人,也不管炸死炸伤的,就没命地追。这时,低山头上的密密的枪弹有力地打下来!

“上去的!上去的!”小队长大叫。

三四十敌人就丢下牛肚子向低山头上冲。

黄泥坨高尖上的枪也响了,马老殿、马老广、马发财三个被掩护着向高尖上转移;等到敌人冲上低山头,他们七支枪到了一块了,可是敌人不顾密射的子弹在耳边在脚下呲呲地叫,也不顾被打倒的同伴,仍然顽强地一股劲儿向上冲。

“发财,打右边。”老殿说,“刘叔伦,你们四个先往后撤。”

“你们呢?”

“你不管,你们快撤!”说话之间一排子弹又压上了。

老广和发财又都射倒了一个,可是敌人离得不到一百步了!

老殿一个手榴弹扔下去,滚翻了几个,可是敌人还是冲!

老殿就只一个手榴弹,老广和发财一个也没带。

“你们两个撤吧,”老殿说,“不要撤远,看着我。”

“你呢？”

“我掩护你们，我不要紧！”

这个残废军人早就在这山头找好了非常好的隐蔽地，要紧时可以躲藏。这里山陡，敌人也不容易冲上去。

他一颗子弹一颗子弹有力地准确地发射着。太阳光照得他东面半个大圆胖脸，又红又亮，冒着蒸蒸的热气。枪栓闪烁着铁的白光，一股一股青烟从枪口喷发出来。

然而野兽一样的敌人哇哇哇哇号叫着，还是冲！冲！

离得很近了，马老殿才提着枪转身跑。脚虽然有点残废，一大步还能跨五尺远，一会儿就不见了。

敌人上了高山尖，却看不见刚才打枪的人，四处搜索：只有山，只有大石头，只有厚厚的茅草，就是找不见人，一个人也没有！

鬼子恼怒得要命，可是鬼子一点法儿也没有，折腾了半天，只好没精打采地回去。

可是刚下去不远，上面又打来了枪，而且又是三个人，三支枪。

敌人恼怒着又冲上去……可是又一个人也没有。

再下来……哈嗨，枪又响了！

小队长说：“再上去的。”

另一个就大叫：“不去的！不去的！”……

就这样，他们三支枪，打退了三四十敌人三次顽强的冲锋！

看准敌人走远以后，他们立刻下去检查射击的成绩。摸不清到底杀伤多少敌人，但草里和石头上，找到了四五处斑斑的紫红色的血迹。

全部敌人都向武庄方面退去了，民兵们也爬到了高尖上，马黑小就大声道念起来：“游击小组一上梁，吓得鬼子直叫娘……”别的民兵齐声附和着。

这时飞机来了，不丢炸弹，也不打机枪，却撒下大批大批的传单，飘荡在半空中，像一大群野鸽子。

好多游击组员和民兵拾了一大把一大堆，不愿意拾的就说："都是胡说八道，拾它干什么？""我拿回去糊窗。"有的说："我拿来抽烟。"而且有几个真的学八路军卷着烟抽起来了，有几个识一些字的也在念。一个游击组员念了一段，就对大家说："敌人叫我们把粮食送到'和平区'去，他替我们保管——这就叫黄鼬给鸡拜年，没安着好心！"另一个说："他鸡巴和平区，洋鬼子粮食太缺，着实急坏了，你们听听那上面写的！"

有一个民兵不参加这热闹，只顾一个人在念；他识字不多，一个字一个字地念："所，以，说，抗，日，的，人，就，是，汉，奸……"怎么抗日的人倒是汉奸呢？他想不通。想了一会儿突然想通了，就一下子把传单撕得粉碎，而且骂道："狗屁！狗屁！吐、吐、吐！"随即他又抢了好多别人的也都撕得粉碎，马黑小着急说："我擦屁股的！我擦屁股的！"……

敌人更远了！

晚上回到村里，新的胜利带来了新的热闹，真是闹翻了天，村长也不禁止了，他一直笑嘻嘻，含着烟管，同这个说几句，同那个说几句，刘叔伦用大嗓子压住了人声，说道："今天牛肚子可真是悬！幸亏我掩护得好。"

"你？"牛肚子撇撇嘴，说，"秃子！"

"马老殿可是全靠我在上头掩护！"秃子说。老殿笑笑。

村长就说："今天大家全有功劳……可是也有缺点！"

"牛肚子太胆大。"胆小的马黑小说。

"胆大勇敢，这是很好的。"老广接着说，"不过他今天太大意，那是不好……不过贾辰尔真是好样儿的。"

“是好样儿里面的好样儿。”村长说，“以后再细心一点，就考头一名了！”

老殿站在人群里，比谁也高出一个大脑袋，末了，他对大家说：“以后地雷班一定要带上两支大枪。这是一；第二，带大枪的一定要挎手榴弹。我说过几回，大家都说挎着嫌麻烦，也用不着它，今天看见了，怎么样？以后大枪一定要和手榴弹配合……”

十三、“马老殿是模范，贾辰尔是模范，大多数人都是模范……”

区里又来了指示，说敌人“扫荡”九区的第二期可能又告一段落，至少要缓和几天；应抓紧进行以下许多工作：调查损失；慰问救济受灾受难群众；深入宣传敌人大烧大杀的空前暴行和我们伟大的胜利；鼓励和发扬人民的民族气节；游击组和战时村公所特别要慎重总结检讨两月来的斗争工作，鉴定干部，奖励模范游击组员和民兵，加强组织、教育和领导，准备迎接第三期再接再厉的斗争！

于是，在晚上，一个空前的总结检讨大会召开了。出席战时村公所全体干部，全体游击组员和大部分民兵，地点就在村长的新屋里，墙上一长排挂着七支大枪和子弹匣；炕头新发下的地雷又摆成一长条，像一个个酒瓶子；地下烧着大堆红红的柴火；大家围住火堆团团地坐成一个大圆圈，火光照得每个人的脸都是红喷喷，亮堂堂。

今天谁也不闹；连刘叔伦、马黑小也都规规矩矩，听着一个一个检查自己，检查别人，偶尔有一句两句引起大家笑一笑，随即又安静了。

大家都是说不大好：有的不会说；有的害臊；有的说了一句半句就停住，再伸出手去烤火，想起来接上了就再说几句……可是，一点钟两点钟过去，要说的话也就都说出来了。

末了由村长做结论。

村长从火堆旁边坐直起来，从嘴里拿出烟管，用袖子抹抹嘴唇，使劲咽一口唾沫，才说："我也是不会说话，我怕总结不好——说不上是总结，不对的地方大家随时提出来。"

他首先把自己也检讨了一番：说虽然大家推他做模范，实在是不够模范，他的缺点还有很多：第一，他还要发脾气，比如对马□子（那个让汉奸逃走的民兵）……"其实我自己就没有提高警觉性，心软得没有道理。"他说，"还有睡觉总睡在热炕头，吃饭也时常麻烦大家替我盛……"

"哎，哎，"谁说，"村长，你说这些有什么意思？你是身体弱，倒叫我们青年人睡炕头，让你挨冻？"

"再说，盛饭打菜也是我们愿意，我们高兴……"

"我顶大的缺点，"村长接下去说，"一是做许多事情没有都同各位干部商量；比如领导游击组和民兵，主要是中队长、游击组长……"

"商量不商量的，我们没有意见。"中队长和其他干部们都说，"你就是领导得好，各式各样的事情想得周到，办得好，我们倒是麻烦了你，自己躲了懒……"

"村长，"另一个干部说，"你领导着我们干就得啦，就只要这么着也就怎么都办得好……总结我们吧！总结我们吧！"

村长又说了很多：关于模范的，像马老殿、牛肚子、马老广、马发财等不消说；另外，就像粮秣主任，五十岁的人了，还一直跟着大家爬山过水，白日黑夜地打游击，走不动也硬走，供给部队的战时粮食没有缺过一回；抗联会主任共同负责领导工作以外，还怕游击组员们太疲劳，不让他们轮流做饭，自愿担任伙夫。

"对，对，"老广插嘴说，"俗话说得好：做活不做饭，唱戏不唱旦，这一点抗联会主任真是模范，功劳不小！”

关于有错误有缺点的大家也都说了：村长特别提出刘老朋来，他认为他不但有缺点，而且犯了很大的错误，思想意识不正确，自愿落后，他说：

“老朋一开始就不愿意参加游击组；等到参加了，先是说大话，说一颗子弹至少要打死一个敌人，这是好的；可是怎么样？上一回在神仙坨下面，他一口气打了五十多发子弹，一个敌人也没打着。人家批评他不爱惜子弹，他反而说：这叫大姑娘坐月子，费力不讨好，不肯虚心接受错误，遇到一点点困难就叫苦、动摇、吓唬人、倚老卖老、跟别人抬杠……自己是个游击组员，情况不紧或是会餐，他无有不到，情况一紧就只顾家；不服从命令，不遵守纪律、开小差、逃跑、怕死。……他总觉着游击组是替别人干似的！……”

“这是旧军队上的光荣传统。”刘叔伦正正经经说。

“我来说吧，”谁冷冷地接上去，“刘老朋的心眼儿里面是长着牙的！”

其次，村长又说到民兵马黑小也有许多缺点：第一是胆子小，把一分情况说成十分；说笑话闹着玩他挺带劲，一派到他放哨或是送信就干了，说为什么不派别人老是派他；看地雷不当心，离开老远去大便，几乎叫自己人蹚翻了；又违反一次群众纪律，摘了人家两个柿子，吃饭打冲锋，什么事都大嚷大叫

“马黑小，村长说的你承认不承认？”老广问他。

“承认！”黑小把包头的毛巾按一按，红着脸说，“这都是我的错误，以后我保管改正，大家看着！”

“那就好。”村长说，“人不怕有错误有缺点，只要能改正；就是毛主席跟聂司令也不能一点缺点也没有……可是不改正那就不行！”

“归总起来说：我们的仗是打好了！胜利了！”村长又说，“我们把雇工观念（雇佣观念）纠正了！把发洋财的思想纠正了！不执行

命令，违反群众纪律，完全克服了！只是战粮还是吃得太多，过了上级规定的数目，以后要想法补上……照大家的意见：马老殿是模范；贾辰尔（就是牛肚子）是模范；马老广、马发财是模范；依我说：大多数人都是模范。不过模范有大有小，以后大家要向前看齐，不要向后看齐！更加不要向刘老朋去看齐，大家同意不同意？”

“同意！”

“这才算真正是好样儿的，是从青壮年里面挑选出来的好样儿的……大家要再没有意见，今天的会就算结束了。这两天情况缓和，游击组暂时解散，一有通知马上集合！……”

时间不早了，阴历十月十七日的月亮都很高了，大劈柴烤去了一大堆，可是大家都还依依恋恋不愿意回家，舍不得这个“集体”，舍不得他们的村长。

十四、不是补记的补记

敌人对九区的第三期“扫荡”从十月十八日开始到十二月九日结束。这一期主要是奔袭部队，合击机关；用大股兵力常驻一个地方，再四面出去骚扰，反复搜山、清剿。行动特别迅速！

谁也能想到：水村的游击组在村长领导之下战斗得更英勇，作风更艰苦，获得了更多的胜利。他们为了节省战粮，每天完全喝棒子稀粥，把过去吃亏的数目补上了大半。为了适应更加残酷的清剿和合击，来了一次精兵简政，单剩下十一个游击组员和三两个村干部；游击组打仗以外还做民兵的勤务工作。愈是这样，他们愈加自觉地执行命令，遵守纪律，完成一切任务，团结得像一个人一样。敌人是残暴的，斗争是艰苦的，然而这班青年农民燃烧着复仇之火，他们热爱着斗争，承受得了所有的艰苦：站岗、放哨、送信、出探、地雷、打伏击、掩护群众转移、配合部队作战；他们单纯、忠厚、勤劳、实际，在集体面前只看见集体的乐趣，不再有自我打算；他们决没有无缘无故的不快乐，是最能埋头苦干的标本！

他们战斗的第一个原则是：大股敌人合击，就分散监视扰乱；小股敌人搜山清剿，就集中火力坚决消灭他，在好多次胜利中他们又有了两次比较大的胜利：一次是击退敌人的抢掠和烧房，房都开始点着了，抢的东西都上了驮子了，游击组的枪四面一响，敌人，房也不点了，东西也不要了，连带来的牲口也丢下了！一次是帮助部队作战，我们的×团×连，在南面的大坡村附近袭击敌人胜利之后撤退，敌人用优势兵力回头追赶，相当危急，游击组七支大枪由马老殿带领，虽在飞机轰炸下，坚决赶上去打敌人的屁股，敌人以为中计了，慌忙向□里逃走……这两次战斗刚好都下了小雪，天气很冷，战斗是艰苦的，但他们却兴奋而快活。

牛肚子他们的地雷前后又爆炸了几个。有一个三十斤的大雷炸得最响；四外的村庄都听到了这响声，都说："水村又爆炸了大地雷啊！"

这一时期残废军人马老殿更成了领导战斗的核心。而刘老朋却一直没有回来。村长呢，不论下雪刮风，身体那样弱，始终没有离开游击组，紧紧掌控着。有时还亲自站岗黑夜放哨。同甘苦、共患难——他是这支战斗队伍的灵魂。

由于这样，整个反"扫荡"结束，水村仅仅被拆了两间房，此外再没有被打开一个窖，被伤害一个人；没有损失一粒公粮，也没有损失一点私物。

由于这样，整个反"扫荡"结束，水村的社会秩序始终很安定；群众转移都离村不远，敌人一走就马上回村；没有受冻，没有挨饿。

游击组末了一次检讨会也开得更加好；每个人已习惯这个，喜欢这个，知道这个有大用处，因此个个人都说得更坦白、更诚恳，也说得更清楚、更深入！

亲爱的读者，这一切都不是偶然的！我决不替他们擦粉戴花。——也不能擦粉戴花的。农民有农民自己宝贵的本色。他们在伟大的时代和伟大的地区受着神圣的教育和锻炼。

反“扫荡”结束了，村里又大大地慰劳了村长和他的兵们，谢绝也谢绝不了。区里评定的结果：水村游击组是全区模范游击组之一，奖洋二百元；村长是模范干部；马老殿、牛肚子等等是模范游击组员。区长、老齐同志和大队长共同写了一封赞扬慰问他们的信。

十五、不是说明的说明

反“扫荡”虽然结束了，游击组员、民兵和村干部以至群众，还是常去看村长，和他随便谈些什么，在他家门前大树下面的石头上坐得很久。——他们离不开他。

关于村长，读者有几样还没有知道。他今年三十七岁，叫赵文平，又叫赵顺天，又叫老顺；可是全村的人都叫他“村长”，只有两种人叫他“老顺”：一种是和他年岁相仿或是年老的人，为的表示亲切和高兴；另一种是……比如刘老朋，也叫他老顺。

他家里养着一百多头羊，种二三十亩地，因为孩子小，自己多一半时间又要放在村里工作上，所以雇了一个长工，凡是在他家里做过长工的都不愿意再到别家去；他对他们宽宏大量，格外优待。

抗战以前他识字二五眼，接连当了五年多村长，现在能看个区里的通知，也能写个简单的信和报告了，《晋察冀日报》可以看懂一半模样。

除了工作和下地的时候，他常常坐在门前大树下面的石头上，一看见区里县里去的工作同志，他就笑嘻嘻地站起来迎接你，不用你费时间去找他。他嘴里含着烟管，仔细听你关于工作的每一句话；有时回答你一两句：“唔，都做了，都完成了。”或者说：“都布置了，都检查了。”

他有一个习惯：着急时就咽唾沫，使劲咽着唾沫的时候，两个眼珠子来回地转动；一面着急，一面也就什么办法都想出来了。

他是黄褐色的长圆脸；戴一顶毡帽头；穿一件黑大袄；身材不高不低；虽然身体很弱，走路爬山却是很快，你轻易赶不上。

他的身体是抗战以前搞坏的，抗战以前，他要钱玩乐，加上捐税兵灾，家业几乎变卖完了；现在的光景净是边区成立以后努力挣起来的，人也完全变了一个样子。五六年光明生活的体验和正义工作的锻炼，使他对八路军有极深刻的认识，有很正确的政治远见，现在见到他的人，谁也不会相信他就是抗战以前曾经那么荒唐的一个人，但这是一点奇怪也没有的，正如现在的边区和抗战以前截然不同一样，今天我们的赵村长也完全经过“质”的改变的了！

最近他的手电棒里的电用完了，他非常可惜，每逢遇到县区干部们或是部队上的同志，他就问：“还能配上吗？还能买到吗？”

一九四四年新年前后，初稿

（《晋察冀日报》1945年12月1日、12月2日、12月3日、12月4日、12月5日连载）

新街长门庆永和伪牌长韩生端

田雨

敌人从张家口逃走的时候，狂喜的骚动的街头上，没饭吃没衣穿的穷人，带着复仇的情绪，去从敌人的窝巢夺取洋面和衣服。门庆永高兴地在难民中吆喝着："不相干，只要是汉奸鬼子的家常东西，抢一些应当！"

而川心街上的伪牌长韩生端却那么恐惧、那么悲愁，他的眼睛毒狠地盯着门庆永，没说两句话。夜里，他往一道深黑的小巷里溜走了。

第二天早晨，天还麻麻黑，七八个穿军衣的人，背着两支大枪，围住粥场院，敲开各家各户的门，韩生端领着头说："这是'八路军'，我也参加了，拿出你们的东西来。"谁也不敢说话，市民家里的衣服、洋面、钱财……那些值钱的，就被伪牌长韩生端及其帮凶们卷走了，市民的心里都怀恨起来："妈的，中国的队伍也是这么坏？"

街上的秩序一天天的安定着，市民们眼见的八路军都很规矩，公买公卖，没有一个军人私进到市民的家宅，韩生端说他也当了"八路军"，却不见他回到军营里去，整天不见面，深夜的时候才回家，门庆永的心里于是发了疑惑，他悄悄地走进粥场院每家的屋里去，对大家说："邻家们，操心些，看那个小子捣什么鬼！"并且跟居民们商量好，每天夜里，他们轮流地放上岗哨。但就在这时候，韩生端的老婆吸完大烟，走过邻家的窗跟时，门庆永的话被她听去了。

一个半明的夜里，粥场院静静地睡了，门庆永在半睡中，听见有人低低叩门，紧接着放哨的人喊起来，门庆永赶快地跑出院去。一个二十多岁的人，被他们逮住了，亮亮的一把刺刀在那个人的手里摔出去。

“这小子！给谁送的，你说！”门庆永握住他的咽喉，接连在那人的衣袋里搜出两颗手榴弹。

“哦……哦……这是给韩先生送的。”

粥场院的居民震动了，他们把韩生端叫出来，韩生端佯装着没这回事，伸过手向那年轻人的脸上打了一个嘴巴：

“你胡说！你胡说！”

但粥场院的居民早知道了韩生端阴险的毒计，大家拿绳子捆起他们来，连夜送往区公所去。

在韩生端的牌里，居民们过去见了他是要低头的，四五辈子看守粥场的李贵，当韩生端在宪兵队当特务的时候，为收房□用“通八路”罪名吓走了李贵。李贵在外面流落了半年多，到回来时，他的家产全部被霸占，严寒的冬天，他就在粥场院里爬着。关南逃来了难民，在粥场院里住，月交一百元房租，韩生端收了房租和税捐，难民们住不了几天，又无理地被赶走，没办法只好再花几十元。居民们病了，韩生端就通知敌人活烧，要不就先给他五十元，这竟然成了一种无文的规定，谁家人病了，就先给他五十元“免检验费”，要不他就会让敌人把你活活烧死！敌人大同煤矿要苦力，韩生端就向难民和苦力使劲地叫喊：“一天一袋洋面，本牌长介绍，谁去？”几天工夫，骗来了四五十个人，韩生端跟敌人订了合同，把五十多个饥饿的逃荒者，连生命都贩卖给日寇，下矿之后，再没有听到他们有一个回来的消息；住在韩生端牌里的回民马占奎被骗到大同，他家留下五十四岁的妻子，整年眼泪双流，天天期待丈夫归来，但待至接回来时，却成了一具死尸了。韩生端这个人贩子却□□不少的钱。

现在，敌伪的甲牌制已经被人民剥夺了，民主的街村政权建立了，新街长门庆永，领导着粥场院的居民，在六百人的大会上向韩生端算账，门庆永放高嗓子说：“这是民主的天下了，咱们是不怕吓唬的，谁有话，尽管说！”被韩生端害苦了的穷人中，一个沉重的嗓子在骂：

“咱们不串门子，不溜板凳，怎么就碰到你这个死对头?！韩生端，你也有今天吗?！”

那蹲在石阶台上的受尽了委屈的李贵，慢慢站起来，看着韩生端□着冷笑说：

“路儿断不了头，穷人还活着哩，究竟喜鹊夺不了凤凰的窝呵，韩生端，恐怕你死也想不到穷人有天下吧?！”

现在，确实穷人也有天下了，门庆永和他们的全街人民要斗争他们的仇人了，群众愤恨之火填满胸腔，立时用绳子把韩生端捆起来，要求政府法办。晚上门庆永的小屋子里点着油灯开街委员会，讨论他们的街政权建设计划，门庆永充满信心地说：“不要紧，大家干的一手事——为大家，只要心换心，只要团结，准能办好！”（新华社晋察冀分社一日通讯）

（《晋察冀日报》1945 年 12 月 4 日）

悲哀的北平

鱼雷

这是从北平来人写的一篇文章，他愤怒地叙述了国民党收复区北平的景象，原题目《群魔乱舞北平市》。请读者看看抗战胜利后的北平是怎样凄惨的景象吧！

——编者

紧捉着美军的飞机尾巴，国民党政军的要人，一连串翩翩地飞到了北平。随着“夹道欢呼”的声浪里，金价突破了二十万的大关（七日曾达到二十九万六千元）。当着这一批吸血鬼似的党国新贵，占据了□有的军事、政治、经济、财政、交通和文化各个部门的全部机构和财富后，各机关的小公务员、学校的教员；文化交通机关的技术家、科学家、工程师；大小工厂的技师、工人，这些被认为“亡国奴”的人民，除了另有“关系”的少数人留职外，都被一脚踢出门外，造成了哀鸿遍野、广大阶层的失业军。当着熊市长、孙长官、郝司令，及国民党中央要员，在中南海勤政殿，蜂拥着庆祝李××将军万岁的空前盛大的歌舞会上，所谓轻歌妙舞、飞觞醉月、管弦嘈杂、气象万千的时候，同时沦陷八年多被敌人践踏蹂躏下的成千成万饥饿苦难的北平老百姓们，这时也只剩了奄奄的一息。一边是穷极奢华、无耻狂欢，一边是痛苦呻吟、嗷嗷待毙！国民党企图从北平饥民的尸骨上，来建“国民党万岁”的金字塔，在此期间，党腿党棍满天飞，汉奸特务要花样，造成了“群魔乱舞北平市”的新场面。兹撮其要以餉读者：

一、两座阎王殿——“方砖厂”“定府大街”，是北平市长熊斌、行营参谋长王凤韶的寓所，是国民党军政最高当局的驻扎地，也是八年多出卖民族利益、充当敌寇鹰犬的许多汉奸、特务、战犯集中活动地。这一批天字第一号的汉奸王克敏、王揖唐、余晋苏、王荫泰、管翼贤、周作人、冷家骥、邹泉荪等，都想尽了千方百计，贿买钻营，企图通过党国权贵，以赦免他们的滔天罪行。两位阎罗——熊斌、王凤韶——高踞在阎罗宝殿，掌握着群奸生命的生死簿，但拖延不判，等待时机，这显然是珠宝财富，还不足额。因此用国法制裁汉奸罪犯，这种神圣庄严的法令，在国民党看来，那是不懂发财的傻瓜勾当！至于大批的中小汉奸如：喻熙杰、陈宰平、周大文等，则群魔乱舞都要挤破了阎王殿的大门：有的挤进去了，得了偷生解脱的保证；彼此倾压、互相排挤、丑态百出、恶名远扬，这正反映了国民党反动派和敌特汉奸、卖国凶犯，彼此勾结的一笔算不清的糊涂账。

二、万恶滔天的邹泉荪暗使美人计——八年来吸吮北平人民血液、充当敌寇鹰犬的伪北平市商会会长邹泉荪，早已料到解放后中国的人民对他滔天罪恶绝无赦免的，竟妙想天开，以四百万元极高的代价，勾结无耻坤伶言慧珠，向前进指挥所主任吕文贞勾通说项，企图摆布美人计，通过国民党的酒色之心，从正义的法网里，逃脱他的丑恶罪行。因此吕文贞与言慧珠，打得火热的一段丑史，街传巷论、路人皆知，最近中央社记者更为吕氏“辟谣”，丑事越描越黑，市民无不嗤之以鼻。

三、绿皮箱垄断了天宝金店——甫卸征尘的第十一战区高级将领们，明目张胆地曳着几只沉甸甸的装满了几千万万元钞票的绿皮箱，坐镇在天宝金店，呼唤说：“有多少金条，要多少金条，越快越好，明天我们准备飞回去再赶一趟！”这仅是抢买黄金的一个镜头。另外，王凤韶、吕文贞、孙殿英，以至于许多空挺部队“接收”专员，这些要人，都是直接间接贩运金条的操纵者和幕后人，据说每一个飞机驾驶员，每次单分花红利润就有三十万元。

四、所谓三菜一汤“半美式”的国军——装备着“两颗手榴弹，一杆旧捷克”面黄肌瘦的军队，骤然布满了北平市，老百姓怀疑地说：“这是半美式的军队吗？”原来开来的军队，正是中原会战常□将军汤恩伯领导的所谓半美式的国军。当着侯镜如的九十二军刚开□西直门车站就说：“我们是从上海坐美国飞机开来的，现在金价多少钱一两？天宝金店在什么地方？”听说在城内驻防的国军，每餐每□□要用三菜一汤、鸡鸭鱼肉，大吃大喝；校级以上的军官，都要住□□，开旅馆，吃西餐，坐汽车，过着极度阔绰的生活。一位连长说：“我们来到北京，奉命令就是打八路。”在菜市、街头、市场、商店每个角落，每天不断发生着军民严重的冲突，明明的法币一元折合□币三元，军人硬要折合四五元，以至七八元，怒目横眉，强暴无理，商人只好忍气吞声，赔钱亏本，因此把“国军”看成刺骨的眼中钉。另外借着检查行人，殴辱市民，建立“军威”的事，到处皆是。北平的老百姓都这样说：“哪儿来的一群蝗虫，都快把北平吃干啦！”

五、两支鸦片枪，压倒前门站——交通部特派员石志仁奉命抢□了伪“华交”后，首先派出亲信的喽啰孟琴南霸占了前门车站。这□财的宝库，笼络了脚行头，撒下了搂钱网，并扬言要裁汰路员三分之二，这逼迫着路员们不得不典当一空，高捧着珍贵的礼物，大喊着“刀下留人”。同时会谄媚献贡的两个大烟鬼：邓金波、袁振铎，用钱能通神的方法大显身手，居然买到了前门车站的站长及货物主任两个肥缺。尤其谁都知道袁振铎是在八年抗战中，勾结警务段、日本宪兵为非作恶，残害同胞，发百万财，娶四个姨奶奶，铁路上公认的罪人。今天插上国民党的旗号，居然荣任货物主任，掌握全站的大权，因□全站哗然莫不愤恨。他们说：“国民党来啦，武装着两杆大烟枪的特务汉奸，又威镇了全站，躲了一枪，挨了一刀，他妈的这叫解放!”另一个镜头是这些接收“华交”的大员，硬派科长给介绍漂亮的女友（因为“华交”女职员很多)，否则停职，因此铁路机关弄得乌烟瘴气、马仰人翻。

六、肥了国民党，瘦了老百姓——“热烈地盼吧！来啦！空挺部队来啦！杂和面从十六块涨到了□十多块，车座儿也挤跑啦，肚子也空啦，他妈的来啦，要咱们命来啦”，这是街头洋车夫普遍的呼声。

“老天爷！今天千万别碰上一号国军的买卖，上次拿几张浪□□票，硬拿货多找钱，里拐外拐，我赔了四百五十块，还挨了两皮靴，今天要碰上一号，晚上又要挨一顿饿。”这是一个可怜的小贩向人倾诉。

“他妈的空挺来啦，工厂关门大吉，一家三口活活挨饿。这□□国军空挺啦，这是把老百姓弄空啦，弄挺啦”。这是失业工人燃烧□的怒火。“这年头，真要命，肥了国民党，瘦了老百姓。”这是街头巷尾普遍的童谣。

总之“国军”进驻后，北平人民起了一个大变化，一方面敌伪□结合成一个统治力量，压在人民的身上，不断地吸吮人民的血液；□一方面广大的劳动人民被压迫得血枯力竭，渐次醒觉，展开了自□□斗争生路。他们晓得，只有八路军解放的城市（像张家口)，人民□□到光明和解放。因此在机关、部队、学校、工厂及一切的场所，□□洋溢着：“此处不养爷，自有养爷处，到处不养爷，咱们找八路。”这是北平广大的人民反抗国民党压迫的愤怒的呼声。

（《晋察冀日报》1945 年 12 月 4 日）

离石的解放

延安文艺通讯团 杨朔

离石的城里是个天下，城外又是个天下。

城里的天下就像是臭茅坑，堆满肮脏东西。自从敌人投降，踉踉跄跄地退走。附近许多据点的大小汉奸站不住脚，全都逃来。这里的情形简直是非驴非马，不男不女，你说是敌人的据点吧，却不见一个短腿短胳膊的大和子孙；你说不是吧，但是满街横行霸道的，大都仍是旧日的汉奸走狗！只是贺焕芝更得意了。他原先是阎锡山第三十三军的军官，敌人来□借着妻子的色相，当了铁血团的团长，于今阎锡山又通过敌人委他做挺进军司令。他变着方法勒索人民，吃得又肥又胖，仍然打起三十三军的旗号，自称是国军。实际上，敌人在时统治人民的一套把戏，原封未动，不过在原先的良民证上加盖了新任城防司令的图章，或者把些特务组织变变名字。

城外才是新解放的自由天地。城东横着条州山，隔河便是出没无常的民兵，他们和正规军血肉相连，和百姓更是打成一片了。城里是阎伪不分，城外却是军民不分。

但是，贺焕芝却偏说城外的自由人民是土匪，时常出来烧杀。气得百姓叫三十三军是三股叉，大骂道："阎锡山死不了成了害！"

填死这个臭茅坑，不让那些金头苍蝇再嗡嗡地乱飞！——这是千万人民的一条心思。

离石城东北凤山上有座碉堡，西南龙山上也有座碉堡，不先拿下，便难动一动城。民兵先在城的周围埋上地雷，困住城，互相说笑道："你说，咱们□得□□的，炸他个美美的！"有时故意拉雷，轰轰地响，吓得贺焕芝摸摸胖脖子说："八路军怎么像蝗虫一样多！"

其实，直到九月三号，×旅才开来。民兵连夜闹云梯、闹担架，只听说要攻城，可是不见一个战士的影子，心里未免犯疑思。六号一早晨，龙山上的机枪突然响了，伪军从睡梦里惊醒，衣衫不整，慌慌张张地跑进工事。可是迫击炮又响了：通！通！通！压得他们又跑回碉堡。这时，山炮大吼了一声，龙山顶上炸起大团的烟土。烟土散时，碉堡再出现，却只剩了一半。躲在河滩上瞭望的百姓忍不住喊："打得好!"这当儿，只见山头上突然出现个小小的黑影，擎着□刀，箭似的朝碉堡冲去。一刀砍断碉堡外的铁丝网，冲锋号就吹起来了。战士们涌上，前后才只吃两碗面的工夫，便占了碉堡。

蓦然间，正西虎山上不知响起什么家伙，连打七下，又响亮，又尖脆，就是久经战场的民兵，也不禁心跳。大家正在疑讶，只听有人传说道："这是美国重机枪，在爷台山缴来的!"

这七下是从指挥所发出的信号，信号一发，凤山上就动了手，转眼也占了碉堡。紧接着，大炮便朝城里贺焕芝家打起来，轰隆！轰隆！……

百姓们可快活透了，有的张着手，满村乱跑。旁人问他做什么，他急急地说："我给他们找白面，心里喜得慌!"有些老汉望着城里，抖颤着声音说："这下子，咱可不怕了!"说着说着便掉下泪来。

民兵全伏在城外挖的战壕里，直到吃早饭时，才见攻城部队沿着壕移动过来，全都挽着裤腿，赤着脚（准备过河），拦腰围着九龙带，趋溜一个，趋溜一个，快得惊人，百姓看呆了，有的指点着数数，一个一个，共总五百多人。可是天下起雨来，淅淅沥沥的，直到天黑。……

第二天白日才攻城，伪军的火力要算东城角最硬，这也就被选作突击点。炮位布置在凤山底村的一个大庙里，炮弹打过去，不偏不歪，恰巧落到东城角。趴在那里的伪军死的死，伤的伤，有的叫炮弹震得跳起几丈高。掩护队几个箭步蹿上去，肚皮贴着城墙，手榴弹擎在身后，眼睛直盯着城头，霎都不霎。城墙足有四五丈高。一个战士一连撩了二十多个手榴弹，每个都比城墙高；落到城头上炸了。

十个民兵躬着腰，快步抬上一挂云梯，架到城墙上。突击队刚要爬城，可是云梯忽然一歪，断下来了。漫山漫野全是百姓，也不隐蔽，看得正起劲，这一来可急坏了。谁能不急呢？快再架起来吧！快再架起来吧！但是机会错过了。第二挂云梯还没抬到，伪军增援上来，□下一阵手榴弹，炸倒几个战士。手榴弹一停，那几个战士哧溜哧溜地跑下，原来并没炸死。

这个差错，谁都觉得可惜，民兵认为云梯没闹好，是他们丢脸，更加气闷。个个都在暗地里想："看下一回吧！"

第二回攻城是在九月八号的夜晚。赶鸡叫，部队和民兵偷偷地摸近城。天色漆黑，露水很重。民兵刚把云梯上端的滚子搭到城半腰，城上一个巡逻的伪军听到点响声，大声喝道："谁？"他探着身子瞭望了一阵，不见动静，拖着脚慢慢地走了。民兵听他走远，才把云梯悄悄地滚上城。一班战士便像猴子似的爬上去。城头的伪军发觉了，还来不及动，只听战士们吼□声杀，接连跳上城头。这时，第二挂云梯架起来，第三挂也跟着滚上去，接着是四挂、五挂。……黑夜里，但听见这里吼："杀！"那里吼："杀！"混在杀声里，还听得见有人哭着叫："妈呀！"转眼便占领住阵地，从东城角到西城角，伪军全部肃清，但是怕埋伏着雷，就没再动。民兵上上下下的，忙着往城上运送子弹、手榴弹、迫击炮、轻重机枪。天一亮，城上的机枪和迫击炮一齐打响，城外的百姓四处喊杀助威，城头的战士个个抖擞精神，挺着刺刀紧刺。一刺一撩，一个伪军便摔下城去。……

从城上压到街上，伪军只顾乱跑乱叫，跑不脱的便跪下磕头。那副狼狈样子啊：满脸是土，满头发是土刺！有人气愤愤地问："你们为什么早不缴枪?”伪军好像要哭似的说:“背后有枪堵着嘛!街上还挂着几个头,谁缴枪就杀!”又问:“贺焕芝在不在?”说:“还在城里!”

但他早死在路上,像口肥猪,身上中了十六七刺刀。

战士们正忙着清查俘虏,搜捕汉奸,城外的百姓便抬着羊来劳军。城里的百姓感激得没法,只是重重复复地说:“唉,多亏你们!多亏你们!”过去,他们头上有太阳,身边有空气,但是直到今天,他们才第一次见到天日,第一次自由自在地喘了口气。城里城外,这才是地地道道的一个天下。

(《晋察冀日报》1945 年 12 月 7 日)

阎日合流种种

延安文艺通讯团 丁玲

我在俘虏学习队去玩了两天，这里一百来个阎锡山过去的干部，都愿意告诉我他们所亲身经历阎日合流的事实。可惜为时间所限，不能一一谈话和全部披露，但只就下边几件事，便看出阎锡山的从下到上，从上到下，由秘密到意会，到公开、下令，几年来亲日反共，投敌叛国的丑态了。现只将他们简单的谈话加以整理出来。

一、如此“征粮”！

阎锡山虽然用种种办法，划分份地，增加两银（土地税），苛捐杂税，兵农合一等政策以压榨剥削晋西南几县人民，但仍不能满足其大小官吏之贪污积财与反共之给养，于是与日本叠次会谈中，均有由日寇供给晋绥军粮食、布匹、军械之条件，除公开运送外，并可任意经过敌人据点到游击区各村抢粮。将抢得之粮屯于一处，然后搬运至吉县秋林等地，这种抢粮美其名曰“征粮”。征粮工作是他的各种兵团、便衣武装等经常工作。

曾担任阎锡山十九军二十七师骑兵团之狙击队副组长与代理队长之王文亭告诉我，他在四二年便已明确知道不再和日本打仗了。因为他的朋友七十四师十二团团长刘汉袁知道了他曾去敌人碉堡看望朋友，便向他说：“将来咱们慢慢都去的。”而副团长也撇着日本腔说：“现在多要些粮食，再武器的投降。”

去年（四四年）六月，他正代理队长时（驻中阳上桥），被派往游击区的上三交“征粮”，团长给了他一封给午村据点日人的信，并且操着学惯了的日本腔向他说：“日本人武器的没有距离，八格牙鲁（指八路军）小心的。”这种腔调说话，在王文亭听来也很平常，他也经常说着一口日本人的中国话，他常称连长们作太君，连长也自称为太君。于是王文亭带了三个组的组员到上三交去，当经过午村碉堡时，上边的伪军问："干什么的？"他说明了来意之后，便有一个日本人出来了，大声问："你什么的干活？"王忙答："我三九三（三十三军）的干活，汉交（班长）的。大太君写字的有。"日本人叫人放下吊桥，接过信来看了又说："你汉交的不是，小太君的是，三九三的朋友，好、好、好，米西拿来！淡巴菰的米西，统统一样的朋友。"并殷殷送至吊桥，王文亭又和他约好打枪的暗号。日本人很高兴地说："你大大的好的脑筋；我的铁炮三个的干活，你的两个；不对的，八格牙鲁的。"这晚王文亭到了上三交，只敢停留十分钟，抢了六头牛，四只毛驴，带走十七个人，这些人都从睡梦中被抓起，连鞋也没有穿。回来时经过碉堡，取得联络，日本人又问："米西拿了多少？"王告诉他："米西没有，良民大大的有。"日人笑说："良民的好，小慢慢的各干各干（慢慢换钱）。金票的不要，洋钱的好。"并要请大太君来玩，王当时极感日本人之和气。

第二次是八月，王等移驻东山（属离石县），因缺菜吃，而日占区之张子山农民种有菜蔬，他便又奉命去交涉。日本小队长见了他，答应了他的要求，还告诉他："你们克难坡（秋林阎之住处）的老头的太君同我们的大太君说话的有，铁炮的干活没有（不打仗），统统一样的同八格牙鲁干活（同打八路军），我们的小孩兵（普通兵）都明白，你的小小的太君不明白？"这次王文亭拿回来了六七斤葱，四五十斤山药蛋，五斤油。以后就常常去拿菜，和日本小队长做了朋友。

后来因为来往太多，怕老百姓知道，于是和日本人约定，某日同去南园"打仗"，结果实行了，狙击队把日本人"打"跑了，还骗来了老百姓慰劳来的面、菜等。

日本人又告诉他要说："开路开路"，不能说"走回"，"走回"是良民的语言，而他是太君，他们是联盟，应该说一样的。王文亭才明白他的连长的日本话为什么说得那么好，他也就更加去学。当他同我谈话的时候，满口流利的日本腔，就像一个真的日本人说中国话。

另外便是王世福告诉我：当他任阎之村协助员时，曾奉命在敌占之木村住了八个月征粮、征布以及鞋袜，他是带了信去见木村的民协团（日寇地方武装，伪军）小队长顾忠有，愿代他找来伪村长，要他们预备八百石粮，限一个月，□则受自裁处分。他便住在那里。等到把粮抢齐，存在堡上，命民夫运往阎地区之梁家洼。后来因贪污太多，便直接参加民协团，当了伪军。

二、互相救助

王世福告诉我，他当了伪军后任民协团事务秘书，去年五月里随日本人去梁家园（中阳县），袭击八路军，晚上出发，拂晓攻击，但已被八路军哨兵发现。因此，八路军派了一部分人绕到梁家园之南面山上，截住日人后路，两边夹击。日人与伪军无法冲出，战争延至十一点正危急时，幸有阎之三十三军，从梁家园的后面山上包围了上来(是一个支队，三百余人)，日人趁机又向上冲，八路军无法，撤兵王家洼。此时三十三军便与日军互相挥动旗帜，交换号音，各自退回。

阎的离石县东山办事处杨文英，在今年七月间抓了游击区的老百姓去石碛，老百姓要求附近的八路军帮助把那些人抢回来。八路军便从北山上来了，攻下了分山梁的一个碉堡，杨文英由石碛撤至张家堰碉堡内。天明后即去信给离石城内的大汉奸贺焕芝，要求援助，贺即派其铁血团，警备队四五百人来石碛搜索，解救了杨文英。

因为经常互相援救，所以便定有暗号，如六十一军曾与日人约定，若有日人来，便先问："干什么的?"日本人便回答"日本的。"再说"你的过来一个"，并问"你的大字号?"日人便脱帽，如不脱帽，则系八路军伪装，就开枪打。阎军如遇日人，便说"二零六的"(指二〇六团)，日人就说"朋友好的。"六十一军遇有危急，便吹三声号，日人即来增援。

他们亲密地生活在一起，互相来往耍笑如一家人。三十二年六十一军在王村过年踩高跷、跳秧歌，浮山城的日本人来此观看，老百姓吓跑了，他们赶忙□住老百姓，并说："没有关系，不要怕。"

有一次二〇六团到达浮山北面的王村、杜村时，附近老百姓送来白面肉菜。原来这些村子，日本人也住过。王世福在团部便知道两边有联系，并不奇怪，后来老百姓也告诉他们。前十天日寇便召集间长开了会，要他们准备了吃的烧的，问老百姓炮楼什么人修的。说六十一军，日人说六十一军保护良民，要送东西。不送东西，统统死啦死啦的！

三、配合"扫荡"

四三年二月，刘文质在二〇六团当排长。三营营长杨考清在团上（团长李庆耀）开会回来后，为了秘密，集合干部在野地里讲话："三两天本军便要配合'友'军，扫荡东山（去太行路），'友'军便衣与本军便衣今天出发，均带四十八师三团便衣证，他们化装为挑担、小贩等，我们与'友'军之联络，用黑十字旗，旗子问号是直立，左右摆动，答号是直立不动。号音问时是两长两短，答时是一长一短。夜间放两堆火，间隔三十公尺，白天用烟两堆，间隔亦三十公尺。每经过一村，要举火放烟，以示占领，每个弟兄只能带一套衬衣，一双鞋子，三天给养，出发时间一个月。"听完了讲话，刘文质心里便明白"友"军是谁了，因为这不是第一次才有的事。

这一次他们分七路，每路一个团，配以日本人一队（约一二百人），敌人并从河北山东分四路进攻。他们每次进攻，均学日本人的办法，不用步枪，用轻重机枪，四门迫击炮，一门山炮。第一天到了三岔河（游击区），就准备火堆，一到夜晚，各个山头都是火光。第二天早晨从临汾那边来了三架飞机，见了二〇六团铺在地上的旗号后，便向八路军的后方飞去了。这次日寇来回"扫荡"，刘文质这一团与日本人同住在中驼骨村，各山头都有日本人，每天出发各村搜索粮食，老百姓全都逃光了。日本人又发给他们每人一盒洋火，用以引火，焚烧毁坏，日本人常把抢来的女人、毛驴卖给他们，二三百元法币便可买到，兵士买了又强卖给老百姓赚钱。刘文质的一个同事排长，没有花钱，向日人讨了一个女人做老婆，当然也有是自己抢来的。这一回共进扰了二十多天，才各回原地，二〇六团驻到了安泽县的左村。

军队来往太多，也会发生误会：三八师（十九军）第二团的特务长曾得臣告诉我，他亲眼看见有一次在乡宁附近遇见了日本人。虽都未打枪，但有一个弟兄失错抓了一个日本人。副师长徐永昌亲自带了二十多个人，连夜护送回去。十点钟到达固城镇，日军排队欢迎，司令官下令喊“互相敬礼”，请徐永昌到据点内饮酒吃饭，临行也亲自送出镇外。

四、接收城市

当阎锡山今年八月二日公开投敌之后，有“光复”离石的例子，这以前还有“收复”孝义的例子。

这件事是周子纲告诉我的。当接收时他带着二三十人的纠察队（执法性质）在“前线”。那时是四一年秋天八月，先还欺骗着兵士，说要攻打孝义，连爬城的云梯也准备好了，第四团（骑一军）担任城东城南（团长韩春生，现任骑 师师长）。军部特务营担任城西，以军部大炮为攻击令（军部驻离孝义四十里之兑九峪）。当晚队伍开到曹村，运动到城边，兵士异常恐慌，因为从来没有打过日本人，而今天晚上听说还要攻城。正在这时，城头上的警备队忽然大声向下问：“队伍是否要进城？如果要进城，我们便来开城门。”兵士们听了，莫名其妙，以为有什么诡计，无法对付，这时团长韩春生却走出来向上回答：“进是要进城的，只是时间未到，要等大炮。”天刚明时，果然炮响了，于是兵士们向城墙开枪，城门大开，兵士们一涌进城，警备队已向城北退走了，还留下了一部分，编为政卫营。日本人还留下几万斤炭，好多麦子、盐。当晚参加攻城的兵士，都觉得这仗打得好奇怪，先不敢讲，后来便都传说出来，原来长官部事先就派了白太冲到孝义和高桥中尉谈判妥了的，所以他们这次打仗，“攻占”了孝义城，彼此却都毫无死伤。

当我在洋烛光中整理这些记录的时候，我感到太多的恶心。你，阎锡山，做出这样多的无耻之事，弄脏了我的耳目和我的笔墨，你把□国土地都弄脏了，你杀人、害人、陷人。现在，不只是人民要啖你的肉寝你的皮，就连曾忠实于你的那些部下，也放下罪恶的武器重新做人，控诉你，誓不与你并存于世了。但你还有残喘，还在日寇和国民党反动派的卵翼下苟活，我不得不以我清洁之笔来写你的罪恶，反对你。我们一定要把你们这些出卖民族利益的血账算清的。

十一月十三日于兴县

（《晋察冀日报》1945 年 12 月 8 日）

青年应有的认识

成仿吾 讲

诸位青年同学们！

今天，市青联举办的“青年讲座”首次举行，这是很好的事情。我借这个机会，同诸位同学谈一谈青年应有的认识。

一般地说，青年在今天还不是最主要的力量。青年是将来的力量，青年长大了就成了壮年，就成了最主要的力量。不过中国青年却有不同的特点，中国青年常常站在社会斗争的最前线，中国的青年是一个进步的力量，这是因为我们中国青年，在许多层的压迫之下，对于我们的痛苦特别敏感，所以我们中国青年，在中国社会生活里面，常常是一个最重要的力量。比方我们在历史上，五四运动、“一二·九”运动以及许许多多的革命斗争中间，青年常常站在斗争的最前线。今天我们到会的都是青年，我相信你们和中国的其他青年一样，都是敏感热情，在我们的社会生活的各方面，都是站在最前线的。不过在这个时候，我还想讲几点意见，供诸位参考，这就是我们应很好认识的几个问题。

首先，我们每个青年同学，应认清目前这个时代，现在是一九四五年，这是一个伟大的年代，大家都知道，在今年，西方打倒了德国法西斯，东方打倒了日本法西斯。这是历史上空前伟大的时代，尤其在我们中国有他特别伟大的意义，在我们中国是旧中国与新中国最尖锐斗争的时代，具体地说，旧中国（腐败的中国）还打算多活几天，尽量地挣扎。另一方面，新中国的力量一天天壮大起来，是新中国正要胜利的时候。为了大家明了起见，把旧中国与新中国分开来说明一下：

旧中国是个什么东西?

在政治上是专制独裁，一党专政，像今天的国民党政府就是少数的官僚军阀专制。国民党的中国是他们少数人的国家，它与过去几千年来的封建帝国的区别只是换了一个称号，换汤不换药，都是旧中国。

在经济上是封建剥削，高租高利贷、苛捐杂税，像大后方国民党统治地区，苛捐杂税名目达几千种以上，就是大后方的中等资本家也不能生活下去，工厂商店天天关门，只有少数的官僚资本垄断一切。

在文化上是思想统制，思想不自由，党化教育、奴化教育，不许青年思想有一点自由，在学校里面大量布置特务，学校里出现了一种特殊学生，不上课还带着手枪，谁反对他，说一句不同意的话，就拿出手枪来，每天叫学生们讲什么，如有不合就报告党部，报告后往往失踪不知下落。

旧中国在政治上、经济上、文化上就是这样。

新中国在我们这里已经有广大的解放区、新民主主义的各种设施，在八年来抗战中间已经有了巩固的基础。

新中国在政治上，实现了人民的政权，政权在人民手里。

在经济上，改善了人民的生活。封建剥削大部分取消了，减租减息普遍实行着，还发展了经济，有的地方已经实现了丰衣足食。

在文化上，新中国是思想自由、民主，宣传真理，探索真理，主张大众有享受文化的权利。

旧中国与新中国，在政治上、经济上、文化上，是完全相反的两个时代。旧中国是过去的时代，早应该进博物馆去，为什么还没有进博物馆呢？主要是帝国主义的支持，与人民觉悟的不够。帝国主义希望中国是一个旧中国，不希望中国成为新中国，而人民长久没有觉悟起来，所以一直到今天，旧中国还没有进博物馆，而且今天还在挣扎，还想多活几天。但是中国人民今天已经觉悟起来：组织力量一天天的增强起来了，所以现在是旧中国与新中国尖锐斗争的时代。

国民党反动派就是想维持旧中国，想维持少数人的中国。现在国民党反动派想和美国反动派来维持旧的中国。美国反动派也希望维持旧的中国，把中国变成他的市场，中国反动派就想利用美国的力量维持旧中国。当然，这些反动派，他们把中国人民看成一向是不觉悟的，他们看不见中国人民的力量，他们在很多方面是主观的、近视眼的。人民的力量是不可战胜的。反动派们是不了解这一点的，如日本帝国主义对中国人民的力量是估计错误的，他们估计在一星期或三个月就灭亡中国，在以后他们发现了中国人民有很大的力量，但他们已经迟了，最后招致了他自己的失败。中国的人民从鸦片战争以来，为了民族独立、民主自由，斗争了一百多年，尤其近二十年来，由于中国共产党的成立，中国人民已经成了决定中国命运的力量。这也是中国的反动派、外国的反动派所不能了解的。今天我们可以说，中国人民已经有了足够的力量，战胜国内的与国外的反动派，所以我们说现在是旧中国正在挣扎，新中国快要胜利的时候。

只要认清目前的时代，我们才能解决下面的问题：我们是站在旧中国方面呢？还是站在新中国方面呢？我们要决定这一问题。每个青年同学要问一问自己是站在哪一方面？这不是简单的问题；我们要认真地解决这一问题。

现在是不是有些青年站在旧中国的方面呢？有的，还有不少的青年站在旧中国方面。他们的一切思想、一切行动是旧中国的，他们的一切行动是拥护旧中国的，这是在奴化教育、党化教育下欺骗青年的结果。这些青年还没有觉悟，他们没有认清目前是新中国与旧中国尖锐斗争的时代，广大的人民是拥护赞成新中国的。而一部分青年却是不觉悟地走错了路，是受了欺骗。

在我们这里的青年是否有这样一种想法呢？如农业学校的同学

们，认为现在学些农业知识，将来我好好地种地，多打几石谷子，新中国也好旧中国也好，我是不管。学工业的同学，认为我现在学点技术，学点本领，将来多得些薪水，新中国旧中国我也不管。学医学的认为我将来毕业后挂个牌子，当个医生，新中国旧中国我也不管。学商业的会想我将来做个买卖，赚几个钱，新中国旧中国我也不管。这些想法有没有呢？我想是有的，这种想法可以说是“独善其身”，只管自己，这种态度也是不好的。前天晚上我看了一次《李自成》，李自成到了北京失败了。今天我们每个青年要站在新中国方面，要下决心。我们不能说站在中间，中间是没有地方的；或者站在旧中国方面，同旧中国一齐进博物馆；或者站在新中国方面，建设新中国。我的意见是每个青年要站在新中国方面，为建设新中国而斗争，做一个新中国建设的先进战士，这是我们青年学生应负的责任。

过去一些老年人、一些学校，告给大家“莫问国事”“莫问政治”，这是欺骗人的话，这是欺骗我们青年，愚弄我们青年，要我们做傻瓜，日本人要我们莫问政治，国民党反动派要我们莫问政治，都是怕我们青年觉悟起来反对他们。问政治就可觉悟，不问政治就糊涂，问政治我们才能知道应该做什么，如果不问政治就不知道应该做什么，所以我们青年要反对这种“莫问政治”的说法，我们每个青年同学要问政治，政治是我们大家的事情，只有问政治才能决定我们应该做什么和怎样做，不能像过去那样的糊里糊涂。

今天我们青年同学，都在学校，我们主要的任务是学习，我们还应解决学习什么的问题，前面我说过要问政治，这并不是说我们只学政治而不学其他，我们要学习技术，学习一定的职业，这是我们第一个要学习的东西。另一方面，我们要学习政治，每个学校应有政治课，要学习一定分量的政治，这是第二个要学习的东西。其次，我们的文化水平要提高，每个学校应注意提高每个同学的文化，要有文化课。第四，我们的体育还应注意。中国青年一般的身体差，体育亦应注意。

大家还应该认清的，我们的教育是新民主主义的教育，比一切以前的教育都好，有些同学对于我们的教育可能是认识不够的。似乎过去敌人办的学校很好，北平的学校很好！我认为这种认识不完全对，过去敌人的学校房子好、设备好、机器好，这些虽然是好的，但在那种学校里越学越变成傻瓜。这比如，敌人的士兵，枪支是好的，但军队是法西斯的军队，是法西斯的工具，士兵是傻瓜；国民党的军队也是一样，他有美国的武器，武器是好的，但国民党的军队却干最坏的事情。我们不能因为他武器好，就说他是好军队，一个敌人拿着好的武器来杀你，你还连声称赞“好武器、好武器”吗？天下有这种傻瓜吗？敌人办的学校有些设备是好的，但总的方面是坏的。我们的学校虽然说设备差，但总的方面是好的，这一点我们应该认识。

最后，我想我们每个青年，在这样一个伟大的时代，应很好想一想，我们的脑筋应自由自在地想，不要听过去反动派的说法，我们应很好地把我们面前的问题，从各方面仔细地想一下，认清我们目前的时代，担负起青年的责任，站在斗争的最前线，为新中国建设而努力。

（《晋察冀日报》1945 年 12 月 9 日）

三　年

——为纪念“一二·九”写给北平燕京大学的同学们

雷虹

同学们！还记得一九四二年的十二月九号吧?！在那个中华民族青年伟大的纪念日里，一股浊流冲进了校门，从那时起我们被逐出自由学习的乐园，让那些妖魔鬼怪盘踞了我们的乐园！谁忘得了那天的景象？切肤的耻辱，一辈子也洗刷不清啊！

三年前的十二月八号清晨，穆楼响了不得不下课的钟声，西校门外烤白薯的香味吸引着我们向那里走去，但是我们的脚步停止在石桥这边；敌人对着堂皇的西校门架起了机枪，多少只土黄色的狗看守住我们的校门！门房工头告诉我们，现在是“许进不许出”了。我们都了解啊！了解到从此失去了可爱的自由，转身走回穆楼，随着第二堂课的钟声走进课堂，激动的心却怎么都静止不住。

教授××先生把讲义摊开，用不同往常的声调说：“同学们！安静一下让我们上完这最后的一课吧！”窗外阵阵的军靴声，闪来闪去尽是些背着刺刀的影子，××先生的眼光不断地投射向窗外，大约也是内心太激动吧！他讲不下去。

一位同学匆匆地进来通知：敌人命令全体学生到贝公楼大礼堂集合，中国教员们到女生体育馆，外国教员们到校长住宅去。没有声音，我们静静地收拾起笔记本，走上贝公楼的石阶，校长办公室贴上了白色的封条，教务处、会计科、银行……同样是两张大封条：“大日本宪兵司令部封！”把愤恨咽在肚里吧！我们走入楼上的大礼堂，在这儿，看到了全校的男女同学，有的在嘈嘈闹闹地猜测着今后的遭遇，有的静静地坐在那里，目光迟滞，大约是在痛苦中把这经验刻在灵魂深处吧！

十分钟过去，半点钟过去……大家仍旧被关在这里！

最后那个鬼子军官带了翻译像押解犯人一样，把代理校长带到台上。记得鬼子的第一道命令吗？“燕京从今日起，在大日本的管理下，在第二道命令没有接到之前，不许自由行动，每人应回宿舍听候指示，若有反抗行为，定对全校不利”。多么刺耳的声音啊！我曾把涌出眼眶的泪强咽回去，谁情愿在鬼子面前哭泣示弱呢？让这仇恨永远刻在记忆里！早晚——早晚我们有报复的一天。

在走回宿舍的路上，我们看见穿黑衣的伪警，像逛大观园一样地走来走去，东张西望，见到同学走过就投过来轻蔑的言语和笑声！宿舍后园烧起了熊熊的火，那里面，多少宝贵的信件、文章化为灰烬！

就在这天夜里，敌人到处搜捕，多少同学被汉奸献上的名单所断送！他们像是待屠的羔羊，一个个在黑暗中被拉出校园！

十二月九号，我们被限制在三个钟头里全体搬出校园，在那个青年伟大行动的纪念日里，呈在我们面前的却是一幅悲惨的图画。同学们！你们还记得吗？从宿舍到西校门的路上，你不是曾经流着汗在地上狼狈地拖着笨重的行李吗？你不是为拖不动那些必须带走的东西急得落泪吗？你们还记得西校门前狐假虎威的伪警、目空一切的敌兵吗？你们还记得我们刚刚整理好的行李又被翻得乱七八糟吗？你们还记得有的同学没有向敌人敬礼低头，箱子被敌人踢得滚下石桥吗？是谁的脸上被打，身上被踢？谁不曾受到屈辱！为了方便，我们丢掉了多少书籍被褥？那些东西不是后来在海甸的旧货摊和市场的旧书摊上都又被发现了吗？敌伪却在我们身上发了一笔横财！

同学们！这还不够！在进西直门的时候，我们再度被搜查，你们总该记得那种做了亡国奴以后的滋味吧？伪警察得意洋洋地说：“哼，从前你们厉害，现在让你们受受！”是的，曾经有过一个时期，学生救亡运动的浪潮高涨，连警察也不敢惹，那是一九三五年的“一二·九”时代，那是学生们为真理发出呼声的时候，相隔几年，我们却被屈辱压得抬不起头来！

三年来，我从来没有忘记过那天的耻辱：正因为民族气节的鼓舞我才离乡背井，辗转流徙，撇下带病的老娘，无知的弟妹，投奔向大后方——理想中的自由中国！多少同学都奔向一个方向。在成都，我们又找到一个“燕园”，然而请听我告诉你们那个燕京的情形，由这里你们可以体会出那是怎样一个社会的产物：

在名义上，成都燕大是北平燕京的复校；实际上，同学们暗暗称它为“梅氏家塾”（注一），记得我们的校训“因真理，得自由，以服务”吗？在这儿同学们暗暗改为：“没真理，无自由，不能服务”。一群流浪到这儿的同学，像是寄人篱下的孤儿，又像是伸手讨饭的乞丐！管理贷金的先生，高高在上，像是高利贷的债主，左盘右问，还是一百八十个“不合格”！如果你是富有同情心的人，当你看到那些旧日的同学，穿着草鞋、破衣、烂裤，冬天抖擞在薄的棉被下，彻夜不能安睡，白天还要为着一个钟头两块钱的自助工作拿出自己仅有的休息时间，而这种自助工作的“工资”，还要受到学校剥削一部，作为偿还贷金的时候，你能不流泪？能不叹息？你们要问为什么不反抗，不提意见？那么我可以告诉你反抗的结果是被取消贷金，没钱念书，你就只好滚出学校！再闹得厉害，他们会加上你一个“思想不良”的罪名，管保你成为“集中营”的苦囚。校长曾公开说过：“我们打发要饭的两块钱还落一声谢谢呢！”天哪！物质上的苦我们可以忍受，精神上的压榨却要人死活不得！因此，我们唯一的希望是飞，飞出这个学校！飞出国民党的统治区！但是飞出学校不难，要想飞出那个杀人不见血的魔王的统治区，却不是一件容易事，我总算是侥幸的一个，能够飞过重重的封锁线到了民主中国的发源地！今天才可能在这里向你们写一些真实的报道：让那些亲身感到痛苦的同学们，有朝一日回到北平时，自己来证明吧！但是，现在一切运输工具，正由国民党占据运兵，老百姓还乡，不知要等到哪年哪月哩！

同学们！“一二·九”是中国青年学生宝贵的纪念日，“一二·九”更是燕京同学痛苦的纪念日！那天我们曾咬牙切齿，誓和敌人势不两立，有我无他；那时我们曾决定等待祖国回来的那一天和敌伪汉奸清算！三年并不算太长啊！也许在我们的颊上还留着敌人的掌痕，也许在我们身上还留着敌人的足印！也许在市场里还找得着三年前我们所丢失的书籍！现在祖国总算回来了，你们不是曾经欢欣鼓舞地迎接天上来的“国军”吗？但是，我要问你“祖国”回来以后，你们三年前“一二·九”的屈辱洗清了没有？你们希望中的“祖国”替你们做了些什么？国民党又联合敌伪向着解放区进攻了，曾经踢打过我们的敌兵，也许做了“中央军”。曾经轻蔑我们，欺侮我们的伪警，也许做了国民党的红人。沙滩的日本特务机关，也许变成了国民党的集中营正关闭着许多年轻学生吧！同学们！国民党反动派在八年前把我们抛弃在敌人手里，八年来还守在峨眉山麓，坐待胜利！我们所仅能听到的只有八路军的英勇作战！八年来，也许我们天天望着西山，渴盼着八路军的解放。当我们听到敌人无条件投降时，我们该是何等的欢欣啊！八年的一笔旧债该向敌伪清算了吧！但是国民党的军队从峨眉飞来，临空而下，反把八年来一直打击敌人和敌人斗争的八路军看成仇敌，八年来压榨我们的敌伪都挂上新招牌成为国民党反人民的左右手。同学们！你们想想真理何在？自由何在？

今天是我们解放区人民青年学生大大庆祝“一二·九”的时候，你们也能为了这个壮烈的日子庆祝游行吗？你们也能喊出心里要说的话吗？同学们！起来吧！拿出“一二·九”的精神，让三年前“一二·九”的耻辱化为力量，打击国民党反动派的内战阴谋，争得真理的胜利！争得自由，好使我们的知识能力获得正确的服务社会！今天我们对我们的校训“真理、自由、服务”要有新的认识：只有赢得真理的实现，才能获得自由，只有自由，才能发挥自己服务社会的能力！我们服务的对象只有一个——中国的人民！

□纪念“一二·九”，让我们行动起来吧！

（注一）成都燕京校长姓梅，和他的太太威压全校。他本人兼了□□院长，拍孔祥熙的马屁，梅太太任家政系主任。当学校宣布贷金不够的时候，校园内却大兴土木，建起家政系的厨房、托儿所（阔人子弟的乐园）来，家政系学生不到十个人，却有着六七个教职员，而家政系的学生不论穷富，请贷金是不成问题的。曾有一个时期，女生部主任辞职，她想兼任，被学生反对下去，自己乏味得很气焰稍敛；因为全校都是梅氏的势力，所以学生说：“这算什么复校，别丢了燕京的脸，还是改为梅氏家塾吧。”

（《晋察冀日报》1945年12月9日）

继承与发扬“一二·九”的光荣传统

皑风

十年前的今天，日寇铁蹄已踏进华北，企图在华北树立傀儡政权，而国民党当局则仍不顾全国人民的意志与要求，在“先安内而后攘外”的荒谬政策指导下进行着反共反人民的内战。于是以北平学生为首的中国青年，乃英勇挺身而出，为“停止内战，一致抗日”以挽救民族危亡，曾掀起了翻天覆地、普及全国的斗争浪潮，轰轰烈烈的“一二·九”运动！

“一二·九”运动在政治上、历史上的伟大意义，在于它又一次表现了中国青年在革命中的先锋作用和桥梁作用，促进了抗日民族统一战线运动的迅速和顺利地开展；在于它造成了全国人民强大的压力，使国民党反动派不得不暂时收起反共反人民的政策，因而推动了国共两党的合作和中华民族的团结，发动了全面的抗日战争；同时在这一运动中，锻炼出大批的优秀的青年革命干部，在争取民族解放与人民解放的斗争中，成为中坚力量。

抗战八年，“一二·九”以来的青年运动，由于全国地区的不同，情形完全不同了。

在沦陷区，由于国民党反动派的腐败无能，“一二·九”的发源地和中心地区，如平津、京沪、武汉、广州等地，相继沦于敌手，几十万学生和青年，都过着忍辱含垢的奴隶牛马生活，被迫地接受敌伪的奴化教育。抗日民主的青年运动，受到残暴的镇压破坏！他们内心里燃烧着民族解放、青年解放的渴望，期待着光明，但长期被陷于黑暗的苦海里。

在国民党统治的地区，青年的处境也是非常悲惨暗淡的。“一二·九”运动所曾呼号争取的“爱国自由”，抗战初期所曾初步实现的某些民主权利，很快就又被剥夺净尽了。成千成万的真正救国团体，完全被解散了，随之而来的是变本加厉的思想统治、党化教育、学校特务化，企图用一个主义和集中营的办法，来绞杀青年热爱自由、追求真理的意志。有许多进步青年仅仅因为努力救亡而横遭绑架逮捕或屠杀！再加上物价飞涨生活困难，广大青年过着失学失业、啼饥号寒的日子！

在解放区，在共产党八路军、新四军所领导建立起来的各个抗日民主根据地里，则完全相反，青年运动是一直的正常的蓬勃地发展着。就我们晋察冀边区来说：留在这里的“一二·九”学生青年，充分发扬了“一二·九”的光荣传统、先锋作用和桥梁作用。他们从城市转到农村，又从农村转向城市，把学生运动和工农青年运动汇合了起来，普遍地建立起包括各阶层男女青年的自己群众性的组织。他们更把青年工作的范围发展提高到教育广大青年的任务，造成了群众性的学习热潮。上百万的青年参加了人民的军队八路军、游击队、游击小组、民兵，为保卫祖国保卫家乡而战；参加了抗日民主政权及经济文化各种建设事业。上百万的男女青年进到小学、冬学、民众学校以及中等以上的学校去学习。在他们中间涌现出大批的战斗英雄、劳动英雄、模范的工作者和学习英雄，充分地发挥了青年的天才和创造性。大批的知识青年在抗日民主政权下培养造就出来，他们自觉自愿地为民主主义的政治服务，忠实地为边区人民服务。他们的实际生活是战斗、生产、学习的统一，民主团结活泼紧张地始终高举着民族解放、人民解放、青年解放的旗帜前进着。

中国的青年运动，在八年抗战过程中被日寇和国民党反动派人工地分裂着，一半在天堂，一半在地狱，形成了半身不遂。但我们相信青年始终是要跟着真理前进的，他们站在一条战线上来打击一个青年的敌人的意志，始终是一致的。息息相关的团结是无形的，是任何暴力所不能割裂的。总有一天会像十年前“一二·九”那样挺身而起，一齐出动汇合在一起，再展开一次翻天覆地的斗争，而且目前已经是时候了！

现在国民党反动派正迫令百几十万大军，与敌伪合流，在美帝国主义分子支援下，大规模地向解放区进攻，想继日本法西斯之后再来一次大屠杀，摧毁解放区人民用鲜血头颅换得的民主和平自由幸福的生活，妄想驱使中国人民自相残杀，把中国重新拖回到半殖民地半封建的地步。国民党反动派又给中国人民制造了一个新的战争危机，中国人民已经再不能忍耐下去了！

我们不能幻想人民的刽子手会对人民有任何慈悲，只有把他那只拿屠刀的手打断，让他认识到人民是不可侮的时候，才有道理可讲。我们不能等待，等待就是奴隶牛马生活的代名词，而必须紧急动员起来，行动起来！

解放区的青年学生和广大工农青年们动员起来，武装起来，加紧生产，优抗劳军，集中一切力量支援前线，保证被迫的自卫战争的胜利，保卫解放区既得的和平民主的生活，打退国民党反动派对人民的进攻！

国民党统治区的学生青年们，英勇地挺起身来，继承与发扬中国知识青年在革命中起先锋作用的光荣传统，到工厂去、到农村去和广大的工农兵青年汇合起来，罢课、罢市、罢工、罢税，放下屠杀人民的武器，以种种有力的实际行动来制止国民党反动派的内战罪行！

全中国的青年团结起来。当我们纪念“一二·九”的时候，再来一次普及全国的翻天覆地的斗争吧！用人民反内战的巨流把国民党反动派借助于美帝国主义分子所燃起的内战火焰淹没了，为实现和平民主团结与统一富强的新中国而斗争到底！（《“一二·九”十周年纪念》专刊）

（《晋察冀日报》1945年12月9日）

历史的车轮可以倒转吗？

——“一二·九”以外的话

冯宿海

“一二·九”的发生，距今十年。十年前的今天，北平已是危城，华北的人民正走上了亡国奴的道儿；但十年后的今天，中国没有亡，而且成为战胜国，作为胜利者的中国人民，不能不想起当年北平的数万学生与文化界先进，冒寒风、抗水龙，在警棍枪林之中，挺身站在救亡运动的第一线，发出了警动全国的抗日吼声。这声音在今天还并没有息；然而我们却又看见了敌伪顽合作合流的丑剧，也看见了反动派进攻解放区人民的惨剧，更看见了为反动派做替死鬼的悲剧。抚今追昔，能不令人义愤填胸吗！

回忆十年前——一九三五年的时候，国民党反动派正热衷于他们的“宁赠友邦，不予家奴”的卖国政策，一面搜刮民财，坚持其反共反人民的内战，一面则与日寇不断签订卖国投降的协定。从九一八以来，一个《淞沪停战协定》不够，一个卖国的《塘沽协定》还不够，又在距“一二·九”前不到半年的五月二十九日，由现在正在北平指挥着敌伪顽合流军，进攻解放区人民的亲日派头子何应钦，亲手签订了一个与日寇共同“剿共”的《何梅协定》，在该协定中有这样两条：一是划北宁路两侧为非武装区，中央军完全撤退，日寇则可以自由运兵；一是在河北、察哈尔两省的国民党党部，一律关门，停止活动，限期退出该两省。

这个协定中的“卖党”部分不关咱们人民的鸟事，不去管它，但是屠杀人民的刽子手何应钦们，一纸协定，便把全华北人民的性命，送给了日本人，任其屠杀，是人民所不能忍受的。于是，为了救亡图存，在中国共产党的领导下，首由北平的学生与文化界，就在同年十二月九日，发动了撕毁《何梅协定》，惩办卖国贼何应钦，反对内战、一致抗日的救亡运动。而这一运动，正如星火燎原，马上得到各界人民的热烈响应，掀起了一个全国人民反对内战，一致抗日的大浪潮。

人民起来了。人民一起来，人民的力量是伟大的。任屠人民的刽子手何应钦们如何阻挠、破坏和平，要把历史车轮掩回到黑暗、专制、独裁的道上去，但到底抵不过人民抗日力量的冲击，终于使西安事变得以和平解决，而能在七七事变后，实现了全面的抗日战争。

这是近十年来人民的第一次大胜利！

人民之所以能够取得全面抗战的大胜利，经验告诉我们：就是团结，依靠团结，和反动派斗争。

但是在抗战当中，反动派们并没有忘掉他们的反动阴谋。在抗战初期，他们采取了片面抗战、不要人民的逃跑方针，使中国北讫沙漠，南至于海，东西纵深数千里，被国民党军队不战放弃，丢给了日寇。反之中国共产党率领八路军、新四军，与人民在一起，深入敌后，收复失地，解放了一万万以上的人民，在十一个省份中建立了十九个大小抗日民主根据地，武装人民，坚持抗战，抗击了日寇在华兵力的百分之六十五，伪军百分之九十以上，使国民党政府得以偏安于峨眉山上，没有做了流亡政府。但就在这时，还是何应钦之流们，实行了消极观战、积极“反共”的政策，一方面与日寇勾勾搭搭、暗送秋波，一方面则发动了三次反共高潮，以五十万大军包围陕甘宁，二十余万人马进攻各个解放区，企图与日寇配合，消灭抗战力量，中途断送人民的抗战，使中国人民再回到“一二·九”以前被奴役、被屠杀的地位。

然而人民的力量，在抗战中锻炼得更加壮大了，不但没再让何应钦们出卖了抗战，而且坚持抗战到底，把日寇打败了。

这是近十年来人民的第二次大胜利！

人民之所以能够取得抗战的大胜利，经验告诉我们：还是团结，依靠团结，和反动派斗争。

现在抗战胜利了，和平就要出现。而抗战的胜利、和平的赢得，是中国人民，尤其解放区的居民，在共产党的领导下，用血用汗争取来的。然而，这回又是屠杀人民的刽子手何应钦们，他们一心要想破坏和平，独占人民的抗战胜利果实，血洗解放区，篡夺人民在抗战中已经取得的民主权利；垄断受降，与敌伪合流，勾结美帝国主义分子，大举进攻解放区人民。在十一月三日，何应钦在他十年前签订卖党卖国的《何梅协定》的北平居仁堂，又签署了三路进攻解放区人民的命令，战争正在山海关一带，方兴未艾。

当我们纪念"一二·九"十周年的今天，回顾十年来人民用血写成的抗战救亡历史，目睹国民党反动派何应钦们的认贼作父，屠杀人的猖狂，稍有人心者，哪个能不恨入骨髓呢！但是，历史告诉了我们一个铁的教训：依靠团结，我们战胜了一个强大的日本帝国主义，没有让日本人把中国变成他的殖民地，小小的反动派，岂能把中国的历史再拖回到"一二·九"以前的地狱状态吗？决不会的了。只要我们更加团结，保卫人民抗战的胜利的果实，粉碎反动派破坏和平的阴谋，是完全有保障的。因为历史的车轮，是永远前进着的。而推动历史车轮的正是广大人民，任何反动派如何应钦之流，要想倒转历史的车轮，必然会被碾得头破血流的。日本法西斯就是这样的前车，而覆车之鬼，至死不悟，现在在人民的面前，就附着反动派何应钦们的肉身而出现了。但对于这些法西斯的游魂们，却不能以为他们的祖师——德意日三国，在军事上已经垮台，剩下这些希特勒的徒子徒孙如何应钦们，任其如何猖狂，也不要紧了，那是错误的。相反这些法西斯游魂，如不予以彻底击败，就是养虎遗患，就是纵敌，对于中国与世界的和平民主，是很大的威胁。所以，这些法西斯游魂如何应钦们，必须要给以毫无慈悲的清算。

起来，团结一致，粉碎反动派破坏和平的阴谋，猛烈地扩大“一二·九”以来人民已经取得的胜利战果！（《“一二·九”十周年纪念》专刊）

（《晋察冀日报》1945年12月9日）

两种学生生活

——一个刚从国民党统治区来的同学的控诉

高原

我是华北联合大学的学生，当我在解放区来庆祝十年前伟大的“一二·九”学生运动的今天，我们又听到了大后方昆明六千余学生游行示威来制止内战的消息，我们是如何的兴奋！可痛心的是他们又遭受到了手枪、步枪、机枪、手榴弹的威胁！是的，国民党反动派是用惯了他们杀人不眨眼一招的。十年前，他们曾用人刀、水龙、刺刀、皮鞭来屠杀、镇压过中国青年。以后在八年抗日过程中，他们又屠杀了多少爱国青年！毁灭了多少爱国志士！

抗战胜利了，他们又在展开大屠杀了！他们是想杀光咱们中国老百姓的，是想毁灭全国青年和全国学生志气的，而我，就是几乎没被中国反动派杀掉了而逃出大后方的。同学们！你们愿意听中国刽子手屠杀中国青年的行为吗？你们知道大后方的腐败、倒退、复古的教育吗？是的，我这里就简单地给你们介绍一下：

在两年半以前，我曾不能再忍受下日本帝国主义的压迫，由沦陷区跑到大后方；哪知道，我却是由泥坑里又跑到火坑里！一切都和我的想象相反，我在没办法之下才又入了大学。可是入大学也不那么简单呀！如果我不是和那位教务长大人是同乡的话，如果我不到教授家先拜访拜访的话，我是不会被恩准入学的，我更不会被赐为公费生。我只想大学里是可以深造的、是可以求进步的、是可以有出路的，哪知道路都堵死了！那里没有书看，要看就是《中国之命运》；要看就是《大学》《中庸》“子曰，学而时习之”；要看就是《希特勒传》《墨索里尼传》；那里没有读书自由，那里就连鲁迅的《呐喊》《彷徨》都在被禁之例。你想读一篇《新华日报》，也得找着山沟、河套、竹林、坟圈里去读，你想开一个研究会，也得紧紧地防备着特务的眼睛，你想出一个壁报，也得经过这些训导处教务处的大人老爷们的两天三天三遍四遍的检查。你如果研究民主，讨论民主，那你就是“思想不良”，你就有被暗杀、被逮捕入狱的危险了。哪一个稍肯进步，哪一个就会被认为是共产党嫌疑犯，我白天偷着读了一篇《新华日报》，晚间就会梦见特务来逮捕。我苦闷！我悲伤！我愤怒！我憎恨！直至我脱离那个学校的最后一步，我才高兴。那里不是我们求学的地方，也不是我们求进步的地方，那里简直是毁灭中国青年的毁人炉。

其次，我们看看这些办学的大老爷们。他们是昼夜奔忙、奔走钻营，拿学校当他们的私人财产。去年陕西武功西北农学院的学生，为什么罢课呢？不是为了别的，就是那位院长把农场机器变卖了，入了自己的腰包；至于揩学生的公费：像武汉大学的学生，每月就得修三天公路，才能赚出来三天的饭费；拿学生当他们的垫脚石，像东北大学校长就说过：“你们都拥护我，将来自有官做。”他们不仅如此，而且还奴役了许多狗腿，使用着许多特务，专门监视前进学生，屠杀进步青年，他们预备好了许多集中营和禁闭室的。看！去年金陵大学的两个学生，因为在壁报上登载了民主座谈会的事实，而被逮捕了；成都市中事件被打死了两个同学，被打伤而入医院的同学有四十多名；就是国民党的嫡系中央政校（即国民党中央党校——编者）的学生，因为反对命令式的“自愿从军”而被逮捕了十六个同学代表，这是叫人能够知道的，像不叫人知道的暗杀，那真□□有多少青年做他们的牺牲品了。像成都的学生，为什么一个两个的都不敢上街呢？为什么学生就会时常失踪呢？他们并未逃出虎口，相反的他们都坐了十九层地狱的监牢。

七七事变以后，沦陷区的大学中学都随着阔老爷们纷纷搬进了四川。以后国民党反动派为了征求给他们做忠心爪牙的干部，因此，在大学里就增设了公费生。这一来就给办学的大人先生们一个发财的一个好机会：许多学生为了得到一个公费生，也就钻门子凿窗户，入学考试公开卖题，重庆学生哪一个不知道五万块钱准保考上呢？是的，重庆、成都各大学，不漏题的已经成为稀奇的事了。除此以外，给中国反动派效忠的教授们，他们把英美十八世纪的东西搬到中国来，把几千年前的古董来灌输给学生，把进步的书籍焚烧了，把正确的新闻封锁着。他们讲什么呢？他们讲“秦始皇的统一”，认为今天大地主大资产阶级的法西斯独裁中国没有实现，而表示遗憾！他们看到了中国人民的要求民主，就该讲“民主和独裁差不多了”。他们还更会用另一种高明的方法来说明“中国人不会写选举票，因此就不能实行民主”的谬论。他们看到物价飞涨、通货膨胀，就该说中国的经济没统治好，应该学“德国的统治经济”。他们麻醉青年、愚弄青年、蒙蔽青年的方法是花样翻新的，他们是想着把中国的青年、把中国的学生拉到深渊里去的。不但如此，他们会用扣分、记过、免除公费逼迫学生来听他那个不是中国青年所需要的东西。如果这种办法学生再不遵守的时候，那就是你的“思想不良”了。他们也就会用更惨无人道的屠杀青年的一着了，把学生杀掉、砍掉或拉到集中营里。此外，他们还豢养着地痞流氓，不是拿书本上学而是拿手枪上学的特务，就是这些阔少爷们，吃甜伙食团、酸辣伙食团。他们更油头粉面皮鞋革履来吹唬那些穿草鞋、粗布衣裳的同伴，致他们同伴于死命！我不多说了，事实比我说得多着呢！

同学们！男女青年们！我由那个十八层地狱里走出来，走了六个多月一万多里曲折的路来到了解放区。解放区的一切都超过我理想的满意。我今天又入了大学了，这个大学和那个黑暗、腐败、倒退的国民党统治区的大学，根本就无法可比，我仅简单地说一点：

我们大学里，一切都是自由的，任何事情都是用民主的方式来解决。我说大后方学校里有拿手枪上课的学生，说到学生会被暗杀，说到一个人随便就会被捕，这里许多老同学们，简直觉得稀奇得很！他们在自由空气里生活惯了，难怪他们觉得稀奇！

解放区和国民党统治区，这不仅是两个地区的不同，而是两个不同的社会，我们是新民主主义的教育，国民党统治区则是一个半殖民地半封建的教育。我们所学的是民族的、民主的、科学的、大众的文化，因此我们是快乐的、进步的、幸福的。国民党统治区因为它是半殖民地半封建的文化，因此它就是少数人的大地主的大资产阶级的文化，也就复古的、倒退的、不科学的法西斯文化。所以国民党统治区的同学，就不能不是悲观的、苦闷的、走投无路的。

我今天走正了路，我很高兴！但是不能不叫我对在今天中国还没有得到自由的同学们寄予无限的关怀。

但是今天，由大后方、由沦陷区，每天都有无数的青年学生和各界人民向着光明的解放区奔来，人心所向，说明今天中国人民的力量一天比一天地壮大起来了！全国同学们积极团结起来，拿出我们的力量吧！今天，不是观望徘徊的时候，共同起来制止内战！我们拥护大后方的“反内战协会”的号召，我们拥护与声援西南联大云大为制止内战而罢课的行动！我们希望全国同学们！全国青年们！团结起来！继承“一二·九”运动的优良传统，和中国劳苦大众相结合，起来！和工农兵联合起来，为争取和平民主团结而奋斗到底！为制止内战而奋斗到底！为实现独立自由民主富强统一的新中国而奋斗到底！（《“一二·九”十周年纪念》专刊）

（《晋察冀日报》1945 年 12 月 9 日）

张垣侧影

张磊

“共产党把暖气也带来了。”

往年的张家口，一到阴历九月九，就要开始下雪，现在已是十月底了，还没有怎么下雪，前些日子，下来的却是小雨。这两天比较冷些，在没有生炉子的室内，华氏寒暑表上在三十度上下。久居本市的市民，看到太阳升起来，高兴得很，早晨见面的招呼，第一句话断不了说：“好天气！”人们像神话一般的在纷纷议论：“今年气候比往年暖了一个多月。”“共产党一来，老百姓真有福气，你看，他把暖气也带来了。”

“今年喜事特别多”

某洋车工人告记者：“真怪气，今年的喜事特别多。我天天拉着车满街跑，那一天也碰到好几顶花轿，吹吹打打，有从东来，有往南去的。有一个月里，我跟着花轿拉喜客也已经有五次了。”据一般调查和估计，本市在日寇占领的时候，十七八岁的姑娘，好些是害怕得躲到乡下去了，乡下的闺女，不敢向城里聘。同时，市民生活都很困难，办喜事弄不到酒菜和白面，结了婚显然是增加负担。现在社会秩序安定了，职业和生活都有了保障，并且提高了一步，乡下的农民，也愿意在城市找个女婿。街街巷巷，工人住宅区、贫民区，不管是大门或小门，到处可以看到大红对联和“喜”字，犹如春之到来。有人说：“在过去八年中是稀有的景象。”

“八路军爱孩子”

“共产党八路军”，这是张家口市民，对穿军服、穿制服的、穿农村粗布衣但头上包有白手巾，从解放区来到本市的各个部队和工作人员的一般称呼，他们已经是习惯地脱口而出了。这里的妇女们，曾经受过日本人的一种造谣欺骗，说“女八路一生下孩子就扔了”。有些老太太就信以为真，脑子里解不开，甚至有这样的埋怨：“八路军娘儿们好狠心！”最近，我们有不少的女同志从后方来此，许多都亲自抱着自己的儿女，毛驴上驮着两个筐子，也坐着年幼的小孩，也有跟着他母亲的身边，一蹦一跳地走着，活泼可爱。老百姓从屋子里跑出来看她们，感到异样的新奇。妇女群众交头接耳细谈着：“谁说八路军不爱孩子！”八路军从街上走过，看到谁家老百姓的小孩也好，总喜欢拍拍他的小肩膀，或者抱一抱。八路军问会说话的小孩：“你怕不怕?”小孩笑着说：“不怕！”“小孩子不怕八路军”也成了做父母的人们一种谈话的内容，一桩稀罕事。

劳动人民最光荣

在二区，好些大门上挂着一块新做的木牌子，上面用正楷的毛笔字写着“铁路工人宿舍”，或其他某工厂工人宿舍等。有人以为里面都是工人住着，可是十来户人家，有时只一两户才是工人。工人看到自己没有发职业证，就要向厂里提出来，一定要佩上可以证明自己是工人的证章。烟草公司一个童工，有一天去得晚了一些，刚巧那天发了写着工人名字的红布条，别人都挂上了，他没有，着急得他几乎要哭出来。各个工厂的门口，工会的牌子，差不多都是和工厂的牌子并对地挂着。有些工会的牌子比工厂的牌子要大得多。几千年来，工人和劳苦大众都是独裁统治阶级视作最低贱的人，工人没有社会地位。

三个月来，张家口一切都在向民主团结的方向变化发展，工人翻身了，“工人”已成□光荣的称号。“劳动人民最光荣”，不是什么空口的空传材料，而是工人、农民，各种劳动者的在实际生活中实际觉悟到的科学思想。

（《晋察冀日报》1945 年 12 月 10 日）

乞　丐

仓夷

乞丐的生活是很艰苦的……

院子里一早就来了两个乞丐。

一个男的，满脸泥污，两只眼睛都没有黑眼珠，一进院门，就双手挥敲呱嗒板，艰难地伸直脖子唱起塞外流浪汉流行的苦调。一个女的，两只眼睛没有黑眼珠，也没有白眼珠，只剩两道红红的眼缝。她的左腕上挂着一只生锈的洋铁桶，右手指紧紧地捏着男人背后的衣角。男人的呱嗒板挥敲着轻快的节奏，他的歌声唱得非常的清亮。

院子里，静悄悄的，只有几件冻得僵硬的衣服，搭在铁丝上晾着。

他们唱了一会儿，东屋和北屋的玻璃窗里，开始映出几个女人蜡黄的面孔，看她们那凝视不动的眼睛，像是听这苦调听得很入神。

男乞丐突然停止了呱嗒板的挥敲，向空院里呼了一声："大婶子。"

玻璃窗里蜡黄的女人面孔，像触电一样的，变得很苍白，往回一缩，看不见了。

女乞丐也随着央告："婶子叔叔，行行善，给点吧！"

院子里，仍然静悄悄的。

男乞丐听听院里没有人答话，就"唉"了一声，又急促地挥敲起手里的呱嗒板。

这两个乞丐，开始唱着流行塞外十数年来的《回关南》小调，这支小调，虽然流行在这塞外十数年，多少的穷苦汉都唱过，但却没有像今天这两个乞丐唱得这样的凄婉。听见这两个乞丐的歌声，院子里聚集来了许多八路军的战士。

"你们唱得很好!"八路军的战士这样低声地赞叹。

"嗳!这还称得起好?"男乞丐苦笑着,眉毛皱起来,"不得已的事。两眼瞎了,又不愿死去,只好要饭,才学这口唱的。我到人家院里,求爷爷告奶奶,给我点,人家不待理,站在人家屋檐下,冻得咱身体直筛筛,遇见不好的,还骂'去你妈的!'你要是一打一唱,好听,人家听了哈哈笑,就给你点!"

"听你口音,可像是关南人,怎么会跑到这里?"

男乞丐把破毡帽壳戴正了,苦笑着,眉毛又皱起来:

"我是落难到这里的,老家原在冀中武强县,因为鬼子抓我到大同下煤窑,连急带烟呛,眼就瞎了!唉!"男乞丐像有诉不尽的怨恨,沉默了好久,才接着说,"大同那里,像我这样下煤窑瞎了眼的,可多着呢!宣化府的、青岛的,尽是受日本委屈的青年。我今年才二十四岁,二十岁那年被抓来下窑,眼睛瞎的时候,差一点给日本活埋了。我逃难到口泉南沟煤窑,白天讨吃,晚上就在谷场里睡,整整在大谷场里冻了一冬。那时节,我到处找我妈,找我爹,像疯子一样,碰在树上,跌到沟里,有可怜我的,见我跌得惨,就把我拉起!"

男乞丐说到这里停顿了,脸部露着很痛苦的表情,呆立在一旁的女乞丐,也难过起来,低着头说:"日本人最可恨,日本在,我们铺家不敢去,人家装日本把咱赶走;车站上有工头、翻译官,也不敢去,就这丰镇城,我们也没来过。日本人查卫生,捉住就活埋。唉!三两天的挨饿,到野地里伸手摸,摸到生豆角,就吃生豆角,摸到茴草,不知是什么,吃着也不苦,就瞎着眼吃了!……"

男乞丐想起一件什么生气的事,不等女乞丐说完,就抢着说:"傅作义占丰镇的时候,我想日本人退了,进城会好要一些,不想那城门上的哨兵不让我进城。在一家铺家门口,我去要饭,掌柜的说:'你站一天也不给,趁早……'我生了气,我说:'你比我强,你给我点，算你行好，要不穷你，你不给我，我也就走。日本人在时，你们装日本，吓唬我，我害怕，现在你也不必与我争高低，三岁的孩子都比我强！我是被日本害的。’孩子哄我，这里走！一走！噗咚，跌下，孩子把我取笑！”

女乞丐听到这里，就□起破衣襟，擦着眼泪。

八路军的战士，有的给他们送来馍馍，有的给他送来毛巾。东屋和北屋的房门开了，蜡黄面孔的女人们，穿着花鞋，手里托着铜盘，也给他们送来了剩饭。战士们问他们眼睛是不是看得见现在来的是八路军，男乞丐把多年紧锁的眉头慢慢地展开，很郑重地说：

“我眼睛看不见来的是八路军，耳朵却听得见的。叫我听那声音，这丰镇城就像齐换了人！说话的声音不同了。连铺家掌柜说话都和和气气的，孩子也不哄我，兵们也不撵我！你们一张嘴，我就听出是八路军在说话！唉！你们就是好人！”

女乞丐放下了衣襟，在用力地睁着那红红的两道眼缝，她像要睁开双眼，看看眼前的八路军是什么模样。

十一月二十八日记于丰镇

（《晋察冀日报》1945年12月10日）

孩　子　们

郑云

在八年伟大的民族解放战争中，反对敌人“清剿”“扫荡”的烈火燃遍敌后解放区，广大的少年儿童，在此残酷的斗争中表现出了许多可歌可泣的模范事迹，这里讲的只是我记得的几件。

年轻有志的胡八虎

反“清剿”斗争的烈火，于一九四二年的八月二十七日（旧历）燃烧到曲阳沟外的北××村，天还没亮，村东村西的树林里和要路口，都发现了敌人。

十一岁的胡八虎，正向大门外探视的当儿，村抗联妇女部长惊慌地从外跑来，头发蓬乱，气喘得难以说出话来，她低声向八虎说：“鬼子在后边追我。快把你家的洞口（地洞）弄开，让我进去。”

八虎同他老祖母便急忙把她藏在风箱底下的地洞里，盖上风箱。八虎便很机警地点着柴火，拉着风箱，很自然地做起饭来。

刚点着火，十来个凶狠的鬼子，撞进了院子，有的东张西望，有的翻箱倒柜，其中一个带刀的鬼子，摆起可怕的面孔，向八虎吓唬着：“小孩，好好的花姑娘的，你的说话。”

“太君！花姑娘的没有。”八虎的小眼睛谨慎地看着鬼子。

“没有！不行的。地洞在哪里，你的说话，皇军金票的大大的有。”鬼子说着便掏出伪票一卷。

八虎圆圆的面孔上射出朵朵的红光，两只小黑眼睛，注视着鬼子的腰刀、钞票，和在冷笑着的狰狞面庞，没有什么表示。

“地洞你的说话，金票大大的有！”鬼子说着把伪票数给八虎看。

"我家没有地洞，皇军!"

十来个鬼子搜了一阵没有找出什么东西，又一个个聚拢来，向带刀的鬼子报告："花姑娘地洞的没有。"

"小孩，说了地洞花姑娘在哪里，金票的有，撒谎的，死了死了的有!"说着把腰刀向八虎抡了一下。

"皇军！实在没有，我不知道，我不要钱。"八虎想起在学校里王老师和童子军中队长讲的"五不运动"来，又坚决地回答了敌人。

敌人见他不肯说实话，狠狠地打了他几巴掌，八虎就向院子里跑，鬼子追上去，脚踢手打，打得十一岁的胡八虎拉了一裤子屎，又用刺刀逼向他的胸膛威胁他，叫他说地洞在哪里，可是他始终没有说出半点秘密。

敌人没法只得把目标转向他的老祖母。她见八虎不说，敌人没办法，也坚决地回答了敌人："没有，不知道!"敌人生气了，就动起刺刀来。他的老祖母因抗拒敌人的刺刀，把双手都割破了，流了满地鲜血，最后她回答敌人："我家实在没有地洞，也没有花姑娘。你们弄死我也没有见。"

鬼子见他们这样坚决，信以为真，便一个个地走了。

这天敌人在北××村杀死十五个老百姓，抢走两大车东西，烧了十九间房子，但八虎家里的秘密，却没有被敌人发觉。

第二天学校里开大会，公推胡八虎为模范儿童，并向他说："八虎！给你登报哇，大家伙儿全说你挺模范。"他笑嘻嘻地说："模范什么，谁肯把实话告诉鬼子哩!"

四个人一条心

一月八号天还没亮，四百多个鬼子和大批汉奸特务，包围了曲阳六区××村，到吃早饭的时候，鬼子把没有跑及的老乡，都赶到十字街上，四路街口房顶布满了岗哨；鬼子滴溜溜的贼眼，注视着每个老乡灰白而颤栗的面孔。敌人宣布了开会的“纪律”，要大家的眼睛一律注视着鬼子，不准斜视，不准低头合眼……

正当着威胁老乡的时候，几个鬼子从人群中提出郑陆军、郑占奇、郑铁栓、郑昆田四个孩子，他们都是村干部的子弟，年纪在十四岁上下，当敌人未来之前，他们是互相宣誓，履行“五不誓约”（注一）。敌人拉出他们之后，第一句话就是“谁是干部？洞口在哪里？”以郑陆军为首的是“不知道！”三个字的回答。

敌人凶得好像恶狼一般，把他们一个个拖倒，好像拖猪似的拉到一家门首，将头部按在门槛上，兽脚踏住孩子们的胸口，两手抽出光亮的刺刀，把刀尖紧对着咽喉，逼问：“说不说地洞口在哪？谁是干部？”

孩子们从扭转了的喉咙间连续喊出颤动的回答：“有！有！有！”敌人发出狰狞的狂笑：“好！哈，哈……”把兽蹄从孩子们的胸脯上抬起来。

但，孩子们的脸庞、脖颈上已经深深地印上了一大片铁钉白印，由白转红，从凹下渐渐地恢复起来。

孩子们从门槛上爬起之后，面上满带着悲痛的笑容，向着鬼子说：“没有哟！没有哟！……”鬼子气极了。“拍，拍……”一连几个耳光之后，又把他们照样刑罚起来，孩子们见到形势的严重又喊：“有！有！有！”

但当他们二次立起来时又是：“没有哟！没有哟！……”

村干部们在人群中眼巴巴地望着他们，谁都捏着一把汗，心想：“我们的性命，就在这四个孩子身上！”

敌人一连三次威胁他们，他们用同样的态度回答了敌人，在这孩子们的口里，没有得到半点口供，最后鬼子没办法而很泄气地说：

“开路开路的。”把他们放了。

记着！“三不誓约！”

敌人开始“清剿”沟外的那天——一九四三年一月七日。一股敌人，包围了七区××村，将全村老百姓，驱使到一所广场上开会，十二岁的男孩李占兵，也跟着他父亲，夹杂在人群中参加这个会。

凶狠的敌寇，想达到他的“清剿”阴谋，首先即从人群中拉出两个老百姓，让他们向大家跪倒，抽出光亮的马刀，毫不怜惜地把老乡的头砍下来，鲜红的热血，喷向群众，也喷向李占兵的脸上。老乡们有的面如土色，有的瞪起眼睛，燃起复仇的烈火。小孩子李占兵，他却心中打着主意。

鬼子第二步的措施开始了，从会场上“拔相”，看看谁的脸色变色，就把谁提出来，严刑拷打。当老乡们被鬼子指名提出，经过小孩子李占兵那里的时候，李占兵便把老乡的衣襟轻轻地一拉，小心低声地说：“×××！记着！三不誓约！（注二）”他一面看着鬼子的面色，一面叮嘱着老乡要遵守三不誓约，一连从他的旁边过去三个老乡他都是这样叮嘱着，提醒着。

在他附近的几个妇女，一时被敌人的凶暴吓住了，低声地告他说：“你这小子！这是什么时候啊！还这么瞎说！”

“不要紧！鬼子听不见！”李占兵这样很从容地回答了她们。

他父亲见他不听别人的劝告，便狠狠地打了他几下，意思是说不要再说了，你看不见洋鬼子在杀人吗！

但小孩子，并不灰心，觉得“三不运动”这时候不实行，什么时候实行呢？所以当着又一个老头子被敌人叫出，经过他那里的时候，他把小眼睛向上一看说：“三不誓约！”

在李占兵的影响下，××村的老乡，虽经过了严刑拷打后，没有泄漏出一点秘密。事后，政府赠他“模范儿童”的称号。

誓死不屈的李谦子

在一九四三年敌人“扫荡”边区时，到处搜山捕人。十一月十一日包围了××村。有十七个老乡，未能跑及，在村北被鬼子捕去。我们十五岁的童子军中队长，李谦子，不幸也同时被捕。

鬼子把他们带到××村，便开始了严刑拷打，企图从他们的口中，得到我方的秘密。

不幸，首先降到李谦子身上，鬼子手持木棒对他威胁说：“谁是干部（指被捕的人群）！你的说话，不说死了死了的有！”——敌人以为十五岁的小孩子，会被威胁而屈服的。

“不知道！”李谦子的双眼看着鬼子的凶恶面目，响亮地回答。

接二连三的威胁，对李谦子的决心，丝毫未能动摇。鬼子得到的回答，就是“不知道！”再问不出第二句话。

敌人失败后，更施其残酷手段了，当即拉出两个老乡，一句不问，用木棒打死了。这时敌人手指死尸，又转来威胁李谦子：“谁是干部？你的不说，一样一样的，死了死了的！”

李谦子的回答仍然是坚决、干脆的：“我不知道！”他两眼转视地下，再没有第二句话从他嘴中吐出。

正当鬼子“恼羞成怒”，要举棒打他的时候，一个丧尽天良的狗汉奸手指李谦子说：“他就是童子军中队长。”——不知怎样得知其是童子军中队长。

鬼子因此兽性激起，瞪着眼睛，大声吆喝：“你的小八路的！不打死你！过几年就打我们的！”至此鬼子双手举起大木棒，更加大嗓子喊“打死你的！”，向李谦子的头打去。脑浆、鲜血洒遍满地。李谦子就如此光荣牺牲了。

李谦子的誓死不屈，激动了其他人。他们不但没有因此而动摇，且更加坚定不屈，敌人怎样严刑拷打，残酷屠杀，也没从他们口中得到任何秘密。

李谦子在牺牲的前几天，还组织领导儿童，在敌人据点中偷出了许多被敌人抢去的粮食、衣服……还拉出洋马一匹。

(注一) 儿童“五不运动誓约”：

一、不告诉敌人一句实话；

二、不报告干部和八路军；

三、不报告洞子和粮食；

四、不要敌人东西，不上敌人当；

五、不上敌人校，不参加敌人的少年团（游击区用）；

五、不给敌人带路（巩固区用）。

(注二)“三不誓约”：

一、不领敌人搜山；

二、不报告地洞和粮食；

三、不报告干部和八路军。

（《晋察冀日报》1945年12月11日）

忆鳌鱼山突围

陈孟君

一九四一年，秋天。敌人进行了将近四个月的残酷“扫荡”，那时我正在抗大二分校文工团工作；回想起鳌鱼山的突围，现在还清晰地记忆着。

九月初，敌人的“扫荡”正是火热的时候：每个山头，每条山沟，都被残暴的日本法西斯士兵践踏过，白天、黑夜，枪炮声从没有间歇过。北岳区的军民在这炮火连天里，渡着艰难的生活，为着保卫自己的家乡，顽强地同敌人进行着生死的斗争。我们这一群赤手空拳的队伍，在教导团三营一排的掩护下，活动在城南庄和广安之间的深山中。

初四，黄昏时，队伍到达一个破落的山村里，房屋在日本人的烧杀后，已成了废墟，我们只好露宿在村外的打麦场上。初秋的晚间，穿单衣盖夹被已有些寒凉，连日的疲乏使同志们毫无感觉地甜睡着，深夜只有哨兵和侦察员还在辛苦着。黎明前，空中闪烁着稀疏的星光，乌鸦偶尔发出一声倦意的“了”声，在浓色的晨曦中寒风吹拂着。困倦的同志们，值星排长小声地叫着大家：“嗳！起床，出发啦。”我们习惯地打好背包。按班纵队集合整齐，指挥员讲话啦：

“……这地方粮食很困难，两天来，同志们都没有吃饱饭……我们的目标很大……决定转移到另外一个地区去。”

队伍出发了。

敌人似乎发觉了我们的行动，情况时刻在变化着，敌人总是堵着我们的去路，据侦察员的情报说“城南庄，广安都增加了敌人”，看形势合击圈又形成了。

傍晚，队伍又转移到原来的山村里，我们休息在村外的树林里，指挥员在计划着如何突围，炮声在远处隐约地响着，晚上又要转移啦，照例每人两个玉米棒，仓促吃完饭后，队伍集合在打麦场上，指挥员报告着周围情况：

“……我们已处在合击圈中，现在只有走王林口这条路，因为敌人对这条路还不太注意，不过这条路很难走，要翻两个大山，可是只要通过王林口和鳌鱼村就好了……”

出发时，已是深夜，上弦月挂在山头，但月色异常朦胧，秋虫的叫声和深夜的水声交响着。夜分外□得寂静，队伍沿着羊肠的山道，默然行进着，速度慢慢快啦，一刻不停地穿流在阴山涧水之间，经过不少沉睡的村庄，渐渐接近互岭地带。“脚步放轻些。”口令由前面传过来，在朦胧的月色里，我们看出已到鳌鱼村边。

砰！砰！两枪接连在一起，枪声悸动每个人的心，我们撤到村后小高地背后，同志们低声地猜测着枪声的来因，指挥员判断着情况……咯！咯！咯！机枪声由王林口那边传来。

我们机敏地立起来，在指挥员的指挥下，向鳌鱼山爬去。拂晓时发现四面山头上，有一排排的黑影在晃动着，对方似乎也发觉了我们，于是黑影一个随一个地倒了下去，突然敌人的排枪向我们射击，接着山下机枪也叫起来了。

我们处在死包围当中。一排的同志们迅速地爬上一个小山头，开始还击着，步枪、机枪、掷弹筒响成一片，震动得山谷发出□□的回声，在一排火力掩护下，我们握着唯一的武器——手榴弹，向山头上一个缺口冲去，枪弹恶狠狠地在后边追击着，在头顶上爆炸着，流弹在身旁发出“匍匍”的声音，山谷里充满了火药的气息，在弹如雨的火线上，火力威胁不着我们，相反的更增强我们对敌人的仇恨心。

敌人三挺机枪，集中火力封锁着山头的缺口，炮弹在缺口附近准确地爆炸着，我们冒着密集的火网，闪电一样一个接一个，都冲了出去，最后剩下李锦和郭耕夫两个人。郭耕夫是个身材瘦小的同志，七月间过平汉路时他发着疟疾，和我们一样跑了一百多里地，这次他又是带病行军。

当大家突出去后，他还在沿着一条崎岖的山道爬着，枪弹在脑后死命地追击着，火力使他不能再继续行进。他躲在一个石洞里，洞口横放着一块石头，形成一个自然掩体，石头四边长着一尺多高的茅草，从缝隙里望去，还可以看出他那青黄色的军装。

枪声停了，山腰的敌人发现了他，相互商量着对付他的办法，一个日本兵用劲地向他摆着手，嘴里喊着生硬的中国话："不杀，不杀。"郭耕夫懂得他们的意思，但是他没有理他们，脑子里仍然盘算着如何突围出去。

敌人朝洞口望着，期待着他的回答，半晌没有动作，五个敌人持着枪成包围队形，向着他前进，他想"死也不能让狗×的们捉活的"。他探出脑袋，准备往外跑，咯……咯……咯，机枪无情地扫射着，子弹爆炸在石头上，白色的石片浪花似的在洞口飞溅着，他急速缩回去，屏息地望着山下。这时他忽然想起身上还有一颗手榴弹，由袋里取出来，揭开盖，导火线扣在小指上，平卧在石头背后，目不转睛地注视着正在向他爬来的敌人。渐渐地，黄色五星，红色领章，呈现在郭耕夫的视线中，离他只有十几步远，突然"轰"一声，手榴弹爆炸在敌人眼前，平地升起一圈黑红色的火花，敌人随着也卧倒下去。烟火消散后，郭耕夫已爬上山头，敌人再进时已剩下四个人。一阵急雨般的枪弹坠落在他的身旁。郭耕夫机敏地卧倒下去。在茅草里匍匐前进，一直爬上山顶，山后没有路，只有一层层梯田，每层总有一二丈高，他愣了一下，但是敌人的枪弹是不许可犹豫的。他眼一黑，滚了下去。一层二层……这样他突了出去。

敌人追上了山头，朝下边乱放一阵枪，便扫兴地回去了。

李锦是个不爱说话的女同志，由于缺乏战斗经验，当炮火最激烈时，队形散乱了，她爬上一个敌人占领的山头，当她吃力地跑着时，忽然后面传来沉甸甸的皮鞋声，她回头看时，一个粗大的鬼子兵，持着枪，向她喊着："不要跑！不要跑！"李锦过于紧张，使她把一个没拉线的手榴弹扔了出去，怕死的鬼子兵随着也趴下了，半晌并无动静，等敌人继续追上去时，可是已离五六十米远。没有好心的鬼子，瞄准李锦的腿部，发了几枪。一颗子弹射穿了腿窝，膝盖骨被打碎了，李锦失了重心地倒了下去。她忍受着疼痛爬行着，最后实在不能支持了。身靠着一块石头，她想“今天无论如何是跑不了啦!”

日本兵追上了，把枪靠在石头上，把李锦摔个仰面朝天，用力按着李锦的胸脯，想要发泄那惨无人道的兽性。

李锦拼命挣扎着，怎么也摆脱不了鬼子的蛮劲。无限的愤恨，燃烧在心里，全身的力量集中在两只手上，拍拍两个清脆而响亮的耳光，血由敌人嘴里流出来。他撒了手，抡起枪，刺刀对准李锦的胸膛。

在强敌面前，李锦是不会屈膝的，她动也不动，两眼仇视着敌人，看他怎么摆布，刺刀猛力地向着胸膛刺去，突然一声尖锐的惨叫，肚皮挑开了，李锦在地上翻滚着，刺刀不停地在脖子上、肩上、小腹上乱刺，直到成一团血肉模糊才止。李锦静静地躺在地上，血液浸透了黄色土壤，为了祖国，流尽了最后一滴血，光荣地长眠了。

当天夜晚，我们集合在姚沟，月光下，又行进在距鳌鱼山五里地的山沟里，向着我们新的地区转移着。

（《晋察冀日报》1945 年 12 月 11 日）

冤有头，债有主！

——记丰镇铁路工人的糠面斗争

延安文艺通信团 杨朔

走过丰镇胜利街，你可以看见一家面粉公司，字号叫润记，窗门都关起来，很荒凉。但是几个月前，这家生意可威风透了。平绥路上，从白塔到孤山，日本人配给十九个站铁路工人的粮食，全包揽在这家公司手里磨成粉面。配给的粮食，只够三口人吃的，你要有寡妇母亲，或者多养了几个小孩，饿死活该！但是，就是这点口粮，工人也不能从润记领足啊！小米面里掺沙，吃起来咯吱咯吱响；荞麦里掺白土，谷子面就爽神变成糠面。糠面简直是猪食，做窝窝头时捏不拢，吃时咽不下去，拉出的粪经风一吹，就飞得光光的。李毛眼纯粹是吃糠面吃死的啊！这孩子□□天打道，身板骨本来不结实，越吃越虚，没力气做活。日本人再一诈唬，累得他腿也哆嗦，嘴巴也哆嗦，生生急出一场病，死在炕上，连棺材都没有。不到半个月，他母亲也哭死了。

工人气愤不过，把糠面窝窝送到日本人面前说："吃这个不行！"日本人一年三节收润记的礼，睁着眼装瞎子，反倒说："你们吃黑豆的行！"大家又把烂糠面，蒸成碎窝窝头，用信封寄到张家口铁路局去。结果呢，当然白费。

工人们的胸中□着这口闷气，足足八年。

一九四五年八月二十六号，一支八路军的骑兵解放了丰镇。过不几天，大同的敌人却开上来，接应着傅作义的三十二师，把这支骑兵打走。工人们可闹糊涂了：傅作义怎么和敌人连成一气？不过傅作义究竟是中国人呀，该替他们做主。四个管仓库的工人就把润记克扣粮食的事，向他告了一状，结果呢，不但白费，反倒挨了顿骂："你们看仓库把粮都看跑了，还来捣乱！"

但是，替工人做主的队伍扫清了敌伪军，到底又回来了。工会马上成立，有少数人觉得灰心，懒洋洋的，开会像请大爷，也不愿来，还说："工人做工吃饭，弄个工会做什么？也没有什么用处！"绝大多数人可干得起劲，冤有头，债有主，第一件事便是和润记算这八年的老账。

这天，润记的门前堵满铁路工人，有的胡子雪白，有的脸上还带着稚气，黑压压的一大片。大掌柜的听到风声不好，早不见影了。只剩一个八掌柜的站在门口，满脸堆着油滑的假笑，花言巧语地搪塞工人，工会的主□绰号叫马头，长得又矮又壮，□□□□，忍不住跳起来叫："日本在时，你抱着日本人的粗腿，往小米里掺沙……"八掌柜的却说："我们筛米筛不净，带点沙子是有的，几时掺过沙？"工人们就吼："我们还诈你不成！"八掌柜赶紧笑道："我没敢说诈，只是这桩无头官司，又没有见证，一辈子也搅不清……"

只听人丛里一声高叫："我做见证！"接着一个麻脸的汉子跳到高处，大声说道："我叫刘治身，是他们家的面粉工人……我知道小米里是掺沙子，一点不冤枉他！"工人们齐声喊道："好磨官！"

这一来，八掌柜的不能再赖，只好答应和工人算账了。起先只算丰镇一站的账，后来，从白塔到孤山，十九个站的工人都组织起来，一千五百多人，一起和润记算这笔总账。

润记的三老财也出头了，找到工会，他再也不敢摆架子，脸上带着副哭相，两手捧着青羽绸的瓜皮帽，只是鞠躬。算来算去，他自己承认这些年来，总共该赔工人粗细粮二十万斤。可是还有永春发、旺春泉和益丰三家，帮着润记磨面。就和这三家商量好，由润记赔十三万斤，剩下的归那三家。期限是七天交齐。

永春发和旺春泉好歹都赔了，益丰掌柜的像狐狸一样滑，勾结这三老财，做出为难的神情，对工人说："我们的粮食都叫县政府封了，烦你们说说给启封，好还你们。"

第二天，马头跑去交涉，县政府不肯答应。工人的情绪立刻低下去，有人还咕哝道："政府这不是阻碍咱们算账嘛！"可是经过工会一番调查，知道政府封的全是日本人的存粮。赶紧对工人们说："咱们是对付润记，不是对付县政府。他们明明另有存粮，为什么不拿出，偏要启封？"一个老工人接嘴道："对了，他们有意叫咱和政府闹矛盾！"

工人的情绪又激昂起来，立时把三老财和益丰掌柜的寻来，益丰掌柜的还要耍手腕，只是推，接连说道："实在没办法，只求宽限几天！"一个年轻轻的小工人惹起火来，上去就是一巴掌，打掉他的帽子，吓得他不停嘴地说："我给，我给，我给还不成！"工人的气色一缓和，他又要宽限，又要打。他连忙摆着手说："我今天就给还不成！"工人跟他去，当天便还清了。

润记变着方法，仍旧想拖延，不过于今没有日本人替他撑腰，也没有傅作义替他包庇，要来要去，仍然得拿出十三万斤粮。十二月六号，工人开庆祝糠面斗争胜利大会。最近，工人正忙着卸从西面运来的道木，每天总得下午两点才卸完。今天要开会，大家特别兴奋，十一点便卸完了，早早都跑到会场去，挺痛快，再也不用三请四邀。一些过去灰心的人，心事都活动了，逢人便说："工会到底不错，没有工会，咱们不知道还得受几辈子气！"在大会上，一个叫王宝臣的老工人说得更好："早年咱们有苦不能诉，有冤不能告……一些当老爷的，腰里挎着盒子炮，骑着高头大马，跑起来，沓、沓、沓！撞倒人，头也不回！看谁不顺眼，就说你思想不良，私通八路，办你个罪！今天日子变了，谁欺负咱就找谁！这都是八路军给咱的好处。哪个坏蛋敢动一动手，打咱八路军，咱也不让……"

会后，工人吃的不再是糠面，都是又白又热的馒头。

（《晋察冀日报》1945 年 12 月 13 日）

棉　衣

——从军随笔之一

胡可

为了保卫人民胜利的果实，子弟兵离开了温暖的冀中平原，在十月的塞外进行战斗。天气很寒冷，他们在追击战的急行军中取暖。

驻军时，他们露营在铺满了银色霜的草原上，他们需要以单薄的军装来抵御风霜……

这时，大批的棉军装运到前线来了。

棉衣很厚，里外三新。棉衣是冀中九分区亲热的姐妹们连夜做成的，棉衣是慈爱的母亲们戴着老花镜做成的，棉衣是温存的妻子忍着怀想的眼泪做成的。

战士们穿上臃肿的棉军装，更加想念冀中了。“看看！还是咱们冀中！”

战士骄傲地把手插到口袋里。——咦！这是什么？

从兜里掏出一个月饼。

由于好奇，战士们纷纷把手伸向口袋里去。——咦！手绢！咦！花生！有的摸出梨子，有的摸出钞票……

每件衣服里都有礼物，并且都附有一封以秀丽的女人笔迹写的慰问信。

一个战士从口袋里摸出一根针和一束灰线来，那信是这样写的：

“同志们，你们辛苦了。你们在前线英勇杀敌，我们在后方努力。我是××村的妇救会主任张金枝，棉衣做得不好，合适不合适的多担待，路远不能给你们缝补，要是破了，这口袋里有针线，你自己缝缝连连吧！祝你们英勇杀敌，争取和平的新中国实现。”

每封信都是这样朴实亲切地鼓舞着人们，每封信都署着作者的姓名。连长下命令：如发现谁的妻子做的，应当让给本人的丈夫穿。三连的一个战士跑来给二连的一个战士披上棉袄，大家互相笑骂着，哄起来了。

战士们穿上新棉袄，更加想念冀中，更加明了自己是为谁作战了，同时，战斗得更加勇猛了。

（《晋察冀日报》1945 年 12 月 13 日）

咱们的政委回来了！

——康夫同志的长征故事

冷冰

我要讲的是自己过草地时候的故事。

提起草地，那是可宽大的区域啦。地势高高低低长满了苇子、蓬蒿和茅草之类的植物。微风一吹，嗳，可美啦。一层追赶一层的草浪，像海涛一般地掀涌着，而自己，就如置身在海上的一叶小舟里。草地里还有沼泽水潭，里面有鱼，我们一面行军，一面趁休息时候钓鱼。有的地方，还有一种沼气，我们一部分同志，被这种沼气给窒死了。不过，这都是深入草地以后的情形；在和四川接界的地方不是这样，那里有通甘肃、西藏的大路，大路两边，有番人挖的小沟小堰，让雨水流□到里面去，大路不致被雨水淹没。

我这故事也就发生在草地边缘上。我那时是团政治委员，我先随第一营打最前面进草地。本来，打算在进草地之前休息几天，因为继续两礼拜左右的行军，战士是很劳顿了。但是，接到上级的命令说：情况很紧急！也就只好马上向草地进军了。

一九三五年七月二十三号那天，进草地头一天，太阳下山的时候，队伍的疲劳，比早上还厉害。忽然，山头的尖兵□□说：有情况。营长从望远镜里观察了一下，果然，在左侧方，三千米达左右，没有风却扬起了尘土。是骑兵，大约六、七百人，□成很宽二路行军纵队，向我们取包围的形式冲过来。我们即刻就大路旁边的高地隐蔽下来，准备作战。

战斗开始了。敌人欺侮我们步兵，从洼地的四围奔来，马刀在晚霞里闪耀着。我们先不理他，等到进入我们的有效射击圈时，我们的排子枪就打响了，机枪哒哒哒地呼啸着；我们的射击目标是：机枪打马，步枪打人。这样，虽敌众我寡，由于我们有高地可以依托，连续击退了敌人的三次冲锋，打乱了他的马队，打死了不少马匹和敌人。而我们，虽然也有不少同志壮烈地牺牲，子弹剩下的也很少了；但是，我们坚守阵地，决不动摇。这时敌人也不再冲了，只在四周围了个圈，等待更多后续部队到来，好消灭我们。自然，他们的企图是行不通的，到天麻麻黑的时候，我们实行突围，营长带头，一股劲向敌阵冲去，经过一阵短促的剧烈的肉搏战后，敌人的圈子垮了。我们大部分突围出来了。但是，一小半的同志，连营长在内，在敌人白刃底下，终于作了可歌可泣的殉难！其余生者，也被敌人继续冲散，我们失败了。

我骑着一匹枣红色川马，当我们被敌人大刀搅乱的时候，我的马忽然向右侧奔驰开来。我因为疲惫，只能勉强控制自己，不至于从马背上掉下来。马急飞着，扬起的风在耳边呼呼直叫，我伏倒在马背上，双手抓紧马□，随着马蹄的起落，很剧烈地颠簸着。后来，不知怎么的，马纵身一跳，震得我脑门心里□的一声，一会儿，我就从马背掉下来的，失去知觉，昏迷过去了。

清醒过来，已经是第二天傍晚，太阳带着血红色的光辉，照在我周围的草上，我很沉闷。我慢慢地坐起来，看了看周围动静，想起了自己的队伍，自己的同志，他们到了哪里？自己又来到了什么地方？也想起了自己应该吃点东西。因为实在是有一天多没有进一口水，吞一颗粮了。于是，想起来干粮袋，那是十多天前在番地收集的野雀麦面，是过草地的全部粮食。马呢？粮袋是驮在马背上的呀！呵！马！看见了！它在背着我不远的地方躺着的。鼻孔上结满了干黑的血块。它没有呼吸了，它被打死了。我看见在它的小腹上有一个酒杯大的被子弹射穿的窟窿。这就使我想起昨晚上突围时候它为什么突然飞跑起来。我又想起来手枪，那支德国造的从敌人手里夺过来的手枪。但它是没有了，大概是昨夜晚在那儿掉了。摸了摸腰上，还好，旅长送我的八音子还硬硬地插在那里。

太阳没有了，天又黑下来。草原里，像暴风雨后一样沉寂，间或传来一两声战马的啸鸣，和从草丛里发出的一阵阵的蟋蟀声，夜风微微地吹拂着。

我重新躺在草地上，继续想念着我们的队伍，我的枪和干粮，迷迷糊糊地睡过去了。但不一会儿又醒过来。上弦月偏西了，满天都是星宿。这情景使我想起两天前的那个晚上来，那夜晚宿营在近草地边上。队伍行军行了十多天，天天在羊肠鸟道的山野上，宿营在没有人烟的山沟里，大家疲劳得几乎连话都不想讲了。但是，当一听说明天就进草地的消息，大家就兴奋地叫起来。许多战士，刚到宿营地，屁股也不落地地就收拾起柴火来，搭成一大堆一大堆的野火，大伙儿一边用茶缸、□缸烧水冲面糊糊喝，一边就哼唱起许多歌子或小调来；有的同志边学扭番人舞，扭得全身那么活动，笑得大家闭不拢嘴；我当时也给同志们唱了一曲湖南戏，唱走了板眼，把大家的眼泪都笑出来了。

——完全和前夜晚一样啊！只是，那时候我是和千百个红色战士一起，现在却是我一个人躺在这里……我这样自言自语起来。我的同志，我全团战士，现在都进入了草地了吗？都在向着中国的大西北进军吗？

我这么惦记着，想念着，又慢慢睡着了。我做了个梦。在梦里，我仿佛还在团里，还是和大家一起行军；又好像我在拟电报稿子，报告上级，我全团同志，除开第一营打过一仗，损失严重而外，其余都安全地进军；过一会儿，我又似乎觉得被敌人发现了我躺的地方，被俘虏了，我不屈服，我骂，我喊，我唾敌人的脸，我咬敌人的肉，终于，我口里被塞上东西，我在一双长满毫毛的大手臂下挣扎着被捆起来！我醒过来了。

从梦里醒过来，才知道刚才的所见所为无非是神经错乱中的一幅幻境。我清楚过来了，我仍然沉着地躺着，一阵快乐和骄傲，浮现在我的心头。我想道：布尔塞维克是宁死不当俘虏的。

但是，我又想到：是否真会被敌人发觉。被俘去呢？不能，我不能死！我不应该死！党给我的责任没有尽完，我应该回到团里去，带着全团同志，完成长征任务。

“嘘嘘嘘……”一阵呼啸传进了我的耳朵，接着牲口的喷鼻声□在草上和小石子上的沉重的蹄声，也断续地传了过来，打断了我的沉思。我断定这是走乏了的马过来了，我对自己说：“这马一定是敌人的。”

来吧，反革命，我要和他拼命的！“枪咧？手枪！”我有些着急地想。“呵！手枪掉了！”我不能规规矩矩在这里等死，跑开去吗？但只动了一下，又起不来。“□，真糊涂了！还有——”我猛然拔出腰上插着的八音子来，“还有八音子”，我喜欢它，我握紧，我顶上子弹，“来！有照拂你的，你！你反革命！”自语着，我死力挣扎，上身离开了地面，左手撑在地上，斜倚了起来。我举起了小枪，敌人过来，就先打死两个再说。

蹄声越来越近，我的神经也更兴奋和紧张起来。然而，接着又去远了。我祝福我自己说：“敌人去了。”但是一转念间，我又想：“假如——团里能派人找我吗？这马是不是呀？”我又想：“我这样下去，又没吃的，又不能走动，能有几天活命呢！”于是，我决心说：“好吧，反正就是一死，痛快些吧，至少一命抵一命！”“啪啪啪”，枪响了。我心里有些慌乱，但立即镇静下来，期待最后搏斗的到来。

又听见马蹄的声音。跑步，马转来了。

“谁？口令？”三十来米达远，有几个黑点，动了一下停下来。我不怕，也不理。只更紧地握住小枪。

“放枪的是谁？口令！举起手来！”手电筒的光闪跳着了几下，马匹向我奔来。我愤激了，心情紧张到了极点！不由地谩骂道：“老子放的枪！老子是中国红军！”同时，我对准了第一匹马扣扳机——嗳呀！怎么打不响了！我火急地推开枪膛。混蛋！子弹第一次放信号时打完了！我全身一软，倒了下去，我想：“这回完了。”

不知道好久以后，我才睡醒过来，有人往我嘴里正喂东西。一股强烈的辛辣味刺激着我，我一睁眼，只听见：“康夫同志”，“康夫同志，康夫，……”几个人同时呼唤着我，围成一圈，也听不清谁在讲些什么，只意识到我在吃药。

神智越清醒了，我平静地睁开眼来，首先看见团里一个侦察班长在给我喂开水，另一些人在忙着找什么，继着又有人给我吃东西。

我□□□□□□。

当早晨的太阳，在草地□□□一□□□□□□彩色的时候，□□一位战士□□，向着辽阔的草原走去。

四天以后，我身体恢复了，我兴奋地向红色战士们讲述我在草地的经过，大家都□□□地笑着，而且狂热地呼喊着：“我们的政委回来了！”“我们的政委回来了！”

（《晋察冀日报》1945年12月15日）

躲　飞　机

丁玲

从乡村刚到城市，感觉常常是很新鲜的，走过乱石的山涧，走过崎岖的高山，走过急流上的独木桥，而忽然踏着柏油的马路；常常看见的是朴素诚恳的农民的脸，忽然却听到城市人的殷勤的腔调。烫发的女郎，搽了粉，涂了口红的脸孔，零食摊，这是阔别了多少年的东西，这些差异却并不能引起我的多少注意，我只好像偶然地又走回一个很陈旧的梦境里，但另外却有很多东西使我兴奋。我走在柏油马路上我想到：这是我们的了，我是第一次走在自己的柏油路上。我看见那些工厂的烟筒（我一定要赶快都去参观），我想，这是我们的工厂，它们要把我们的张家口好好地建设起来的。我参加过工人的会议，看见他们都觉醒了，都昂起头在说话，我想着他们过去几十年受尽中国军阀统治、国民党以及日寇的压迫，现在翻身后的情况。我看见兴盛的商业，我对中国共产党掌握城市是这样有办法而愉快，我看见很多市民很快就去掉了八年来养成的深深鞠躬，孩子们已厌恶说成纪多少年而唱着："没有共产党，就没有中国！"我到这城市时间很短，这城市并不是一个太大的城市，但却充满了光明。我们曾经在最落后的农村，扫除文盲，破除迷信，实行普选，他们政治的认识和政治的生活都很高，他们之中产生劳动英雄，改变二流子。我们今天到了城市，这里有产业工人，有知识分子，有较好的物质条件，那还没有充分的信心和把握吗？我在这光明的世界中，虽然只来了几天，虽然还只见到表面，我却极愉快而兴奋；但光明之中仍有黑点，我也见这黑点了，这黑点是一层残余的薄云，是从北平那里来的一小股阴风，这是当我在街上躲飞机时所见到的。因为躲飞机有些老百姓就和我在一起，就和我谈了起来，他们很怕飞机来，他们说街市上有谣言，他们说八路军好是好，就怕住不长，他们问我毛主席怎么样？问延安怎么样？他们一下就把他们的心事都说了出来。我自然向他们譬解，他们听得很有趣味，警报解除了也不愿走。是的，这就是光明的天空上还有那么一小块暗云，张家口的市民还有一小部分被国民党的每天飞来的飞机，和配合着飞机而发的谣言所扰乱，会有某种的情绪不安。是的，即使是小小的不安，也就很不同于我住惯了的乡村了。那里是，人民都已经有组织，他们信心很高，我们常常要防备他们的“天垮了有毛主席，地坍了有留守兵团”的太平观念，而这里的某些人民的杞忧却的确值得原谅和加强我们的警惕的。但我也愿意告诉这些怀有某种不安的人们，你们怕什么？张家口有十几万人口，团结起来，组织起来，这就是保卫张家口的强固堡垒和钢铁的军队！作为保卫张家口，建设张家口的主力的工人们，也正在巩固扩大自己的队伍。在工人代表大会上，一个开车头的老工人作了有力的誓言：“我们流血得来的幸福，我们决不撒手！我们要组织起来，好好团结，努力生产，支援前线，跟着共产党，打倒那些来破坏我们幸福的国民党反动派！”这种呼声，也正是全体工人代表的呼声，它号召着全市的工友和市民，加强胜利的信心，组织起来，帮助政府，彻底清查汉奸特务，保卫胜利的果实。而且在张家口周围，在自卫战争的前线，有转战十八年的八路军。这支军队，在十年内战中没有被消灭，在八年抗日战争中，更是历尽艰险，发展壮大到一百多万。都是有政治教育战术修养的猛士；有几百万和人民紧紧结合的民兵和十几块解放区，而在这精壮的队伍的前面，有二十多年斗争经验的共产党和它的英明的旗手毛泽东，他指导大家挥戈前进，这就足够保证我们的胜利！只要张家口的人民不愿再受压迫，决心不撒手已经得到的解放，那么，不管你国民党的飞机也好，美国的飞机也好，张家口将用坚强的意志

“保卫人民的张家口，建设人民的张家口”来回答。这点暂时的小小的暗云定会被吹散，而光明的天空更澄清起来。是的，这有待于全市的努力，但我预祝这不久的将来。

（《晋察冀日报》1945 年 12 月 23 日）

他没有死

草明

左云城的鬼子，在深夜里集中，两个钟头以内，便悄悄地撤退得一个也不留。这件事情除了天上的星星看见之外，鬼也不会知道。

老百姓的感觉是灵敏的，当夜，他们就没有睡好，睡在炕上的丈夫摇醒自己的妻子；母亲紧捉住儿子的拐肘；掌柜的悄悄地盘腿坐起来。

“怎么回事啦?”

“又闹什么新花头!”

人们恐惧着。第二天，守城的哨岗只是伪军，日本营房毁掉了，到处看不见一个鬼子。

日本投降盟国的消息在这儿是被封锁着的，但是老百姓的感觉是灵敏的，他们到处议论着：“中国军队要来啦!”

替日本人当了多年汉奸，又被傅作义封为反共司令的土匪乔日城，这时候挂着国民党的牌子，接替日本人来了。他一进城，便着手把伪军编成三个大队，让他们维持城内治安。跟着成立了一个叫“县政复兴委员会”的，把县里几个无恶不作、敲诈和屠杀老百姓的著名汉奸收罗到里面去当委员。

老百姓盼望中国军队来的热望，被一盆冷水浇得冰凉了。他们带着阴沉的心情被迫着去参加“欢迎乔司令”的欢迎会。他们发愁地等待着随时都会落到自己身上的坏事情。

那一天欢迎会开过不久，东门外空地上围住了一大堆人，原来是那个原先替鬼子当警察大队长，现在在复兴委员会做事的吕有贵在那儿虐杀一个被俘的八路军的粮秣员。

几个手执着上了刺刀的长枪的卫兵，穿得很破旧，他们喝骂着俘虏——电线杆上捆缚着的一个赤裸裸的汉子。他只穿着一条被打破、染上血迹的白短裤。他的腿上、身上和面部都印上给鞭子、枪托、批掌毒打的伤痕；红一块，紫一块；鼻孔流下的一道鲜血，从嘴角沁进了他的牙缝里。他磨着牙齿，□缩着嘴唇，似乎在珍惜地吮吸他那不会白流的鲜血。他显然给愤怒、疼痛和寒冷折磨着，全身的血管都膨胀起来。虽然给斑驳的伤痕所掩盖，但从他的浓黑的眉毛，闪着怒火的眼睛，仍然看出他那不屈服的年轻的面貌。

这时候，一个卫兵走到汉奸吕有贵跟前，低声说了几句话，便又走开了。吕有贵穿着夹袍，戴上黑眼镜，两手拢到袖口里，慢吞吞地走到俘虏前面，略略把头一低，冷酷的目光越过黑眼镜，望了俘虏一眼，然后吃吃地冷笑了两声，提高嗓音问道：

“那你的确是八路共匪，你——”

“我是抗日的八路军，我是中国人，你赶快把我释放，让我……”粮秣员挺起胸脯大叫着，他那勇敢的声音，使一向被鬼子和汉奸奴役着的老百姓，一方面感到震惊，一方面感到痛快。

“住嘴。”吕有贵吆喝起来，“告诉你，最后给你两条路：要活，赶快投降我们。否则枪毙你。”

粮秣员是个硬汉子，他的故乡给敌人占据了八年，老母被杀了，嫂子被鬼子抢走。他在痛恨和伤心之下，参加了英勇地打击日本的八路军，在战场上他受过一次伤。这两天，听得日军向中国投降，他和伙伴们正兴高采烈地准备彻底消灭不愿放下武器的敌伪，好早一点建设和平的新中国。谁知道，在鬼子已撤退的左云城，却给这支和伪军合作的顽固军捉住了。他一听见吕有贵说出“投降”两个字，胸膛都气炸了。他恨恨地瞪着万恶贯盈的汉奸，脖子上面的血管鼓得像蚯蚓那样粗。他叫喊道：

“你们，你们是谁？日本鬼都投降我们了，我投降谁？老子辛辛苦苦抗战抗了八年，今天，打日本鬼子打得个投降了，你却叫老子来投降？叫我向你们妥协派投降吗？向你们顽固派投降吗？……你们害，害羞吗？你们还有一点中国人的血液没有啊！……”

吕有贵脸上泛了一层青色，冷笑了两声，然后低声向卫兵说了句什么，卫兵便从地上捡了一把干草，狠狠地塞进了俘虏的嘴里，然后用刺刀刺他的脸，刺他的胸膛，刺一刀，便问一声“投降不投降”。粮秣员听了，只好咬着牙齿，把眼睛一鼓来代替他的反抗。于是卫兵又用刺刀刺他，鲜血在他全身的皮肤上纵横地流着。

人们被粮秣员的正义的言辞激励着，被他的勇敢的行为激励着，引起了高度的义愤和同情，人丛里一个商店的小伙计情不自禁地低叫着：

“这样才真是打日本的军队，可惜太少了。”他说完，突然害怕得发抖，他说的话给伪军他们的人听见，不是要掉脑袋吗？他小心地向四周围望了一下，幸亏旁边没有人注意他，这才放了心。但是，他左边拐肘给猛然碰了一下，他转过头去看，一个老乡认真地问他：

“你说什么？”这个也向四周围望了一眼，然后悄悄地继续地说，“你敢说他们少吗？在乡间，那才多呢！”

另外一个少妇非常怜惜地握着她婆婆的手，感动得哑着嗓子说：

“你看他多大胆啊，他一点也不害怕。你看他腮帮还在动，他还想骂呢！城里就没有一个汉子像他这样胆大。”

老太婆，没有注意儿媳说些什么，她也在依着自己的感情去想着另外的事。她呻吟似的说着：

“唉，他也有妈妈的呵。作孽，他也有妈妈的呵！”

粮秣员成为一个血人了，他疼痛得晕厥过去，又苏醒过来，鼓起了眼睛，动着腮帮。——他只能用这唯一的动作表示他的愤恨和抗议。

最后，刽子手玩腻了，下令叫枪毙了，并要露尸三天。

于是我们英勇的粮秣员同志，在反动派的反动的、残杀真正抗日战士的毒辣手段下，流尽了最后一滴血。

他斜斜地俯伏在快要枯黄的草地上，凝滞的眼睛大大地睁开，永远地睁开，嘴唇因临死的痉挛而露出两排紧咬着的牙齿。看那样子，活像他就要爬起来，找他的仇人算账去似的。

吕有贵大踏着步走掉了，卫兵们也走了；可是老百姓一个都没有走开的，女人们掉下泪来了，壮年人握着拳头，老汉摇头叹息。大家都依依不舍地望着那个睁大愤怒的眼睛的尸体，仿佛这个陌生人是自己家里的一个亲人。

过了一刻钟，一个十五六岁的男孩子，大着胆子走近了尸首叫道：

“他没有死！他眼睛睁着呢。”

于是他俯下身子去，轻轻用手去按一按他那受伤的胸膛，按一按他那完全停息了的心脏，便跳起身来，三脚两步地跑到母亲那边，悄悄说道：“他的心还在蹦隆蹦隆跳！蹦隆蹦隆跳！”

人群里突然又蹦起了一种疑问，一种希望，一传十，十传百的人交头接耳说：

“他没有死！”

“心还在蹦隆蹦隆跳。”

“他还没有死！”

然而牺牲者越过越僵硬了。

人们看见自己新来的统治者，突然感到战栗。他们提心吊胆地散去，也提心吊胆地想忖着：

“虎豹走了，豺狼又来。”

第二天清早，守城的发现尸首不见了，老百姓里面又纷纷传说开：那个八路军没有死，他夜里爬回去报讯，过两天，大队的八路军就会来。——人们都这样相信着，即使知道自己的想法有点谬误，却仍然愿意这样想。——因为，牺牲者的精神，已经在他们心中产生了力量了。

新的希望展开了，人们紧张地期待着，像乡下那盛装坐在新房里的新娘，充满希望和紧张来等待她那就要进来的、陌生的、可是和自己今后的命运息息相关的新郎一样。“八路军是怎样的呢？”有人说是好的，比日本的、国民党的军队都好得多；有人说是奇怪的军队，因为他只替老百姓办事，不要老百姓的东西；有些乡间来的人用确定的口吻说，八路军替人申冤报仇，只要他来，谁都不敢作恶。

三天以后的夜里，八路军某团进迫左云城下了。伪军和汉奸们不放下他们的武器，战斗在进行着。在战士们勇敢地攻打，和城内老百姓热心地支援下，不到天亮，左云城便宣告解放了。

第二天早上，北义街的一个中年妇人打开了半扇门，站在门口，大着胆拉住一个过路的八路军战士，问道：

“那一天在东门枪毙的那个老总没有死吧？”

那个战士匆促地停下来，用手指伸到帽缝里抓一抓头发说：

“你说的是什么？”

“他没有死吧？他回去给你们报讯的吧？——他，就是给吕有贵打得满身是血的那一个。”

战士摸不着头脑，但为了赶着去办事，便含含糊糊地用外地话回答说：“那我说不清，可能他还活着，我说不清……”

中年妇人以为对方回答她“他没有死”，便满意地点着头躲回屋里去。

是的，我们的粮秣员同志和其他许多光荣的牺牲者一样，他们的精神没有死，他们活在广大人民的心里。

（《晋察冀日报》1945 年 12 月 23 日）

边　墙　口

——征途随笔

杨朔

来到山西朔县地面，正是十一月尾，过小雪了。漫山漫野尽是荒草，难得见到点人烟，风一吹，大团的枯蓬满地乱滚。往年这时候，天地早封在白茫茫的冰雪里，今年也下过几场雪，可是天一晴，雪就消了，穷人家的孩子还能拖着筐，在野地里筢草，挑回去烧火。不过夜夜见霜，沾在黄草上，闪着又冷又亮的银光，口头多高还不化。这样天气，几十年少见，难怪路上一个老头对我说："今年是八路军的天下！"

这个老头，一见面，就觉得善良可亲。长方脸，眉眼端正，黑黑的胡子。他戴着顶旧毡帽，披着件山羊皮袄，背上背着个大包袱，压得他弯着腰，走起路来，一□一点的。我半道追上他，赶路人心急，先问他路程。他抬起脸，瞧了我一眼，略略喘着答道："前边就是边墙，出了边墙口，只丢下三十几里了。"

果然不错，前面荒山上现出一带城墙，顺着山势弯来弯去，不见头尾。这是内长城，年深日久，黄土城墙剥落得全是窟窿，挂满黑苍苍的死蒿子。

老头的腿不大灵活，背得又重，说话时总喘粗气，但他见了我，不知怎的十分高兴，偏喜欢说话："这道边墙，自古就有，不知道多少辈子人修的。……我少的时候，就听见上年纪的人说，城下埋的都是死人骨头……都是当年修城压死的！……我也修过城，险些没把这条老命丢了！"

我不觉一愣：难道他也修过长城？也许这个老头是个疯子，在说疯话。

但他又开口了："你夜来翻山，望见八角堡吗？"

我望见了：一座好大的堡子，坐落在山洼里，蛮整齐；又是敌人的老据点，直到敌人投降后才解放出来。昨晚在鹞子沟宿营，我还听人告诉我一个故事：

敌人在八角修碉堡，抓去一大群百姓，当中有个叫薛三的老汉，是个出名的忠厚人。他的光景不算好，可是左邻右舍，谁要缺柴缺米，只要向他张口，没有不借的。敌人这一来修碉堡，他知道是个祸害，心里就盘算着方法对付这群畜生。百姓素来信服他，自自然然地瞧着他的眼色行事。砖就砌得像狗牙似的参差不齐，泥灰和得不是太稀，便是太厚，墙有时会忽然倒了。

小队长山崎，黑心眼子，脾气躁得像个狗蛋，动不动就跳。他对民夫天天打骂全没用处。一天喝令百姓中途停工，恶狠狠地叫道："你们这群猪，打你们还怕弄脏我的手！……都给我脱下衣服来！"

百姓定在那儿，不响，也不脱衣裳。薛三站在顶前面，从眼梢斜望着山崎的那张鲇鱼脸，不停地咬着墨黑的胡子尖。山崎一转身，眼睛和他打个照面，伸手夺过一个日本兵的刺刀，怒冲冲地奔过来，一边哇哩哇啦地叫，一边用刺刀把薛三的短棉袄划得稀烂。旁边的一群日本兵也动了手，强剥大家的衣裳。刚开春，冻还没化尽，百姓们被剥得赤条条的，冻得直起鸡皮疙瘩。山崎却瞧得有趣，大声地打着哈哈，好像猫头鹰叫。他要玩的把戏不过刚开头，接着便逼民夫捉对儿摔跤，互相撕打，一边打，一边还要对骂："王八操的，看你再敢耍滑！"

敌人连刺带踢，逼得有些民夫摔起跤来。薛三可不肯动手。他为人忠厚、朴实，但也坚忍不屈——这是中国农民的典型性格。不管山崎怎样威逼，他只是咬着胡子尖，冷冷地笑着。山崎的火直升到脑门子，一挥手，两个日本兵横拖竖拉地把他绑到一棵白杨树上。

山崎跨到跟前，龇着牙，伸出右手的大拇指和二拇指，轻轻地捏住薛三的一根胡子，接着牙一咬，使劲一拽，便拔下一根胡子，还故意送到薛三眼前，恶狠狠地笑着问："痛不痛？"随后又拔第二根、第三根……

薛三闭死眼，一嘴黑胡子拔得七零八落的满是斑斑的血点，但他咬着牙紧熬，决不叫饶。山崎越拔越急，问得也越频："痛不痛？痛不痛？"

薛三忽然把眼一睁，照着山崎的鲇鱼脸就是一口唾沫，大声骂道："你妈个×，老子叫饶就不算中国人！"

山崎吃惊地吼了一声，顺手操起块砖头，往薛三的脑袋上乱碰一阵，直砸得他死过去，几个日本兵便拖着他的脚把他□到山沟去。但他又缓过来，有人悄悄地把他抬回家去，养了好几个月伤，才能走路。……

这个故事很惨，但也平常。八年当中，到处不是可以听到类似的事情？但也到处表现出农民不可征服的气节。

我正要提这件事，和我同行的那个老头已经坐到一块高坡上，松下背的大包袱，喘了几口气，用手摸摸胡子，接着刚才的话头说："敌人抓我到八角修过碉堡……敌人一跑，我可是第一个去平碉堡的！"

我目不转睛地注视着他的胡子，注视着他那张和善而又有胆气的脸，突然灵机一动，脱口问道："老人家，你是不是叫薛三？"

老头倒愣住了，望着我好半晌，才迟迟疑疑地答道："是啊！你怎么知道？"

我也不能控制自己的感情，上去抓住他的手说："老人家，你的事我都听说了！这个苦，可够你熬的！于今总算胜利了，你可以过几年好日子啦!”

薛三的眼闪着亮光，也许是特别高兴，颤着声说：“这日子，都是你们给我的！……一看见你们，好像遇见亲人，我心里乐得慌……”他回身拍拍那个大包袱，又说：“这些手巴掌，我是替队伍上送的。兵站看我老了，不叫我支差……我说咱们军队还在前方打敌人，我哪能坐着不动！……能做多做，不能做，我就少做点！”

这当儿，一个十三四岁的小孩抱着羊铲，赶着一大群雪白的绵羊，从边墙口走过来，一路用清脆的嗓音唱：“北风吹来雪花儿飘……”

薛三眯缝起眼睛笑道：“哪来的雪，八路军一来，什么都变了，天也不冷了！这真是八路军的天下！”一面背起包袱，又邀着我赶路。

太阳转到西边，照着长城，照着起伏的山岭，我不再有一点荒凉的感觉，只觉得眼前的光景又庄严、又辽阔。……

（《晋察冀日报》1945 年 12 月 24 日）

礼　物

——记两颗达姆弹

萧三

在我的书桌上摆着一对和雪茄烟一样大（全长十四个生的米达）的机枪子弹。子弹壳底（有“僧帽牌”洋蜡那样粗，直径二〇密里米达）印有 DM4、DM43 等字样——即达姆弹。

朋友们一进门来，就瞧见这一对发亮的东西靠着窗在竖立着，都惊奇地问：

——你这是什么装饰品？

我回答说：

——这是纪念品，是人家赠给我们的礼物呀！

朋友们怔了一会之后都懂得了，因为十二月五号、八号、十号、十二号、十四号、十五号的上午下午、十八号……他们都在张家口，都看见了美造国民党飞机连续不断地侵入了市空，而且几次都听见了机枪扫射的声音达一刻钟或半小时不等。而我桌上的这“装饰品”或“纪念品”或“礼物”，就是五号下午美国飞机猛开机枪扫射下来的子弹！据说，这类子弹能穿过很厚的钢板，每分钟能发射几百发，达姆弹且系国际公约禁用的毒弹。你们想，国内反动分子和外国武装干涉者是怎样对付我们中国人民的！

事情明白得很：他们都要杀死中国人民，物证俱在。可是无理杀人这样的事，人们毕竟有时不便坦白承认。

五号的晚上张家口的主人，晋察冀军政首脑宴别三个美国贵宾（我看见内中一个的名片上写的中国字是：“美军战略情报处”）。在赞美中国菜这项“轻工业”之余，有人拿出当天被美国所赠给张市人民的“重工业品”——就是现在我桌上的那两颗达姆弹，请三位贵宾赏鉴。主人们天真地问贵宾们：

——这是不是美国造的呢？国民党能不能造出这样的子弹来呢？

三位美国贵宾（一个年稍长，颇讲礼貌，会说中国话，他说，他到过延安，十月二十二日离开那里的；一个年轻，相当轻顽，也会说中国话；一个也很年轻，不大说话，只是笑，使我想起北平国民党报纸所常称的美国“大孩子”）轮流传观了一会，抚摩观赏了一会，嗫嚅地说：“不知道。”“不是吧？没有 U. S. A 字样呀！”……但是他们不得不说：“国民党的兵工厂大概造不出这样的子弹来。”

——那么，今天的飞机是不是美国的呢？——主人问。

——飞机是美国的……那位看来也比较忠厚的客人答说。

威士忌喝够了，为中美人民友谊，为再会……干杯得不少了。有名的中国的“轻工业”——饭菜吃得饱饱的了。离开大圆桌，来到小长方桌前喝茶、吃水果。客人在临别之夜向主人又提了几个问题。主人一一答复了。最后客人们问主人：有什么希望，要求帮助的。主人们说了：

——唯一的和最大的希望与要求：美国政府与美国人民真正帮助中国成为一个真正和平民主团结的国家，这对中国、对美国、对世界都好。而要做到这个的唯一好办法就是：立即撤退在华美军！

——最好驻华美军能回国去过今年的圣诞节，好和家人亲戚朋友团聚！

——中国人民从前看见美国飞机时，都非常高兴；现在一见美国飞机，心情就完全变了。

——驻华美军撤退得越快，对中国、远东以及世界和平的贡献就越大，对中美两国传统的友谊也就越有利。

——……

客人们听了，首肯者再，且说，都有同感，对，对……留下了名片，上面写了他们在美国的住址，希望主人们将来能到美国去，能再见面，那时定当款待痛饮一场……客人起立告别，主人送到汽车旁，一个个热烈地握手道“再见!”“晚安!”……

过了十多二十天，这一切都犹如在目前——多么亲热呵！多么动人呵！我想：人类的心总是相通的，不管在什么不同的岗位上，做什么不同的事务，但谈到停战、和平生活、与家人相聚……没有不动心的。因为人类根本上是爱好和平的，我常这样想，也根本相信。但是：

在我写字的桌上摆着一对和雪茄烟一般粗的刺眼的达姆弹!

再看：“美机与国民党机以平绥铁路沿线各城市为目标，不断扫射轰炸，自十一月七日至本月十七日这四十天中有十四次之多，出动飞机四十二架，多为‘P51’式的美式中型轰炸机……毁坏我火车头五个，车厢数十辆，死伤……百余人。十一月份出现的大半是涂有美国白五角星徽记的飞机，到了十二月份，这些来扰乱轰炸的美国飞机就都涂上了青天白日的国民党徽……（新华社晋察冀二十一日电）

此外，在冀东美军炮轰卢龙村（见美新闻处电）；十一月一日美机扫射我黑沿子和平居民；十一月十三日在北宁线上美军用火箭炮向我巍岛山村轰击；十一月十五日美机四架掩护国民党军队和日军进犯我范村；十一月十七日我滦卢民兵自卫队长应美军之约去佛庄会谈，被敌伪军杀害；同日美军国民党军和日本兵混成队袭击我竑庄，打死我工作人员四名，又捕去三名，现生死不明。（均见新华社晋察冀总分社十七日，冀热辽十五日电）

此外，国民党反动派使用美机与美枪弹向鲁南人民进行灭绝人性的屠杀，据不完全的统计，自十二月一日至五日这五天内即达二十余次，被炸地区：长达百五十余里，宽达三十余里……仅藤县六区被炸死的老百姓即达百余人，他处死伤的四十人，八旬老翁和六岁小孩亦横遭惨死。飞机多为 P14、P51 式，子弹拉火上均有 F942、41W、12RA442 等字样，弹壳为金黄色，上有 TH39 等字样，甚至有 DM 字样者。截至目前止，每日上午九时至下午四时均有飞机飞到临城上空来……”（新华社山东二十二日电）

够了，我们不再举别的了，因为这种“友谊的表示”和这样的“礼物”越多，中国人民对驻华美军的企图就越难了解。坦白地说：中国人民对本月十五日杜鲁门总统所作的美国对华政策声明，一般的是很欢迎的；但对于“美国暂时在中国保持其陆海军部队的目的”这一层，实在有些莫名其妙；对于美国务院咨请陆军部授命魏特梅耶协助国民党开入东北，觉得尤其与杜鲁门声明中所说的“美国的支持将不扩展至以美国军事干涉去影响中国任何内争的过程”这句好话，简直是背道而驰！

中国人民近年来所得的经验真不少了，其中之一是：本国的反动统治者常要两面派的手腕，看他一面含笑对人，就要提防他一面正在拔出刀剑，动手杀你。善良而爱好和平的中国人民，现在要发生疑问了：难道西方的美国人也会是“口蜜腹剑”“笑里藏刀”之徒吗？我们又得增加经验吗？不会的吧？但是：

在我桌上摆着一对和雪茄烟一般粗大的刺眼的达姆弹！

在平绥路沿线各城市，在冀东，在北宁线，在鲁南……等地还不知落下多少这样的子弹，和炸弹，和火箭炮！

不仅中国人民不懂得大量美军驻在中国领土上的理由和企图，就是美国人民和全世界广大民主人士也不懂得这种怪现象，而且都在为这种现象足以助长中国反动派的凶焰、增加中国民主运动的困难、并造成危险的后果而不安与焦虑。

中国人民早就大声疾呼，美国和世界的民主社会舆论也都已指出，在中国境内前线的进攻与进占和全国各地的运兵，势必是内战规模的扩大。现在驻华美军仍要毫无理由地大量运兵到华北东北，国民党反动派在这个支持下更多方向解放区挑战，这会造成什么样的结果呢？要知道，人类自来就有自卫的本能的。为求得解放奋斗了百多年的中华民族与中国人民不是任人宰割的猪羊！我们大声地喊，喊给全世界一切人听：

伟大的中国人民，
永远不做任何人的奴隶！
反动派从哪里来，
就把他消灭在哪里！
我们有决心，有力量，
完全解放我们自己！
相信吧，从来强暴总是失败的，
正义公理一定胜利！

（《晋察冀日报》1945年12月26日）

他们怎样工作和生活？

——陕甘宁边区难民纺织厂的工人

陈明

延安的西北方，有一条高桥川。因为有水力可以利用，就沿川建立了很多的工厂，在砖窑湾沟槽渠一带，便紧接着有三个，人们常说这是陕北的上海。这三个厂之中，最大的是难民纺织厂。我现在要介绍的就是这一个，因为有机会在那里住了两个月，比较多知道一点。

这是陕北比较典型的一个厂，是从极少的资本，极少的技术人员，在原料缺乏，交通不便，经济上极为落后的农村创办发展起来的，这里有很多经验值得介绍，但为时间篇幅所限，我只简单介绍工人生活一方面，这或是张家口的工友们所乐于听到的。

他们从何处来

在大城市里，常常拥挤着失业的工人，人浮于事；但在陕北，情况却有些不同。因为土地较多，有些地方在抗战前分过土地，没有分过土地的地方实行减租减息，政府又奖励开荒，移难民三年不收救国公粮，又无其他捐税，因此一般农民不愿离开土地，所以招请工人常要去动员劝说。精兵简政时，各机关也派一些杂务人员到工厂来。各厂还容纳、招请大后方或沦陷区的技术工人、失业工人（国民党封锁严密后就来得少了）。再有一部分是抗战受伤的荣誉军人。

毛病可不少

因为来源不一，成分较杂，开始的时候，也就有很多奇怪现象。那些刚从农村来的，经常想家，常常要请假，请假得多了，是会妨碍生产的，但工厂还得允许他，借毛驴给他们，有时还顺便送他家里一点东西；回来晚了，也不责怪。从机关来的杂务人员，有些很调皮，不努力学习。上海武汉来的，常常用大城市的眼光来看这山沟沟，说怪话，自己一帮子朋友，捻香、拜把子，同工厂对立，要求特殊待遇。荣誉军人是受过军队教育的，但他们因为身体的关系，有时会受那些落后意识的影响，发起牢骚来。这些怪现象结合在一起的时候，是会把工厂弄垮的。

怎样受教育

但这些人有一个基本的共同点，就是他们出身都很贫苦，他们都要革命，而且有的参加革命时间不短，甚至在战场上几次负伤的。他们这些毛病，是因为过去受教育得不够和今天工作上还有缺点，因此厂方特别注意对他们的思想教育，帮助他们了解工厂是咱们自己的，要爱护工厂，努力生产，支持抗战；替他们成立学习组织，每星期上大课，有很好的文化娱乐生活，从生产、从业务来配合加强政治认识，从个别的谈话来耐心说明，在墙报上表扬他们的优点，鼓励他们，适当地指出他们的缺点和偏向。这样他们一天比一天安心工作，积极生产。四二年开展赵占魁运动后（赵占魁劳动态度最正确，生产得最好，是边区工人的旗帜），每人都做了生产计划，后来不但完成了任务，而且大半超过了原定计划，涌现出大批的模范工人和劳动英雄。

作战的精神

陕甘宁过去不产棉花，布匹都由外边运来。国民党想困死边区，用几十万大兵封锁陕北，到去年边区政府提出布匹全部自给的口号，于是普遍发展植棉和纺织，这个任务难民厂首先担负了起来；但其中最困难的是纱的问题。土纱的单经单纬布工人从来没有织过，这些手纺的纱，大部是由农村妇女和机关工作人员，用各种式样的纺车纺出来的，品质不一，有松、有紧、有粗、有细，工人就没有办法织出好布来，一踩机子，纱断了，不留心，又一个大窟窿，布稀到只有三十二纬，二十九纬。织不出好布，便影响工资，便完不成任务。络纱工人也叫苦，老婆疙瘩（工人对不适用的结头的恶称）太多，一天络不出二斤纱。但他们在棉织科长袁广发领导之下，进行细密地选纱、浆纱、加撚、合股，用种种办法，终于织出标准布，密度达五十六纬，产量也逐月增加，由平均每人每月三四匹到十六匹。大家都欢欢喜喜，每月把计划提高，每月完成□，到去年九月间已有一个月织到二十来匹的了。

他们的收入

棉织科工人是计件工资，甲字布每匹九升米，乙字布七升，丙字布三升。他们大半是织甲字布和乙字布，丙字布是很偶然的。熟练工人每月能织十八匹、二十匹，学徒也能织十匹到十二匹。这样每月工资最多可得一石五六斗米，最少也可得五六斗，他们工余农业生产的收入还不算在内。女工络纱，每月多能得九斗、一石，少也有五斗。如因病误工，厂方每日津贴一升米，到病好为止。新到工厂，技术太坏，一月工资不够伙食的，均由厂方津贴。每月用不完的钱，可以到合作社入股，三个月分一次红，又可增加额外收入。

他们的支出

宿舍是宽敞的窑洞，厂方的，不要钱，单身的三人合住一窑，有家眷的独占一窑。伙食由伙房做，大家举出伙食委员来管理，每月两斗九升米到三斗一升米。去年八月份一个月吃八次白面，十次黄米，其余就吃小米豆饭，软米枣糕，每人吃三斤二两肉，十五两猪油，八十四斤青菜（茴子白、西红柿、豆腐、豆芽、菠菜、水萝卜、洋芋、瓜等）。苏春田因为有家眷，自己烧饭吃，八月份夫妇共同收入一石四斗三升米（老婆带孩子，生产少些），吃白面六十斤，黄米三斗（喂了四只猪，猪粮也在内），六斤猪肉，二斤猪油，二斤清油，一百多鸡蛋（自己养鸡生产的），青菜不算（也是自己种的），并经常替小孩买水果饼干，月底还剩二斗六升多米，存到合作社去了；养的猪到年底可以卖两石多米一只。工人有病的，工厂设有医务所，免费治疗给药。因为工人努力生产，又能做到节约储蓄，生活便一天一天改善，不少工友穿着自己织出来的毛呢，盖着红呢子被面，铺着柔软的毛毯，做到了自己动手，丰衣足食。

文化娱乐

他们有很愉快的文化娱乐生活，工会在这方面尽了很大的力量。他们有一个俱乐部，那里有小图书馆、阅览室，有各种棋、扑克，下工之后，这里挤的人最多；球场上有很多人打篮球排球，院子里有人教唱歌，歌的大部分是本厂工人或职员，根据厂里的生活编成的；有一所大礼堂，可以演戏、演秧歌，去年从一月到九月便有十八次的演出，三十三个节目中有二十一个是自己编的。附近村子的老百姓，都极欢迎他们的戏剧和秧歌。

向着更高的目标努力！

因为处在农村，只能用手工，用马力水力的机器，最多利用汽车马达，但他们却并不愿限制在这一点点的技术上。他们努力学文化，学各种必需的科学常识、学技术、学管理工厂。他们不只为陕甘宁而努力，他们将终身为新民主主义的工业服务，因此他们更团结，彼此交换技术，多带徒弟。今年已有不少工友离厂，分散到各地，他们具有极大的热忱投身到更现代化的企业中去，他们会更虚心地学习，他们会以他们对革命事业的忠诚努力，去团结更多的工友，在工人的堡垒中，起着钢骨的作用。

（《晋察冀日报》1945年12月26日）

上 海 人

景宋

据说内地有些人对上海人是这样看法的："他们一直住在上海的人太写意了，一些没有吃过苦头。"所以各机关办事人颇有内地来的获得优先权的便利，意思是在内地的人吃苦够了，论功行赏，应该首先酬谢他们八年来的辛苦，酬谢他们八年来对抗战的努力。而住在上海的呢，却是"一些也没有吃苦，太舒服了，应该给些苦头他们吃"。

第一件给上海这批吃苦人遇到的是友军来了，带来大批飞机满天空旋转，喤喤声飞过的时候，自然有小孩们噢噢的欢迎声，对我们还不直接发生什么大关系，另外从飞机带来的吉普车却是给上海人一新耳目。起先不过少数，停在国际饭店门口比较多；满街横冲直撞却是近来的事。中国人也真乏，不曾准备好适应这一环境，每每吉普车经过的地方都带来了好些新印象，比方说，吉普车开过来了，正和电车一擦而过，就好像流星擦过地球，险极了，但是地球依然无恙，这因为地球还相当大，距离地上的附属物，无论如何高的摩天楼，也不会被流星擦去，原是不必操心的。而当吉普车似流星般擦向电车时，不幸得很，擦的技巧非常之高妙，刚刚可以擦过，这时恰好有个不识相的女人"伸出车外"，忘记电车公司的嘱咐，你看其快如飞，吉普车来不及看见车窗有人伸出头，就擦过去了，开电车的也并不晓得乘车的人半边面擦去了，伸出头来的女人也来不及叫喊就把嘴巴随着半边面被擦去了，一片血迹模糊，结果无须问，谁叫你自不小心。吉普车的故事多着呢，它轻便灵巧，一句话，上海人太舒服了，应该吃些苦的！十字街口转过来了车声，铃声几乎都没有听得见，车到人到，或者吉普车到，三轮车也到，撞个正着，吉普车开过去了，三轮车慢慢拖起来，没奈何地自认晦气。再末是电车路旁边紧靠着一部吉普车，车主不知去到哪里了，技巧非常之高妙，刚刚勉强开得过电车，不过要非常之慢，刮得电车旁木板拍拍拍地响，总算一部一部开过去了。是在南京路靠四川路口的一段，相当热闹的所在。没有吃到苦，或不以为吃苦的上海人觉得有趣了，照例地围而观之，却并没有看见谁敢于出来替吉普车稍微移动一下。吉普车成为奇观，成为给上海人民苦头的恩物，成为国际饭店门前给上海人神秘之感，个个人去亲切抚摩之下的古怪的动物。吉普车来了，上海人的感觉来不及应付了，这物质文明过高的产品走到人烟稠密、肩摩踵接的都市发生吉普车未曾有过的难于改低的机构，可见自己原本不好，掺入些许高速度的文明，不但见不到好处，往往发生意外的影响。

没有把吉普车开出来的友军并不少，他们闹酒吧间、咖啡室，和我们大多数人关系还少。最明显的是三轮车和黄包车夫胃口大了，见着上海人不要拉。卷心菜、洋山芋、洋葱等大菜用的东西都涨到万把块钱一斤，这却是和我们多数人的关系并不少。于是乎颇有唉声叹气的情形，该吃苦的上海人不自反省，却说来得反而不好了，苦头吃足了，支撑不住了。

难道友军带来的真仅只是这些？上海人是否真正如此不知好歹？他们刚来的时候，许多人见到都怀着尊崇敬佩的情绪接待着的，这些时候不知怎的却都换了一种漠然处之，或敬而远之的态度了。于是又有人说，上海人真是奴性十足，压迫惯了连快乐都不会表现。

有人说："友军到中国各处见到的都是战地，接待他的是一片荒凉或焦土，到上海来是作战以来眼中所最满意的了，以战胜者的姿态来倒应该享受一下的，而中国人也真不争气，没有他们你们有今天吗？既靠了他们就应该替他们祝贺，所以连天津等地方都要请他们去，没有他们，你们能接受吗？有多少力量得多少代价，友军今天的尽情快意，原不足怪的。”

我不晓得别人是不是作如此想，至于最低限度，我以为友军的任务并不是应该仅只是在这时候开入中国各地，到处像上海人所看到的那样，这应当是很短的时间所容许稍稍放宽，过后马上应该转入纪律上的，否则被人理解到不过是那么一回事。失望之后所播的种子结出来的果实，不会健全的，但这只是向所谓“过虑”方面想的话。

如中国的命运还不能也不必一步跳上天，还需要一步一步跳过瓦砾或需要搬取瓦砾，从瓦砾中重新建树的话那途程是相当艰苦而长远的。凡是中国的友人，我们就希望他不是带来古普车横冲直撞，而是多多带来些足以帮助我们复兴这被毁掉的大部分国土的什么——当然我们自己更应该尽力——并且尤其希望多多带来更客观的内行人，多多向中国各处跑一周，好在有的是飞机，不妨大都小市城里和乡下都友善地去参观调查一下，把中国全部实际情形都弄清楚了，然后再回去发动专家研究之后，再对中国有任何表示，这样才是对中国有益处。倘使照现在那样的作风，仅只是帮中国“接收”，飞机与吉普车所到之处，就像上海人所见到的一样，这种子播下来不会有好结果的，帮助是要大家甘心情愿，帮助得不到家是没有好处的，休息已经不少时候了，疲劳恢复之后应该走入正常的念头里了吧。

（《晋察冀日报》1945 年 12 月 26 日）

窃国者诛

丁玲

当法国的卖国贼贝当被判死刑的时候，他说："我很不幸不是一个中国人，假若我和吉斯林等都是中国人的话，是不会遭到这种命运的。"这话在一个中国人民听来，谁都会深深地感到耻辱。但事实回答了贝当的叹息。中国的国贼，同样要受到人民的制裁，人民的政府一定会代表人民的公意，给那些罪大恶极的首要战犯以应得的处决。国人皆曰可杀，杀无赦。

前天晋察冀边区行政委员会组织特别法庭，公审战犯于品卿，判处死刑，昨天已经执行枪决了，真是大快人心的事！

于逆是伪蒙古自治政府副主席，同德穆楚克（伪主席），李守信（伪副主席）一起，为虎作伥，用各种方法，搜刮蒙汉两地的民脂民膏，支持敌寇的侵略战争。敌寇一有所需，他们便百般策划，献铜、献铁、献金、献飞机，以伪蒙政府名义征收各种苛捐杂税，最使人民感受痛苦的，便是组合统制。八年来，人民得不到布匹，得不到粮食，小孩因不能消化带沙的糠米，饿死的、病死的、冻死的不知多少。他们为要博得日人的欢心，维持自己的地位，一切无耻、伤天害理的事都干得出来。张家口广衢要道河沿街，从前本是贫民住宅，他们要讨好日人，说这地区有碍观瞻，改修大路，数百家贫民屋宇，一扫而光，住民啼哭哀求，不得不挈妻携子，辗转流离，不如丧家之犬。张家口的市民曾经告诉过我："这个东西的作恶，不是一件两件的敲诈，在一些小的事情上，他还会假装好人，其实他是最坏的人，日本人在时的一切苛政暴行，都是通过他们几个人计划命令的。受他们祸害的，是我们所有察南晋北两区的人民。"所以当他被执行死刑时，全张家口的市民都拍手称快，拥挤在街道的两旁，直跟到刑场，在刑场大声吼叫："谁不认识你大汉奸！你也有今天！只枪毙你，太好了你啦!"他们毫没有注意这一个最卑污的灵魂在他们怒吼下的战抖，和临死前的衰弱，他们用欢欣的心情伴随着人民的枪弹射入了那卖国贼的脑袋，结束了这血海怨仇。

这样的中国是我们所希望的，这样民主的代表人民公意的政府是我们所拥护的。但不幸得很，贝当所指的中国还在很多的地方存在。在那里，他们不收缴敌寇武装，而利用敌寇武装，进行反共反人民的内战。至于战争首犯，则优游上都，加官晋爵，款如上宾，与于品卿同样的德穆楚克、李守信，不正是高居重庆，弹冠相贺吗?！他们听到于逆的命运时，战栗之余，或许会学着贝当的语调："幸而我们住在重庆中国，在国民党当局庇护之下……"

贝当的叹息，是使我们中国人民感到耻辱的，但不知那些代表中国去受降的统治者们，如何感想。德穆楚克、李守信等战争罪犯安居重庆，是使我们中国人民感到不幸和不平，但又不知那些天天嚷着惩治战犯的统治者们如何感想。

重庆茅盾先生曾对这样的情况，感慨地大呼："复员乎？复原乎？"我现遥远地响应着他："复员，亦是复原！岂不闻古语有云：'窃钩者诛，窃国者侯乎？'"但我却应该加上一句："只有人民的中国，才是窃国者诛!"

十二月二十五日

（《晋察冀日报》1945 年 12 月 27 日）

比一比吧

——旁听公审于逆品卿时的感想

萧三

日寇投降，国民党政府不仅不惩办一个汉奸，而且立即封给大批民族败类伪军头子以许多官职，多少汉奸民贼摇身一变又成了国民党的忠实同志。识者莫不齿冷，有心人曾大声喊道：“这太不成话了！”

可是太不成话的事还多着哩，还层出不穷，变本加厉。国民党反动派从命令敌军“维持治安”，一直到把敌人编入“国军”。叫他们继续屠杀中国人民，到倚仗外人势力，向本国同胞开刀。

论者说，这就是国民党的军令与政令，这就是国民党的法纪与纪纲。看吧，反动派竟忠奸不分、倒行逆施、颠倒黑白是非到这种地步。民族气节、民族正气丧失湮没到这步田地，真丢尽了中国人的脸呀！每一个有些小正义感的中国人想到这点，能不痛心吗？能不恶心吗？

我在旁听审判于逆品卿的时候，看到这个大汉奸战犯的卑鄙样子，就像一只狐狸、一只狼、一只兔子或老鼠，我看不见他是人。这种东西实是人类的污辱。他明明自己知道：“当日本人奴才还有什么说的，背叛国家、危害民族，罪该万死”；可是在民主政府的法庭里还想钻空子，还想抵赖一番，企图减轻他的罪名，或者，最好保存他的财产，假如一定不免于死的话……我恶心得难受极了！

但是，在人民民主政权下面，正义是一定要伸张的，邪恶是一定要祛除净尽的。审判长宣读判决文时，全张家口、全边区、全国人民莫不称快。检察官的话，真是词严义正，道出了人民大众的心事：

“……只有反动派不顾国家民族之利害，以勾结敌伪为其一贯政策，容纳汉奸战犯，任其逍遥法外，或委以高官，或待如上宾，毫无体统，法纪荡尽，我们必须予以坚决反对。”

这不仅是控诉于逆品卿，这同时是控诉一切倒行逆施、忠奸不分、黑白颠倒的反动派！

于逆品卿落在革命的民主的政府手里就依法予以判决了。可是和于逆同样罪大恶极甚至应更严重的，经边区民主政府通缉的卖国贼战犯德穆楚克和李守信现在仍然在国民党政府的陪都重庆逍遥法外，而且被待如上宾。让全国全世界都看吧：谁保存了中华民族与中国人民五千年历史遗留下来的一脉正气与民族气节？谁丧尽了天良、丧尽了廉耻，背叛了、污辱了祖先光荣历史，摧毁了民族气节与正气？全中国人民全世界人类，比一比吧！

请问：现在国民党反动派调兵遣将从海上陆上空中疯狂地向人民解放区进攻，是否就正因为解放区伸张了正义与公理、保存了民族气节，替中国人留下了一点面子在世上呢？

（《晋察冀日报》1945 年 12 月 28 日）

警戒线上的追悼会

——“锐村”部前线生活速写

姚远方

这一片连绵起伏的红黄色光秃的山岗，就是我们的警戒阵地。早晨和晚上时时刮着狂风，风沙弥漫了一切。远近的古长城，烽火台以及蜈蚣形的平绥铁路都隐没在黄色里，可是今天特别晴朗，天空万里无云，那山巅上的羊群好像一堆积雪，耀人眼目。如果从山顶我们的哨位上顺着灰白色的御河向南望去，那笼罩在烟雾和灰尘黑的大同城里的烟突，和火车站上的水塔，都可以隐约地望见。

我们是生活在塞北的警戒线上，我们是生活在十二月寒风凛冽的长城旁边。

前天，大同的追犯军配合着日本兵来夺取我们的阵地，我们一个团把他们一个师打垮了，我们铁的阵地完好无损，可是十五个亲爱的战友却和我们永别了。

在山凹的一块贫瘠的黄土上，添了十五个新坟，我们和老乡一起，一铲一铲地挖起冻结了的沙土，把烈士们的灵柩安葬在土穴里，我们要拿钱来买老乡这片坟地，老乡说：“不，不，不要钱，这瘩儿，风水很好，让烈士安葬就是了。”显然，他已经被人民战士这种自我牺牲的精神所感动了。

今天我们全团又集合起来，从团首长以至炊事员、饲养员都到了，服装似乎比往日都要穿得整齐，大家都恭恭敬敬地来追念我们的战友。这几天，每到课外活动或游戏的时候，战士们总不断地到这坟上来看望，七八年来同生死共患难的战友，一旦永别，怎不令人悲痛呢？

会场就设置在坟场前面。因为是在战争的警戒线上，我们一切的布置都非常简朴：我们用自己黄色的军毯铺在坟头上；这儿没有鲜花，没有柏树枝，我们用纸制成的花朵插在坟头上；我们用木板漆上了绿漆，在坟前建立了一个纪念碑。在这纪念碑的旁边，堆着纸制的花圈，一幅幅的挽联在席棚上挂着。在这挽联中间，有一面红旗特别令人注目，那红旗上写着："为党的事业，流尽最后一滴血，是人生最大的光荣。"这是共产党的总支部献给布尔塞维克英灵的。

军号吹起哀乐来了。在山的那边，在那第一线的阵地，炮声和手榴弹声隆隆地响着，在山谷里回旋得非常远，代替了我们致哀的礼炮。

在坟场上大家默默地望着，没有笑语，没有哭声，没有叹息，只有愤恨和悲痛的表情。枪靠在肩上，机枪和炮就在坟前架着，黑黑的炮口，就像是悲痛和愤怒的眼。

献过花圈，团政治主任宣读祭文，他用沙哑的音调叙述着："我们为谁而战？为何而战？我们的烈士为谁牺牲，为何牺牲？"他非常激动，简直不是在读着，而是在呼号着。声音落在场上，场上立时响起：

"为人民而牺牲，是人生最大光荣！"

"为保卫抗战果实，而流血，是最有价值！"

党的总支书记报告烈士们的生平和他们英勇牺牲经过：

"烈士霍四红，是我们的好连长……"

"连长冯竹汉同志，他总是冲锋在大家前面……"

"萧更虎，是我们团的最出色战斗英雄，强攻浑源城，他缴了一挺重机枪……"

"战士梁九忠，他是长工出身，给人扛长活，受尽压迫……他知道只有依靠八路军才有出路……他不顾一切，赶渡过桑干河来参加队伍……他对待同志好，同志也待他强，他阵亡了，为了抢救他的尸首，我们六个人负了伤……”

烈士事迹的一个字一句话，都引起人们长远的回忆，特别是这会场就是日前的战场，这会场前面的烽火台，就是前日敌我冲锋肉搏的阵地，烈士们的血和敌人的血都洒在那地方，这一切情景，都好像是眼前的事。

政委讲话了，副团长讲话了，军区代表讲话了。

政委号召大家：“停住悲恸，擦干眼泪，抬起头来，流泪痛哭是完成不了和平和民主的事业，我们只有战斗。”

响应政委的话，台下一个同志肃然起立，斩钉截铁地喊道：“同志们，革命军人，只有流血，没有流泪，我们要擦亮武器，踏着烈士鲜血前进，为烈士复仇！”

“为烈士复仇！”几千只手举起来，发出一个声音，就像是宣誓。

副团长号召大家：“我们要加强学习，学会使用一切武器，保卫警戒阵地，不让追犯者前进一步！”

军区代表号召大家：“百倍地爱护人民，因为我们一切流血牺牲不是为着别的，是为着人民。”他简要地讲述着，在这次战斗以后，三四十里外的老乡，吹着锣鼓，打有“国泰民安”旗幡，载着猪羊在慰劳我军，老乡这样爱护我们，我们要加倍努力来报答乡亲。会正进行得紧张，天空的边际，当当地响起了一阵摩托声，急促的防空号音吹来，一架黑黑的飞机，低空掠过，我们迅速掩蔽在山凹里。飞机并不能使我们会议停止，摩托音刚一消失，会议又继续下去。

千百只手举起来拥护他的提议。

随着，队伍里，战士们一个跟一个起来讲话：

“我们要捐款，抚恤烈士的家属和伤员……”

“我们要写信慰问烈士家属……”

“我们大家都动笔写通讯表扬烈士们的事迹。”

他们的话说到大伙心里，所有的手都举起来，会场上洋溢着一片友爱的空气。特别是当人们反复叙述着，在这次战斗，为了抢救一个烈士遗体，而六个人光荣负伤的故事，大家都感动了。一个在场的傅作义放下武器的士兵说：“八路军战士牺牲了，真光荣呀，要在傅作义军队，当兵的死了，狗皮棺材，狼肚的柩，谁管呢?”

会议要结束了，在这山谷里，回旋着响亮的口号声：“我们在警戒线上追悼烈士，我们要保卫警戒阵地，不让追犯者前进一步!”这口号声永不消失，就像枪和刺刀一样，我们把他带到警戒阵地上去。

（《晋察冀日报》1945 年 12 月 28 日）

奸伪的末日

杨朔

在山西临县三交镇的村头上，面对着湫水，平地修起一座烈士塔，里边塑着个战士的泥像，四壁遍是烈士的题名和传记，当中有些是敌人占领三交期间，死在临县伪县长刘忠厚的手里。

这个土生土长的坏鬼曾经依仗着阎锡山的旧势力欺压人，后来便投到敌人脚下，怂恿敌人占领了三交，自己摇身一变就变成临县的伪县长。几年以来，他明里暗里，杀死七百多人，抢走十几万铜洋的东西，烧了一万七千多间房子，还抢走无数的粮食……。他满以为敌人是座泰山，可以依靠一辈子，做梦也没想到靠山会倒了。他逃到离石，庇护在阎伪合流的反动势力下，依然逍遥自在，还等阎锡山委他新官做。但是我们打开离石，结果他仍然落到人民的手里。

一九四五年十月三十一号，就在三交的烈士塔前，他被绑到一万六七千人形成的人民法庭前。往日，他戴着礼帽，架着黑眼镜，耀武扬威地吓人。可是这天，他的头发胡须乱蓬蓬的，脸色惨白，早吓得不像人样。满场的人见到他，触起多年的伤痛，谁不咬牙切齿地痛恨他！

看那，一个年轻人抢上台，吼起来了：

“我叔父叫薛指方，是咱们县政府的建设科长，不想到专署开会的当儿，叫敌人半路抓去。都是刘忠厚认出他来，给他戴上手铐脚镣，百般地拷打，逼问他真情！可是我叔父是个有血性的好汉子，怎么也不屈服，最后给拉到坟坡上杀了！……要不是刘忠厚这个灰儿子，我叔父哪会死得这样惨！……”

说着说着，年轻人号啕大哭起来。全场的人发一声吼，乱纷纷地挥着拳头。一个老汉爬上台，气得声音发抖，正在诉说刘忠厚怎样敲诈他的白洋；一个老婆婆拄着拐杖，颤巍巍地挤到台前，连连地说："我也要讲！我也要讲！"台上的人劝她别急，她却哭起来说："都是他杀死我的孩子，怎么能不叫我讲！"

这个哭诉，那个痛骂，刘忠厚的罪恶堆得就像山一样高。……

他曾经唆使敌人，在霍家湾的山洞里烧死二百多人！

他曾经指使敌人和警备队，把坪头的百姓赶到悬崖上，一边揪头，一边揪脚，笑哈哈地摇来摇去，一撒手推到崖底下，摔了一个又一个，还侧着耳朵听那！

一个叫小脚桂花的大破鞋，和他勾结一起，在交叉街上放官赌，害得一个被迫来支差的民夫输得家业精光，吊死在小脚桂花的大门口。死尸的头上就是块"乐赛天堂"的横匾！

还有，还有！他又是"万国和平道德会"的会长，教人每天念经，还故意编出四句麻醉人的诗句说："进步不及退步好，有名不及无名高，好马当头多出力，好汉出名祸先招！"

他的罪恶，一时数也数不清。……在人民的法庭前，他的头垂到胸前，一句话都不能辩驳。但听见四处人叫："吃什还什，拿小刀刀刮了他！"或者是："把这个坏鬼给埋在烈士塔前面，留着上半截，让大家有仇报仇，有冤报冤！"但是结果，人民却给了他最宽大的裁判——一颗子弹。

千万人都吐了口怨气，挺着腰站起来了，有人还喜欢得直流泪。迎着风，烈士塔顶上所塑的战士，好像正吹着前进的号角。……

（《晋察冀日报》1945 年 12 月 29 日）

两个世界

草明

张垣烟草工厂，和张家口同时，从日本人的奴隶的地位被八路军解放出来的。

昨天我们上那儿去参观。头一次走到自己地区较大的城市，头一次踏进这城市里较大的工厂，心里有说不出的欢喜和兴奋！齐整的红墙壁的工场外面，锣鼓喧闹着，近二十个穿了彩衣的男女孩子在练习高跷，据说是准备过新年时闹的哩。

在听了该厂过去和现在的基本改革之后，罗副经理引导我们去看从烟叶出了仓库到卷成香烟，装在箱子里的整个过程。那儿的工友将近五百，除了喷湿和干燥的几部分是成年的老工人之外，其余大部分为女工和童工。

经过喷湿和加料机，我们奇怪机器转得这样慢。罗副经理解释说，因为有一部分原料缺乏，但为了避免工人失业，只好减少每天的产量。

在一部卷烟机旁边，两个男孩子严肃地工作着。大的最多不过十六七，小的最多不过十三四岁，我问他们："你们拿的是童工的工资?"

"不，我们是熟练工人。"年纪大点的说。

站上一分钟，看见他手的敏捷，看见他操纵机械的自如，我深怪自己问得太鲁莽了。

"日本人在的时候，拿多少工资；八路军来了，又拿多少?"一个同志继续问。

"日本人在的时候，每月拿蒙钞四百，每天小米一斤。迟到，扣钱；活做不好，扣钱；他们脾气来了也扣钱、挨揍。现在呢，不同了，每月拿到四千元边币，够吃了，八路军从不打骂人。”较小的热心地说。

“我们去看看手和机械的竞赛吧。”罗副经理把我们带到手工的装包间。

这里面，多数是十二三岁到十七八岁的女孩子，她们小小的手指，像会使法似的，一拿就是十支，一接触蜡纸便立刻把烟包卷起来。没说上半句话，一盒香烟包起来了，两盒三盒香烟包起来了。

一个小女孩手飞也似的工作着，她那纤小的身体因敏捷的动作而显得更灵活。“我现在能包到三百条了，比日本人在时增加了三分之一，而且工作时间减少到六小时哩。”她回答着客人的询问。

“为什么现在生产力增加了呢?”

“不知道。”她偏一偏头，因为找不出理由而着急。

她旁边的同伴努力解释说：“为什么？——因为过去和现在大大不同了呢。现在我们每天上两小时课呢。”

“我们还可以闹秧歌、踩高跷，工资照给。过去，日本人拿着棒棒往我们头上揍、身上揍。”又一个说。

“现在工厂是我们自己的。”一位女工稍停了一会儿，昂起头来望一望我们。她的话使我们得到了解答。

过去，每天九小时工作的，现在减成七小时；过去奴役的喝骂，现在代替以文化政治知识的培养；过去棒揍和脚踢，今天是自动组织娱乐队，工资照领；过去的疯狂的剥削，今天厂方为了怕工人失业，宁愿不赚钱，减少产量以维持工人的生活；过去思想的不能自由，唯命是听，今天有自己的工会，可以为工人阶级的利益而自由说话。

——过去是日本法西斯统治下的奴隶，今天是晋察冀边区的主人！这是截然不同的两个世界。

一点也不错，亲爱的工友们：工厂是你们自己的，张家口市是你们自己的，政府是你们自己的，边区、八路军也是你们自己的——是工人和广大人民自己的。

你们愿意把工厂搅得多好就去搅得多好；你们愿意把张市弄得多繁荣就多繁荣；你们愿意把边区保卫得多坚固就会多坚固；你们愿意把八路军扩充得多么壮大就能多么壮大。只要工人和广大的人民能团结在边区政府的周围，能和自己的八路军紧密合作，不管敌人多么凶，环境怎么坏，你们要办什么事情一定办得成，要保卫任何地方一定保得住。

人民是边区的主人——工人农民和一切受日本奴役过的正义的人们都是边区的主人。大家要团结起来，组织起来，肃清汉奸走狗，并准备随时给敌人、妥协派以迎头的痛击，我们才能永远地保住主人的地位，才能永远地脱离奴隶的命运啊！

（《晋察冀日报》1945年12月29日）

树林里的人

——新解放区散记

付克

一天了我还没有吃饭，肚里实在是饿透了。

出了××镇是一条开阔的大川，满川都长着高耸插天的杨柳；秋风从远处的山岗上吹过来，把枯黄的树叶扫下来，飘飘荡荡地落到烂泥里。我踏着泥泞的小路，钻进了一望无边的丛林，林里静得可怕，但由于我急于找些东西吃，任何障碍都不能阻挠我前进的勇气。

林子越走越深了，一条小河横在我的面前，水从堆积的枯叶里淙淙汩汩地流出来；我渡过小河，便听到林子的更远处传出羊叫的声音。“森林里也许有个村庄吧！”我一边想着便朝羊叫的方向走去，走了没有五十步，便看见一个十二三的小孩子赶着几只羊渡过河来。

“小鬼，前面有村子吗？”我高兴地叫起来。孩子瞅了我一眼，便慌慌张张地往乱草堆里跑去。

“不要跑，不要跑，咱们是八路！”

“什叫个八路，咱可解不下！”孩子受惊地望着我。

“八路军是打日本的军队，你不知道吗？……”

“咱可解不下什叫打日本。”他打断我的话。

“边区你知道吧！聂司令你不知道吗？咱就是他的军队……！”

“为啥穿着灰衣服呢？他们都是黄的。”他怀疑地问。

“我们都是新兵，还没有来得及换。”我再三和他解释八路军的记号，又叫他看了我的臂章。我告他说我一天还没有吃饭，实在饿坏了，我这番诚恳的央告致使小孩子完全相信了。他赶上几只羊，便叫我跟他去了。

我们沿着小河走了很久，走到一个水坑的旁边河便尽了，水坑的上边，有几家土房屋；小孩停止了脚步，回过头来认真地问道：

“你真的是八路军吗？”

“真的是八路军，你还不信吗？”

“是这么回事，这里警备队黑狗子常常到咱这里来，冒充八路军，等你把他们领到村里，又要鸡又要肉，杀人、点房子，什么都干得出来。同志！一不小心便会出错的……”他又和我讲了很多关于日本鬼子奸淫烧杀的事实，令人同情感动；他虽然是个放羊的小孩子，但从这些叙述里，可以看出他对敌人的无限仇恨。

“同志！进来吧！这就是咱的家。”他领着我进了一个四方的小院，还没有进房子便喊：

“妈妈！一个八路军来了，快端饭来吧！把他饿坏了！”

“八路军？快进来先暖暖。”一个中年妇人立刻迎出来，她见了我左看右看，浑身上下都在仔细地打量着，那种高兴的神情，从她的皱纹的脸上露出来。

“老太太，要麻烦你啦！”

“哪里哪里，盼都盼不到的，盼了多少年的八路军如今可来了，快炕上坐，我去端饭，咱家里可没有好东西，家常便饭，你同志可不要见怪！”老太太慌得手忙脚乱，不知怎么是好。她掀开炕下的锅，露出一箅子热腾腾的莜面饺子，我的口水立刻从口里淌出来，没有等她把酸菜打出来，我便拿起饺子狼吞虎咽地吃起来了。一袋烟的工夫，便吃了一半，老太太看看我笑着说：

“唉！饿透了，慢慢吃，不慌！”

吃完饭我把钱掏出来给老太太，她很不好意思地说：

“你同志可不能拿钱，邻家王三秃是个民兵，他整天说八路军怎么好，为了老百姓不怕辛苦，今个打鬼子，明个打伪军，哪样不是为了咱们过得好；讲都是这样讲的，可是咱这地方偏僻，没有和咱八路军见过一面，如今见了你们，我就是死了也开了眼了……吃这么点东西还要给钱？……”

“王二婶！听说你家里来了八路军，真的吗？”外面一阵嘈杂便进来了一群人，男的女的，抱孩子的，缝衣服的，做鞋的……看样子全村的人都来了；他们都是以亲切的眼光看着我，问东问西，问鬼子的情形，问汉奸阎锡山的情形，问八路军怎样把鬼子打走的，问以后用什么票子……我一一给他们解答了。时间不可能使我久留，我谢过了他们便要上路了。

他们都很留恋地望着我，牧羊的孩子拉着我的手死不肯放，他妈妈就在我的饭包里塞蒸熟的洋芋，旁的人也怕我在路上饿都争着回家拿东西，闹得真像村里来了贵客一样，我怕太麻烦他们了，便快走了几步和他们分手了。

“八路军到了，以后就有办法了！”他们相互观望着笑了。

（《晋察冀日报》1945年12月31日）